KB005698

그레이트 서클
2

매기 십스테드
장편소설
MAGGIE SHIPSTEAD

민승남 옮김

그레이트 서클
2

GREAT
CIRCLE

문학동네

일러두기

1. 원주라고 밝히지 않은 주석은 모두 옮긴이주다.

2. 본문 중 고딕체나 볼드체는 원서에서 이탤릭체나 대문자로 강조한 부분이다.

차례

레드헤링*

~

13

조감독이 모두에게 조용히 해달라고 부탁했다. 전 출연진이 커다란 U자형 테이블에 대본과 뾰족한 새 연필을 들고서 학교에 처음 온 아이들처럼 앉아 있었고, 그 주위에 베이글을 먹으며 커피를 마시는 제작사 사람들과 영화사 사람들, 그리고 투자자들이 모여 있었다. 바르트 올로프손이 일어나서 메리언의 책(그가 무시하는 게 분명한 캐럴의 소설이 아닌) 초판 양장본을 내려다보며 아이슬란드 억양이 살짝 섞인 목소리로 첫 부분을 읽었다.

"'어디서부터 시작할까? 물론 시작부터다. 하지만 시작이 언제일까? 과거의 어느 부분에 여기라는 표지를 넣어야 할지 모르겠다. 여기는 비행이 시작된 곳이다. 시작은 지도 위가 아니라 기억

---

* Red Herring. 훈제하여 붉은색으로 변한 청어로, 사람들의 관심을 딴 데로 쏠리게 하는 호도책이나 잘못된 방향으로 이끄는 거짓 단서를 의미한다.

속에 있으니까.'"

그는 고개를 들고 준엄한 눈길로 우리의 얼굴을 뚫어지게 응시
했다. 우리가 죄인임을 상기시키는 사제처럼 거의 비난하는 듯한
눈빛이었다. 나는 테이블을 둘러싼 사람들 사이에 있는 레드우
드를 흘끗 보았다. 그는 엄숙하고 진지해 보였다. 환각버섯의 밤
으로부터 일주일이 흘렀고, 내가 외계에서 떠다니는 나무늘보 두
마리가 있는 GIF와 함께 환각버섯을 먹고 L.A.에 대해 이야기하는
우리라는 메시지를 보냈을 때를 제외하곤, 그에게선 감감무소식
이었다.

그는 짤막한 답장을 보내왔다. 하!

"우리도 여기 출발선에 있습니다." 바르트가 우리에게 말했다.
"우리는 영화를 만들려고 합니다. 하지만 무에서 생긴 빅뱅은 아
닙니다. 메리언이 특정하지 못한 시작, 그녀의 비행이 현실을 향
한 궤도에 접어든 때? 그때가 우리의 시작이기도 했습니다. 삶에
서 시작들은 정해진 것이 아니며 늘 우리를 둘러싸고 있습니다.
우리가 알지 못하는 사이에 시작들은 늘 일어나지요." 그는 책을
톡톡 쳤다. "여기에 메리언은 이렇게 썼습니다. '지금의 나는 미
래에 이미 잃어버린 것이다.' 이상한 말입니다, 그렇죠?"

캐럴 파이퍼의 소설 첫 문장은 이렇다. 나는 그 사실을 모르고
있지만, 지금 불이나 물이 나를 집어삼키려 하고 있다. 아기 메리언
이 침몰하는 배에서 서술하는 것이다. 그다음부터 이야기는 줄곧
시간순으로 흘러서 그녀가 바다에 추락하는 순간에 이른다. 차가
움이 어둠을 부르고, 나는 잃어버린 존재가 된다. 하지만 두렵지 않
다. 내가 보기에 마지막 문장은 덧붙여진 것 같았다. 흥분된 목소

리로 빠르게 중얼거리는 희망어린 항의. 레드우드에게서 그의 어머니는 늘 모든 일이 잘되기를 바란다는 말을 들은 터라 이해가 되었다. 그녀는 스스로를 안심시키고 싶었던 것이다.

하지만 영화는 마지막, 그러니까 비행기 연료가 떨어져서 아무 데도 갈 수 없게 된 상황에서 시작한다. 그리고 배의 침몰 장면으로 거꾸로 건너뛰어 거기서부터 이야기가 흘러가는데 세계일주 비행이 여러 부분으로 나뉘어 가끔 삽입되다가 마침내 다시 비행기 안으로 돌아와 추락을 맞이하는 것이다.

"나는 그 말을 이렇게 생각합니다." 바르트가 말했다. "우리는 현재에 갇혀 있지만, 우리가 지금 살고 있는 이 순간은 역사적으로는 늘 미래였다. 따라서 지금은 언제나 과거가 될 것이다. 우리가 하는 모든 일은 예견할 수도 없고 되돌릴 수도 없는 연쇄작용을 일으킨다. 우리는 믿기 어려울 정도로 복잡한 시스템의 제약 하에 행위한다." 그는 말을 끊고 다시 우리를 둘러보았다. "그 시스템은 과거다."

나는 휴고 경과 시선이 마주쳤다. 그가 눈을 찡긋했다.

바르트는 모든 걸 TED 강연 속 깨달음의 순간처럼 이야기해요, 내가 언젠가 휴고 경에게 한 말이다. 사람들이 자기를 천재로 여기도록 그런 식으로 최면을 걸지, 휴고가 대꾸했다.

하지만 그런 거창한 말이 모든 것에 특별한 느낌을 부여하기도 하잖아, 안 그래? 휴고가 덧붙였다.

"하지만 가끔, 시작은 간단할 수도 있죠. 이를테면 영화에서 시작은 하나의 장면입니다. 오늘은 우리 속박, 제한이 주는 안락을 누려봅시다. 첫 페이지부터 시작하죠." 바르트가 말했다.

그가 조감독에게 신호를 보냈고, 그 신호를 기다리고 있었던 듯 조감독은 마이크 가까이 몸을 기울였다. "옥외 장면. 낮." 그가 대본을 읽었다. "은빛 쌍발비행기 한 대가 흰 거품을 문 바다 위를 날고 있고, 육지는 보이지 않는다. 날개 밑에 연료가 새어 흐른 자국이 희미하게 남아 있다. 메리언, 내레이션."

"나는 떠돌이가 될 운명을 타고났다." 내가 말했고, 내 목소리의 증폭된 쌍둥이가 천 분의 일 초 뒤에 따라나왔다. "바닷새가 파도에 맞게 만들어졌듯 나는 땅에 맞게 만들어졌다."

수영장에서 보낸 환각버섯의 밤, 그 밤에 레드우드와 나는 어떤 연쇄작용을 일으켰을까? 내가 기대했던 종류는 아니었다. 나는 그의 침대에서 잤지만, 그는 내게 키스조차 하지 않았다. 그는 나에게 여기서 자고 가라고, 우린 다른 데 가기엔 너무 취했고 누가 같이 있으면 좋을 거라고 말했다. 그러면서 자신의 침실과 손님방 중 하나를 고르라고 했는데, 나는 섹스를 할 건지 말 건지 선택하라는 뜻인 줄 알고 섹스를 하는 쪽을 골랐다. 하지만 화장실에서 그의 티셔츠를 걸치고 섹시하게 나와보니 그는 이미 잠들어 있었다. 새벽쯤 잠이 깼을 때 그가 나를 애무하는 줄 알았는데 꿈이었던 모양이다. 진짜 깨어보니 그가 부엌에서 아침식사로 타코를 만들고 있었던 것이다.

"당신은 최고예요." 내가 떠날 때 그가 그렇게 말하더니 내 귀 밑에 키스했다. 그게 무슨 뜻인지 누가 알 수 있겠는가.

어쩌면 문제는 우리가 새 출발을 하면서 연쇄작용을 일으킨 게 아니라 여전히 지난 연쇄작용의 영향을 받고 있다는 건지도 모르겠다. 나는 여전히 알렉세이에 대한 감정과 올리버에 대한 죄책감에서 벗어나려고 애쓰면서 레드우드가 해방의 열쇠가 되어주기를 바랐다. 어쩌면 그 역시 내가 그런 실현 가능성 낮은 역할을 해주기를 바라고 있었을 수도 있다. 우리는 새 연인을 만나 새로운 로맨스를 시작할 때마다 그걸 새 출발로 여기지만 사실은 그저 바람 부는 대로 나아가는 것일 뿐이며, 새 궤도는 늘 직전의 궤도에 따라 결정된다. 그런 식으로 평생 들쭉날쭉하지만 단절되지 않는 연쇄작용이 이어지는 것이다. 내가 늘 반응만 하는 것, 목적지를 정해놓지 않고 바람 부는 대로, 물결치는 대로 나아가는 것, 그것도 한 가지 문제였다.

레드우드의 집에서 돌아온 나는 녹즙을 들고, 사무실에서 컴퓨터로 일하고 있는 오거스티나에게 갔다. 그녀가 늘 남자 문제로 괴로워하는 것 같았기에 아는 게 좀 있을지도 모른다고 생각한 것이다.

"이건 무슨 뜻일까요?" 내가 문가에 기대서서 말했다. "남자랑 한 침대에서 잤는데 아무 일도 없었고, 당신이 떠날 때 그 남자가 여기"—나는 목을 톡 쳤다—"키스하면서 당신이 최고라고 말했다면?"

오거스티나는 자기도 모르게 얼굴을 찡그렸다가 곧 사려 깊은 중립적 표정으로 바꿨다. "당신이 최고라고 생각하는 거겠죠."

"그래요." 나는 그러면서 택시를 그냥 보내듯 문틀을 두 번 탁탁 쳤다. "고마워요."

"내일 인터뷰 잊지 마세요." 그녀가 내 등뒤에 대고 외쳤다.

나는 침대에서 알렉세이의 인스타그램을 본 다음 그의 아내, 올리버, 올리버의 전처, 존스 코언, 그리고 잠자리를 가진 적 있는 모든 남자의 인스타그램에 들어갔다. 뭘 찾고 있었던 건지 모르겠다. 내가 찾아낸 셀카, 해변, 아이들, 샌드위치를 찾던 건 아니었다. 나는 레드헤링이 가득 든 크고 무거운 그물을 끌어올리며 힘든 시간을 보냈다. 어쩌면 내가 찾아야 할 답을 찾고 있었는지도 모른다.

마크의 인스타그램 프로필에 손이 미쳤을 때쯤엔 그에게 메시지를 보내게 될 것임을 이미 알고 있었다. 그와는 케이티 맥기 시절부터 알던 사이였다. 한때 샌타모니카고등학교 최고의 마약거래상이었던 그는 연예계 전문 변호사가 되었다. 미남이고 신중했으며, 연애 감정 같은 걸 느끼지 않거나 애정에 얽매이지 않는 듯했다. 대단히 흥미로운 인물은 아니었지만 그럼에도 자신감으로 똘똘 뭉쳐 있었다. 나는 전에도 비상시에 그에게 기댔다. 사람들은 섹스파트너가 대담하고 똑똑한 개념인 것처럼 말하지만, 나는 마크를 인간 위약僞藥으로 삼았다. 그가 내 기분을 좋아지게 해줄 거라고 믿으면 실제로 그렇게 되었다.

이제 더이상 우리집 대문 앞에 잠복한 사람들이 없었다. 파파라치들이 나에게 흥미를 잃은 것이다. 버림받는 건 설령 그것이 자유를 의미한다 하더라도 상처가 된다. 나는 오거스티나를 집에 보냈고, 마크가 BMW를 몰고 우리집 진입로를 미끄러져올라와 내가 따라준 고급 메즈칼을 마시고서 나의 메리언 헤어스타일에 찬사를 보낸 후, 노련하고 화려하면서 자신감 넘치는 방식으로 나를 침실로 데려갔다. 그리고 그가 떠나려 할 때 나는 자고 가라고 붙잡았다.

그리하여 이튿날 아침 〈배니티 페어〉 기자가 찾아왔을 때 마크는 아직 우리집에 있었고, 수영장 튜브에 누워 일광욕을 하는 그는 내가 그동안 모든 사람의 인스타그램에서 보아온 거대한 홍학 모양 튜브처럼 눈에 잘 띄었다.

그 기사는 몇 달 지나야 나올 터였지만, 나는 기자의 시선이 창문 밖의 마크에게 닿는 걸 보면서 내가 기사 첫 부분을 불러준 셈이나 마찬가지임을 알 수 있었다.

해들리 백스터의 집 수영장에 남자가 있다. 선글라스를 끼고 손바닥만한 수영팬츠를 입은 아주 멋진 남자가 튜브를 타고 떠다닌다. "그냥 친구예요." 기자를 스페인 양식의 집안으로 안내하던 그녀는 장난기어린 미소를 지으며 말한다. "철없던 어린 시절부터 아는 사이죠." 다시 말해, 해들리에겐 사람들의 동정이 필요치 않다. 해들리 백스터는 돌아온 게 아니다. 해들리 백스터는 떠난 적이 없다.

물론 내가 원한 건 레드우드가 그 기사를 몇 달 후가 아니라 당장 읽는 것이었다. 내가 그의 거절—그게 거절이었다면—에 상처받지 않았다는 걸 알려주고 싶었다.

"메리언 그레이브스 역에 끌린 이유는 무엇이라고 할 수 있을까요?" 우리가 거실에 자리를 잡고 캔에 든 셀처와 반잔씩 따른 화이트와인을("내 친구 휴고 말마따나, 작은 방종이죠." 해들리가 말한다. 그녀가 언급한 친구 휴고는 그녀의 이웃이자 〈페리그린〉의

제작자 휴고 울지 경이다) 앞에 놓고 앉았을 때 기자가 질문했다. 나는 안락의자에 옆으로 비스듬히 앉았다. 그녀는 커피 테이블에 녹음기를 올려놓고 소파에 앉아 있었다.

"이미 저에 대해 조사했을 테니 제 부모님에 대해 알고 있겠죠." 내가 말했다. "전 평소에 늘 실종에 관심이 있었어요. 많은 경우―어쩌면 대부분의 경우―사람들이 실종되면 그건 실제로, 문자 그대로 죽음이라고 할 수 있지만 그런 식으로 인식되지 않죠. 실종에는 탈출구가 들어 있잖아요. 실종이 바로 탈출구죠. 메리언은 실화를 토대로 영화에 담기니까 그녀가 영영 돌아오지 않은 일은 풀리지 않은 미스터리가 되겠지만, 설령 그녀가 설인이 되어 오십 년 동안 남극을 배회했다 해도 지금 시점에서는 결말이 하나일 수밖에 없네요. 살아 있다고 해도 나이가 백 살은 되었을 테니까요. 실종은 우리 모두에게 찾아와요, 그렇죠? 저는 부모님이 살아 계실지도 모른다고, 죽은 것처럼 꾸민 건지도 모른다고 생각하곤 했어요. 신경 쓰이는 일이 있으면 자꾸 생각하게 되죠. 그래서 몇 년 전에는 탐정까지 고용했는데 아무것도 찾아내지 못했어요. 그 탐정 말이, 찾아낼 게 있을 거라고 생각하지 않는다더군요. 아주 큰 호수밖에 없으니까. 어쨌든, 만일 부모님이 살아 계신다면 나를 버리기 위해 엄청난 노력을 기울였다는 의미가 되네요."

기자가 눈을 깜짝거리며 말했다. "지금은 어떻게 생각해요?"

"부모님이 아예 존재한 적이 없는 것 같아요."

그녀가 천천히 고개를 끄덕이며 더 가까이 몸을 기울여 물었다. "해들리, 당신은 탐구자인가요?"

"그게 무슨 뜻이에요?"

"이렇게 말해보죠. 저는 깨달음을 구하는 사람을 추구자라고 생각해요. 탐구자는 그보다 결말이 열려 있는, 적극적으로 자신의 길을 찾아가는 사람을 말하고요."

나는 창밖으로 시선을 던져 물속에 손을 넣고 천천히 움직이는 마크를 보았다. "어쩌면요." 내가 대답했다. "하지만 훌륭한 탐구자는 아니에요. 늘 조금은 길을 잃은 기분을 느끼니까요." 인터뷰 기사의 멋진 발췌문 후보였다. 늘 조금은 길을 잃은 기분을 느끼니까요. 안에 셔츠를 입지 않은 가죽 재킷 차림에 아이라이너를 짙게 그리고 쓸쓸한 표정을 짓고 있는, 반항적이면서도 떠돌이 느낌이 나는 내 사진 위에 이탤릭체의 큰 글씨로 자리할 문장.

기자가 물었다. "그럼 사랑은 어떤가요? 사랑도 탐구하나요?"

"그보단 깨달음을 구하는 것 같아요."

"그 둘이 같은 것일 수도 있나요?"

"아뇨." 내가 대답했다. "둘은 반대라고 생각해요."

메리언이 바닷속 깊이 가라앉는 동안 조감독이 마이크에 대고 "암전"이라고 말하는 것으로 대본 읽기가 끝난 후, 다들 서성이며 서로에게 축하 인사를 건넬 때 나는 겉으로는 그런 티를 내지 않으면서 레드우드를 찾았다.

"안녕하세요." 그와 정면으로 마주치자 나는 놀라는 척하며 말했다. "진짜로 존재하네요. 당신을 환각 속에서 본 건지도 모른다고 생각했는데."

그가 초조한 웃음을 터뜨리며 귀 뒤로 머리를 넘겼다. "참고로, 그 분홍 코끼리들도 진짜였어요." 그가 말했다.

"당신이 원한다면, 그게 은하계 여행이 아닌 정상적인 사업상의 점심식사였던 것처럼 가장할 수도 있어요."

그가 조용히 주위를 둘러보며 말했다. "누군가와 함께 술이나 약에 취한 후에 혹시 자신이 멍청이 짓을 한 건 아닌지 걱정한 적 있어요?"

"아뇨." 내가 대답했다. "난 안 그러는 것 같아요."

그가 안도의 미소를 지었다. "당신은 그런 짓 전혀 안 했어요. 하지만 난 했을지도 모르겠네요."

"솔직히 말하면, 그때 우리가 나눈 말이 전혀 기억 안 나요."

"그래요, 나도, 그게 늘 문제인 것 같아요."

"그냥 당신이 한 모든 말이 훌륭했을 거라고 생각하면 되죠."

"우스꽝스러운 말만 늘어놓은 것 같은 기분을 떨쳐버릴 수 없다면요?"

"다시 해보면 되지 않을까요?" 내가 모험을 걸었다. "와인만 마시면서."

"그래요. 당연히 그래야죠." 그는 무슨 말인가 더 하려다가 누가 부르자 자리를 떴다.

하숙집

～

브리티시컬럼비아

1932년 6월

메리언의 미줄라 방문 3개월 후

스티어맨이 국경을 넘어 캐나다로 들어갔다. 아래쪽 세상은 신록으로 푸르렀고, 화창한 아침 내내 동풍이 불면서 하늘에 자국을 내고 비행기를 흔들었다. 메리언은 서쪽으로 선회했다.

제이미는 여행가방과 물감과 붓이 든 상자를 가지고 앞 조종석에 웅크리고 앉아 있었다. 돌아오는 길에는 위스키 상자들이 그 공간을 차지할 터였다. 메리언은 나중에 도착이 늦어진 것에 대해 엔진에 문제가 생겨서 황무지에 불시착해 직접 비행기를 고쳤다는 핑계를 댈 작정이었다. 바클리는 그 말을 믿지 않겠지만, 그래도 그땐 이미 임수를 완수한 후일 터였다.

케일럽이 편지로 그녀에게 제이미가 호전되지 않는다고, 곧 떠나게 될 것처럼 메리언이 어딘가로 데려가줄 거라는 이야기만 되풀이하고 있다고 전했다. 시도해볼 가치가 있을까? 케일럽은 집을 빌려주면 개들과 피들러를 돌봐줄 사람을 안다고 했다.

케일럽은 중요한 일이 아니고서는 편지를 쓰지 않았다.

메리언은 바클리에게 용서한다고 말하고 의지로 자궁을 닫은 후 잠자리를 허락했다. 다시 국경을 넘나들기 시작하면서 이름 모를 도시에서 편지 두 통을 부쳤다. 한 통은 제이미에게 보낸 것으로, 곧 예고 없이 데리러 갈 테니 떠날 준비를 해놓으라는 내용이었다. 나머지 한 통은 문의 편지였는데, 수신인에게 주소를 알려주지 않아서 답장은 받아볼 수 없었다. 밴쿠버에서 온 편지를 바클리에게 들키고 싶지 않아서였다.

드문드문 보이는 실구름이 철조망에 찢긴 양털 같았다. 프로펠러가 동그란 얼룩을 만들며 투명한 장애물이 되었다. 바클리는 용서(거짓 용서일망정)의 대가가 무엇이어야 하는지 알았다. 물론, 비행이었다. 그녀에겐 국경을 넘는 비행이 도망의 몸짓임을 알고 있었기에, 그는 마지못해, 미심쩍어하면서 그 대가를 주었다.

제이미는 앞 조종석에서 게슴츠레한 눈으로 아래를 내려다보았다. 출발 전에 밀주를 잔뜩 마셨던 것이다. 그는 술을 끊을 필요를 인식한 것을 자랑스러워하며, 그리고 몰래 술병을 들고 비행기에 타고 싶은 충동을 억제하는 것에 자부심을 느끼며 이게 마지막 술이라고 다짐했었다. 세라도 같이 비행기에 탈 수 있었다면 얼마나 좋았을까. 그녀가 흥미진진해하며 아래쪽 풍경을 즐겁게 감상하는 모습이 눈에 선했다. 처음 미줄라로 돌아오고 나서 윌리스는 덴버로, 메리언은 바클리에게로 떠난 후, 세라에 대한 그리움이 너무 지독하고 끈질겨 더럭 겁이 난 제이미는 공포에 질린 엘크가 파리떼를 피해 호수로 뛰어들듯 그림으로, 술로 도피했다. 그림으로 세라의 모습을 불러올 수 있었다. 그림으로 그녀에게 보여줄 수 있었다. 정확히 뭘 보여주는 건지는 몰랐지만 말이다. 일 년 가까이 세월이 흐르자 세라에 대한 생각은 더이상 괴롭지 않았고 오히려 벗이 되어주었다. 특히 술에 취하면 더 그랬다. 그는 상상 속에서 그녀와 장황하고 두서없는 대화를 나누었고, 그녀에게 대답 없는 질문들을 퍼부었다.

메리언은 긴 골짜기로 내려갔다. 자연 그대로의 시골이 농장으로, 동네로 바뀌었고 흘러가는 구름 그림자 아래 도시가 무질서하게 뻗어나가다 바다에서 멈췄다. 비행기가 시내에서 항구를 지나 북쪽으로 향하자 제이미는 작은 비행장을 발견했다. 비행장에서 비행기에 묶인 밧줄을 당기기라도 하듯 그들은 하늘에서 비행장을 중심으로 빙빙 돌면서 점점 더 땅에 가까워졌다.

"답장을 보낼 주소를 알았으면 제일 작은 방 하나밖에 안 남았다는 걸 미리 알려줬을 텐데."

제럴딘은 메리언이 기억하는 모습 그대로 금발에 부드럽고 가슴이 커서 엄마처럼 푸근하고 편안한 느낌을 주면서도 태도는 전보다 활발했고, 눈빛은 회의적이었다.

"괜찮아요." 메리언이 말했다.

"그쪽도 괜찮아요?" 제럴딘이 제이미에게 물었다. "방을 쓸 사람은 그쪽이니까."

"그럼요."

"먼저 둘러보고 싶겠죠."

제이미는 비행장에서 오는 택시 안에서 침묵을 지켰다. 메리언은 몇 달째 이어져온 숙취가 또 시작되었거나 이곳의 생경함과 새 출발의 어려움을 받아들이고 있는 모양이라고 생각했다. "가서 봐." 그녀는 제이미가 그 방을 거부하지 않을 것을 알면서도 그렇게 말했다.

제럴딘이 제이미를 데리고 2층에 올라간 사이 메리언은 식탁에서 기다렸다. 불과 일 년 전, 크레바스 위를 난 날 아침 마지막으로 앉았던 곳이었다. 제이미와 제럴딘은 그녀의 예상보다 오래 걸렸다. 집이 조용한 것으로 보아 다른 하숙인들은 외출한 모양이었다. 그녀는 손목시계를 보며 해지기 전에 밴쿠버에서 얼마나 멀리 가서 바클리 귀에 소식이 들어가지 않게 밤을 보낼 수 있을까 생각했다.

웃음소리와 발소리가 들렸다. 계단 삐걱거리는 소리도 들렸다. 부엌으로 들어온 두 사람은 아까보다 가볍고 밝아진 듯했고 홍조가 돌았다. "방 괜찮아?" 메리언이 제이미에게 물었다.

"궁전이지." 제이미가 쾌활하게 말했다.

"손님 초대는 금지예요." 제럴딘이 엄격한 태도로 돌변해서 말했다. 밝은 모습은 온데간데없었다. "자정까진 들어와야 하고요. 집에서 술 마시는 것도 안 돼요."

"좋아요." 제이미가 말했다.

"그럼 가서 짐 풀어." 메리언이 말했다. "난 여기서 기다릴게."

제이미가 자리를 뜨자 메리언은 일어섰다. "작별인사 전해주시겠어요?" 그녀가 제럴딘에게 말했다.

"안 자고 가요?"

"안 돼요. 남편이 기다려요."

"차 한 잔도 안 돼요?"

"안 돼요."

제럴딘은 감상적이기보다 현실적인 염려가 담긴 눈빛으로 바라보았다. "왜 답장할 주소를 안 알려줬어요? 제이미에게 무슨 문제라도 있나요? 그렇다면 나한테 말해줘야 해요."

"없어요. 있어도, 환경을 바꾼다고 해결될 문제는 아니고요."

"그럼 메리언에게 무슨 문제가 있는 건가요?"

"얘기하자면 길어요."

"무슨 일인데요?"

메리언은 문을 향해 움직였고 제럴딘이 따라왔다. "주로 남편 문제예요."

"아." 제럴딘은 남편들에 대해 좀 안다는 듯 입을 삐죽거리며 고개를 끄덕였다.

"난 작별인사를 좋아하지 않아요." 메리언이 문가에서 말했다. "제이미도 알고요. 그러니까 놀라지 않을 거예요."

"난 작별인사를 싫어하지 않아요." 제럴딘이 말했다. "전해줄게요."

그레이브스 가족의
간추린 역사

~

1932년~1935년

1932년 5월, 어밀리아 에어하트는 록히드 베가를 몰고 홀로 뉴펀들랜드에서 북아일랜드까지 날아간다. 린드버그 이후 첫 대서양 횡단 단독비행. 폭풍우 속에서 열다섯 시간 가까이 걸린 어려운 비행이다. 비행기 날개에 얼음이 언다. 3천 피트 상공에서 빙글빙글 돌면서 떨어진다. 가까스로 통제력을 되찾았을 땐 흰 거품을 문 파도 바로 위다. 섬도 환초도 없는 차가운 바다, 살아 돌아오는 건 꿈도 꿀 수 없고 조난자가 될 수밖에 없는 그곳에서 실종될 수도 있었다. 결국 그런 상황이 닥치고 말겠지만, 사람들이 구조에 나선다 해도 물밖에 발견할 수 없을 것이다. 자칫 잘못했으면 그녀도 잠시 인기를 끈 후 꿈을 좇다가 실종된, 이제는 잊힌 또 한 명의 죽은 조종사가 되었을 것이다.

뉴저지 호프웰의 밤. 텅 빈 아기침대. 창턱 위에 놓인, 아기의 몸값을 요구하는 쪽지. 찰스 린드버그의 이십 개월 된 첫 아들이 사라진다.

혼돈. 소란. 그 소식이 신문마다 대문짝만하게 실린다. 모두가 탐정이 된다. 다들 한몫 끼고 싶어한다. 심지어 교도소에 수감중인 알 카포네까지 돕겠다고 나선다.

십 주 동안 무수한 거짓 제보가 이어지고, 린드버그는 아들이 배 위에 무사히 있다고 약속한 남자에게 몸값을 지불한다. 하지만 그 약속은 거짓으로 밝혀지고, 아기는 린드버그의 집에서 4마일 떨어진 지점에서 두개골이 골절되고 심하게 부패된 상태로 발견된다. 유괴 당일 살해된 것이다. 린드버그는 늘 조용한 사람이었으며 무척 괴짜이기도 했다. (한번은 장난으로 친구의 물주전자에 석유를 넣고 친구가 그걸 마시는 걸 지켜보았다. 린드버그는 눈물이 날 정도로 웃어댔고, 친구는 병원에 실려갔다.) 그는 더욱 내향적으로 변해 좁은 커튼 틈으로 세상을 내다본다. 그의 아내 앤은 그가 우는 모습을 본 적이 없다.

영국과 오스트레일리아에서 명성을 떨친 에이미 존슨은 데저트클라우드라는 이름의 드해빌런드 퍼스모스 비행기로 런던에서 케이프타운까지 날아가, 남편이 세운 단독비행 기록을 깬다―그녀의 남편 짐 몰리슨은 술주정뱅이에 못 말리는 바람둥이지만 훌륭한 조종사다. 사하라의 모래언덕들이 보름달 아래 은빛으로 물결친다.

8월에 바클리가 메리언의 새 페서리를 발견한다. 최근 들어 종족번식 의무에 충실한 동물처럼 팡파르도 없이 그녀에게 파고들던 바클리가 그날 밤엔 그녀의 쾌감을 이끌어내기 위해, 예전처럼 그녀가 자신에게 반응하도록 만들기 위해 그녀 안에 손가락을 넣었다가 고무 테두리를 만진다. 그는 손바닥으로 그녀의 뺨을 갈기고, 그녀는 주먹으로 그의 얼굴을 때린다. "다시 비행기에 탔다간, 비행기에 휘발유를 붓고 불질러버릴 거야." 그가 눈물 고인 자신의 눈에 손을 올리며 말한다.

"그럼 내 몸에도 똑같이 할 거예요."

"못할걸."

"장담해요?"

"이건 어디서 구했지?"

메리언은 입을 열지 않는다. 그의 누이가 그녀의 동지는 아니지만, 그래도 배신하지 않는다. 그는 페서리를 불에 던진다.

그후로 땅에 묶인 메리언은 공기가 답답하고 무겁게만 느껴져 움직임이 둔해진다. 바클리는 매일 엄격하게 그녀와 짝짓기를 한다. 그녀는 그가 증오심 때문에 일부러 고통을 준다고 생각하진 않는다. 그는 임신이 일종의 구제책이 되어 그녀를 그가 원하는 여자로 즉시 완전하게 바꿔줄 거라고, 그가 늘 옳았음을 증명해줄 거라고 믿는다. 그녀도 결국 그가 옳았음을 알고 그를 사랑하게 될 거라고 믿는 것이다. 이따금 그는 그녀가 시체처럼 누워서 내가 잘못하고 있다고 느끼도록 만들려고 한다며 화를 낸다. 그녀가 다른 남자들을 만났다고 주장하며 케일럽에 대해, 캐나다에 그의 술 은닉처만큼 넓게 흩어져 있는 그녀의 애인들에 대해 넌지시 떠본다. 그는 그녀의 손목을 잡고 주먹을 피하는 기술이 는다. 한때 목적의식으로 가득찼던 그녀의 자아, 내면의 서식지는 공허하고 무기력하며 끔찍한 곳으로 변한다. 그녀는 마치 실수로 껍데기 대신 내부의 몸을 버린 소라게가 된 듯하다. 그녀의 몸은 그 어느 때보다 딱딱해지고, 뼈만 앙상해지고, 야위어간다. 그녀는 그의 몸이 무겁다. 공기가 무겁다. 무게와 압박감이 늘 그녀를 짓누른다.

그래도 임신은 되지 않는다.

"난 마녀예요." 무슨 술수를 쓰는 거냐고 그가 따져 묻자 그녀가 대답한다. 그가 자신도 모르게 그 말을 거의 곧이듣는 걸 그녀는 꿰뚫어본다.

메리언은 제이미를 밴쿠버로 데려다줄 때 그녀가 배달을 다니다가 들를 수 있는 한 도시의 우체국으로 편지를 보내라고 말해놓았다. 하지만 이제 비행을 할 수 없어서 편지를 가지러 갈 수가 없다. 바클리에게 제이미가 있는 곳을 들킬까봐 자신이 편지를 쓸 수도 없다.

어느 가을날, 메리언은 집에서 멀리까지 걸어간다. 사시나무에 무성하게 달린 동그란 금빛 잎사귀들이 마치 하늘에서 동전이 쏟아지다가 걸려 있는 듯하다. 높고 날카로운 휘파람소리. 케일럽이 숲에서, 어른거리는 빛 속에서 걸어나온다. 그의 모습은 여전하다. 머리는 등뒤로 땋아내렸고, 소총이 어깨 위로 튀어나와 있다. 그는 유머로, 그녀의 사랑에 대한 추정으로 반짝거린다. 그녀는 그에게 달려가며 자신이 그동안 얼마나 외로웠는지 깨닫는다.

그녀는 그의 허리를 감싸안는다. 그는 한 손으로 그녀의 목덜미를 쓰다듬는다. 그녀의 이발사였던 그는 그녀의 머리가 삐뚤삐뚤한 걸 알아챘으리라. 바클리가 긴 머리를 원해서 메리언은 어머니 매퀸의 바느질용 가위로 아무렇게나 싹둑 잘라버렸다.

그녀가 케일럽의 가슴에 대고 말한다. 여기서 뭐하는 거야? 어떻게 왔어? 왜 온 거야?

"제이미가 너한테서 소식이 없다고 해서."

"편지를 안 썼어. 못 썼지. 제이미는 어떻게 지내?"

"나아진 것 같아. 그럼도 그리고 있고. 내 생각엔 하숙집 주인이랑 자는 것 같아. 여기 편지 가져왔어. 네가 직접 읽어봐." 그는 주머니에서 편지봉투를 꺼낸다. "난 그냥 배달부야."

"미줄라에서 여기까지 걸어온 건 아니지, 그렇지?"

"줄곧 걷진 않았지. 그래도 너와 제이미가 좀더 효율적으로 서신을 주고받을 방법을 찾아볼 수는 있겠다. 우편이라는 게 있다고 들었어."

"사람들 눈에 안 띄게 조심해야 해. 정말이야, 케일럽. 누구한테도 들키면 안 돼. 바클리가 좋아하지 않을 거야. 그 사람은 이미 내 비행기를 빼앗았거든."

"너를 가둬놨구나."

"내가 쇠사슬이라도 찼어?" 그녀는 왜 바클리를 두둔하고 싶은 충동이 생기는지 알 수 없다. "영원한 건 아냐."

"그 남자를 떠나지 않는 한 영원하지."

"화가 풀릴 거야."

케일럽이 조용히 말한다. "나도 늘 우리 엄마가 나아질 거라고 생각했지."

"그건 달라." 메리언은 시선을 돌려 혹시 스파이가 있는지 나무들을 훑어본다. "겨우 편지 한 통 전하려고 여기까지 오게 해서 미안해."

"편지 때문만은 아냐. 너를 만나고 싶었어. 걱정돼서." 그는 메리언을 살펴본다. "너무 말랐네."

메리언은 케일럽이 걱정해주는 것이 자기와의 약속을 어기고 자신의 판단력과 능력을 모독하는 행위로 느껴져 발끈하지만, 자신이 빌미를 제공했음을 알기에 누그러진다.

그가 덧붙인다. "나야 늘 떠돌아다니니까. 이쪽으로 떠도는 게 힘든 일은 아니지."

"그렇게 떠돌아다니는 게 부럽다."

"그럼 같이 가. 떠나자."

불가능하다는 사실 말고는 떠나지 못할 이유가 없다. "몰래 도망치면 겁쟁이처럼 느껴질 거야."

"메리언."

"그 사람이 나를 보내줘야 해."

"그럴 일은 절대 없어."

"안 그럼 아무것도 해결되지 않을 거야. 진짜 끝나야만 해. 서로 동의하에. 그에게 빚진 기분을 느끼며 살 순 없어."

"네가 늘 빚진 기분을 느끼도록 만드는 법을 그가 모른다고 생각해? 바클리에게 너와의 결혼은 시합이나 마찬가지고, 너를 보내주면 그는 지는 거야."

그녀는 열이 치민다. 더는 두려움과 분노를 구분할 수 없다. "입씨름하지 말자, 제발. 못 참겠어."

그가 굴복한다. "그래도 편지는 읽어. 네가 답장을 쓸 수 있게 연필이랑 종이도 가져왔어." 뒤틀린 미소. "넌 내가 너의 전용 배달부 노릇 이상은 아무것도 할 수 없다고 생각하지."

제이미는 편지에서 메리언에게 밴쿠버에 데려다줘서 고맙다고 했다. 그는 이제 나아졌다고, 월리스의 집이 건 흑마술이 풀렸다고 그녀를 안심시켰다. 밑바닥까지 추락하고 그녀에게 그런 모습을 보인 걸 수치스러워했다. 내가 정신을 놨었구나. 그는 '멧돼지털 클럽'이라는 그 지역 화가 모임에 나가고 있다며, 그림붓을 만드는 데 멧돼지털이 쓰이기도 해서 그런 이름이 붙었다고 설명했다. 그 클럽 전시회에 그도 작품 몇 점을 냈고 그중 한 점이 팔렸는데 비싼 가격은 아니라고 했다. 주말이면 시애틀에서 한 것처럼 공원에 가서 초상화를 그리며, 화방에 일자리를 얻었고 그림 교습을 해준다는 신문광고도 냈다고 했다. 한 가지 옥의 티는 네 소식을 못 들어서 네가 어떻게 지내는지 모른다는 거야. 그는 제럴딘과 좋은 친구가 되었다는 내용도 덧붙였다.

진실을 말하자면, 제이미는 사랑에 빠졌다. 사랑은 아닐 수도 있다. 그는 사랑이길 원한다. 욕정에 빠진 건 틀림없는 사실이고, 처음 잠자리를 가진 여자를 사랑하지 않는 건 무례하고 심지어 저급하게까지 여겨지기 때문이다. 게다가 그가 손과 입으로 만질 수 있고 위에 올라탈 수 있으며 안으로 들어갈 수도 있도록 허락된 그 부드럽고 따뜻이 맞이해주는 몸을 사랑해선 안 될 이유가 무어란 말인가? 그 몸에 살고 있는 좋은 여자, 순수한 육욕의 힘으로 마침내 세라 페이히를 그의 생각의 중심에서 몰아낸 그녀를 사랑해선 안 될 이유가 무언가? 제럴딘을 사랑하지 않을 이유가 없는데도 그는 그녀를 사랑하지 않는다. 사랑이라고 할 수는 없다. 하지만 그녀에게 애정은 느끼며, 그녀의 침대에 있지 않을 때면 어서 그곳으로 돌아가고픈 마음이 간절하다.

미줄라에서 정신을 놓아버렸을 때 그는 세라 페이히의 삶이 자기 없이도 계속될 거라는 사실이, 그녀가 워싱턴대학에 들어가 남자도 만나고 결혼도 하고 자신이 아예 나타나지 않았더라면 하게 되었을 모든 일을 하며 살 거라는 사실이 못내 고통스러웠다. 이제 그는 제럴딘과 잠자리를 하면서 희미한 승리감을 느낀다. 다른 여자와 사랑을 나눔으로써 추상적인 응징이라도 하고 있는 것처럼 말이다. 하지만 이런 감정은 사랑이 없는 것보다도 더 무례하므로 애써 억누른다.

세라에게 필요한 건 잊는 것이다.

제럴딘은 제이미에게 서른 살이라고 말하고 제이미는 그녀 말을 믿는다. 그녀 나이가 그쯤 되었으리라 생각한다. 그녀는 어머니에게 그 집을 물려받았다. 제이미 말고도 하숙인이 셋 더 있는데 교사로 일하다가 은퇴한 늙은 남자, 재단사 일을 배우는 젊은 남자, 제럴딘 또래의 독신녀로 사무실에서 일하고 제이미만 보면 은밀한 윙크를 보내는 여자다. 그는 자신이 여자들에게 매력이 있음을 깨닫기 시작한다. 키 큰 물잔*이네요. 멜빵 달린 작업복 차림의 여자가 그가 일하는 화방에 대량 주문한 점토를 찾으러 왔다가 그렇게 말했고, 그가 얼굴을 붉히며 그게 무슨 뜻인지 묻자 이렇게 대답했다. 무더운 여름날에 딱 맞는 남자라고요. 나중에 멧돼지털 클럽에서 주최한 강연에 갔다가 그녀를 본 제이미는 사람들에게 그녀에 대해 물어보았다. 그녀 이름은 주디스 웩슬러. 조

---

* 키가 크고 날씬한 사람을 이르는 관용어.

각가다.

제이미는 이따금 제럴딘이 그가 열여덟 살밖에 안 되었다는 사실을 잊는 것 같아 걱정스럽다. 그러다가도 그녀가 엄마처럼 안 달복달하면 자신을 어린애로 여기는 것 같아 걱정이 된다.

하지만 불안감도 사랑의 일부이리라 생각한다.

제이미에게,

노란 사시나무 숲에서 이 편지를 쓰고 있어. 아무 목적 없이, 누군가를 만날 거란 예상도 안 하고, 사실은 혼자 있으려고 여기까지 걸어왔는데, 갑자기 케일럽이 나타났지 뭐야. 케일럽은 사슴 사냥을 할 때처럼 몰래 내 뒤를 밟았는데, 고맙게도 내게 총을 쏘진 않았지. 별로 전할 말은 없고 난 잘 지내고 있어. 바클리가 비행을 금지했는데 마음이 바뀌길 바라고 있어. 그런 희망이라도 가져야지. 어쨌든, 제발 내 걱정은 마.

월리스 삼촌하고 통화했어? 내가 통화했는데, 잘 지내는 것 같아. 네가 삼촌 뒤를 따라 덴버의 의사에게 가게 되진 않을 것 같아 기쁘다. 새 출발이 가능할 거라 생각해.

제발 계속 소식 전해줘. 내가 이런 무기력한 답장만 보낸다고 해도 말이야. 난 지금 내 정신이 아니거든.

1933년이다.

뉴욕의 다리들 아래로 비행한 저돌적인 십대 소녀 엘리너 스미스는 스물두 살에 결혼한 다음 오래지 않아 비행을 중단하고 무대에서 사라진다. (비행 중단은 그녀의 남편이 세상을 떠난 1956년까지만 지속된다. 그녀는 죽음을 구 년 앞둔 2001년 여든아홉 살의 나이로 마지막 비행을 하게 될 것이다.)

조종사 와일리 포스트는 애꾸눈이고 위니메이라는 이름의 록히드 베가 비행기를 갖고 있다. 그는 팔 일 동안 열한 번 쉬면서 홀로 세계일주를 한다─첫 세계일주 단독비행이다. 북쪽으로 향하는 경로를 택해 뉴욕에서 베를린, 모스크바, 시베리아와 알래스카의 알려지지 않은 도시들, 에드먼턴을 거쳐 뉴욕으로 돌아온다. 엄밀히 말하면 대원은 아니지만 큰 원을 그린 건 의심의 여지가 없다. 포스트는 최신식 무선나침반과 기초적인 스페리 자동조종장치라는 두 가지 혁신의 도움을 받는다. 그는 조종석에서 토막잠을 자가며 무선신호를 이용해 길을 찾는다. 그럼에도 탈진할 만큼 지친다.

에이미 존슨은 남편 짐 몰리슨과 함께 맞바람을 안고 북대서양을 건너 뉴욕을 향해 서쪽으로 비행한다. 그들은 코네티컷에 추락하지만 살아남는다. (1941년, 서른일곱 살의 에이미는 영국의 키들링턴 공군기지로 훈련용 비행기를 이송하다가 악천후를 만나 실종된다. 낙하산을 타고 템스강 어귀로 뛰어내린 그녀는 익사했거나 그녀를 구조하러 온 배의 프로펠러에 끼어 사망했을 것으로 추정되며, 끝내 시신은 발견되지 않았다.)

영국 조종사 빌 랭커스터는 에이미의 남아프리카 비행 기록을 깨려다가 사하라에 추락한다. 망가진 비행기와 갈색으로 말라비틀어진 그의 시신은 1962년 발견될 때까지 텅 빈 모래사막에 고스란히 남는다. 날마다 움직이는 땅이 그를 들어올려 새벽을 맞이하게 한다. 다른 곳에서라면 세상이 스스로를 파괴하고 재건할 것이다.

히틀러가 권모술수를 써서 총통 자리에 오른다. 그는 연설할 때 마치 자신의 말이 턱을 강타하듯 고개를 뒤로 휙 젖히는 버릇이 있다.

독일은 베르사유조약에 의거해 다시는 공군을 보유할 수 없게 되었지만, 독일 조종사들이 소련에서 비밀리에 훈련을 받는다. (이 원조는 스탈린이 내린 최고의 결정이라고는 할 수 없다.) 민간인 스포츠 클럽이라는 얄팍한 위장하에 훈련이 이루어지기도 한다. 젊고 혈기왕성한 아리아인들이 글라이더를 타고 신선한 알프스의 공기를 가르며 하늘로 솟아오른다.

점점 더 많은 비행기가 만들어지고 비행선, 오토자이로, 비행정 등 종류도 다양해진다. 거리, 속도, 기간, 고도 기록이 만들어지고 깨진다. (메리언은 배넉번에서 신문을 거의 보지 않아 그런 소식들을 잘 모른다.)

더 많은 항공사가 생겨난다. 유나이티드항공 보잉 247기가 인디애나 상공에서 폭파된다. 처음으로 일어난 여객기 폭파 사건이다. 누가, 왜 그런 짓을 했는지 아무도 알아내지 못한다.

메리언의 마음에 커다란 공백이 자리한다. 이렇게 나태했던 적이 없다. 그녀에겐 백일몽도 야망도 없다. 어쩌다 한 번씩 케일럽이 갑자기 목장에 나타나고, 그는 그녀의 옛 삶을 향기처럼 실어 온다.

메리언에게,

난 항구 건너편의 진정한 밴쿠버로 이사했어. 안타깝게도 제럴딘과는 좋게 헤어지지 못했어. 내가 그녀를 실망시켰지. 하지만 안 그랬다면 헤어지지 못했을 거야. 그래도 그 일은 유감스럽게 생각해.

제이미는 무질서한 파월 스트리트가 개스타운으로 녹아들기 시작하는 구역에 있는 하숙집에 산다. 그가 묵는 곳은 제럴딘의 집처럼 개인 주택이 아니라 당구장과 일본인 이발소 사이에 위치한 지저분한 3층 건물이다.

그는 이 새로운 삶의 투지와 익명성, 시끌벅적한 도시의 혼잡, 개스타운의 맥줏집들과 벌목꾼 직업소개소, 덜컹거리고 윙윙대는 전차와 가쁜 숨을 몰아쉬는 화물열차, 일본인 채소상과 국숫집, 바로 남쪽에 위치한 차이나타운의 수수께끼 같은 간판들과 빼곡한 진열장에서 안도감을 느낀다.

어쩌면 밤의 유흥에 살짝 발을 들일 수도 있으리라. 월리스 삼촌 집의 어두운 힘에서 벗어났으니 술을 몇 잔 마셔도 정신을 놓지 않을 수 있으리라. 제럴딘에게서 자유로워지자 그녀가 그리워지지만, 그리움은 떨쳐버려야 할 위험한 감정인 듯하다. 여자의 손길이 필요하다. 옛 기억을 덮을 새 기억이 필요하다.

몽롱한 밤들, 매춘부와의 짧고 구역질나는 만남.

그는 거리와 항구의 풍경을 그린다. 일주일에 한 번 부유한 과부에게 그림 교습을 해주는데, 그녀가 소심하고 복잡한 선으로 표현할 수 있게 과일이나 꽃 같은 정물을 배치한다. 그는 멧돼지 털 클럽 회원 몇 명과 어울리는데, 모두 이십대 남자로 근근이 살아가고 있다. 두 사람은 미술학교에서 학생들을 가르치고, 몇 사람은 순회 전시회 일을 하거나 미술관에서 작품을 구입해주는 상을 받았다. 그들은 서로의 작품에 대한 평을 해주기도 하지만 주로 만나서 술을 마신다. 제이미가 주디스 웩슬러에 대해 묻자 그들은 쓸 만한 정보는 주지 않고 짓궂게 놀려대기만 한다. 그 여자에게 잡아먹힐걸! 이봐, 간이 부었구먼! 그녀 안으로 들어가는 자여, 모든 희망을 버릴지어다!

그는 메리언에게 이런 편지를 쓴다.

미리 예상할 수는 없으나 나중엔 불가피하게 여겨질 아주 중요한 시점에 이른 기분이야. 보헤미안의 삶을 일시적 유희로 받아들여야 할까, 아니면 덫으로 여기고 피해야 할까? 월리스 삼촌처럼 밑바닥까지 떨어질까봐(거의 그렇게 됐었지) 두렵지만, 그렇다고 아무 즐거움 없이 사는 건 지나치게 극단적인 예방 같고 창작 의욕도 꺾일 거야. 난 사랑을 원하지만 아내는 원하지 않아. 아직은. 술을 원하지만 무너지고 싶진 않아. 추진력을 얻고 싶지만 한쪽으로 기울고 싶진 않아. 내가 원하는 건 일종의 평형상태 같지만 한편으론 앞뒤로 기울어지는 스릴도 원해. 내 말이 무슨 뜻인지 알겠어? 모를 수도 있겠다―넌 늘 한 가지 목표에 매진해왔으니까. 어쩌면 답은 그림에 있을 거야. 그림을 그릴 때 마음이 가장 평온한 건 사실이니까.

생일 축하해.

그들은 열아홉 살이다. 메리언은 이번엔 임신이 된다. 몸이 몹시 야위면서 몇 개월 동안 월경이 불규칙했으나, 그래도 그녀는 안다. 가슴이 찢어질 듯 고동친다. 그녀는 용케 바클리에게 입덧을 감추지만 비밀을 오래 유지할 수 없음을 안다.

그동안 얼마나 어리석었던가. 얼마나 수동적이고, 미신적이고, 희망적이고, 우스꽝스러웠던가. 땅에 묶인 유령이 나무들 사이를 배회하는 한편 암퇘지가 침실에서 기다리고 있었던 것이다. 그녀는 수태의 순간 어머니로서의 운명에 확신을 갖게 되리라는 바클리의 굳은 신념 안에 얼마간의 진실이 있을지도 모른다고 생각했지만, 오히려 정자와 난자의 만남은 호수 수면 위 첫 얼음 결정의 형성이었고 그 결정으로부터 단단하고 깨지지 않는 얼음판이 호수 기슭까지 꽃을 피우고 날개를 펼치며 나아간다. 그녀는 그 얼음판 밑 자신의 검은 심연을 들여다본다. 거기서 떠도는 티끌만한 생명을 증오하진 않지만 연민하지도 않을 것이다.

금주령이 막을 내릴 것임을 더이상 부인할 수 없다. 바클리의 동업자들이 대책 마련을 위해 배녁번을 찾는다. "목장주들이에요." 그가 어머니에게 둘러댄다. "소 이야기를 하러 온 거예요."

"밀주업자들이에요." 메리언이 어머니 매퀸이 앉은 의자 위로 몸을 기울이며 속삭인다. "아드님은 범죄자예요. 잘 아시겠지만."

하지만 어머니는 못 들은 척 콧노래를 부르며 뜨개질을 한다.

바클리는 아내에 대한 감시가 느슨해지는 게 싫어서 거의 목장을 벗어나지 않지만, 이따금 사업 때문에 밤에 못 들어올 때도 있다. 메리언은 기다린다. 구체적인 계획은 없고, 주인의 장갑을 찾아오는 고집 센 매처럼 그녀에게 돌아온 의지만이 있다.

어느 날 오후 바클리와 새들러가 다음날 아침에 돌아올 예정으로 차를 타고 나간다. 메리언은 케이트와 어머니와 함께 저녁을 먹은 후 초침소리 같은 어머니의 뜨개바늘 소리를 들으며 불가에 앉아 있다가 잠자리에 들어 자정까지, 자정이 지나 정적이 완전히 자리잡을 때까지 기다린다. 그녀는 살금살금 계단을 내려간다. 고자질쟁이 집이 자신을 배반할 것임을 확신하기에 발걸음을 옮길 때마다 조심한다.

반달이 뜬 9월의 밤은 맑고 포근하다. 그녀는 바지와 소박한 셔츠, 캔버스 재킷 차림이다. 배낭에는 모직 담요, 물병, 약간의 음식, 손전등, 나침반, 칼, 마지막으로 미줄라에 갔을 때 은행에서 인출해서 깡통에 넣어 비행장 근처에 묻어둔 돈이 들어 있다. 그녀가 자신의 소유물로 여기는 것들은 모두 윌리스의 집 뒤편 오두막에 있다. 매퀸 부인의 고급 옷과 장신구─그중 무엇도 그녀와는 상관없다. 달빛이 그녀가 걷고 있는 목장 길을 푸르스름하게 물들이고, 그녀의 그림자를 만들고, 스티어맨 날개를 푸르스름하게 물들인다. 바클리가 스티어맨을 망가뜨렸을지도 모른다는 생각에 걸어서 산을 넘을 각오를 했는데, 기름을 붓고 점화플러그를 청소하자 엔진이 바로 작동한다. 연료탱크가 아직 반은 차 있는 걸 발견한 그녀는 분노와 수치심에 몸을 떤다. 바클리는 그녀가 자신의 명령을 거역하지 못할 거라는 확신에 차 있었던 것이다.

그녀는 미줄라로, 케일럽에게로, 자신의 오두막으로 갈 수 있었으면 좋겠다고 생각한다. 미스 돌리의 집으로, 우 부인에게로 가고 싶다. 하지만 목장에서 아무도 비행기가 이륙하는 소리를 듣지 못하기를, 다들 그녀가 남긴 쪽지에 속아넘어가기를 바라는 건 무리다. 미줄라에 가면 정오가 되기 전에 발각될 것이다.

어둠 속에서 울퉁불퉁한 땅을 덜컹거리며 질주해 하늘로 날아오른다. 달빛에 비친 나무들 위로 비스듬히 날아 북서쪽으로 방향을 돌린다. 하늘은 여전히 맑지만 아무리 두꺼운 먹구름이 겼어도 그녀를 막진 못했으리라. 그녀는 검은 광택을 지닌 호수 위를 지나며 결혼반지를 빼서 버린다.

"바클리가 아기에 대해 모른다고?" 메리언의 이야기를 들은 제이미가 묻는다. 배넉번을 떠난 날 아침 연료가 떨어지자 그녀는 황무지에 착륙한 다음 비행기를 나무들 사이로 밀어넣어 최대한 잘 숨겨두고 10마일을 걸어 가장 가까운 마을로 갔다. 거기서 따분한 표정의 역무원 외엔 그 누구와도 대화를 나누지 않고 보이시까지 가는 편도 표를 끊었다. 두 정거장 가서 내려 샌프란시스코행 표를 끊었고, 한번 더 그런 속임수를 쓴 다음 밴쿠버행 기차를 타고 목적지까지 갔다.

"응." 그녀가 제이미에게 말한다.

"네가 어디로 갔는지도 모르고?"

"말 안 했으니까. 내가 너를 여기 데려다준 건 아마 모를 거야. 알았다면 비웃으면서 그걸로 나를 협박했겠지. 그래도 언젠가는 나타날 수도 있어. 그럴 것 같아서 두렵지만, 나로선 어쩔 수가 없네. 만일 그 사람이 찾아오면, 내가 어디로 갔는지 모른다고만 해. 그게 사실일 테고."

"난 바클리가 두렵지 않아."

"두려워해야 해. 미안, 제이미. 다 내 탓이야."

그들은 오펜하이머파크 옆을 걷는다. 야구장에서 일본인 팀이 연습을 하고 있다. 제이미가 그들을 가리킨다. "이 도시 최고의 팀이야. 네가 여기서 지내면 같이 시합을 보러 갈 텐데. 다들 가거든."

"난 오래 못 있어. 조심하겠다고 약속해줘, 응?"

"바클리가 나한테 뭘 빼앗을 수 있겠어? 난 가진 게 없는데."

"알다시피 그가 뭘 빼앗느냐가 문제가 아냐. 내가 늘 두려워했던 게 바로 이런 상황이야."

"글쎄, 나 때문에 그 사람 곁에 있진 말았어야 했어."

"그건 아냐. 어떤 마비 상태였던 것 같아."

"어떻게 마비가 풀렸는데?"

"임신 때문에."

제이미가 망설인다.

"낳을 순 없어." 메리언이 퉁명스럽게 말한다. "그럼 그 사람에게 영원히 묶일 테니까. 기적이라도 일어나서 그가 알아내지 못한다 해도, 그는 자기 하고 싶은 대로 할 거야. 그리고 입양은 생각할 수도 없는 일이야. 아기가 부모에 대해 궁금해하게 만들

순 없으니까. 결코 추천하고 싶지 않은 경험이야."

"그래. 나도 마찬가지야." 그는 메리언을 찻집으로 데려간다.

자리에 앉으며 메리언이 화제를 돌린다. "보헤미안의 삶에 대해선 어떤 결정을 내렸어?" 웨이터가 도기 주전자와 손잡이가 없는 잔 두 개를 내온다.

"타협의 늪에 빠질지 말지도 아직 결정 못했어."

"이 차는 초록색이네. 무슨 타협?"

"마셔봐. 제법 괜찮아. 무슨 타협이냐 하면, 아무 결정도 내리지 않고 하루하루를 보내는 거지."

그저 하루하루를 사는 것은 그가 불안을 고백했을 때 주디스가 내려준 처방이었다. 그녀는 자신의 매트리스에 알몸으로 앉아서 담배를 피우고 있었는데, 그가 왜 그렇게 걱정이 많은지 이해할 수 없다며 어깨를 으쓱했다. 아무 결정도 하지 마. 그는 간절한 욕정과 사랑을 함께 느끼는 주디스에 대해 아직 메리언에게 말하지 않았다. 메리언은 주디스를 자기도취적이고 잘난 체하는 여자로 여기며 좋아하지 않을 테고, 그런 시각이 옳을지도 모른다는 고민에 빠지고 싶지 않다.

"그게 타협이야?" 메리언이 말한다. "그건 미루기 비슷한 것 같은데. 예전의 너로 돌아가게 될 거라고 생각하진 않는 거지, 그렇지?"

"응." 그가 생각에 잠겨서 말한다. "하지만 마음 한구석엔 늘 걱정이 도사리고 있어. 내 생각엔 걱정이 일종의 브레이크 역할을 하는 것 같아. 아무튼, 난 그림에 집중하고 있어. 클럽 전시회에서 몇 점 팔았지. 그리고 플라비앙이라고, 여기 갤러리를 연 벨기에 출신 사진작가가 있는데 내 작품을 팔고 싶대."

"잘됐네." 메리언은 찻잔을 빤히 본다. "식물맛이 나."

"차가 식물 맞잖아."

"그림을 좀더 팔면 지금 살고 있는 데서 나올 수 있어? 싸구려 여인숙 같아."

"사실 그렇지. 하지만 어디로 가고 싶은지 모르겠어. 그게 문제야. 거기 그대로 살면서 돈을 모으는 게 나을지도 몰라. 그러면 작업실 사용료를 낼 수도 있겠지."

"작업실에 가볼 수 있어? 네가 그리는 그림을 보고 싶어."

"오늘 오후에 갈 거야." 제이미는 앞으로 몸을 기울이며 목소리를 낮춘다. "그런데 메리언, 넌 어쩔 거야?"

"낳을 순 없어." 그녀가 거듭 말한다. "미스 돌리 집에 갈 수도 있었는데—거기 가면 도와줄 사람이 있거든—그랬다면 바클리한테 금방 들켰을 거야. 그래서 여기 매춘굴에 찾아가서 수소문을 해볼 생각으로 왔지."

제이미는 바클리 생각을 하면 오래전 개에게 돌을 던진 소년을 죽일 뻔했던 때와 똑같은 격한 분노를 느낀다. 그 분노는 논리적으로 보면 그의 마음속에, 몸안에 갇혀 있지만 그보다 훨씬 크고 강한 듯하다. 그 광포한 분노가 내부에서 그를 파괴할 수도 있다. 그는 메리언이 매춘굴 문을 두드리고, 돌팔이 의사 손에 맡겨지는 상상을 한다. 어두운 방, 녹슨 수술기구들이 놓인 트레이. "바클리가 알아내면 널 죽일 거야."

"그러진 않을걸. 하지만 그런다 해도 달라질 건 없어."

메리언을 어떻게 도울 수 있을까? 그는 여자들의 은밀한 일에 대해서는 전혀 모른다. 전에 찾아간 적이 있는 개스타운의 매춘부가 생각나지만, 그녀에겐 누이의 낙태를 주선해달라는 부탁은 커녕 시간을 묻는 것조차 상상할 수 없다. 주디스가 알 수도 있지만, 그녀가 비밀을 지켜줄 거라는 믿음이 없다. 다음 순간 그의 뇌 회로에서 신체적 감각이 느껴질 정도로 강력한 접속이 이루어진다. "아는 사람이 있는데—" 그는 말을 멈춘다. 그녀를 안다고 할 수 있을까? 그녀에 대해 아는 건 적지만 그녀가 유능하고 동정심이 많으며 이런 문제에 관심이 많다는 건 짐작할 수 있다. 하지만, 만일 그녀가 메리언을 외면한다면? 그래도 메리언은 계획대로 할 것이다. 그녀가 메리언을 체포되게 만든다면? 그러진 않을 것이다—그는 그녀에 대해 적어도 그 정도는 안다고 생각한다.

"시애틀로 가." 그가 말한다. "거기 내가 아는 사람이 있는데, 너를 도와줄 수 있을지도 몰라. 아는 사람이 없는 것보단 낫지."

메리언은 기차를 타고 시애틀로 간다. 평범해서 산 평범한 여행복을 입고, 짧은 머리를 가릴 평범한 모자를 쓰고, 소박한 신발을 신는다. 새로 산 여행가방에는 그런 복장이 더 들어 있고, 부적 역할을 하는, 그녀가 곧 진정한 자신으로 돌아갈 것임을 약속해주는 그녀의 헌옷도 챙겼다. 호텔 체크인을 할 때는 가명을 쓴다. 제인 스미스 부인이 탄생한다.

"초상화랑 똑같네요." 페이히 부인이 말한다. 그들은 시내의 작은 식당에 앉아 있다.

"초상화요?"

"제이미가 그려줬어요. 아직 갖고 있죠. 내일 갖고 와서 보여줄게요. 기억을 토대로 그렸고 그때도 범상치 않게 보였는데, 지금 실물과 얼마나 닮았는지 눈으로 확인하니 더욱 놀랍네요." 그녀는 메리언의 손을 잡아준다. "만나서 정말 기뻐요. 상황이 좋지 않아 유감스럽지만. 제이미가 어떻게 나에게 연락할 생각을 했는지 모르겠네요. 메리언 같은 상황에 처한 여자들을 돕고 있긴 하지만 제이미에겐 그런 말을 한 적이 없는데. 제이미가 통찰력이 뛰어난 모양이에요."

"그런 편이죠. 그리고 제이미는 부인과 따님들을 무척 좋아했어요."

페이히 부인은 남편이 빠진 걸 알아챘는지 미소 지으며 메리언의 손을 놓는다. "특히 세라와 특별한 우정을 나눴죠." 그녀는 커피에 설탕을 넣어 젓는다. "메리언을 세라와 만나게 해주고 싶어요. 지금은 때가 아닌 것 같지만. 제이미는 어떻게 지내요? 편지에 본인 이야기는 없어서요. 몬태나대학에 들어갔을 거라고 생각했는데 편지에 밴쿠버 소인이 찍혔네요."

"잘 지내요." 메리언은 커피잔을 우아하게 든 이 고상한 여인이 제이미의 삶을 이상하거나 실망스럽게 여길까봐 주저한다. "제이미는 화가가 되려고 해요."

페이히 부인의 얼굴이 환해진다. "오, 기쁜 일이네요! 재능이 남달라 보였어요. 언젠가 유명해졌으면 해요. 아니, 그런 식으로 표현하면 안 되지. 충만한 삶을 살면 좋겠어요."

"저도요."

페이히 부인은 고개를 옆으로 기울이고 메리언을 응시한다. "제이미한테 듣기론 좀더…… 특이할 것 같았는데. 옷차림 말예요."

"사람들 눈에 띄지 않으려고요."

"왜요?"

"남편이 사람들을 시켜 저를 찾으러 다닐 거라서요."

"아." 페이히 부인이 말한다. "알겠어요."

이튿날 아침, 메리언을 의사에게 데려다주기 위해 호텔로 찾아온 페이히 부인은 둥글게 말린 종이를 펼쳐 메리언이 목탄화에 담긴 자신을 자세히 볼 수 있도록 들어준다. "지금이라면 제이미는 저를 다르게 그릴 거예요." 메리언이 말한다. "제가 이렇게 자신감이 넘친 적이 있었다니 가능한 일 같지 않네요."

"난 메리언을 잘 알진 못하지만, 그래도 메리언이 아주 용감하다고 생각해요." 페이히 부인이 그림을 다시 둘둘 말아 메리언에게 건넨다. "이 그림은 가져요. 기념품으로."

메리언은 고개를 젓는다. "안전하게 간직할 수 있을지 몰라서요. 하지만 언젠가는 갖고 싶어요. 더 보관해주실 수 있을까요?"

트레이에 담긴 수술도구들이 달그락거리며 수레에 실려온다. 눈부신 천장등. 달콤한 에테르 냄새. 호텔 침대에 누워서 보낸 오후. 피. 무지근한 통증. 그녀는 저녁에 여러 장에 이르는 긴 편지를 써서 조심스럽게 접어 봉투에 넣는다. 호텔에 비치된 전화번호부에서 국세청 주소를 베낀 후 프런트데스크 남자에게 우표를 산다. 이튿날 물가를 따라 배회하다가 한때 조선소가 있던 후버빌까지 내려가 부서지고 무너져가는 판잣집들을 바라본다. 벽 틈새에 진흙을 회반죽처럼 발라놓았다. 그녀 안의 얼음판은 그 아래에서 떠다니던 티끌만한 생명과 함께 사라졌지만, 그녀는 과거의 자신으로 돌아가지 못했고 그저 새로운 상실감만 느낄 뿐이다. 그 상실감을 환영하지만 그래도 상실감이 드는 건 사실이다.

그녀는 호텔로 돌아가는 길에 편지를 부친다.

이튿날 알래스카행 배표를 끊는다. 그녀는 매표소 직원에게 제인 스미스라고 말하고, 직원은 승객 명단에 그렇게 적는다.

1934년에는 비행기들이 악천후에 더 멀리, 더 빨리 날 수 있다. 더 많은 항로가 열린다.

뉴질랜드인 진 배튼이 영국에서 오스트레일리아로 비행하면서 에이미 존슨의 기록을 나흘 단축시킨다. (현재 오클랜드공항에 그녀의 동상이 있다.) 찰스 킹즈퍼드 스미스 경은 태평양을 서쪽에서 동쪽으로 횡단한다. (시드니공항은 그의 이름을 따서 찰스 킹즈퍼드 스미스 공항으로 불리게 된다.)

알래스카준주는 넓고 거친 땅, 도로 없는 땅, 하늘로 여행하기에 최적의 땅이다. 비행기로 한 시간, 걸어서는 일주일이라는 말이 있다. 개썰매로 한 달 가까이 걸리는 우편로가 비행기로 일곱 시간 걸린다. 알래스카인은 이미 가장 잘 나는 사람들이지만 그래도 조종사가 더 필요하다. 결국 메리언은 늘 염원해왔던 일을 쉽게 할 수 있게 된다. 비행으로 돈을 버는 일이다.

앵커리지에 도착해 배에서 내리자마자 살 곳을 정하고 트럭을 한 대 산 다음, 격납고들을 찾아다니며 비행 경험의 증거로 자신의 비행일지를 제시하고 제인 스미스라는 이름으로 일거리를 구한다. 면허증을 요구하면, "면허는 안 땄어요"라고 대답한다. 그러면 아무도 이유를 묻지 않는다. (알래스카인들은 행정적인 것에 흥미가 없다.) 비행일지의 기록은 불규칙적이다. 너무도 많은 목적지가 그냥 '캐나다'로, 너무도 많은 비행이 단순히 '화물'로 기록되어 있다. 치밀하리만큼 평범한 이름에서도 흔적을 지운 자국이 보인다. 비열한 인상에 입술에 흉터가 있고 머리에는 쭈글쭈글한 모자를 쓴 남자가 비행일지를 보고 메리언을 보더니, 그녀를 데리고 시험비행을 해본 후 즉석에서 고용했다.

그녀는 사람들과 물건들을 실어나르고, 수상비행기 조종을 배워 물위에도 착륙하고, 겨울에는 스키를 이용해 착륙한다. 대부분의 정비는 스스로 하는데, 긴급 수리를 너무 자주 하다보니 어지간한 경우는 긴급으로 보이지도 않는다. 그녀가 빌린 작은 집은 도시 변두리에 위치해서 은둔하기에 좋다. 그녀의 아버지가 미줄라를 떠난 후 이렇게 살았을까? 기술을 어깨에 둘러메고 새 출발을 했을까? 가끔은 밖에서 짐승들이 내는 소리에 깜짝 놀라 잠이 깨어 바클리가 잡으러 왔나 생각한다. 늘 침대 곁에 소총을 둔다.

"뭐하러 비행기는 몰고 다니나? 시집가도 될 만큼 예쁜데." 그녀가 비행기 라디에이터에 넣을 물을 통에 채우고 있는데 한 조종사가 그녀 뒤에 바짝 붙어서서 낮고 허풍스러운 목소리로 말한다. "특히 여기서는."

"한 번 갔었지." 그녀가 대꾸한다. "남편이 죽었어." 이 빠진 칼날 같은 목소리다. 그 조종사는 뒤로 물러나 그녀가 수도꼭지를 잠그기를 기다린다.

맑은 날에는 쿡만灣을 가로질러 북쪽으로 매킨리산이 보인다. 그 방향으로 날아가면 달덩이처럼 흰 산이 점점 더 커지는데 마치 달이 떠오르는 듯하다. 지구의 한 부분을 이루기엔 너무 커서 지구에서 분리되는 것 같다. 동쪽으로는 톱니 모양의 추개치산이, 그 너머에는 랭겔산이, 북쪽으로는 알래스카산맥이 있다. 사방이 산이다. 미줄라에서 공중제비도 돌고 선회도 하는 그녀를 에워쌌던 수목으로 뒤덮인 산봉우리들의 얼음 덮인 기괴한 사촌들. (알래스카에서는 곡예비행을 할 엄두도 못 내는데, 그런 재주가 있는 여자 조종사에 대한 소문이 돌 수도 있기 때문이다.)

도망치고 싶은 충동은 여전하고, 지평선이 손짓해 부른다. 더 멀리 갈 수 있다면, 아무데서도 살지 않고 비행기 한 대만 소유한다면, 그 비행기가 영원히 착륙할 필요가 없다면, 그렇다면 자유를 느낄지도 모른다.

제이미는 싸구려 하숙집을 나와 같은 동네의 더 조용한 거리에 있는 작은 아파트에 혼자 살게 된다. 방은 하나뿐이지만 깨끗하고 정갈하며 송판 마루가 깔려 있고, 무릎이 가슴에 닿도록 잔뜩 구부려야 들어갈 수 있는 기이할 정도로 작은 욕조도 있다. "난쟁이를 찾는 광고를 보고 들어간 건가?" 멧돼지털 클럽 친구 하나가 말한다.

주디스는 그녀의 말을 빌리자면 거기가 어떤 곳인지 보려고 유럽으로 떠난다. "나를 애타게 그리워하진 않을 거지, 그렇지?" 그녀가 물었다. "난 자기를 완전히 잊을 거니까." 그러더니 그 말이 농담일 수도, 아닐 수도 있음을 의미하는 그녀 특유의 교활한 미소를 지었다.

제이미와 친구들 주위에는 여자들이 잘 꼬이고, 이제 제이미는 자신의 매력을 당연시하게 된다. 그는 주디스를 그리워하지 않는다는 걸 증명하기 위해 당구장에서 담배를 파는 여자, 술집 여자두엇, 춤추다 만난 여자(벌거벗고 있을 때조차 신랄한 농담을 쉬지 않고 내뱉는)와 잠자리를 갖는다. 그는 사랑하는 여자와만 잠자리를 가져야 한다고 믿었던 과거의 자신이 애처롭도록 순진했다고 생각한다.

주디스가 책을 몇 권 남기고 떠나서 그는 『프랑스 현대 화가들』 『현대적 정신을 지닌 화가들』 『예술가와 정신분석』을 읽는다. 그는 자신이 사실적인 묘사에 치우친 나머지 선의 리듬감과 구도의 독창성을 잃고 구식이 된 건 아닐까 걱정한다. 자신은 그림을 통해 아무것도 말하지 못하고, 그래서 주디스가 그런 남자들을 찾으러 유럽으로 떠난 건 아닐까 생각한다.

"고마워요, 내 사랑." 이제 더이상 사랑이라는 말조차 듣지 못하는 그는 맥주나 담배를 파는 여자들에게 그렇게 말한다.

1935년에 접어들어 십일 일이 지났을 때, 어밀리아 에어하트가 세계 최초로 호놀룰루에서 오클랜드까지 단독비행에 성공한다. 조종석 창문 밖의 별들이 손에 닿을 정도로 가까이에서 빛난다고 그녀는 기록한다. 착륙 후 만 명에 이르는 군중이 그녀를 에워싸고, 그녀의 빨간 록히드 베가는 인간의 바다에 빠진 것처럼 보인다.

"나라면 그렇게 오래 바다 위를 날고 싶지 않을 거야." 메리언을 고용한, 입술에 흉터가 있는 남자가 말한다.

그는 가식적인 사람이 아니고, 메리언은 그의 그런 점이 좋다. 다른 대부분의 남자들은 에어하트처럼 돈 많은 남편이 있으면, 카메라를 향해 웃으면서 맥아유 정제나 수하물이나 어디에든 이름을 붙이는 걸로 돈을 벌 수 있으면 자기들도 그렇게 할 거라고 말한다. 그들은 에어하트의 비행이 중요하지 않다는 것처럼, 진짜가 아니라는 것처럼 군다.

제인 스미스는 이제 진짜 알래스카 비행사가 된다. 그녀는 도시와 시골 마을, 야영지, 벽지의 오두막을 오가며 우편물, 음식, 연료, 개, 개썰매, 신문, 오토바이, 폭발물, 담배, 문고리 등 무엇이든 실어나른다. 그녀가 오지로 데려다준 사람들은 일확천금을 벌기도 하고 익사하거나 동사하거나 곰에게 잡아먹히거나 폭발 사고를 당하기도 한다. 그녀는 캔버스 자루에 담긴 시신도 나른다.

한번은 시신의 악취가 지독해서 비행기 날개에 묶어 운반한다. 한번은 임산부가 비행기에서 출산한다. 얼음에 갇힌 배의 승객들을 구하기 위해 얼어붙은 축치해에 내린 적도 있다. 그녀는 폴리니아라는 러시아말을 주워듣는데, 결빙된 바다에서 고래가 숨을 쉬러 오는 얼지 않은 부분을 뜻한다. 알래스카의 풍경은 은밀하고 가혹하며 믿기 어려울 만큼 광대하다. 그녀는 그 불가사의함을, 인간사에 대한 무관심을 배운다. 불친절은 또다른 위장술이다.

겨울에는 해가 남쪽에서 뜬다. 북쪽 먼 곳에서는 아예 뜨지 않는다. 그녀는 긴 내의에 양모 스웨터를 입고 그 위에 순록가죽 외투를 걸친다. 얼핏 보면 조종사 제인 스미스가 여자라는 생각은 들지 않고 털북숭이 덩어리인 것만 같은데—아직 '물속에 앉은 회색곰'을 기억하는 그녀는 케일럽에게 보내는 빈 엽서에 그렇게 서명한 다음 오리건에 가는 사람에게 거기서 부쳐달라고 부탁한다—누군가 자꾸 흘끔거리는 경우가 생길 걸 대비해 칼과 권총을 지니고 다닌다. 거친 곳이니까.

비행기에서 추위는 살인적이다. 연료탱크가 얼고, 유압펌프가 작동을 멈추고, 고무 타이어와 패킹이 부서져서 새고, 계기들도 멈춘다. 그녀는 추운 아침이면 엔진 아래에 화롯불을 두고 열을 빼앗기지 않도록 그 위에 캔버스 방수포를 친 다음 가스나 기름, 방수포에 혹여 불이 붙을까봐 매의 눈으로 지켜보지만, 그래도 화재는 가끔 발생한다. 그녀는 부지기수로 불을 끈다. 프로펠러나 스키, 날개가 부서지기도 하고, 연료탱크가 새서 꽁무니로 휘발유를 부채 모양으로 흩뿌리며 날기도 한다. 한번은 단단한 땅인 줄 알고 내린 곳이 습지여서 바퀴가 지면에 닿자 철벅거리는 소리가 나며 비행기가 뒤집혔다. 좌석에 앉은 채 거꾸로 매달려 머리가 흙탕물에 처박혔지만 그녀는 무사했다. 노새 한 무리가 와서 비행기를 끌어내야 했다. 그녀는 스키는 납작하게 편 가스통으로, 프로펠러는 스토브 연통으로 땜질하고 자작나무로 버팀목을 댄다. 다른 사람들은 고개를 내젓는 날씨에도 비행을 감행해 어렸을 때처럼 돈을 모은다.

한번은 매카시로 가게 되는데, 거기서 한 남자를 태워 앵커리지로 가야 한다는 사실만 알고 떠난다. 그 남자가 수갑을 찬 채 활주로 옆에서 기다리고 있다. 광부인데 다른 광부의 아내를 겁탈했다는 것이다.

좋아요, 그녀가 말한다. 그녀는 호송인들에게 모피 꾸러미가 실린 뒷좌석에 그 남자를 태워달라고 부탁한다. 그들이 좌석에 수갑을 채운다. 하늘에 떠서 십오 분쯤 지났을 때 그녀는 그 고물 비행기를 깔끔하게 뒤집는다. 비행기가 추락하면 적어도 범죄자를 데리고 죽는 거라고 생각하지만, 비행기는 다시 똑바로 뒤집힌다. 그 남자는 두 어깨가 탈구된 상태로 비명을 내지른다.

그녀는 맑고 푸른 하늘 아래에서 그 남자를 인계하며 악천후를 만났다고, 그래서 조금 부딪혔다고 말한다. 그 소문이 돌면서 남자들은 그녀에게 접근하기 전에 한번 더 생각해보게 된다.

여름이 오고, 애꾸눈 세계일주 여행자 와일리 포스트가 날개와 동체, 플로트를 전부 다른 모델에서 가져와 짜깁기한, 머리 부분이 무거운 비행기를 타고 전국적인 사랑을 받고 있던 재주꾼 윌 로저스와 함께 알래스카를 여행한다. 메리언은 8월에 페어뱅크스 상공에서 그들을 얼핏 보게 되는데, 두꺼운 플로트를 단 비행기 꼴을 보고 고개를 젓는다. 포스트와 로저스는 대륙 북단 배로 근방의 석호에서 이륙하다가 추락해 사망한다. 이제 메리언은 죽은 조종사를 많이 안다. 알래스카는 추락하기 쉬운 곳이다. 조종사들이 숲이나 바다에서 사라진다.

그래서 더더욱 사람들과 어울리지 않는다. 그럼 애도할 필요가 없으니까.

저명한 경주비행사이자 곡예비행사 헬렌 리치가 센트럴항공에 채용되어 미국 여성 최초로 상업용 여객기를 몰게 된다. 하지만 그녀는 거의 근무자 명단에 오르지 못하고, 악천후에는 조종을 맡지 못하며, 실제 비행보다는 항공사 홍보 강연을 해달라는 요청을 받는다. 조종사 노조의 남자들은—조종사 노조원은 남자뿐이다—그녀를 받아주지 않는다. 그녀는 퇴사한다. 달리 뭘 어쩔 수 있겠는가? 그후 삼십팔 년간 미국 항공사들은 여성 조종사를 뽑지 않는다.

새로 나온 미국 비행기 DC-3이 상업용 여객기의 수익성을 높여준다. 진흙, 모래, 눈 등 어디서나 이륙할 수 있으며 불사조처럼 튼튼하다는 명성을 얻는다. 프로펠러 두 개에, 날개 길이가 95피트에 이르고 쉽고 빠르게 작동하는 엔진이 달려 있다. DC-3은 전시에는 군용 모델 C-47로 탈바꿈하게 될 것이다. 만 대가 만들어질 것이다. 스카이트레인, 다코타, 구니버드. 이들은 1만 5천 피트 고도를 유지해도 산 위로 날 수 없을 만큼 높고 험준한 산지를 무거운 화물을 싣고 인도에서 중국까지 운행하게 될 것이다. 이 비행기들에서 디데이* 낙하산 부대가 민들레 홀씨처럼 흩어질 것이다. 이 비행기들은 정글로, 사막으로, 산속으로, 도시로 추락할 것이다. 해저를 어지럽힐 것이다. 전쟁에서 살아남은 비행기 가운데 다수가 칠 단장과 수리를 거친 후 평시의 새 일자리를 찾게 될 것이다. 그중 하나가 페리그린호가 될 것이다.

11월에 사우스다코타에서 익스플로러 II라는 이름의 기구가 발사되어, 두 사람을 태우고 72395피트까지 올라간다. 이 고도 기록은 이십 년 가까이 깨지지 않는다. 그 기구에서 찍은 사진들을 통해 지구의 만곡을 처음 볼 수 있게 된다.

제이미는 우연히 잡지에서 그 사진들을 본 후 집에 가서 캔버

---

* 노르망디상륙작전 개시일인 1944년 6월 6일.

스에 흰 젯소를 발라 반쯤 완성된 항구 풍경을 덮는다. 그리고 다시 시작한다. 새의 시야에 가까울 정도로 높은 각도에서 동네 일부를 그리는데 지구의 형상에 영향을 받은 것처럼 약간 휘었고, 얇은 띠를 이룬 항구와 산, 그리고 하늘이 위에서 살짝 굽은 채 비집고 들어온다. 그는 자신이 표현하고 싶은 것이 무한한 우주임을 깨닫게 된 것이다.

재팬타운에 백화점을 소유한 아유카와 씨가 플라비앙의 갤러리에서 그 그림을 산다. 제이미가 수표를 받으러 갔을 때 플라비앙이 그림 의뢰가 들어왔다고 전한다. 아유카와 씨가 딸의 초상화를 그리고 싶어한다는 것이다. "그 사람은 사업가야." 플라비앙이 의미심장한 목소리로 말한다. "내 말 무슨 뜻인지 알지? 그는 많은 사업을 하고 있어." 제이미는 사람들이 바클리 매퀸에 대해 어떻게 이야기했는지에 대한 불쾌한 기억을 떠올린다. "자넨 예의바른 사람이지만, 그에겐 특히 더 공손해야 해. 참—주디스 돌아온 거 알지?"

"만났어요."

주디스는 프랑스인 남편—시인이라는—을 거느리고 멧돼지털 클럽 강연에 우아하게 등장했다. 그녀는 제이미의 양쪽 뺨에 키스한 후 그도 유럽에 꼭 가봐야 한다고, 밴쿠버는 깡촌이라고, 이곳의 예술은 예술도 아니라고 말했다. 제이미는 그녀에게 그럼 왜 돌아왔는지 묻고 싶었다. 하긴 유럽에서는 사람들 앞에서 으스대며 군림하는 재미를 즐길 수 없었으리라. 그는 세라 페이히의 언니가 시애틀을 낙후지라고 불러서 시애틀이 경이롭고 국제적인 도시라고 믿었던 자신을 당혹스럽게 만들었던 기억이 났다.

그는 주디스에게 매혹되어 살았던 몇 개월이, 그녀의 작업실을 향해 어두운 계단을 올라갈 때의 짜릿함과 그녀의 몸이 점토에서 나온 고운 회색 먼지로 뒤덮여 있었던 것이 고통스러울 정도로 그리워서 술을 진탕 마셨다. 그는—바보같이—그녀가 유럽에서 돌아오면 전보다 더 자신을 사랑할 거라고, 그녀의 세계가 확장되어도 그 안에서 자신의 자리는 줄어들지 않을 거라고 생각했었다.

아유카와 가족은 오펜하이머파크에 있는 흰 저택에 산다. 아유카와 양—열여덟 살로, 캐나다에서 태어난 일본인 2세—은 어두운 양탄자와 육중한 가구로 꾸며진 중후한 서양 스타일의 넓은 응접실에 앉아 초상화 모델을 한다. 제이미가 그린 동네 그림이 긴 호두나무 장식장 위에 놓여 있다. 그 방은 큰 창문들이 없었다면 어두워 보였을 것이다. 산들바람이 부는, 이례적으로 화창한 아침이다. 제이미가 밑그림을 그리는 동안 무수한 노란 빛줄기들과 잎으로 뒤덮인 그림자들이 바닥에 드리운다.

"이런 빛은 다시 보기 힘들 거예요." 제이미가 말한다. "이 빛에 익숙해지면 안 되겠네요."

소녀는 소박한 갈색 원피스를 입고 머리는 자연스럽게 꼬아서 틀어올린 모습이다. 그녀는 자신을 샐리라고 부르라고 했다. 제이미는 사랑에 짓밟힌 상태에서도 그녀의 아름다움을 놓치지 않는다. "이 도시는 거의 항상 잿빛이라 내 기억에도 그렇게 남아야겠지만, 화창한 날들이 제일 기억에 남을 것 같아요." 그녀가 말한다.

"기억에 남는다고요?" 제이미는 샤프롱 역할을 하고 있는 그녀의 할머니를 흘끗 본다. 할머니는 면 기모노 차림으로 버건디색 실크 소파에 앉아 뜨개질을 하다가 뜨개질거리를 무릎에 떨어뜨리고 금속테 안경이 코끝까지 미끄러져내려온 채로 잠이 들었다.

"난 일본으로 가요. 결혼하거든요."

"아, 그렇군요." 그녀의 목소리가 축하를 청하지 않았기에 그렇게 대답한다. "그럼 이 초상화는…… 결혼 선물인가요?"

그녀는 분노로 입을 앙다문다. 솜털 같은 눈썹을 찡그린다. "부모님이 나를 기억하려고 그리는 거예요."

제이미는 알고 싶은 진실을 들으려면 무슨 질문을 해야 하는지 모르겠다. 그래서 그녀에게 고개를 살짝 아래로 숙여달라고 말한다. 두 시간 후 제복 차림의 하녀가 들어와서 그를 밖으로 안내한다.

다음번 그 집에 갔을 때는 날이 흐리지만 응접실에 펼쳐진 장면은 예전 그대로다. 샐리는 같은 창문 옆에 갈색 원피스를 입고 앉아 있고, 그녀의 할머니는 소파에서 잠이 든다.

샐리는 한결같은 자세를 유지하며 가만히 앉아 창밖을 응시하지만, 제이미는 그림을 그리면서 그녀의 내적 동요를 감지한다. 그가 사람을 세심하게 관찰해본 지도 오래되었다. 시애틀에서처럼 모델의 내적 자아와 외적 자아가 만나는 중간지대를 표현하려는 노력을 기울이지 않았던 것이다. "부모님에게 어떤 모습으로 기억되고 싶어요?" 그가 캔버스 위로 빠르게 붓을 놀리며 묻는다.

"있는 그대로의 모습이겠죠."

"내 말은, 생각이 겉으로 드러난다는 거예요. 예를 들어, 행복한 모습을 남기고 싶다면 행복한 일들을 생각해야 하죠."

"행복한 일들." 샐리는 창밖을 내다보며 되뇐다. "난 한 번도 가본 적 없고 아는 사람도 없는 나라로 떠나요. 사진 한 장밖에 못 본 남자와 결혼하러요. 그러니 마음속에 행복한 일이 많이 떠오를 것 같진 않네요." 그녀의 목소리가 높아지는 바람에 그녀와 제이미는 할머니를 바라보지만, 할머니는 아무 움직임도 보이지 않는다.

"사진 한 장이라니," 제이미가 말한다. "그게…… 흔한 일인가요?"

"거기서 여기로 오는 경우엔 그랬어요. 우리 어머니도 사진 신부였거든요. 아버지는 이미 여기서 살고 있었고요. 가족들이 결정한 결혼이었죠. 어머니는 신경 안 썼어요―그 세대는 더 나은 걸 기대하지 못했으니까요. 하지만 난 이곳 출신인걸요. 아버지는 이상한 생각을 갖고 있어요. 자신은 고국으로 돌아가고 싶어하지 않으면서 우리한테는 고국과 단절되지 않는 게 중요하다고 말해요. 우리가 아닌 아버지의 고국인데."

할머니가 작은 한숨소리와 함께 잠에서 깬다. 그녀는 안경을 제자리로 밀어올린다. "준코." 그녀가 그러면서 일본어로 뭐라고 묻자 샐리는 가벼운 어조로 대답한다.

"할머니가 내 초상화를 예쁘게 그리고 있는지 물으시네요." 그녀가 제이미에게 말한다.

"뭐라고 대답했어요?"

"있는 그대로의 내 모습을 그려달라고 부탁했다고 말했어요."

"그대로 그려도 예뻐요." 주디스 때문에 생긴 끈질기고 굴욕스러운 우울감에 무모해진 그가 그렇게 말한다. 가질 수 없는 또다

른 여자에게 아부하면서 슬픔을 몰아내려는 건지 아니면 더 악화
시키려는 건지는 알 수 없다. 샐리는 할머니에게 통역해주지 않
는다. 그녀가 다시 포즈를 취하는데, 이제 창밖을 보지 않고 그를
똑바로 쳐다본다.

"준코가 무슨 뜻인가요?" 얼마 후 그가 묻는다.

"내 일본 이름이에요." 그녀가 말한다. 그러더니 잠시 후 덧붙
인다. "그 이름은 안 좋아해요. 이름이 하나였으면 좋겠어요."

그는 세 번 더 간다. 그림을 그리는 내내 그녀는 그를 바라본
다. 그는 그녀의 시선에서 나뭇잎의 그림자들이 응접실 바닥을
휩쓸고 지나가듯 여러 기분이 스쳐가는 걸 본다―아니, 보았다
고 생각한다. 그는 반항을 그리기로 결정한다. 하지만 그녀의 부
모님을 생각해서 그녀의 마음속에 오가는 분노는 담지 않는다.
그는 자신을 향한 그녀의 시선에서 호기심도 본다. 주디스는 늘
재미있어하지 않으면 따분한 표정이었다. 한 사람의 눈을 그토록
여러 시간 동안 들여다보면서 무언의 친밀감을 상상하지 않기는
어쩌면 불가능한 일인지도 모른다.

나를 보고 있는 너를 생각하는 게 좋아서 이 그림들이 좋아. 세라
페이히는 그가 그려준 그림들에 대해 그렇게 말했다. 샐리도 그
녀를 보고 있는 그를 생각하는 게 좋을까? 그는 샐리의 실물을
보면서 초상화를 그리는 사이사이 자신의 집에서 그림을 손질할
때 긴장감을, 절박한 욕망으로 발전하는 팽팽하게 죄어드는 기분
을 느낀다. 지구의 만곡처럼 응접실을 샐리의 뒤로 멀리 끌어당
기고 그림을 보는 사람에게로 샐리를 더 가까이 밀어내는 방식으
로, 만곡 효과를 염두에 두고 초상화의 배경을 살짝 휘게 그린다.

그녀의 집에 마지막으로 간 날, 제이미는 자신의 주소가 적힌 쪽지를 그녀에게 슬그머니 건네며 또 만나고 싶다고 속삭인다. 그녀는 쪽지를 보더니 자신의 주머니에 넣는다. 그녀가 시선을 들고 그를 보았을 때 그는 그녀의 눈빛에서 경멸을 발견하고 자신이 중대한 오판을 했다는 끔찍한 깨달음을 얻는다. 그가 감지한 그녀의 마음속 폭풍은 그와 아무 관련이 없었다. 그는 그녀의 위기를 틈타 교묘히 접근하려 한, 별 볼 일 없는 남자일 뿐이었다. 그는 반시간 동안 더듬거리며 그림을 그리다가 결국 포기한다. 집에 가서 마무리하기로 한다. "실물을 보고 그려야 하는 부분은 다 끝났어요." 그가 그녀에게 말한다.

사흘 후, 한밤중에 누가 그의 집 문을 두드린다. 조용하지만 다급한, 가볍고 끈질긴 노크. 그는 침대에서 나와 잠이 완전히 깬 상태로 문을 향해 걸어가며 결국 그녀가 찾아온 모양이라고 생각한다. 그녀가 어떤 모습일지, 어떻게 자신의 품으로 뛰어들지, 어떻게 둘이 함께 도망칠지 상상의 나래를 펼친다.

두 남자가 문밖에 서 있다. 백인이고, 둘 다 제이미만큼 키가 크진 않지만 스티머 트렁크* 같은 체격이다. 제이미가 놀란 가슴을 진정시킬 사이도 없이 그들은 아파트 안으로 밀고 들어와 양쪽에서 그의 팔을 잡아끌고 방을 가로질러가서 바닥에 밀어 쓰러뜨린다.

그는 공포에 질린 채로 왜 자신이 바클리가 직접 올 거라는 생각을 했는지 의아해한다. 늘 최소한 바클리를 설득해볼 수는 있을

---

* 배의 침대 밑에 넣을 수 있게 만든 네모나고 두툼한 트렁크.

거라고, 메리언에 대한 바클리의 감정에 호소하면서 메리언을 놓아주어야 한다고 설명할 수 있을 거라 상상했던 것이다.

한 스티머 트렁크가 그의 몸을 깔고 앉은 사이, 나머지 스티머 트렁크가 문을 닫더니 차분히 욕조 수도꼭지를 튼다.

"우린 그 여자가 어디 있는지만 알면 돼." 그의 위에 앉은 남자가 말한다. "그게 다야. 그것만 불면 바로 놓아줄 거야."

"몰라요." 제이미가 말한다. "안 알려줬어요. 이럴 줄 알고. 그가 당신들을 보낼 줄 알고요. 시애틀로 갔고 거기서 다른 데로 간다고 했어요. 내가 아는 건 그게 다예요."

"둘이 짠 게 아니라고 우리가 믿어줄 것 같아?" 욕조 옆의 남자가 말한다.

"두고 보면 알겠지." 다른 남자가 사무적으로 말한다. 그 남자는 자기 할일을 할 뿐이다. 호소도 설명도 통하지 않을 것이다. 제이미는 욕조 옆에서 위로 끌어올려져 머리와 어깨가 차가운 물에 처박히기 전에 따귀를 맞으며 깨닫는다.

"더이상은 몰라요." 물에서 끌려나왔을 때 그가 말한다. 다시 물에 처박혔다가 끌려나오고 따귀를 맞는다. "제발." 그는 말할 기력조차 없을 때까지 그렇게 애원한다.

아침에 그는 아직 살아서 송판 마룻바닥에 웅크리고 누워 있는 자신을 발견한다. 가까스로 몸을 일으켜 욕조에 따뜻한 물을 받는다. 도기의 감촉이 끔찍하고 물은 위협적이지만, 온기가 통증을 누그러뜨린다. 좁은 욕조에, 자신의 피로 분홍빛이 된 물속에 누워 앞으로 어떻게 할지 계획을 세운다.

가져갈 물건은 여행가방 하나에 다 들어간다. 옷 몇 벌과 쓸 만한 물감과 붓, 스케치북. 아유카와 씨 집에 들렀다가 기차역으로 갈 작정이라 한 손에는 여행가방 손잡이를, 다른 손에는 샐리의 초상화가 담긴 캔버스 틀을 조심스럽게 잡는다. 그림이 아직 덜 말랐기 때문이다.

문을 연 하녀가 그의 부은 얼굴을 보고 눈이 휘둥그레진다. "안 돼요." 그녀가 속삭이듯 말한다. "가세요!" 하녀는 총을 쏘는 시늉을 한다.

제이미가 말한다. "제발 샐리―준코―나 할머니, 집에 있는 사람 누구에게든 내가 왔다고 전해줘요. 그림을 가져왔어요. 돈을 받아야 해요."

"안 돼요." 하녀가 같은 말을 되풀이한다. "가시라고요!"

제이미의 당혹감은 그의 전반적인 혼란 상태와 욱신거리는 두통, 이 도시에서 도망쳐야 한다는 급박하고 결연한 욕구 탓에 가중된다. 그림을 가져왔는데 하녀가 왜 내쫓으려는 걸까? 아무리 무례해 보인다고 해도 돈을 받아야 한다. 그는 더 큰 소리로 다시 설명하면서 샐리를 찾는다. 그가 고함을 지르다시피 하는데 회색 정장을 말쑥하게 차려입은 남자가 하녀 옆에 나타난다. 하녀는 허리 숙여 인사한 후 안으로 들어간다.

제이미는 아유카와 씨를 처음 만난다. 그의 무성하고 텁수룩한 눈썹은 샐리의 솜털 같은 눈썹과 너무 다르지만, 제이미는 그가 눈썹을 찌푸릴 때 그녀의 표정을 본다. "여기 나타나다니 놀랍군." 그가 말한다.

"저는 이 도시를 떠납니다." 제이미가 불안하게 말한다. "그림 값을 받으러 왔습니다. 이거요."

그가 아유카와 씨를 향해 그림을 돌리자 아유카와 씨의 눈썹이 튀어오른다. 그의 얼굴이 달 속의 얼굴처럼 슬픔어린 놀라움으로 가득하다. 그가 속삭이듯 말한다. "내 딸이 어디 있는지나 말해."

제이미가 그를 쳐다본다. "뭐라고요?"

아유카와 씨가 마주 노려본다. "그애 방에서 네놈 주소가 나왔어. 넌 알 거 아냐. 내 딸 어디 있어?"

그제야 제이미는 상황을 파악한다.

메모리 로드쇼

～

14

대본 읽기가 끝나고 며칠이 지난 후, 레드우드가 먼저 연락하도록 만들겠다고 결심했던 나는 결국 굴복하고 그에게 문자를 보냈다. 지극히 정상적인 지상에서의 만남을 위한 계획을 세워야죠.

좋아요! 스케줄 확인하고 다시 얘기해요.

그래놓고는 일주일 동안 감감무소식이더니 이런 문자를 보내왔다. 어이, 낯선 분! 어머니가 L.A.에 와 계신데 당신과 만나게 해주고 싶어요. 저녁 먹으러 올래요?

그의 집에 도착하자 캐럴 파이퍼가 문을 열어주었다. 그녀는 포옹하기 위해 몸을 뒤로 젖히며 손가락을 빳빳하게 편 두 팔을 내밀었다. "왔네요!" 그녀가 롱아일랜드를 상기시키는 목소리로 외쳤다. 나는 순간적으로 그녀가 자신이 왔다고 말한 줄 알았다. 그녀의 얼굴은 칼로 다듬은 화살촉처럼 날카로웠고, 머리는 이상적인 형태의 실용적인 단발이었다. 소박한 차콜색 리넨 옷을 겹쳐 입은 그녀는 영적인 지도자나 대학 총장 같은 위풍당당한 자신감을 지니고 있었다.

"얼마나 보고 싶었는지 몰라요." 캐럴이 내 팔을 잡고 주방 쪽으로 안내하며 말했다. 그러고는 상체를 뒤로 젖혀 나를 위아래로 훑어보았다. "기대했던 그대로네요. 어느 모로 보나 스타예요."

나는 민망해서 작게 코웃음을 쳤다. "작가님 소설 좋았어요."

그녀가 나에게 고개를 돌려 상기된 얼굴로 말했다. "고마워요. 정말 고마워요. 이런 결과가 나올 줄은 예상 못했어요. 난 그저 이야기를 하고 싶었는데요. 아들에게 맡겼더니"—그녀는 두 손을 흔들었다—"이렇게 일이 커져버렸네요. 하지만 알다시피 메리언은 내게 무척 소중해요. 솔직히 말해서 난 결혼생활이 끔찍했는데, 그 불행의 한복판에서 메리언의 책이 아주 큰 위안이 되었거든요. 메리언은 삶의 가장 어두운 시기를 견딜 수 있게 해줬어요. 내가 자유를 붙잡도록 영감을 줬죠. 메리언과 내 전남편 가문의 인연이 아니었더라면 애초에 그녀에 대해 알지도 못했을 테니 아이러니한 일이지만요." 그녀는 내 팔을 꽉 잡았다. "그리고 이제 해들리가 메리언을 많은 사람에게 데려다주게 됐네요. 해들리, 당신은 사람들의 삶을 바꿔놓을 거예요." 그녀는 그 어떤 회의론도 펼칠 수 없게 나를 향해 빠르고 진지하게 고개를 끄덕였다. "그렇고말고요."

나는 바꾸고 싶은 건 나 자신의 삶뿐이라는 말을 그녀에게 하지 않았다. 황금빛 상패를 들어올리는 내 모습을 꿈꾸는 것에 대해서도 말하지 않았다. "그랬으면 좋겠네요"라고만 했다.

레드우드는 주방에서 냄비에 요리를 하고 있었다. 거기 다른 사람이 있을 줄은 몰랐는데, 흰 민소매 점프슈트를 입고 장신구라곤 작은 고리 모양의 금 코걸이뿐인 여자가 로제와인 한 잔을 들고 카운터에 기대서 있었다. 고불거리는 머리는 틀어올렸고, 조막만한 아름다운 얼굴에 검은 눈을 갖고 있었다. 왠지 그녀를 보자 마지팬이 떠올랐다. 음식인지 작은 조각상인지 헷갈리는 작은 동물 모양의 장식 말이다.

"누가 왔는지 보렴." 캐럴이 나를 등장시키며 말했다. 그러자 그 여자가 내 거라는 듯 레드우드의 팔뚝을 잡았고, 그 순간 나는 지난번에 레드우드가 섹스를 하지 않은 이유가, 그가 무단이탈한 이유가 이것—그녀—이었다고 단정했다. 저 자식은 나한테 여자가 없다고 했다. 전혀 없다고.

"어이, 낯선 분!" 레드우드가 말했다. 그가 보낸 문자에서도 그랬던 것처럼, 나는 그 말이 거슬렸다. 자기가 나를 기다리게 해놓고 마치 내가 연락을 하지 않은 양 은근히 질책하는 듯 들렸다. 그가 내 뺨에 키스한 뒤 흰 점프슈트를 가리켰다. "이쪽은 린이에요." 린은 나의 명성에 동요하지 않겠다고 결심한 듯 그 자리에서 손을 흔들었다. 레드우드가 창밖을 가리켰다. "데이 형제도 왔어요. 어머니 친구도 한 분 오셨고."

나는 주변을 돌아보았다. 그러니까 총회나 다름없었다. 레드우드가 자기 어머니한테 나를 소개시킨 건 내가 특별해서가 아니었다. 밖에, 짧게 깎은 은발에 체구는 강단 있어 보이는 나이든 여자가 수영장 옆에 서서 레드와인을 마시며 별다른 반응 없이 데이 형제 중 하나가 하는 말을 듣고 있었다. 그녀는 청바지에 반스 슬립온, 커다란 흰색 버튼업 셔츠 차림이었다. 데이 형제는 와이

셔츠에 치노 바지를 입고 있었는데 옷이 너무 딱 달라붙어서 슈퍼히어로의 유니타드처럼 보였다.

"애들레이드 스콧이에요." 캐럴은 내가 이미 그 이름을 알고 있을 거라는 듯 말했다.

"아." 내가 대답했다.

린이 내 속마음을 간파하고 설명했다. "유명한 미술가죠."

"조각가." 캐럴이 말했다. "설치미술가이기도 하고. 애들레이드는 어렸을 때 메리언 그레이브스를 한 번 만난 적이 있어요. 해들리가 애들레이드의 지혜를 빌리고 싶을 수도 있겠다는 생각으로 모셔왔어요. 그게 아니더라도 함께 시간을 보내기에 더할 수 없이 좋은 분이지만."

적어도 육십오 년은 지난 어린애의 기억에서 무엇을 얻을 수 있단 말인가? 저 여자가 내게 어떤 유용한 정보를 줄 수 있겠는가? 골동품이 아닌 기억을 감정하는 〈앤티크 로드쇼〉*라도 찍듯, 나는 책상에 앉아서 그녀에게 당신의 기억은 아름답고 굉장한 정서적 가치를 지닐 수도 있지만 다른 사람에겐 아무 가치도 없다고 설명해야 할 것이다.

메리언에 대한 사람들의 생각은 기본적으로 동일했는데도 다들 그게 무슨 계시라도 되는 양 제시하고는 했다. 바르트 올로프손은 대단히 급진적인 이론이라도 내놓듯 내 얼굴을 진지하게 응시하며, 나는 그녀를 매우 강인하고 매우 용감한 사람이라고 생각해요, 같은 말을 했다.

---

* 시청자가 의뢰한 골동품을 감정해주는 영국 BBC TV쇼.

그럼요, 내가 대답했다.

그렇게 강인하고 용감한 사람이었으니―비행을 할 수밖에 없었던 거죠. 안 그랬다면 폭발해버렸을 거예요.

물론이죠, 용감함과 강인함은 자질이지 이유가 아닌데도 나는 그렇게 맞장구쳤다. 나는 메리언에게 특별한 이유가 있었다고는 생각지 않았다. 꼭 이유가 있어야만 뭔가를 하는 걸까? 그냥 하는 거지.

"애들레이드!" 캐럴이 불렀다. "이리 와서 해들리와 인사해요."

그 여자와 데이 형제 모두가 돌아봤다. 말하고 있던 데이가 한 손을 내밀어 애들레이드를 안으로 에스코트했고, 나는 애들레이드의 얼굴에 냉소가 어리는 걸 보았다. "안녕하세요, 해들리." 다들 안으로 들어와서 데이 형제가 먼저 내 뺨에 키스한 후, 애들레이드가 나와 악수하며 말했다. 그녀는 키가 크고 날씬했으며, 길고 창백한 얼굴에 주름이 패었고, 결혼반지는 끼지 않았으며, 검붉은 립스틱을 제외하곤 화장기를 찾아볼 수 없었다. 그녀가 아름다운지 판단이 안 섰다. "배우라고 들었어요."

캐럴이 다정하게 그녀를 나무랐다. "애들레이드, 해들리는 스타예요."

애들레이드가 어깨를 으쓱하는 듯한 어조로 말했다. "내가 대중문화에 특히 무관심하긴 하지."

"대중문화가 얼마나 매혹적인데요." 데이 형제 중 하나가 말했다. "더 심층적인 차원에서 보면 돼요. 현대미술에서 가끔 창작의 배경이 실제 작품보다 중요한 의미를 갖는 것과 같죠."

애들레이드는 무심하게 그를 보았다.

"맞아요." 린이 끼어들었다. "해들리의 〈대천사〉를 예로 들어 보죠. 나는 페미니스트로서 그 영화들이 전통적 성역할―남자가 보호자 노릇을 하는 것 말예요―을 강조하는 것에 반대하지만, 소비자로서는 팝콘을 게걸스럽게 먹어대며 사랑 이야기에 푹 빠졌거든요. 그건 여자들만 들을 수 있는 개 호루라기*죠." 그녀는 그릇에서 초록 올리브 하나를 집어 입에 던져넣었다.

내가 그녀에게 물었다. "레드우드와는 어떻게 아는 사이예요?"

"우린 오랜 친구예요." 레드우드가 말했다.

"서로 순결을 빼앗았고요." 린이 입에서 올리브 씨를 빼내며 말했다.

"린!" 캐럴이 귀를 막으며 말했다.

"몰랐던 척하지 마세요." 린이 응수했다.

버저 소리가 들렸다. 레드우드가 벽에 달린 비디오폰을 향해 갔다. "누구세요?"

"휴고요." 우렁찬 목소리가 들려왔다.

"메리언이 비행을 떠나기 직전이었죠." 애들레이드가 말했다. "우리 어머니를 만나러 시애틀로 왔어요. 내가 다섯 살 때였을 거 예요."

우리 여덟 명은 바깥에 있는 등나무 밑 테이블에 앉아 레드우

---

* 동물만 들을 수 있는 소리를 내는 호루라기. 논란의 여지가 있는 민감한 메시지를 특정한 집단만 알아들을 수 있는 표현으로 전달하는 방식을 뜻하는 관용적 표현이다.

드가 개발한 지나치게 단 소스를 곁들인 연어 요리를 먹고 있었다. 레드우드가 좌석표를 배치해놓아서 이제 데이 형제 중 누가 카일이고 누가 트래비스인지 알 수 있었다.

"우리 가문은 미술품을 수집했어요." 애들레이드가 말을 이었다. "어머니는 제이미 그레이브스의 옛친구였죠. 그래서 아직도 그의 그림들을 꽤 갖고 있어요. 대부분 대여중이지만."

캐럴이 목소리를 냈다. "그래서 나도 애들레이드를 알게 됐죠. 물론 애들레이드의 작품에 대해선 익히 알고 있었지만, 소설을 쓰기 위해 자료를 모으면서 애들레이드의 가문 소장품들을 들여다보기 시작할 때까지 그레이브스 남매와 인연이 있는 줄은 몰랐거든요. 생각해봤는데, 영화 개봉과 동시에 제이미 그레이브스 전시회를 열면 정말 멋지지 않을까요?"

"LACMA*에서요." 트래비스 데이가 말했다. "백 퍼센트 찬성이에요. 아니면 좀 파격적인 공간을 택해서—"

"그래요!" 캐럴이 말허리를 잘랐다. "LACMA가 좋겠어요!"

"아니면 좀 파격적인 공간에서요." 트래비스가 다시 말했다. "창고나 개조된 장소 같은."

"메리언 그레이브스에 대한 이야기를 해달라는 건가요, 아닌가요?" 애들레이드가 말했다.

트래비스는 발끈한 표정을 지었다. 캐럴이 한 손으로 입을 가리고 억눌린 목소리로 말했다. "어서 하세요."

"메리언은 1949년에 우리 어머니를 만나러 시애틀에 왔어요."

---

* L.A. 카운티 미술관.

애들레이드가 말했다. "둘이 그때 처음 만났지만, 그들 사이엔 제 이미지가 있었죠. 그리고 또―캐럴이 이 책에 담았다시피―메리언이 남편을 떠날 때 임신중절을 받는 걸 우리 할머니가 도와줬고요. 난 어른이 되어서야 그 얘기를 듣게 됐지만."

"메리언이 그래서 온 건가요?" 휴고가 물었다. "추억 때문에?"

"그건 그녀에게 직접 물어봐야죠." 애들레이드가 말했다. "행운을 빌어요."

나는 준비하며 심호흡을 했다. 그런 다음 유월절의 막내 아이처럼 미리 정해진 질문을 하면서* 내 소임을 다하는 기분을 느꼈다. "메리언은 어땠나요?" 내가 물었다.

애들레이드는 버터나이프로 생선에 묻은 소스를 긁어내며 말했다. "사실 나도 몰라요. 난 해들리에게 큰 도움이 못 될 거라고 캐럴에게 이미 말했어요. 캐럴에게도 큰 도움이 못 됐고요."

"당신은 엄청나게 도움이 됐어요." 캐럴이 말했다.

휴고 경이 앞으로 몸을 기울이고 특유의 날카로운 눈빛으로 애들레이드를 응시했다. "하지만 그녀를 기억은 하잖아요."

애들레이드는 날카로운 눈빛에 영향을 받지 않는 듯했고, 목격자 역할을 맡기를 거부했다. 그녀는 빨간 입술을 일그러뜨리며 수수께끼 같은 표정을 지었다. "내가 육십여 년 전에 불려가서 인사한 메리언 그레이브스는 키가 굉장히 크고, 몹시 마르고, 머리는 굉장히 옅은 금발인 어른이었어요. 아이들을 잘 다루진 못했던

---

* 유대인들에게는 유월절 저녁 식탁에서 아이들이 부모에게 정해진 질문을 하는 전통이 있다.

것 같아요. 나한테 말을 많이 한 것 같진 않거든요. 솔직히 실제로 그녀를 기억하는 건지 아니면 기억을 기억하는 건지 잘 모르겠어요." 그녀는 나를 보며 말했다. "알겠죠? 도움될 게 없어요."

"그야 모르죠." 캐럴이 말했다. "나에게 케일럽 비터루트에 대해 말해준 사람은 당신이었는걸요." 그녀는 나에게 고개를 돌렸다. "그에 대해선 거의 알려져 있지 않지만, 난 그가 메리언의 인생에서 처음부터 끝까지 있었다는 걸 깨닫자 장대한 로맨스의 윤곽을 그릴 수 있었죠. 난 그쪽으로 직관력이 뛰어나거든요."

"그 말은 로맨스의 증거가 전혀 없다는 뜻이죠." 레드우드가 그렇게 말하자 캐럴은 흥 소리를 내며 그를 향해 손을 획 내저었다.

"실존 인물과 가상의 캐릭터를 연기하는 게 다른가요?" 린이 휴고 경에게 물었다.

휴고는 와인을 빙빙 돌렸다. "조금은요. 실존 인물의 경우, 한 가지 인상에 의존하지 않도록 조심해야 하죠. 배우의 임무는 가상 인물이라도 진짜처럼 보이게 만드는 거예요."

"글도 마찬가지죠." 카일 데이가 말했으나 아무도 그에게 주목하지 않았다.

"아무튼, 어떤 사람에 대해 그리 많이 알 수 있는 건 아니에요." 나는 린이 연기에 관한 질문을 노골적으로 휴고에게만 한 것이 화가 나서 말했다. "우리가 하는 대부분의 일들을 다른 사람들은 못 봐요. 우리가 하는 생각도 다른 사람이 알 수 있는 건 지극히 작은 일부분에 불과하고요. 그러다 우리가 죽으면, 모든 게 증발하죠."

애들레이드가 새로운 관심이 번득이는, 날카로우면서도 알 수 없는 눈으로 나를 보았다.

　"두 살 때 부모님이 경비행기 추락 사고로 돌아가셨어요." 내가 그녀에게 말했다. "그래서 삼촌 손에 자랐죠."

　"아." 그녀가 말했다. "그럼 메리언을 잘 이해하겠네요."

　"모르겠어요." 내가 말했다. "그런 건지."

　"미첼 백스터." 트래비스가 입을 열었고, 예상대로 애들레이드가 멍한 눈으로 바라보자 이렇게 덧붙였다. "해들리의 삼촌이었죠. 〈지혈대〉를 감독했고요."

　"아." 애들레이드가 말했다.

　"삼촌도 돌아가셨어요." 내가 말했다.

　캐럴이 다시 이야기를 정상 궤도로 올려놓았다. "내 생각엔 제이미 그레이브스와 애들레이드의 어머니 세라가 연인이었던 것 같아요."

　"물론 캐럴은 그런 흥미로운 이론을 갖고 있죠." 린이 말했다.

　휴고 경이 애들레이드를 향해 그 두드러진 눈썹을 치켜올리며 물었다. "당신도 그렇게 생각하나요? 아니면, 혹시 알고 계신가요?"

　"어릴 적 연인이긴 했죠. 그런데 난 캐럴과 친분을 맺으면서, 캐럴은 서로 관련있는 두 사람은 다 연인이라고 생각한다는 사실을 알게 되었어요."

　"난 가망 없는 낭만주의자거든요." 캐럴이 말했다.

　"난 아녜요." 린이 자기 잔에 와인을 채우며 말했다.

　"나도요." 휴고 경이 말했다. "난 희망적인 쾌락주의자예요. 레드우드? 당신은 저 무서운 낭만 유전자를 물려받았나요?"

"그건 열성유전자예요." 캐럴이 말했다. "저애 아버지는 그걸 안 가졌고요."

"나는 가능성에 대해 열린 마음을 갖고 있어요." 레드우드가 말했다. "그게 낭만적인 건지 아닌 건지는 모르겠네요. 어쩌면 신중한 낭만주의자라고 할 수도 있죠."

"처음 레드우드를 만났을 때 그는 자신의 습관적 감정은 양가감정이라고 말했는데, 양가감정은 낭만적인 게 아니죠." 나는 린의 눈을 피하며 말했다.

"해들리는 어떤가요?" 애들레이드가 다시 번득이는 눈으로 바라봤다.

"낭만주의자는 아니에요." 내가 말했다.

"안 돼요, 그런 말 마요." 트래비스가 말했다. 그가 나에게 관심이 있다는 게 느껴졌다. 다른 때 같았으면 그의 추파를 받아줬겠지만, 어쩐지 그의 반짝거림과 열정이 역겨웠다.

"아니라고요?" 애들레이드가 내게 말했다. "그럼 뭐예요? 냉소주의자인가요? 회의주의자? 금욕주의자?"

"잘 모르겠어요." 내가 대답했다. "늘 내 주위의 모든 것이 파괴되는 것 같아요."

"그럼 철거용 쇠공이네." 휴고 경이 말했다.

"당신은요?" 내가 애들레이드에게 물었다.

"난 오랫동안 낭만주의자였죠. 비참하게. 그후론 소위 기회주의자가 된 것 같아요." 그녀는 반짝이는 구슬 같은 눈으로 나를 보았다. 그 치명적인 자신감이 독수리나 매 같은 맹금을 연상시켰다. "조언 하나 할까요." 그녀가 말했다. "자신이 무엇을 원하지 않는지 아는 건 무엇을 원하는지 아는 것만큼 유익해요. 어쩌면 더 유익할 수도 있고."

　디저트까지 먹은 후 모두 술을 한 잔씩 더 하면서 레드우드의 피아노 연주를 들으러 거실로 자리를 옮겼을 때 나는 화장실에 갔다. 화장실에서 나오자 어두운 복도에서 기다리고 있는 형상이 보였다. 애들레이드였다.

　그녀가 자신의 휴대전화를 내밀며 가까이 걸어왔다. "숨어서 기다릴 생각은 아니었는데, 전화번호 좀 알려줄래요? 메리언에 대해 해줄 이야기가 더 있는데 모두가 알게 하고 싶진 않아서." 그녀의 목소리는 낮고 서두름이 없었다.

　나는 이유를 묻지 않았다. 그녀의 전화기에 내 번호를 찍었다. 그런 다음 나는 무슨 공모인지도 모르는 채 공모자가 되어 그녀와 함께 폭포수처럼 미친듯이 쏟아지는 〈왕벌의 비행〉 연주를 향해 말없이 걸어갔다.

그레이브스 가족의
간추린 역사

1936년~1939년

브루노 하웁트만이라는 독일인 이민자가 린드버그의 아기를 유괴한 혐의로 유죄판결을 받아 처형된다. 찰스와 앤 린드버그는 언론의 등쌀에 시달리다못해 둘째 아들을 데리고 영국으로 도피한다. 미국 대사관에서 묘안을 내는데, 린드버그가 독일 항공부를 친선 방문해 새로 결성된 루프트바페* 관련 정보를 자연스럽게 얻어내는 것이다. 린드버그는 여러 비행장과 공장, 아들러스호프 항공연구소를 둘러본다. 헤르만 괴링의 호화저택에서 점심을 먹고, 베를린 올림픽 개막식에 참석한다.

린드버그는 다음과 같은 결론을 내린다. 히틀러가 좀 광적인 인물일 수도 있으나 일을 해내려면 가끔은 광적인 사람이 필요하다. (린드버그는 일을 해내는 걸 신봉한다.) 독일인들은 활기가

---

* 나치 정권하의 독일 공군.

넘치는 듯하고, 통탄스럽게도 루프트바페는 미국이 급조해낼 수 있는 모든 것을 능가할 것이다. 아니, 독일 유대인들이 시민권을 박탈당한 게 이상적인 일은 아니지만, 그래도 나치가 공산주의보다는 확실히 낫다, 안 그런가. 동전에는 양면이 있다.

1936년, 바클리가 교도소에 수감되면서 메리언은 더이상 제인 스미스로 살지 않게 된다. 그녀는 신문에서 그 기사를 읽는다. 여전히 그가 사람을 시켜 그녀를 찾아내려 할 수도 있지만, 이제 그녀는 숨고 사라지는 일에 신물이 난다. "사실 내 이름은 메리언 그레이브스예요." 그녀는 이 년 넘게 알고 지내온 알래스카 사람들에게 그렇게 말하고, 알래스카인들은 생각보다 수월하게 그녀의 이름을 바꿔 부르게 된다. 그녀가 딴사람처럼 변했기 때문이다. 메리언은 예전의 침울하고 과묵한 제인 스미스와는 달리, 상대의 눈을 똑바로 응시하고 흥미와 즐거움을 느낄 줄 아는 것처럼 보인다.

그녀는 모아둔 돈으로 자신의 비행기, 날개가 높이 위치한 고익기 벨런카를 사서 사업을 시작한다. 한동안 놈Nome을 출발지로 삼아, 비행장 근처의 쓰러져가는 오두막에 기거한다. 사향소들이 옥외변소 앞을 어슬렁거리며 지나가는데, 마치 고대의 생명체 같다. 얼어붙은 숨결이 후광을 이루고 두툼한 털가죽이 발목께에서 수도승의 로브자락처럼 출렁인다.

금값이 오르면서 그녀는 지질학자들을 현장으로 실어나르고 준설선을 지을 엔지니어들과 인부들을 데려간다. 계절에 따라 통조림공장 일꾼들과 광부들을 실어오고 실어간다. 소용돌이치는 갈색 은하를 이룬 순록떼 위로 낮게 날아 순록 목부들에게 간다.

사람들이 돈 대신 사금, 생가죽, 땔감, 기름, 위스키를 낸다. 값을 치르지 않고 공짜로 타려는 사람들도 부지기수다.

브룩스산맥 너머 북쪽으로 갈 때도 많은데, 그곳에선 나무들이 아예 자랄 엄두를 내지 못한다. 알래스카준주 북단의 배로곶에서는 집밖 건조대에 물개와 북극곰 가죽을 말리고, 말뚝에 묶인 개들이 그녀의 비행기를 보고 짖어댄다. 한번은 호기심에 해안 입구에 세워진 고래 갈비뼈 구조물을 지나 지구의 머리를 스컬캡처럼 덮은 북극해의, 봄철이라 느슨한 퍼즐 모양으로 갈라진 얼음 위를 날아, 해류가 얼음조각을 합쳐놓으면서 퍼즐이 높은 이랑을 가진 하나의 광대한 얼음 퀼트이불이 되기 시작하는 북쪽 끝까지 가본다.

그렇게 최북단까지 가니 현기증이 인다.

바클리는 경찰이 잡으러 왔을 때 변호사 군단을 소집하지 않고 탈세 혐의를 인정해 칠 년 형을 받았다. 정부에 벌금을 냈지만, 목장은 이미 오래전부터 케이트 명의로 되어 있었기에 안전하게 지킬 수 있었다. 다른 자산들―금주법 폐지 후 합법적 사업체가 된 주류밀매점과 도로변 술집, 호텔 들, 여러 광산회사와 건설회사의 지분, 캘러스펠에 있는 작은 집, 미줄라에 있는 집, 메리언이 버리고 떠난 곳에서 결국 찾아낸 스티어맨 복엽기―은 법적으로 새들러의 소유다. 바클리의 은행 계좌들까지도 새들러 앞으로 등록된 회사들 명의로 되어 있다.

메리언은 초록빛 오로라 아래를 난다. 한밤의 태양 아래를 난다.

벨런카는 숱하게 망가지고 땜질되어, 알래스카인들의 말에 따르면 부품들이 대형을 이루어 날아다니는 잡동사니 덩어리가 된다.

차라리 흰개미떼가 흩어지지 않기를 바라는 게 낫겠다고들 말한다. 그래도 잘 날다가, 어느 날 얼어붙은 호수 위에서 폭풍에 휘말려 건너편 바위에 부딪혀서 박살이 난다. 그녀는 더 큰 엔진이 달린 비행기를 장만한다.

다시 자신으로 돌아왔기에 케일럽에게 편지로 지금 사는 곳을 알려주고 제이미에게 보내는 편지를 동봉하면서 제이미의 주소를 알려달라고 부탁한다. 제이미가 아직도 밴쿠버의 싸구려 하숙집에 살고 있을 리 만무하기 때문이다.

케일럽이 소식을 전해오기를, 제이미는 밴쿠버를 아주 떠나서 산으로 들어갔는데 은둔 화가가 될 모양이다. 갑작스럽게 내린 결정이었고 그 이유는 말해주지 않았지만, 아무튼 잘 지내는 것 같아. 우리 셋 다 멋진 고립 상태로 살 운명인가보다.

그녀는 제이미를 만나러 날아가볼까 생각하지만 알래스카를 떠나고 싶지 않고, 과거의 삶으로 돌아간다는 생각만 해도 겁이 난다. 어쩌면 완전히 자신으로 돌아가지 못한 것인지도 모른다. 사람이 하나의 고정된 형태로 존재한다고 생각할 정도로 어리석진 않지만 말이다.

얼마 후 메리언은 남쪽 밸디즈로 향한다. 랭겔산과 추개치산의 높은 고도에 위치한 광산들에 물자를 나르는 조종사와 느슨한 동업관계를 맺은 것이다. 그 조종사는 빙하 위에 착륙하는 방법을 개발해냈다. 그림자가 지지 않는 확산광에서는 낮게 날면서 어두운색 물체—포대든 나뭇가지든 아무거나—를 얼음 위에 던져 깊이감각을 얻는 것이다. 그는 메리언에게 빙하 위 눈의 기복을 보고서 그 아래 묻힌 크레바스를 찾아내고, 착륙시 옆으로 미끄러져 스키가 경사면과 직각을 이루게 만들어 비행기가 가장자리 너머로 미끄러지지 않게 하는 법을 알려준다.

밸디즈에서는 일 년 내내 빙하 착륙을 위해 비행기에 스키를 장착하고 다녀서 썰물 때 개펄에서 이륙한다. 그녀는 스키가 진흙에서 벗어나는 데 도움이 되도록 비행기의 속도를 높이면서 조종석에서 몸을 양옆으로 흔드는 법을 배운다. 광산에 고기와 밀가루, 담배뿐 아니라 다이너마이트, 카바이드, 강철, 목재, 케이블, 기름, 온갖 기계 부품까지 배달한다. 한번은 매춘부 두 명을, 한번은 루스벨트 각료 한 명을 실어다준다. 고아가 되어 사설 동물원으로 가는 새끼 회색곰을 앵커리지까지 이송하기도 한다.

사람들은 메리언이 외지인임을 상기시키고는 한다. 당신은 알래스카인이 될 수 없어. 그건 불가능해. 그녀는 그들의 일부가 아니면서도 그들 사이에 속한 기분을 느낀다.

덴버, 1937년 봄. 제이미가 침실 문가에서 얼쩡거린다. 베개에 기대어 앉아 있던 월리스 삼촌이 반신반의하며 눈을 가늘게 뜨고 바라본다.

"제이미예요." 제이미가 말한다. "삼촌을 보러 왔어요."

월리스의 얼굴이 기쁨으로 쩍 벌어진다. "내 아들." 그가 말한다. "정말 좋구나."

제이미는 월리스의 두 손을 꼭 잡고 침대 가장자리에 앉으며 달콤한 모르핀냄새를 맡는다. "좀 어떠세요?"

"죽음의 문턱에 왔지." 월리스가 토닥이는 제이미의 뺨에는 금빛 수염이 듬성듬성 나 있다. "이렇게 수염이 있으면 아이가 아닌데. 너를 마지막으로 본 지가 적어도 일 년이 넘었구나—이게 말이 되니?"

"그런 것 같아요." 제이미가 대답한다. 그들은 오 년 넘게 만나지 못했다. 허약한 몸을 덜덜 떠는 술꾼을 덴버행 기차에 태운 게 벌써 오 년 전이다.

"근데 걔는—어디—"

"메리언은 알래스카에 있어요. 조종사가 됐거든요."

"너도 알다시피, 걔 때문에 내가 여기 온 거잖니. 걔랑 남편. 그 사람도 알래스카에 있나?"

"교도소에 있어요."

월리스는 놀라지 않는 기색이다. "잘됐군." 그가 말한다. 하지만 날씨가 좋다는 말을 들은 것처럼 온화한 목소리다. 땅딸막하고 나이가 좀 있어 보이는 가정부가 엉덩이로 문을 밀어 열고 커피와 얇게 썬 케이크가 놓인 쟁반을 든 채 뒷걸음질로 들어온다. "제이미, 먼 길을 왔으니 따뜻한 음료와 먹을 걸 가져다주는 게 좋을 것 같아서요."

"이쪽은 내 아들 제이미야." 월리스가 제이미의 팔을 토닥이며 가정부에게 말한다.

"벌써 제이미와 만났어요." 그녀가 대꾸한다. "내가 문을 열어줬거든요. 조카라고 하던데요." 그녀는 제이미에게 말한다. "정신이 오락가락해요. 특히 이름 같은 거나 자세한 일들을 기억 못해요."

"난 정신 말짱해." 월리스가 격하게 말하지만, 가정부가 입에 물컵을 대주자 미소 지으며 얌전히 한 모금 마신다. 가정부가 그의 이마를 어루만지고, 제이미는 그들이 어떤 사이일까 궁금해진다.

"말해봐." 가정부가 나가자 월리스가 말한다. "무슨 얘기든. 죽는 건 지루한 일이거든. 이 방 바깥의 이야기들로 나를 즐겁게 해다오."

제이미는 자신이 살고 있는 산속 오두막에 대해 이야기한다. 가장 가까운 마을에서 반나절은 걸어가야 하는 버려진 집이었다. 그는 지붕과 바닥을 수리하고, 통나무 벽 틈새를 다시 메웠다. 텃밭도 가꾸고, 달걀을 얻기 위해 닭도 키우고, 가까운 강에 가서 낚시도 하고, 겨우살이 준비로 채소와 훈제 생선 통조림 만드는 법도 배웠다. "내가 전에는 낚시 안 했던 거 기억나요?" 그가 월리스에게 묻는다.

"그래." 월리스가 고개를 끄덕이며 애매하게 말한다. "벌레 때문에, 맞지?"

"물고기가 불쌍해서요." 제이미가 말한다. "벌레 때문이 아니고요. 아직도 그렇긴 한데, 그 정도는 받아들이게 됐어요."

월리스는 다시 고개를 끄덕인다. "자기가 원하는 대로 살아야 해." 그가 말한다. "내가 그렇게 살았지. 그 사람들에겐 삶이 끔찍한 고난이다보니 다른 인생도 다 고결해 보이지 않았던 거야. 그 사람들은 다른 방식으로 사는 사람은 다 제 분수를 모르는 인간이라 부도덕하다고 생각했어."

제이미는 무슨 소린지 알아들을 수가 없다. "누가 그렇게 생각했어요?"

"물론 우리 부모님이지. 형도 기억하잖아. 형도 마찬가지였으니까."

월리스가 제이미를 애디슨으로 착각한 것이다. "내가 그랬어요?" 제이미가 말한다.

"물론 그랬지. 형이 떠나지 않았더라면 난 떠날 생각도 못했을 거야. 하지만 형은 바다로 가야만 했으니까." 월리스가 그의 손을 토닥인다. "다른 얘기 해줘."

제이미는 월리스의 대화 상대가 자신인지 애디슨인지 알 수 없지만, 우스갯소리처럼 이야기를 들려준다. 사내 둘이 아파트로 쳐들어와서 자신을 익사시킬 뻔했는데, 처음엔 바클리 매퀸이 보낸 사람들인 줄 알았지만 사실 아유카와 씨가 보낸 것이었다고, 아유카와 씨 딸이 사라졌는데 남자와 도망친 것 같다고.

"누구나 변고를 당하고 살지." 월리스가 말한다. "그래서 어떻게 됐는데?"

제이미는 산속에서 강박적으로 그림을 그리기 시작했다. 매트리스와 제대로 기능하는 스토브를 장만하기 전부터 쓰러져가는 작은 판잣집에 서서 작업을 했다.

"난 지구의 만곡을 그림에 반영하고 싶다는 생각을 해왔고, 거기서부터 시작했어요. 풍경을…… 접힌 것처럼 그리기 시작했죠. 일본인들의 종이접기 본 적 있으세요?" 월리스의 침대 옆 테이블에 스케치북이 놓여 있고, 제이미는 거기서 한 장을 뜯어 세심하게 정사각형으로 자른 후 학을 접는다.

"새구나." 월리스가 떨리는 손으로 그 섬세한 물건을 잡고 말한다. "그 사람이 너한테 그림값은 줬니?"

제이미는 아유카와 씨 집 문 앞에서 웃음을 터뜨렸는데, 테레빈유 증기를 마신 것처럼 콧속이 찌르르했다. 그는 등을 구부려 두 손으로 무릎을 잡고 눈물을 닦아내며 말했다. "따님이 도망쳤군요?"

제이미가 월리스에게 말한다. "원래 주기로 한 것보다 많이 췄어요. 죄책감이 들었겠죠."

"잘됐군." 월리스가 말한다. "잘됐어."

그는 닷새 만에 숨을 거둔다. 미줄라의 집을 제이미와 메리언에게 물려준다는 유서를 남긴다. 덴버에 묻히고 싶다는 뜻도 남긴다.

제이미는 막연히 소원해진 느낌이 드는 메리언에게 편지 쓰는 걸 미루다가 대신 케일럽에게 쓴다. 케일럽더러 알래스카로 가서 그 소식을 전하라는 의도는 아니었는데 케일럽은 그렇게 한다.

"넌 죽음에 가장 가까이 갔던 때가 언제야?" 메리언이 케일럽에게 묻는다. 그들은 밸디즈 외곽에 위치한 그녀의 오두막 침대에 누워 있다. 그는 이곳에서 사흘 밤을 보냈고, 그녀는 그가 얼마나 오래 머물지 모른다.

그녀는 진짜 이름을 되찾은 기념으로 더블침대로 갈아탔고, 그들은 이렇게 넓은 데서 함께 자본 적이 없었다. 그가 큰대자로 누워서 말한다. "모르겠어. 너도 알 것 같진 않은데."

"생각만 해도 오싹해지는 경험 없어?"

"딱히 없어." 그가 농담처럼 말한다. "메리언, 나를 겁먹게 하려면 죽음보다 무서운 게 필요하다고."

"송어가 죽고 나서 내가 밴쿠버까지 날아간 거 기억나?" 메리언은 헐떡거리는 엔진, 크레바스, 추위에 대해 이야기한다. 그때 죽음을 가장 가까이에서 느꼈지만, 실제로 죽기 직전까지 간 건 아기였을 때 침몰하는 조세피나호에서였을 거라고 말한다. 그때 아무 영문도 모른 채 죽었을 수도 있었다. 배가 뭔지, 바다가 뭔지, 불이 뭔지도 모르고. 죽음이 뭔지도 몰랐을 것이다.

케일럽은 살아 있는 모든 존재는 죽음에 대해 안다고, 그래서 죽지 않으려고 몸부림치는 거라고 말한다.

"어쩌면 내가 죽음에 가장 가까이 갔던 건 다른 때였는데 모르고 지나갔을 수도 있지." 그녀가 말한다.

케일럽이 찾아온 첫날밤, 그가 월리스의 사망 소식을 전한 후, 그리고 둘이 바닷가를 거닐며 바다사자와 흰머리수리를 구경한 후, 그녀는 그를 침대로 이끌었다. 그녀는 바클리 이후 남자와 잔 적이 없었고, 바클리에 대한 기억이 날카로운 공황발작과 폐소공포의 형태로 기습했다. 바클리가 무슨 짓을 했는지 말하지는 않았지만 케일럽은 직감하는 듯했다. 그는 절정에 이르렀을 때 그녀와 눈을 맞추고 자신도 어쩔 수 없음을 전했다. 두번째 밤은 더 나아졌고, 세번째 밤과 오늘 네번째 밤 그녀는 바클리 이전의 시간으로, 그녀와 케일럽이 단순한 절박함으로 사랑을 나누던 때로 돌아간 듯한 기분을 느꼈다. 거의. 완전히 돌아갈 수는 없었다.

케일럽은 메리언이 기억하는 모습보다 더 넓어졌다. 단단해졌고, 어른이 되었다.

그가 조바심 섞인 목소리로 말한다. "일어날 수도 있었는데 일어나지 않은 일을 전부 생각하다보면 끝이 없지." 하지만 여전히 퉁명스러운 어조로 천장에 대고 이야기를 시작한다. "어렸을 때 한 번 있었어. 엄마가 손님을 받았지. 보통 때는 신경 안 썼는데, 그날 밤은 그 소리를 견딜 수가 없었어. 눈이 엄청 쏟아지고 있었지만, 그래도 너희 집에 가기로 마음먹었지. 길을 어떻게 찾을지 고민도 안 하고 나섰는데, 눈이 계속 쌓이는 거야. 눈 때문에 지면의 형태를 보고 내 위치를 알 수도 없더라고. 진짜 아무것도 보이지 않았어. 바람은 거세졌고. 너무 오래 걷고 있었지만 내가 길을 잃었다는 걸 인정하고 싶지 않았지. 인정한다고 해도 달라질 건 아무것도 없었지만. 그래서 쉬면 안 된다는 걸 알면서도 쉬려고 앉았어." 그가 말을 멈춘다.

메리언은 바클리가 자신과 처음 만난 날 술에 취해 눈 속에 쓰러졌다는 이야기가 떠오른다. "그래서 어떻게 됐는데?"

"뭐, 안 죽었지."

"계속해. 다 얘기해줘."

"뻔한 얘기야. 난 너무 추웠어. 이대로 계속 엄마와 함께 살 수 있을지 결정하려고 했던 기억이 나. 결국 어떤 결정을 내렸는지는 모르겠는데, 아무튼 일어나서 조금 더 걸었고, 그러자 멀지 않은 곳에서 너희 집 불빛이 보였어. 부엌문으로 들어가 춥지 않은 척하려고 애썼지만 베리트를 속일 순 없더라."

메리언이 팔꿈치를 짚고 몸을 일으킨다. "나도 기억나! 그동안 까맣게 잊고 있었네. 그런 일이 있었던 거야? 네가 완전히 시퍼렇게 얼어서 들어오니까 베리트가 너를 급히 욕실로 데리고 들어갔잖아. 난 욕실 문밖에 서서 네가 욕조 안에서 우는 소리를 들었는데."

그는 움찔한다. "손발이 다 얼었지. 녹이는데 끔찍하게 아팠어. 베리트가 나한테 추운데 왜 밖에 있었는지 자꾸 캐물어서, 집 밖에서 늑대 소리가 들리길래 사냥하러 나온 거라고 둘러댔지. 베리트는 평소엔 내 허풍을 안 참아줬지만 그땐 장단을 맞춰주더라고. 나한테 소득이 있었느냐고 물었거든. 몸을 녹이는 동안 욕조 옆에 앉아서 내 거짓말을 들어줬지. 그러는 동안에도 난 너무 아파서 계속 울었고."

"착한 베리트."

케일럽은 조그만 소리로 동의를 표한 후 이렇게 말한다. "하지만 그후론 왠지 모르겠는데 엄마가 하는 일이 더이상 신경 쓰이지 않더라고. 강해진 기분을 느낀 것 같아. 내 운명을 스스로 선택할 수 있다는 사실을 갑자기 깨달은 것처럼."

"무슨 말인지 알 것 같아."

메리언은 자신의 자궁을 지키기 위해 바클리와 벌인 전쟁, 참고 견뎌낸 포위된 삶에 대해 심드렁하게 이야기한다. "떠나기 위해선 충격이 필요했지—나를 강하게 만들어준 건 임신이었어."

그는 옆으로 돌아누워 그녀의 팔꿈치 안쪽에 입을 맞춘다. 고개를 들었을 때 그의 얼굴이 분노로 굳어 있다. "그러잖아도 그 인간이 미웠는데 이제 죽이고 싶어."

"그보다 더 나쁜 일들도 있어."

"그건 중요하지 않아."

"지난 일이야."

"완전히는 아냐. 넌 변했어."

"넌 안 변했고." 그들은 미소 짓는다. 그녀가 말한다. "이제 다시는 월리스 삼촌을 볼 수 없다는 게 납득이 안 돼."

"삼촌을 용서한 거야?"

"그런 것 같아. 삼촌이 아니었어도 바클리는 다른 방법을 찾았을 거야."

케일럽이 이상한 표정으로 얼굴을 찡그린다. "그 사람이 너한테 쓴 편지를 나에게 보냈어. 내가 네 우체부라는 걸 모르는 사람이 없더라."

"삼촌이?" 메리언은 케일럽이 왜 이제야 그 말을 하는지 이해할 수가 없다.

"아니, 바클리." 케일럽이 침대에서 나가 자기 가방을 뒤지더니 봉해진 봉투를 그녀의 무릎에 떨어뜨린다.

메리언―

난 당신이 어디 있는지 모르지만, 모르는 걸 감수하고 살 거야. 모르고 사는 건 내가 할 수 있는 속죄고, 당신이 내게 원하는 것이겠지. 당신이 내 희생의 무게를 의심할 수도 있으니, 나의 가장 간절한 꿈은 자유의 몸이 되어 여기서 나가 당신을 찾아가서 용서를 비는 것임을 밝히고 싶어. 난 당신의 용서 없이는 진정한 자유를 얻을 수 없다고 믿고 있으니, 실제로도 그렇겠지. 분명 당신은 내가 그 이상을 원한다고 생각할 거야―일단 용서를 받으면 그것으로 만족하지 못하고 더 밀고 나가 당신의 사랑을 되찾으려 할 거라고, 다시 과

거의 나로 돌아가 지나친 열정에 사로잡혀 우리 둘 다 알아볼 수 없을 정도로 망가질 때까지 당신의 벽에 내 몸을 던질 거라고 말이야. 전에 난 당신이 마음을 열고 우리 사이에 있는 걸 끌어안기만 하면 우리 둘 다 행복해질 거라고 생각했어. 내 확신에만 골몰하고 그것에 너무 사로잡힌 나머지 당신이 누군가에게 완전히 마음을 연다는 건 파괴되는 것과 마찬가지라는 진실을 볼 수 없었던 거야. 처음에 나를 유혹했던 그 메리언은 내가 아내로 원한 메리언과 양립할 수 없다고 당신은 거듭 말했지. 메리언, 당신은 나에게 막강한 영향력을 행사하고 있어. 난 안과 밖이 뒤집혔고, 내장이 튀어나와 새들에게 쪼아먹혔지. 바로 그 고통에 몸부림칠 때 내가 했던 행동들을 후회해. 내 고통에 대해 밝히는 건 당신을 탓하려는 게 아니라 설명의 작은 근거를 제시하는 거야. 나는 더 많은 고통을 받아야 마땅하다는 걸 알아. 아기가 없어서 다행이라는 말은 할 수 없지만, 어쩌면 더 큰 지혜가 작용한 결과일 수도 있다는 건 인정해.

메리언, 그럼 이만 줄일게. 당신의 답장을 갈망하지만 기대하진 않아. 당신이 용서해주리라 생각하진 않지만, 언젠가는 당신을 다시 만나 직접 용서를 구할 수 있으리란 희망을 품고 살 거야.

바클리

추신. 어쩌면 당신도 들었는지 모르겠는데, 새들러와 케이트가 결혼했어. 놀랐어? 난 놀랐어. 그들은 우리보다 더 행복하기를.

메리언은 무릎에 편지를 펼쳐놓은 채 잠시 그대로 앉아 있는다. 열정이라는 단어에 다시 눈길이 닿자 침대에서 뛰쳐나가 스토브에 편지를 던져넣는다.

케일럽이 떠난 후, 메리언은 알래스카에 와서 처음으로 외로움을 느낀다. 그녀가 자신의 주위에 빙 둘러 조성해놓은 아무도 살지 않는 공간이 방어벽보다는 초토화된 땅으로 보이기 시작한다. 밤이면 잠자리에서 뒤척이며 케일럽을 생각한다. 변하기 전의 바클리도 가끔 생각한다. (변한 건—그건 그가 자신의 몸에서 페서리를 빼냈을 때라고 그녀는 생각한다.) 그녀는 자기 몸을 만지며 케일럽보다 바클리 생각을 더 자주 하고 나중에는 수치심과 괴로움을 느낀다.

시험삼아 한 남자와 자본 후 몇 명을 더 만난다. 다시는 마주칠 일이 없거나 원하면 확실히 피할 수 있는 남자들. 조종사도 광부도 밸디즈에 사는 사람도 안 된다. 수어드의 배 만드는 사람, 앵커리지의 신문기자, 이제 막 건너온 캐나다 지질학자. 알래스카엔 남자가 넘쳐난다. 새로운 남자와 잠자리를 가질 때마다 섹스에 집중해 일그러지고 감정이 그대로 드러난 낯선 얼굴, 그녀의 엉덩이를 움켜쥔 손, 작은 웅얼거림 같은 이미지를 조금씩 취해 마치 관을 덮는 흙처럼 바클리에 대한 기억 위에 뿌린다. 그 남자들은 그녀에게서 어떤 기억을 취할지, 외로울 때 어떤 기억의 단편들을 떠올릴지 궁금하다.

이윽고 제이미가 편지를 쓴다.

메리언에게,

월리스 삼촌의 슬픈 소식은 케일럽이 너에게 전했다는 거 알고 있어. 더 빨리 편지 못 써서 미안해. 그동안 우리 사이의 침묵이 너무 길어지다보니 그걸 깰 엄두가 나지 않았거든. 삼촌을 땅에 묻은 후로 계속 우울해─황혼의 끝자락처럼 깊은 우울이지. 거기엔 단순한 슬픔도 있지만, 과거에 대한 애도도 있는 것 같아. 삼촌에게 네가 조종사가 되어 알래스카에 가 있다고 말해줬는데, 전혀 놀라지 않는 것 같더라. 사실 삼촌은 전반적으로 정신이 혼미한 상태이긴 했지만 말이야. 난 다시 그림에 전념하려 애쓰고 있고─밴쿠버를 떠난 후로 그림이 나의 유일한 벗이지─삼촌의 그림들에 대한 기억을 그리는 중이야. 오랫동안 보지 못해서 희미한 기억으로만 남아 있는 풍경들, 그 풍경을 재현하고 시간이 만들어내는 왜곡도 담아내려 애쓰고 있지.

메리언의 답장에는 이런 내용이 들어 있다. 너무 긴 침묵이었지. 그동안 우리가 놓친 것들을 다 메우려 하지 말고 현재부터 새로 시작하자.

7월에 어밀리아 에어하트는 항법사 프레드 누넌과 함께 세계 최초로 2만 5천 마일에 이르는 적도선상의 대원을 따라 지구를 한 바퀴 도는 도전의 성공을 앞두고, 파푸아뉴기니의 라에에서 출발해 2500마일 떨어진 바다 위의 작은 얼룩 같은 땅 하울랜드 섬으로 날아간다. 그들은 그 섬에 도착하지 못한다. 사람들은 수십 년간 그녀가 생존해 있다고 믿으면서 그녀의 마지막 무선통신 이후로 펼쳐지는 복잡한 대하소설을 만들게 될 것이다. 하지만 필시 그녀는 비행기 연료가 떨어지면서 바다에 추락해 사망했을 것이다.

1938년 1월, 환상적인 오로라가 유럽의 하늘에서 물결친다. 처음엔 지평선에 초록의 빛이 타오르더니 누군가 깃펜으로 별들을 연결하는 듯 붉은 잉크가 위로 번지고, 선홍색으로 고동치며 아치를 그리고, 오렌지색 기둥을 이루었다가 흩어지며 사라진다. 런던에 불이 난 거야, 영국 사람들이 하늘을 올려다보며 말한다. 알프스의 소방관들은 눈 위에서 명멸하는 반사광을 쫓아 출동한다. 유럽대륙 전역에서 주민들이 지역 경찰서에 문의한다. 전쟁인가요? 화재인가요? 아직은 아니다. 태양 폭풍이다. 태양에서 방출된 하전입자들이 대기 중의 기체분자들과 충돌을 일으킨 것이다. 네덜란드에서는 공주가 아기를 출산하기를 기다리던 군중이 오로라를 보고 길조라며 환호한다. 대서양 건너 버뮤다에서는 붉은 빛줄기들이 바다에서 배가 불타고 있다는 뜻이라고 생각한다.

캐나다의 제이미도 오로라를 하나의 징조로 받아들인다. 그는 그동안 마음먹은 일을 실행에 옮긴다. 육 개월 동안 그린 그림들,

월리스의 그림에 대한 기억이 담긴 그림들을 눈 위에 원뿔 모양으로 깔끔하게 쌓아놓고 등유를 뿌린 다음 성냥불을 긋는다. 물감이 기포와 거품을 일으키고, 검은 테두리를 가진 구멍들이 퍼져가며 캔버스가 해체된다. 그는 나뭇가지로 그림더미를 쑤석거리며 끔찍한 후회와 안도감을 함께 느낀다. 그 그림들은 이도 저도 아닌 어중간한 것들이다. 그는 그 그림들을 그려야 할 필요가 있었지만 그건 오로지 그것을 파괴하는 경험을 하기 위해서였다.

마을에 내려가보니 플라비앙에게서 전보가 와 있다. 제이미의 풍경화 한 점이 시애틀미술관에서 작품을 구매해주는 상에 당선되었다는 것이다. 플라비앙은 제이미의 동의도 구하지 않고 전시회에 그림을 출품한 것에 대해 뒤늦은 용서를 구한다. 그리고 갤러리에 전시할 작품이 더 있는지 알고 싶어한다. 또한, 제이미가 한 달 내로 시애틀에 와서 시상식에 참석해야 한다는 소식도 전한다.

지독한 악천후로 코도바에서 발이 묶여 하룻밤 묵게 된 메리언은 자신보다 나이가 많고 옷을 잘 차려입은 여자를 만난다. 통조림 사업으로 이룬 부를 물려받은 미혼의 상속녀인 그 여자는 이미 그곳에서 발이 묶인 사람들로 붐비는 호텔에 있는 자신의 객실을 메리언에게 함께 쓰자고 제안한다. 물론 침대는 하나뿐이다. 와인을 곁들여 맛있는 식사를 한 후 그들은 침대로 들어가고, 여자가 메리언에게 등을 긁어주겠다는 제안을 한다. 그 제안은 못 들은 척해도 될 만큼 작은 웅얼거림이지만 메리언은 좋다고 대담하고 배를 깔고 엎드려 셔츠를 걷어올린다.

손가락 끝이 그녀의 등을 따라 내려간다. 메리언은 아랫배에서 묵직한 꿈틀거림을 느낀다. 같은 여자가 그런 감각을 불러올 수 있으리라곤 생각지도 못했는데 그런 일이 벌어진다. 그 여자의 손길이 너무도 가볍고 노련해서 메리언은 또 어떤 게 가능할지 호기심이 동한다. 몸을 돌려 등을 대고 눕자 부드러운 손가락들이 주저 없이 갈비뼈 위를 더듬는다. 그 여자의 입술이 도자기 찻잔과 접촉하듯 섬세하게 메리언의 흉골에 닿는다. 남자용 흰 면 속바지를 입은 메리언은 엉덩이를 들고 속바지를 끌어내린다.

메리언은 처음부터 끝까지 여자에게 손도 대지 않고 키스도 하지 않는다. 그녀는 완전히 수동적이지만 순종적이진 않으며, 허벅지로 여자의 머리를 꽉 누르면서 냉정하고 거의 당당하기까지 한 태도를 유지하다 이윽고 전율한다. 그후에는 돌아누워 엉덩이에서 꾸물거리며 더 해주기를 원하는지 묻는 여자의 손을 치우고 잠이 든다.

메리언이 밸디즈로 돌아왔을 때, 바클리의 또다른 편지가 동봉된 케일럽의 편지가 그녀를 기다리고 있다. 그녀는 바클리의 편지를 뜯어보지도 않고 불에 던진다. 한동안 밤이면 그 누구보다 그 여자 생각을 많이 한다.

메리언은 라디오로 크리스탈나흐트* 소식을 들으며 먼 거리 덕에 희석된 두려움을 느낀다. 산과 광산, 빙하를 제외한 모든 것이

---

* 1938년 11월 9일 밤 독일 전국에서 나치 단체들이 조직적으로 자행한 반유대적 폭력 사건.

멀리 있는 듯하다.

찰스 린드버그는 독일로 가서 헤르만 괴링에게 훈장을 받는다.
카메라 플래시.

1939년 4월 미국으로 돌아온 그는 전보다는 영웅 대접을 받지
못하고, 언론에서는 그가 독일인들의 대변자, 유화론자가 되었
다고 웅성거린다. 린드버그는 미국이 참전해선 안 된다고 확신에
차서 주장한다. 그는 〈리더스 다이제스트〉에 이렇게 쓴다. "우리
는 가장 귀중한 자산, 우리가 물려받은 유럽인의 혈통을 보존하
기 위해 한데 뭉쳐야 한다."

그는 자신이 공정하며, 고매한 논리를 부여받았다고 믿는다.
그리고 자신이 믿는 건 모두 진실이라고 믿는다. 그는 라디오 연
설을 필두로 공개연설을 하고 군중을 끌어모은다. 매디슨스퀘어
가든 같은 장소들을 수천 명의 인파로 가득 채운다. 단순히 다시
는 전쟁터에 가고 싶지 않은 사람들뿐 아니라 나치 동조자, 파시
스트, 반유대주의자(다른 사람들이 기꺼이 눈감아주는)까지 몰
려든다.

여기서 잠시 미래 여행을 다녀오자면, 진주만 사태 이후 린드
버그는 입을 다문다. 그는 팬암이나 커티스라이트에서 일해보려
하지만 처음엔 그를 열렬히 환영하던 항공사들이 백악관의 반대
에 부딪혀 어색하게 채용을 백지화한다. 결국 그는 해군을 설득
해 참관인 자격으로 남태평양 전선에 파견된다. 새벽 정찰비행을
하고, 구조 임무를 하고, 사실 그래선 안 되지만 일본 비행기들을
향해 발포하고, 연료 소비를 줄이는 방안을 찾아내 전투기들의
항속거리를 확장시킨다. 정말로 큰 도움이 된다. 그 덕에 명성이

어느 정도 회복되지만 결코 과거의 그로는 돌아가지 못한다.

전쟁이 끝난 후, 그의 결혼생활은 너덜너덜해진 상태로 지속된다. 앤은 책을 쓰고, 밖으로 나돌다가도 어쩌다 집에 있을 때면 그녀와 아이들을 통제하려 드는 남편 때문에 괴로워한다. 그는 은밀히 독일 여자 셋과 외도해 숨겨진 아이를 일곱이나 둔다. 작은 린드버그들을 세상에 퍼뜨리고 싶은 걸까? 그는 자녀들에게 배우자를 고를 때는 반드시 유전자를 고려해야 한다고 누누이 강조한다.

육십대에 이른 그는 멸종위기종과 토착민 보호에 헌신한다. 핵 전쟁의 위협에 강박적으로 시달린다. 세계를 축소시키는 데 일조했던 그는 세계가 축소되지 않았더라면 좋았으리라 생각한다.

달로 가는 아폴로 11호 우주비행사들을 태운 로켓 새턴 5호가 발사될 때, 린드버그는 그곳 플로리다에서 목을 길게 빼고 사라져가는 불꽃을 바라본다. 그 로켓은 발사 일 초 만에 스피릿오브세인트루이스호*가 뉴욕에서 파리까지 갈 때보다 더 많은 연료를 소비한다.

그는 1974년 마우이에서 사망한다. 방부처리를 거부하고 썩어 없어지는 모직과 면직 수의를 입혀달라고 한다. 그리고 하와이 성가를 불러달라고 한다. 화산암을 깐 무덤에 앤의 자리도 마련해놓지만, 삼십 년 가까이 지난 후 앤은 화장해서 다른 곳에 뿌려달라고 한다.

---

* 린드버그가 1927년 세계 최초 단독 대서양 횡단 때 사용한 단엽기.

플라비앙이 몸소 와서 제이미를 산속에서 끌어내 시애틀미술 관에서 열린 시상식에 데려갔고, 제이미는 많은 사람 앞에 서는 게 익숙하지 않은데다 혹시 페이히 가족과 마주칠까봐 잔뜩 긴장한 채로 불편한 시간을 견뎠다. 페이히 가족은 나타나지 않았지만, 그가 다락방에서 발견한 터너의 수채화들이 전시되어 있었다. 빈 벽에 그 그림들만이 빛을 발하며 일렬로 걸려 있었고 그림 아래 명판에는 페이히 소장품 대여라고 적혀 있었다. 직물 짜임이 있는 작은 직사각형 종이에 그린 단순한 수채화일 뿐인데도 제멋대로 뻗어나간 바다와 하늘, 무한한 공간을 담고 있는 듯했다.

그와 악수를 나눈 많은 이 중에는 WPA* 사람도 있었다. 그는 제이미에게 연방미술프로젝트에 참여해볼 것을 권유했다. 예술가들에게 일거리를 주기 위한 국가정책이었다. 그는 벨링햄에 있는 도서관에 벽화를 그려야 한다며 제이미에게 그 일을 해보지 않겠느냐고 제안했다.

제이미는 그러겠다고 대답했지만, 팔 수 있는 캔버스 그림을 원하는 플라비앙은 그 결정을 마뜩잖게 여겼다. 그리고 제발, 제이미, 제발, 더이상 그림 좀 태우지 마, 적어도 이 플라비앙에게 먼저 보여주기 전에는 절대로.

하지만 제이미는 한곳에 뿌리박힌 단단한 그림을 그린다는 게 마음에 들었다. 그는 산속 오두막을 폐쇄하고 턱수염을 민 후 고

---

* Works Projects Administration, 공공사업진흥국. 대공황을 극복하기 위해 설치되어 일자리를 마련하고 예술가들을 지원한 기관이다.

국으로 돌아갔다. 그가 밸링햄에서 벽화를 완성하자, WPA는 그에게 오르카스섬 우체국 벽화 작업을 맡겼다. 1939년 초인 현재, 그는 메리언을 만나러 밴쿠버로 기차를 타고 간다. 벌써 오래전에 재회했어야 했지만, 메리언이 미국 본토로 돌아오고 싶어하지 않았다. 아직은. 그는 검은 코트와 회색 소모사 정장 차림이며, 허둥지둥 도망쳐 떠난 도시를 다시 찾고 싶은 마음이 간절하다.

메리언은 비행기 화물칸에 보조 연료탱크 두 개를 싣고 밸디즈를 출발해 네 번 쉬면서 사흘 걸려 밴쿠버에 도착했다. 주로 대륙의 해안선을 따라, 눈 덮인 산봉우리들을 왼편에 끼고 날았다. 악천후가 지나가기를 기다리기도 하고 엔진의 지속적인 마찰음 속에서 몇 차례 바클리의 스티어맨이 내던 헐떡거리고 꿀렁거리는 소리의 환청을 들은 것 같기도 했지만, 대개는 특별한 사건 없는 비행에서 오는 집중력과 지루함을 동시에 느꼈다.

호텔에 도착했을 때 프런트 남자가 그녀의 옷차림을 비판적인 눈길로 한참 훑어보았으나 그녀는 턱을 치켜들고 돈을 내밀었다(손톱 밑에 때가 시커멓게 낀 손으로). 호텔은 제이미가 선택하되 숙박비는 그녀가 치르는 걸로 합의된 상태였다. 그녀가 그러자고 우겼다. 그는 돈이 없고 그녀는 형편이 괜찮으니까. 그녀는 호텔방에서 목욕을 하고 몸단장을 했지만 할 수 있는 것도, 기꺼이 하고 싶은 것도 제한되어 있었다. 하다못해 원피스 한 벌이 없어 입고 싶어도 입을 수가 없다. 화장품도 립스틱뿐이다. 얼굴은 주근깨투성이에, 머리도 언제나처럼 아무렇게나 자른 더벅머리다. 그녀는 깨끗한 셔츠와 바지를 입고, 호텔 수건으로 장화를 닦고, 머리를 매만지고, 뺨을 꼬집었다. 제이미가 자신을 노련한 부시 파일럿*으로 보기를, 자신이 험한 땅에서 견뎌낸 육 년을 보고 그 투쟁에 감동하는 동시에 자신이 뛰어난 능력으로 수월하고 침착하게 모든 도전에 응했다고 믿기를 원한다. 그래서 장화와 바지, 시어링 재킷으로 무장했지만 한편으론 제이미가 자신을 아름다운 누이로 생각해주기를 바라는 마음도 있기에 아쉬움이 남는다. 너무 이상해 보이진 않기를 바란다.

제이미는 두 손을 주머니에 넣고 로비 난롯가에 서 있다가 메리언이 계단을 내려오자 돌아본다. 놀란 기색은 없고 그저 행복해 보인다. 놀란 쪽은 오히려 그녀다. 그가 어른이 된 것이다. 물론 그는 어른이다. 그녀처럼 여전히 옅은 금발에 주근깨가 많지만 머리는 전문가의 손으로 잘랐고 세련되게 기름을 발랐다. 그녀를 맞이하려고 돌아서는 작은 동작마저도 전에 없이 자족적인 여유를 풍긴다. "항상 이렇게 말쑥해?" 그녀를 안고 곰처럼 등을 두드리는 그에게 그녀가 묻는다.

"좋은 인상을 주고 싶을 때만." 그는 팔 길이 정도의 거리를 두고 메리언을 안고서 말한다. "넌 여전히 주변 환경에 섞이는 데 관심이 없구나."

"나 때문에 창피해?"

그는 그녀에게 팔을 내민다. "전혀."

그들은 저녁을 먹으러 큰 걸음으로 성큼성큼 발맞추어 걸어간다. 처음엔 지난 세월을 어떻게 다루는 것이 최선일지 몰라 서로 조금 부자연스럽다. 그들은 윌리스에 대해, 집을 어떻게 처리할

---

* 큰 비행기가 이착륙할 수 없는 오지에 물자를 실어나르는 경비행기 조종사.

지에 대해 이야기한다. 그리고 결국, 제이미가 미줄라로 가서 집을 팔기로 합의한다. 간직해야 할 것들(애디슨의 책과 기념품, 월리스의 그림)을 보관할 장소를 찾아보고 나머지는 처분할 작정이다. 늙은 말 피들러는 죽었지만, 아직 남아 있는 개들을 맡아줄 집도 찾아봐야 한다. 둘 다 다시 미줄라로 돌아가서 살 생각은 없다. 제이미는 진짜로 전쟁이 터질 거라고 주장한다. 대재앙을 예견하는 데서 오는 정당한 기쁨을 느끼면서도, 마음 깊은 곳에서는 사람들이 그렇게 어리석을 수 있다는 게 도무지 믿기지 않는다. 아무리 히틀러 같은 인물이라도, 어떻게 또 전쟁을 원할 수 있단 말인가? 그 누구든 어떻게 전쟁을 원한단 말인가? 누군가 어디선가 어떤 식으로든 멈춰야겠다는 결단을 내릴 때까지 서로 엄청난 인명을 살상해야 하는 전쟁의 근본 개념 자체를 이해할 수가 없다.

메리언도 답을 모른다. 그녀가 사는 세상은 전혀 혼잡하지 않아서 전쟁을 벌일 정도로 사람들이 모이는 것조차 상상할 수 없다. 북쪽 세상의 비인간적 광대함 속에서 전쟁은 헛되고 보잘것없게 느껴진다.

그들은 어둡고 길쭉한 홀에 진녹색 칸막이좌석과 걸이 등이 있는, 제이미가 아는 중국음식점에서 저녁을 먹는다. 웨이트리스가 맥주와 달걀수프를 내오지만 제이미는 받침접시에 놓인 수저를 들지 않는다. 그가 묻는다. "바클리 소식 들었어?"

메리언이 시선을 든다. "석방됐어?"

"그랬지." 제이미가 주저한다. "소식이 더 있어." 그는 다시 주저하다가 목청을 가다듬고서 말한다. "바클리가 죽었어."

그 소식이 메리언을 돌풍처럼 강타한다. 귀가 웅웅 울린다. 제이미가 계속 말한다. "신문에 났어. 너도 봤을지도 모른다고 생각했는데. 석방된 지 얼마 안 됐을 때 혼자 목장에서 캘러스펠까지 차를 몰고 가고 있었는데, 누가 그걸 미리 알고 숨어서 기다린 모양이야. 멀리서 소총으로 쐈대."

그녀는 테이블 가장자리를 꽉 잡고 버티고 있는 자신을 발견한다. 손을 놓고 맥주를 들이켠다. "언제?"

"지난주. 케일럽 말로는 다들 새들러 짓이라고 생각한대. 그와 바클리의 누이가 새 지배자 노릇에 맛이 들려서 그랬을 거라고. 경찰은 조사에 큰 열의가 없는 것 같은데, 하긴 조사할 것도 별로 없겠지. 목격자도 없어. 새들러는 알리바이가 있는 것 같고. 신문 기사로는, 바클리가 무일푼으로 죽었대. 서류상으로는. 너도 기사에 언급됐는데 이름은 안 나왔어. 새들러가 손을 썼겠지. 기사에 아내의 행방은 아무도 모른다고만 나와 있어. 유서가 있는데, 거기 너에 대한 내용은 없는 것 같아."

메리언은 떨리는 손으로 수프에 수저를 넣고 끈끈한 노란색 액체가 수저 가장자리로 넘치는 걸 지켜본다. 이 감정은 무엇일까? 너무 강렬해서 정체를 가늠할 수가 없다. 열기와 냉기 둘 다 마음을 태울 수 있으니까. 충격일 거라고, 그녀는 생각한다. 수프가 조금 담긴 수저를 든다. 입이 델 듯 뜨겁다. 제이미는 말없이 테이블 아래서 그녀의 무릎을 토닥인다. 그녀는 냅킨으로 뺨을 닦으며 고개를 젓는다. "이걸로 끝이야." 그녀가 눈물을 두고 말한다.

바클리는 영원히 알래스카에 나타나지 않을 것이다. 그 어디에도 나타나지 않을 것이다. 그녀는 바클리의 마지막 편지를 뜯지도 않고 태웠다. 하지만 그 편지가 무엇을 말해줄 수 있었겠는가? 그의 첫 편지에 답장을 보내 자신을 잊어주기만 한다면, 영원히 찾지 않는다면 용서해주겠다는 뜻을 전했어야 했을까? 그랬다면 모든 게 바뀌었을까? 그게 자신이 원한 것이었을까? 애도와 환희를 동시에 느낄 수 있는 걸까?

"그 두 사람이 바클리를 죽일 필요가 있었을까?" 목구멍이 수프에 데어 따끔거리는 상태에서 그녀가 말한다. "이미 전부 자기들 이름으로 되어 있는데." 그녀는 새들러와 케이트가 서로 사랑하는지 궁금하다. 오래전부터 사랑하는 사이였을까? 그녀는 아무 낌새도 못 챘지만, 어쩌면 케이트가 자신은 단순한 노처녀가 아니라고 했던 게 그런 뜻이었는지도 모른다. 하지만 상관없다. 이제 그들은 오래전 읽은 책에 등장하는 인물보다도 중요하지 않으니까. 그들은 그녀를 찾으러 오지 않을 테니까.

"나야 모르지." 제이미가 말한다. "그런 일에 대해선 전혀 모르니까."

"소총에 맞았다고 했지? 한 발? 바클리는 운전중이었고. 차를 세운 게 아니라?"

"그런 것 같아."

"새들러는 총을 잘 쏘는 사람이 아냐."

"운이 좋았나보지."

"새들러는 요행을 바라고 계획을 세울 사람이 아닌데."

그들은 의아해하며 서로 바라본다.

웨이트리스가 돼지고기를 곁들인 면 요리와 소스를 뿌린 깍지콩을 내온다. 메리언이 조심스럽게 말한다. "케일럽이 알래스카로 찾아왔을 때, 내가 바클리 이야기를 좀 했어. 아무에게도 안 한 이야기들. 케일럽이 화가 났지."

그들은 다시 한참 서로를 응시한다. 제이미가 말한다. "그런 식으로 생각하면 안 돼. 그 길로 접어들지 마."

"바클리가 죽은 건 안타깝지 않아. 하지만 난 늘 그를 다시 만나게 될 거라고 생각했거든. 아직 계산할 게 남았다고 생각했지."

"알아."

"그 사람이 날 놓아주겠다고 동의하기 전까진 결코 그에게서 자유로워질 수 없다고 생각했어."

"알아."

"아직도 가끔 그런 느낌이 들어."

"넌 자유의 몸이야. 이미 오래전부터 그랬지. 지금은 충격을 받아서 그래."

"내가 한 말 진심이야. 그 사람이 죽어서 기뻐."

"나도 그가 죽어서 기뻐. 케일럽한테 무슨 이야기를 해줬는지 나한테도 말해줄래?"

"어쩌면 나중에. 먼저 한 잔 더 마셔야겠다."

제이미가 말한다. "밴쿠버에서 한밤중에 어떤 남자들이 집에 들이닥쳐서 나를 고문한 적이 있어. 그 남자들은 계속해서 '그 여자'가 어디로 갔는지 말하라고 했지. 난 바클리가 너를 찾으려고 보낸 깡패들인 줄 알았는데, 사실은 다른 여자를 찾으러 온 다른 깡패들이었어. 우스꽝스러운 일이었지. 월리스 삼촌도 그랬을 거야. 너무 많은 깡패한테 쫓기다보니 누가 누군지 헷갈리는 거지." 그가 웃는다.

메리언은 겁에 질린다. "그래서 밴쿠버를 떠난 거야?"

"어느 정도는. 그리고 두 여자가 연달아 내 마음에 상처를 줬지."

"말해봐."

저녁을 먹은 후 제이미는 몇 블록 떨어진, 자신이 좋아하는 술집으로 메리언을 안내한다. 공중에 차가운 안개가 껴 있다. 거기서 나중에 멧돼지털 클럽 친구 몇 명을 만나게 될 것이다. 전차한 대가 덜컹거리며 지나가고, 창문마다 모자와 신문 윗부분이 보인다. 그가 묻는다. "다시 결혼할 것 같아?"

"아니."

"난 네가 언젠가 케일럽과 결혼할지도 모른다고 생각했는데."

"아니. 그게 상상이 돼? 매 두 마리가 한 상자에 산다는 게."

건물 사이로 항구와 배들의 불빛이 보인다. 그녀는 나무 사이에서 소총을 들고 아래쪽 도로를 주시하며 끈기 있게 기다리는 케일럽의 모습을 상상한다.

한 번 추락은 영원한 추락

⌣

15

누군가 당신의 전화번호를 묻기 위해 어두운 복도에 숨어서 기다렸다면, 그 사람이 그 전화번호를 사용하리라 기대하기 마련이다. 하지만 애들레이드 스콧에게선 아무 연락이 없었다.

나는 이제 카테리나가 아니었지만, 계약에 따라 내가 마지막으로 출연한 〈대천사〉 홍보를 위해 라스베이거스에서 열리는 괴짜들 행사에 참석해, 팬들에게 사인도 해주고 '존스 코언과의 밤' 이후로 만난 적도 통화한 적도 없는 올리버와 나란히 단상에 앉아 질문에 답해야 했다. 계약에 따라 제트기가 버뱅크에서 나를 태웠다. 계약에 따라 내가 지정한 채식주의자용 음식과 돔페리뇽 샴페인이 준비되어 있었다. M.G.는 기내에서는 나를 보호할 필요가 없었기에 이륙도 하기 전에 잠이 들었다. 오거스티나는 휴대전화로 게임을 했다. 제트기가 밤하늘로 날아올랐다.

나는 곰 모양 대마초 젤리 반을 먹고 샴페인을 조금 마셨다. 비행 교습 이후 처음 하늘을 나는 것이라 그때의 아찔한 기분이, 아래로 빨려드는 끔찍한 느낌이 다시 찾아올까봐 걱정했는데 그렇진 않았다. 나는 다시 메리언의 책을 훑어보았다. 그 책을 펼칠 때마다 어렸을 때처럼 거기 무언가 숨어 있는 것 같은 기분이 들었다. 다들 〈페리그린〉이 어떤 영화가 되어야 하는지, 메리언의 불가사의한 삶을 대중이 쉽게 접근할 수 있는 깔끔한 연예물로 만들어내는 가장 좋은 방법이 무엇인지 나름의 의견이 있었다. 그래서 나도 의견을 가져야겠다는 생각이 들었다. 애들레이드 스콧은 자신이 원하지 않는 것을 아는 게 원하는 걸 아는 것만큼 중요하다고 말했고, 적어도 나는 용감한 걸파워에 대한 영화나 감당하지 못할 과욕을 부리는 비극은 원하지 않는다는 걸 알았다. 메리언의 책에서 시선을 끄는 구절이 있었다.

화가인 제이미는 자신이 그림에 담고 싶은 것은 무한한 공간이라고 말했다. 그는 그것이 불가능한 과업임을 알았다. 설령 캔버스가 그런 개념을 담아낼 수 있다 해도 우리의 정신이 그것을 포착해내지 못할 테니까. 하지만 그는 도달할 수 없는 목적이 가장 큰 가치를 지니는 법이라고 말했다. 나의 비행은 명시된 목적으로서 명백하고 도달 가능한 목표를 지니지만, 그 목적은 지구의 규모를 알고서 볼 수 있는 걸 다 보고 싶은 나 자신의 근본적으로 도달 불가능한 갈망에서 생겨났다. 나는 지구의 차원에서 내 삶을 평가하고 싶다.

우리가 메리언을 압축하는 건 나쁜 짓이 될까? 축소는 불가피한 일이었다. 하나의 버전을 선택해야만 했다. 설령 그 버전이, 삶이 지구로 인해 미미해지듯 현실 탓에 작아지더라도 말이다.

아래엔 완전한 어둠이 깔려 있었고, 멀리서 떠도는 빛의 파편들과 I-15 고속도로에 거미줄 위 이슬방울처럼 늘어선 핀 구멍 크기의 헤드라이트들이 보였다. 이윽고 우리는 검은 사막 위로 펼쳐진 휘황찬란한 고밀도의 감귤 빛깔 도시를 향해 내려갔다. 성, 피라미드, 분수, 거대한 관람차, 은박지로 감싼 초대형 캔디 같은 화려한 호텔이 줄지어 선 스트립 거리가 보였다.

검은 SUV 한 대가 활주로에서 대기하고 있었다. 호텔로 가는 길에 오거스티나가 스케줄을 간단히 설명했다. 아침에는 인터뷰들이 예정되어 있고, 오후에는 올리버와 감독, 그리고 다른 배우 두어 명과의 시네 토크가 열린 후 새 예고편이 공개될 것이고, VIP와의 만남, 감독과 영화사 사람들과의 친목을 위한 저녁식사가 기다리고 있었다. 차창 밖에서 라스베이거스가 마치 도시로 위장한 우주선처럼 번쩍거리며 명멸했다.

"올리버는 아직 안 왔어요?" 내가 휴대전화를 만지작거리며 물었다.

"왔어요." 오거스티나가 말했다. "제가 대신―"

"아네요."

우리는 도박계의 큰손들과 유명인사들을 위한 비밀 입구를 통해 호텔로 들어가서 비밀 엘리베이터를 탔다. 라스베이거스엔 이런 숨겨진 통로가 가득하다. 황금 쥐를 위한 금칠된 좁은 공간.

나는 거대한 흰 침대에 앉아 벽 전체를 차지한 창문들을 통해 밖을 내다보았다. 아까 남긴 곰 모양 대마초 젤리를 마저 다 먹었다. 미니바에 있는 훈제 아몬드도 조금 먹었다. 나는 도시의 잉걸불이 사막의 어둠과 만나는 지점을 바라보면서, 올리버를 만날 일이 걱정되는데 먼저 문자를 보내 분위기를 좀 부드럽게 만들어 놓아야 하는 건 아닐까 고민했다. 그가 말없이 사라진 일은 내게 주는 벌이긴 했지만 그 덕에 모든 게 수월했던 것도 사실이다. 그와 마주할 생각만 해도 몸이 뒤틀렸다. 그가 나에게 화를 내는 건 싫었지만, 내가 그에게 소중한 사람이었다면 화를 내야 마땅했다는 생각이 들었다.

나는 베개에 벌렁 기대 올리버 대신 레드우드에게 문자를 보냈다. 지난주 저녁식사 고마웠다는 인사 또 하고 싶어요. 재밌었어요. 모두 떠날 때 린은 남아 있었고, 그녀가 레드우드와 캐럴과 함께 현관문 앞에서 손을 흔들던 모습이 떠오르자 나는 암울하고 불만족스러운 기분이 들었다.

몇 분 후. 와줘서 고마웠어요! 어머니가 해들리를 만나서 들뜨셨죠. 조만간 다시 만나야죠.

나는 :), 라고 답장했다.

그가 무슨 말을 덧붙이지는 않을까 해서 잠자코 기다렸다. 하지만 더이상 말이 없기에 이렇게 보냈다. 지금 라스베이거스에 와 있어요.

큰돈 따려고요?

뭐, 그럴 것 같진 않네요. 나는 썼다가 지우고, 썼다가 지우고,

다시 썼다. 린이 멋진 것 같긴 한데, 당신은 만나는 사람 없다고 했던 것 같은데

〔상대가 답장을 생각하거나 쓰고 있음을 나타내는 점들〕

모르겠네요, 내가

괜찮은지요?

당신은 고민을 잊기 위해 잠시 누군가를 만나본 적 있어요?

아마 그런 것만 해봤을걸요

트래비스 데이가 당신에게 마음이 있는 것 같던데요

〔일자 입과 일자 눈 두 개로 이루어진 이모티콘〕 린도 그런 상황이라는 거 알아요?

불확실해요

무슨 고민인데요?

그것도 불확실해요

나는 썼다가 지웠다. 썼다가 지웠다. 당신이 조금 보고 싶네요. 다른 생각이 들기 전에 그냥 보내버렸다.

〔영원한 점 세 개, 그것으로 끝.〕

나는 불안하고, 괴롭고, 앞으로 벌어질 일에 안절부절못하면서 일찍 잠이 깼다. 룸서비스로 시킨 아침을 먹으며 도시를, 사막을 바라보았다. 모든 게 창백하고 색이 바랜 모습이었다. 이곳의 낮은 밤이 남긴 재였다.

내가 오거스티나와 M.G.를 동반하고 분장실로 들어갔을 때 올리버는 이미 와 있었고, 너무도 친근한 그의 아름다움이 내 면전

에서 평 터졌다. 그 소리가 거의 귀에 들릴 정도였다. 그가 팔을 벌리며 작고 슬픈 목소리로 말했다. "안녕."

우리가 포옹할 때 그곳의 모든 사람이 우리를 주목했지만 내가 둘러보자 다들 후다닥 시선을 돌렸다. 올리버가 나를 소파로 이끌었다.

"어떻게 지냈어?" 나는 어색해서 소파에 앉아 몸을 들썩였고 엉덩이 아래에서 검은 가죽이 찌익찍 소리를 냈다.

"잘 지냈어." 그가 고개를 끄덕였다. "그래. 나아졌어. 한동안 힘든 시기를 겪었지."

"정말 미안해. 이 말을 하고 싶었어. 그동안 기회가 없어서ㅡ"

그가 손을 들어 내 말을 막았다. "하지 말자."

"좋아." 나는 그가 나에게 무슨 말을 하고 싶은지, 아니, 하고 싶지 않은지 알 수 없었다.

"존스와는 어때?"

"존스와는 사귄 적도 없어."

"난 만나는 사람 있어."

나는 전혀 놀랍지 않았으나 그래도 물어보았다. "정말? 누군데?"

헤드셋을 쓰고 목에 신분증을 건 젊은 남자가 급히 다가와 우리 옆에 쪼그려앉았다. "방해해서 정말 죄송한데요, 조금 늦어지고 있다고 알려드리라고 해서요. 곧 시작합니다. 기다려주셔서 정말 감사합니다."

그 남자가 급히 떠난 후 올리버가 카테리나 역을 넘겨받은 배우 이름을 댔고, 나는 높고 미심쩍은 떨림음을 내며 웃었다. 화들짝 놀란 얼굴들이 일제히 우리 쪽을 향했다가 다시 얼른 외면했다. 내가 속삭였다. "걔 열일곱 살 아냐? 그거 불법인 거 알아?"

마치 내가 자신의 하찮음에 앙갚음하듯 독단적인 법규에 매달리는 한심한 말단 공무원이라도 되는 양 그의 눈에 짜증과 가벼운 연민이 어렸는데, 어쩌면 정말 그런지도 몰랐다. "정신연령이 높아. 그리고 나도 이혼한 아내와 열일곱 살에 만났는걸."

"그래서 얼마나 잘됐는지 봐."

"난 후회 안 해." 그가 비극적인 시선을 보내며 말했다. "누군가를 사랑한 걸 후회해본 적 없어."

"좋겠네."

"그녀를 만난 일이 너를 잊는 데 진짜로 도움이 됐어."

그가 나를 사랑한다고 마음 깊이 믿어본 적은 없었지만 그의 하소연을 거부하기란 쉽지 않았다. 그가 다정한 비애를 발산하며 가까이 몸을 기울였고, 나에게 최선이자 가장 수월한 방법은 실제로 일어난 일의 뒤엉킨 실타래를 싹둑 잘라내고 그가 지어낸 이야기를 받아들이는 것임을 나 역시 알고 있었다.

"만나서 정말 반가워." 그가 말했다.

나는 아쉬움의 가면을 썼다. "그래. 나도."

문이 열리고 알렉세이가 들어왔다.

"우린 친구로 남을 겁니다." 올리버가 시네 토크중에 모세가 홍해를 가르듯 대중을 향해 눈부신 빛을 내뿜으며 말했다. "해들리의 행운을 빕니다. 해들리는 정말 놀라운 사람이에요."

우리는 행사 로고가 끝없이 이어진 배경막 앞에 놓인 긴 테이블에 나란히 앉아 있었다. 사람들이 휴대전화를 들고 녹음했다. 나는 역겨울 정도로 감상적인 미소를 쥐어짜냈다. 그러면서 올리버와 나는 여전히 서로를 마음 깊이 아낀다고 말했다. 〈대천사〉 시리즈와 가족들이 그립겠지만 새로운 출발을 고대한다고 말했다. 미래에 대해 들떠 있다고도 했다. 알렉세이가 무대 가장자리에서 조금 떨어진 곳에 서 있었지만 그를 볼 용기가 나지 않았다. 분장실에서도 거의 그에게 시선을 보내지 않았는데, 그를 향해 환하게 타오르는 내 모습을 다른 사람들이, 그리고 그가 볼까봐 두려워서였다.

스크린이 내려왔다. 조명이 어두워졌고, 얼어붙은 금빛 대천사가 나타났다. 내가 사슬에 묶여 있었다. 올리버는 왕좌에 앉아 있었다.

빛이 객석에 반사되었다. 나는 내 영상을 지켜보는 사람들을 지켜보았다. 스크린이 먹이라도 줄 것처럼 사람들 얼굴이 일제히 스크린을 향해 있었다. 하지만 내가 용기를 내어 알렉세이를 흘끗 보았을 때 그는 영상이 아닌 진짜 나를 지켜보고 있었다. 가끔 나는 다른 상황에서 그와 다시 처음 만나는 상상을 했다. 만일 그가 이혼했거나 결혼한 적이 없었다면, 우리는 올로프손 감독이 말한 시스템에 따라 다른 과거의 지배를 받게 되었을 것이고 그 다른 과거가 우리에게 다른 일련의 연쇄작용을 일으켰을 터였다. 그랬다면 반딧불이의 빛이 없었을지도 몰랐다. 아니면 사랑이나 깨달음이 있었을지도 몰랐다.

나는 모피로 테를 두른 흰 드레스를 입고 눈밭에서 쫓기고 있

었다. 나를 쫓는 사내는 검은 옷을 입고 검은 도끼를 들고 검은
기사 투구로 얼굴을 가린 모습이었다. 나는 달리다가 멈췄다. 발
아래 아찔하도록 높은 푸른색 얼음 절벽이 깎아지른 듯 가파르
고 무시무시한 위용을 드러낸 것이다. 검은 파도가 절벽에 부딪
혀 깃털 모양 흰 물보라를 토해냈다. 카메라가 뒤와 위로 빠지며
도끼를 든 사내와 내가 단둘이 빙산 꼭대기에 서 있고 그 빙산은
폭풍 이는 망망대해를 떠돌고 있는 모습을 보여주었다. 다가오는
사내를 지켜보는 내 얼굴이 클로즈업되었다. 암전. 한 번 추락은
영원한 추락, 흰 자막이 떴다가 희미해지며 개봉일로 바뀌었다.
모두가 환호했다.

　뉴질랜드에서 침대에 누워 대화를 나눌 때 알렉세이는 부모님
이야기를 했다. 그의 부모님은 다정하고 이지적이며 더스트 러플*
과 파이프담배와 부시 지지자로 상징되는 가식적인 고루함을 지
닌 사람들이었고, 그걸 백인 위장으로 생각했던 알렉세이는 그것
마저도 통하지 않자 크게 상심했다고 했다. 그는 아무리 고루하
게 자랐어도 할리우드에서 흑인으로 산다는 게 얼마나 사람을 미
치게 만드는 거지같은 일인지, 가끔 얼마나 외로운지, 인간관계
가 얼마나 어색해질 수 있는지, 백인들이 자기들끼리 마음놓고
흑인을 무시하거나 진정성 없는 형식적인 제안을 할 수 있도록
그 자리에 검은 친구가 끼어 있지 않기를 얼마나 노골적으로 바

---

　* 침대와 바닥 사이의 공간을 가리기 위한 주름장식 천.

라는지에 대해 토로했다. 다들 그가 흑인 연예인이나 농구 선수만 맡을 거라고 여겼다. 이제 나이를 서른아홉이나 먹고 엄청나게 성공했는데도 여전히 조수로 오해받았다. 그가 테슬라를 몰고 다니는 걸 수상하게 여긴 경찰이 차를 세우는 일도 허다했다. 올리버가 〈대천사〉에 들어가기 전 회사 상사가 알렉세이에게 레게머리를 자르라고 말했다. 사람들에게 진지한 인상을 주려면 헤어스타일이 단정해야지. 그때 상사가 한 말이었다. 하지만 알렉세이는 머리를 자르지 않았는데, 그가 간부 자리에 오르자 헤어스타일에 대해 잔소리하는 사람은 사라지고 다들 칭찬만 늘어놓았다.

VIP와의 만남 때 그가 슬그머니 다가와 인사했고, 우리 둘 다 같은 목적지를 향해 차를 몰고 도로를 달리듯 한 방향으로 대화를 이어갔다.

"당신이 여기 올 줄은 몰랐어요." 내가 말했다.

"나도 이틀 전에야 알았지. 올리버가 남자들끼리 주말을 즐겨보자고 졸라댔거든. 핑곗거리가 다 떨어져서."

알렉세이가 그동안 충분히 즐기지 못했다고 생각한 올리버가 랩댄스에도 데려가고 파텍필립 시계도 사주겠다고, 포커를 쳐서 5만 달러쯤 잃어보자고, 유명 디제이가 간간이 랩톱 버튼을 눌러 음악을 트는 클럽에 가서 사람들에게 샴페인을 뿌려보자고 졸라댔다는 것이다. "난 〈안투라지〉 재연회 참가 신청을 한 기억이 없는데." 알렉세이가 말했다. "이제 포르셰를 타고 난동이라도 부려야 하는 건가?"

나는 그 말을 듣고는 가까이 다가오고 있는 VIP들─부유해 보이는 부모와 놀랄 만큼 섹시한 카테리나 의상을 입은 쌍둥이

딸—면전에 대고 웃음을 터뜨렸다. 방 저쪽에서 올리버가 우리를 흘끗 보았다. "실례." 알렉세이가 다시 프로페셔널의 껍데기 안으로 들어가 올리버 쪽으로 갔다.

꼬마 소녀들이 더 나타났고, 코스튬을 입은 사람들이 왔으며, 턱수염 기른 남자가 혼자 와서 〈대천사〉의 근원을 이루는 철학에 대한 심오한 이론을 풀어놓았다. 나는 미소를 짓고 사인을 해주고 카메라 앞에서 포즈를 취했지만, 그러면서도 알렉세이밖에 보이지 않았다. 그에게 시선을 보내지 않을 때도 마찬가지였다. 레드우드는 머릿속에서 거의 완전히 사라졌다. 레드우드를 생각했을 때는 애정을 느꼈고, 시작된 적도 없는 우리의 연애가 이미 먼 과거의 일이 된 듯 향수마저 일었다. 알렉세이가 다시 슬그머니 다가올 때 나는 그를 보지 않았으나 그의 존재감이 소나기구름처럼 내 지평선을 가득 채웠다.

그가 옆에서 말했다. "끝나고 한잔할까?"

쿨하다. 도박계의 큰손과 유명인사를 위한 비밀 바의 어둑한 조명 아래서 우리 둘 다 그런 분위기를 발산하고 있었다. 아주 쿨해. 우린 친구다. 친구끼리 뭘 하는가? 만나서 논다. 회포를 푼다. 우리는 이런 가설을 방패처럼 들고 있었다.

"누설 안 할 거지, 그렇지?" 알렉세이가 말했다. 올리버가 십대와 만나는 것에 대한 이야기였다. "지금 우리가 정말로 제일 원치 않는 일이거든."

"귄덜린은 알아요? 충격이 말이 아니겠네?"

그는 눈알을 굴렸다. "의심은 하고 있어. 올리버는 미소 공세를 펼칠 수밖에 없었지."

"결국 새어나갈걸요."

"다 그렇진 않아." 그가 나를 빤히 보면서 말했다. "다 그렇진 않기를 간절히 바라고."

천장에 조각 장식된 거대한 조명이 달려 있었고, 말미잘을 닮은 푸른 유리 촉수 덩어리가 우리에게 물기어린 빛을 던져주었다.

"그래요." 내가 말했다. "두 사람 사이의 비밀로 남는 일들도 있죠."

"하지만 그렇다고 해서 그런 일을 벌인 사람들 똥줄이 안 타는 건 아냐. 어쩌면 잠깐 즐겨보겠다는 생각으로 그런 일을 벌일 수도 있지만 곧 현실에 기겁하게 되지." 그가 말했다.

"하지만 어쩌면 다른 사람들은 그런 일에 좀더 너그러울 수도 있죠. 난 사람들이 충동적으로 굴면서 큰 그림을 보기를 거부할 수도 있다고 생각해요." 내가 말했다.

그가 미소 지었고, 뺨이 푸르게 빛났다. "그럴지도."

나는 술을 조금씩 홀짝거렸다. "가능할 것 같아요."

"그리고 어쩌면 한 개인에게 어떤 감정들은 예상보다 오래 남을 수도 있지."

"그건 어디서 많이 들어본 소리처럼 들릴 수도 있겠네요."

거기서부터 우리는 그저 돌고 도는 무해한 근황 이야기를 이어갔지만, 방패는 내려졌다. 가끔은 대담함 그 자체가 보호장치로 느껴지기 쉽다. 그러니까 무모함이 위험을 상쇄시키는 것이다. 나는 자주색 벨벳 칸막이좌석에 앉아서 그에게 지금 결혼생활이 어떤지, 나에게 어떤 감정을 갖고 있는지 따위의 진짜 알고 싶은 것들에 대해선 묻지 않았다. 휴고 경과 메리언 그레이브스에 대해 이야기하고, 다시 한번 레드우드를 결국 우리에게 돈을 다 뜯긴 다음 당혹스러운 실망감의 물결을 타고 할리우드에서 떠나갈 호구로 만들었다.

"잘될 것 같아?" 그가 물었다. "영화 말이야."

나는 스스로에게 그 질문을 던지기만 했지 답해본 적은 없었다. 대개는 그 어떤 의구심도 허락하지 않고 잘될 거라고만 주장하는 사람들에게 둘러싸여 있었다. "모르죠." 내가 말했다. 세스나 경비행기 조종간을 잡았을 때처럼 갑자기 모든 게 위태롭게 느껴졌다. 알렉세이가 내 무릎에 한 손을 얹어 진정시켜주었다.

내 객실에서 그가 행사용 진과 블레이저를 벗기고 급히 내 가랑이에 얼굴을 박았다. 섹스중에 그는 나를 엎어놓고는 뜨거운 베개의 어둠 속에 얼굴을 파묻고 있는 내 귀에 대고 내 이름을 속삭였고, 나는 울고 있는 자신을 발견했다. 밖에서는 사막이 자줏빛으로 짙어지다가 검게 변했고, 그사이 누군가 도시의 다이얼을 돌려 감귤 빛깔 그물을 밝혀서 하늘에서 떨어지는 보이지 않는 서커스 곡예사를 받을 준비를 했다.

알렉세이가 떠날 때 나는 호텔 목욕가운을 입고 문가에 서서 그에게 키스했다. 천장에 바다 생물이 낳은 알 같은 반짝이는 검은 거품이 붙어 있었는데, 그 반짝이는 검은 거품은 엘리베이터와 내 스위트룸 사이의 연결 통로에 침입자가 접근하지 못하도록 막는 장치였고 그 안에 숨겨진 카메라에 우리가 키스하는 모습이 찍혔다. 우리의 키스 장면이 담기고 시간이 표시된 무음의 흑백 영상이 그 호텔에 근무하는 경비요원에게 보내졌다. 아마도 그 경비요원은 자기 일이 싫고 스위트룸에 묵는 얼간이들도 싫었을 것이며, 어쩌면 내가 몸을 함부로 굴리는 매춘부 같은 여자애라는 걸 이미 알아서 내가 얼마나 헤픈지 세상에 알리고 싶었을 수도 있다. 아무튼 그는 거금을 손에 쥘 기회를 보았고, 그걸 놓치지 않았다.

전쟁

~

알래스카, 밸디즈

1941년 10월

메리언과 제이미의 밴쿠버 만남 2년 9개월 후

메리언은 전쟁이 알래스카까지 찾아오지 않기를, 그런 곳까지
는 신경쓰지 않기를 바랐지만, 1940년 결국 누군가 어딘가에서
태평양에 접한 이 차갑고 거대한 주먹 모양의 준주가 지닌 전략
적 이점들을 고려했고 조만간 모든 전략적 이점이 필요해질 가능
성이 커져간다는 사실에 주목하게 되었다. 앵커리지에 군인들이
득실거렸다. 그곳과 페어뱅크스에 기지를 건설하고 캐나다 유콘
의 화이트호스에서 베링해의 놈까지 동서로 여남은 개의 비행장
을 만드는 공사가 황급히 시작되었다. 배편으로 홍수처럼 밀려든
물자와 자재, 사람 들이 트럭과 기차, 강에서 운항하는 배, 비행
기에 실려 북쪽 내륙으로 들어갔다.

여자는 정부를 상대로 물자 수송 계약을 따낼 수 없었지만 계
약을 따낸 남자 조종사들은 감당할 수 없을 정도로 일이 많았고
정부가 고객이라면 운송료를 떼일 염려도 없었다. 남자 조종사들

이 메리언에게 일거리를 나눠줬다. 그녀는 월리스의 집을 팔고 자신의 몫으로 받은 돈이 있었기에, 알래스카 생활을 접고 애리조나로 돌아가게 된 남자에게 고물 쌍발엔진 비치크래프트를 사들이고 페어뱅크스에 쓸 만한 오두막을 얻었다. 그녀는 악천후를 뚫고 날아서 알래스카 전체가 하나의 거대한 구름 장막에 갇혀 있을 때조차 원하는 장소에 정확하게 착륙해내는 섬뜩한 실력으로 이름이 나 있었다. 어떤 조종사들은 그녀를 마녀라고 불렀다. 그녀는 개의치 않았다. 바클리에게도 마녀가 되고 싶어서 스스로 마녀라고 하지 않았던가.

산중에, 그리고 툰드라지대에 그녀가 운송에 일조한 자재로 지은 격납고, 관제탑, 현대적 편의시설이 완비된 주택, 깔끔한 거주지를 갖춘 기지들이 솟았다. 모두 개미처럼 부지런히 움직였다. 그 황무지는 여전히 대부분 황무지로 남아 있었으나 메리언은 그 땅에 애착을 갖고 있었기에 걱정스러웠다. 그곳에 새로 오는 공군 조종사들은 자기들이 대단한 줄 알았지만 알래스카에 대해 배울 필요가 없었다. 그저 조종만 할 줄 알았다. 그들은 항공표지를 따라 비행했고 덤불이 아닌 진짜 활주로에만 착륙했다. 그랬다, 여전히 무시무시한 폭풍우가 몰려오곤 했다. 그랬다, 비행기들이 실종되고 영영 돌아오지 않았다. 하지만 조종사들은 예전처럼 알래스카에 대해 배울 필요가 없었다. 메리언의 견해는 달랐지만.

그녀는 잠시 일을 쉬고 제이미를 만나러 남쪽으로 날아갔다. 제이미는 비가 부슬부슬 내리는 우울한 오리건 해변이 내려다보이는 외풍 심한 미늘벽 판잣집에 살고 있었다. 구호 목적으로 마련된 일자리를 차지하는 건 온당치 못하다고 생각해 WPA 일은 그만둔 상태였다. 수집가들이 그의 그림을 사기 시작했고, 풍경화 석 점이 보스턴과 뉴욕까지 순회전시를 갔으며, 그중 한 점이 세인트루이스의 미술관에 팔렸다. 플라비앙과는 결별했다—샌프란시스코의 저명한 미술상의 꼬드김에 정말로 넘어가버린 것이었다.

"나는 왜 알래스카가 늘 그랬던 것처럼 텅 빈 땅, 살기 힘든 땅으로 남아 있어야 한다는 생각이 드는지 모르겠어." 둘이 함께 인적 없는 넓은 해변을 걸으며 메리언이 말했다. 안개 때문에 은빛으로 보이는 모래 위에 파도가 반짝이는 물의 껍질을 남기고 떠났다. "그건 옹졸한 생각이고, 알래스카를 위하는 마음이라기보다 내 허영심 때문이긴 해."

"넌 숨을 곳이 필요해서 거기 간 거야." 제이미가 말했다. "그러니 본능적으로 사람들을 피하는 게 말이 되지."

"어쩌면. 나는 그곳을 요새처럼 생각하고 있거든." 그녀는 조개껍데기를 주워 물에 던졌다. "너도 와서 봐야 해. 그곳을 그려야 해."

"그러고 싶어. 그럴 거야."

제이미의 새 그림들은 기괴한 내면의 빛으로 맥동했다. 그 그림들에는 그가 밴쿠버를 떠난 직후 그렸던 풍경화에 있던 휘어짐이 일부 남아 있었고, 각도를 갖지 않은 바다가 주된 소재였음에도 여전히 접힌 느낌을, 광활한 열린 공간을 역설적으로 암시하는 압축의 느낌을 전달했다. 메리언이 자는 좁은 철제 침대 맞은편 벽에 거대한 캔버스가 기대어 세워져 있었는데 너비가 벽면 하나를 다 차지하고 키도 천장에 거의 닿았다. 메리언은 그걸 볼 때면 수평선을 향해 날아가는 기분을 느꼈다.

며칠 후 그녀는 작별인사도 없이 그곳을 떠나 가을의 녹빛으로 물든 풍경 위를 날아 미줄라로 갔다. 미줄라 서부에 진짜 공항이 생겼다. 아직 남아 있던 옛 조종사 몇 명이 그녀를 보고 자기 눈을 의심했다. 그들은 그녀가 어디 가서 죽었을 거라 확신하고 있었노라고 말했다.

몬태나대학 교수 가족이 월리스의 집을 샀는데, 케일럽의 오두막으로 가는 길에 그곳을 지나면서 보니 새로 밝게 페인트칠을 하고 지붕도 고쳤고 창문도 깨끗했다. 마구간은 비어 있는 것 같았지만, 오두막은 새 페인트 옷으로 단장했고 창가에 꽃 화분들이 놓여 있었다. 포치에서 인형을 가지고 놀던 푸른 원피스 차림의 어린 여자아이가 놀이를 멈추고 메리언을 쳐다봤다. 다른 여자였다면 아이에게 인사를 건네고 어렸을 때 자신들 남매가 바로 그 포치에서 잤다고 설명했을지도 몰랐다. 다른 여자였다면 잘 가꾸어진 집에서 안전하게 보호받으며 어린 시절을 보내는 것을 부러워했을지도 몰랐다. 하지만 메리언은 어떻게 하면 자신의 세계를 더 넓힐 수 있을지만 골몰하던 그 단순하고 야성적이던 시절을 그리워할 뿐이었다. 그녀는 나무 사이의 오솔길을 따라 계속해서 걸었다.

"나 여자 있어." 케일럽이 말했다. "아무래도 말해야 할 것 같아서."

메리언은 불쾌한 충격에 젖었다. 그들은 케일럽의 오두막 뒤쪽 계단에 앉아 양철 컵에 위스키를 마시고 있었다. "잘됐네."

"너한테 편지로 그 사실을 알리면 네가 안 올지도 모른다고 생각했어."

"그래도 왔을 거야." 메리언은 그렇게 말했지만 과연 그랬을지는 알 수 없었다. 방금 전까지만 해도 그녀는 그의 몸 가까이에 있는 것을, 선선한 공기와 오렌지색 나뭇잎을, 섹스에 대한 기분 좋은 기대감을 즐기고 있었다. 하지만 이제 뜨거운 분노가 치밀어올랐고, 울음이 터질 것만 같아서 더럭 겁이 났다. 그녀는 목을 가다듬었다. "그래도 미리 말해줬어야지. 그랬으면 여기 말고 묵을 데를 구했을 텐데."

"여기서 묵어. 난 바닥에서 잘 테니까."

"네 여자가 그걸 좋다고 할까?" 그는 대답하지 않았다. "어떤 여자인데?" 그녀가 물었다.

"고등학교 영어선생님이야. 캔자스에서 혼자 왔어. 너도 만나 보면 마음에 들 거야―배짱이 있거든. 진짜 용감해."

"그래, 용감하기도 하겠다. 학교 선생이."

그는 가만히 있었다. 그러더니 자기 컵을 들여다보며 작은 소리로 말했다. "네가 좋아하지 않을 줄 알았어."

"그러면서도 내가 여기 오게 내버려뒀잖아. 나를 시험한 거야?"

"그랬다면 지금쯤은 나도 알겠지. 네가 나를 만나는 건 오직―" 그는 말을 끊었다. "그걸 뭐라고 불러야 하는지도 모르겠다. 난 우리가 뭘 하는 건지도 모르겠어. 그냥 즐기는 거야? 아니면 사랑을 나누는 건가?"

그녀 역시 알지 못했다. "그 여자랑 하는 건 뭐라고 부르는데?"

"우린 그거 안 해."

"안 한다고?"

"그런 여자가 아냐."

메리언은 화가 치밀었다. "나랑은 다르다 이거지."

그가 일어섰다. "그래, 너랑 달라. 그녀와 함께 있으면 내가 서 있는 자리를 알 수 있으니까. 그녀가 내게서 뭘 원하는지 안다고."

메리언은 일어나서 그와 마주섰다. "좋아. 계속해봐. 그 여자가 너한테 뭘 원하는데?"

"그녀는…… 나도 모르겠어. 그녀는 산속을 걷고 소풍 가는 걸 원해. 즐거운 시간을 갖고 싶어하지."

"사랑스럽기도 하지, 케일럽. 마침내 그런 좋은 여자를 찾았으니 잘됐네."

그의 시선이 송곳처럼 날카로워졌다. "그녀는 내 사랑을 원해."

메리언은 숨이 막혔다. 그 여자가 원하는 걸 줬는지 묻도록 케일럽이 유도하고 있다는 걸 알 수 있었다. 하지만 묻지 않을 작정이었다. 으르렁거리는 개가 된 기분이었다. "그 여자랑 결혼할 거야?" 그가 움찔했다. 그녀가 말했다. "그러니까 너도 사실은 다른 사람들처럼 관습에 따라 사는 거네. 예쁜 집에서 예쁜 여자랑 올망졸망한 자식들을 키우면서 밤마다 슬리퍼를 신고 파이프담배를 피우고 신문을 읽는 거지."

"나도 몰라!" 그건 고함에 가까웠다. "넌 내가 어떻게 했으면 좋겠어? 여기 죽치고 살면서 네 편지나 배달할 준비만 하고 있을까? 생전 고맙다는 말 한마디 못 들을 거면서. 최악의 결정을 내

렸을 때조차 스스로 원할 때 원하는 일을 하는 게 맞다고 말해
줄 사람을 네가 필요로 할지도 모르니까 무작정 대기하고 있어야
해? 아니면 오 년에 한 번씩 네가 섹스를 원할 수도 있으니까? 그
런 다음 넌 또 작별인사도 없이 훌쩍 떠날 거 아냐."

　케일럽은 홱 돌아서서 빠르게 걷다가 갑자기 쭈그려앉아 두 손
으로 머리를 감싸쥐었다. 메리언은 그에게로 가서 흙바닥에 무릎
을 꿇었다. 그가 털썩 앉아서 그녀를 끌어당겼다. 그리고 아플 정
도로 꽉 껴안았다. 그녀는 한 손으로 그의 땋은 머리 끄트머리를
움켜쥐고 잡아당겼다. "미안해." 그녀가 그의 어깨에 대고 말했
다. "그동안 내 편지들 배달해줘서 고마워."

　그는 그녀에게 매달려 목에 얼굴을 파묻고 오래도록 침묵을 지
켰다. 그러더니 이윽고 말했다. "이제 넌 작별인사를 하겠지."

　"그건 안 해."

　"그래도 떠날 거잖아."

　그녀는 그의 가슴에 기대어 고개를 끄덕였다.

시애틀

1941년 12월

2개월 후

빌려 입은 껑충한 턱시도 차림으로 샴페인잔을 들고 전시회장에 들어선 제이미는 세라 페이히를 찾아보았다. 그는 지난 몇 주 동안 그녀가 전시회에 올 수도 있다는 두려운 희망을 품어왔다.

그는 상을 받으러 시애틀을 방문한 후로 이 도시를 피했는데, 세라나 다른 페이히 가족과 마주칠까봐 두려워서였다. 하지만 무엇이 두려운 걸까? 그들이 이제 와서 그에게 뭘 할 수 있을까? 긍정적인 기분일 때의 대답은 '아무것도 할 수 없다'였다. 기분이 저조할 때는 끈질기면서도 비이성적인 네 가지 공포가 목록에 올랐다. 첫째, 그의 이력 전체가 그들의 계층에 오르기 위한 노력이었다는 오해를 살까봐 걱정스러웠다. 둘째, 그들 때문에 자신의 작품이 우스꽝스럽고 자신이 사기꾼이라는 깨달음에 이르게 될까봐 두려웠다. 셋째, 자신이 아직도 세라를 사랑하고 있을까봐 두려웠고 넷째, 사랑하지 않을까봐 두려웠다.

하지만 마지막 두 가지는 특히 더 어리석었던 것이, 그녀에 대한 생각을 떨쳐버릴 수 없는 건 단지 너무도 갑작스러운 이별 탓이라는 결론을 이미 내렸기 때문이다. 그녀는 마지막 페이지들이 찢겨나간 책처럼 그의 상상력에 맡겨졌다. 다시 만나고 나면 그녀는 더이상 매혹적인 미스터리가 아닌 현실 속 여자가 되어, 다른 여자들과 관계가 틀어질 때마다(만나는 여자마다 그렇게 되었다) 돌아갈 수 있는 마음속 꿈의 요정이나 그의 삶이 지닌 모든 수수께끼와 실망을 해결해주는 마법적 존재가 아니게 될 것이다. 그는 너무도 사랑에 굶주린데다 자신의 삶을 갈구하던 시기에 그녀를 만난 탓에 그 풋내기 시절의 로맨스를 극단적으로 부풀리게 된 거라는 가설도 세웠다. 그건 그저 키스의 여름이었을 뿐이다. 그녀를 만날 수만 있다면 그녀라는 병에서 치유될 수 있을 것이다.

그녀는 아마도 결혼했을 것이고 그것 자체가 해결책이 되어줄 터였다.

아무튼 피하는 것도 이제 신물이 났다. 이번 전시회를 거절하는 건 미친 짓이었다. 그는 전시회가 시작되기 이틀 전에 도착해 그림 설치를 지켜보았고, 남는 시간에는 도시를 돌아다니며 지난 십 년 동안의 변화를 받아들였다. 여기저기 걸으면서 이곳에서 보낸 소년 시절의 기억을 떠올리며 달콤쌉쌀한 즐거움을 맛보았다. 세라에 대한 생각도 다른 곳에서처럼 처량하게 느껴지지 않고 그런대로 받아들일 만한 향수로 다가왔다. 오리건 해변 판잣집에서는, 아직도 간직하고 있는 그녀의 그림들을 가끔 꺼내 볼 때면 그녀의 십대 시절 모습에 여전히 마음이 흔들리기도 했고 그다음엔 우울감과 수치심이 뒤따랐다.

그런데, 그녀가 거기 있었다. 스팽글처럼 반짝이는 소란스러운 관람객들이 그들을 갈라놓았고 그녀는 그를 등진 채 서 있었지만, 그래도 몰라볼 수가 없었다. 세라는 에밀리 카의 그림을 보고 있었는데, 윤기 흐르는 갈색 머리칼을 세심하게 틀어올린 작은 머리가 나무들과 햇빛을 희열에 찬 소용돌이로 표현한 살아 움직이는 느낌의 붓자국을 배경으로 선명한 윤곽을 이루었다. 광택나는 에메랄드색 이브닝드레스의 등이 삼각형으로 파여 있었다. 이런 것들―위로 틀어올려 진주알 박힌 빗 모양 핀으로 고정한 머리, 섬세하게 드러난 척추―은 그가 알았던 소녀와 분명한 시각적 관련성이 없었지만, 그래도 그는 아무런 주저나 의심 없이 그녀를 알아보았다.

오리건 해안이 담긴 가로 6피트, 세로 10피트 크기의 직사각형을 이룬 그의 작품이 세라 왼쪽에 있는 벽을 독차지하고 있었다. 그녀는 에밀리 카의 그림을 일 분쯤 더 들여다본 후 옆 캔버스로 옮겨갔다. 그 그림을 한참 들여다본 후 다음 캔버스로 이동해 시선은 아직 돌리지 않은 채로 제이미의 그림에 더 가까워졌다. 신중하네, 그는 생각했다. 그녀의 모든 것이 신중해 보였다. 사춘기의 소심하고 멀대 같은 느낌은 흐느적거리는 우아함으로 바뀌어 있었다.

제이미는 마침내 세라가 자신의 그림을 보게 되었을 때 유리한 고지를 점할 수 있도록 사람들 사이로 교묘히 움직이기 시작했지만, 마음 한편으론 그녀와 그림 사이로 뛰어들어 그 그림이 자신의 다른 모든 작품처럼 부족한 실패작임을 이미 알고 있다고 단언하면서 그녀의 평가를 사전에 차단하고 싶었다.

누군가 그의 어깨를 잡아 세웠다. "경이롭네요." 작은 몸집에 분홍빛 얼굴, 고불거리는 앞머리가 아기 천사 같은 인상을 주는 남자로, 제이미는 그가 미술관과 관련된 사람이라는 것만 어렴풋이 기억났다. 이사진 가운데 하나였나? 남자가 제이미의 손을 잡고 흔들었다. "정말이지 경이로워요. 축하합니다."

제이미는 정신이 딴 데 팔린 채 고맙다고 인사했다. 세라가 그의 그림 바로 옆 작품을 보고 있었다.

"꼭 좀 물어보고 싶은데요." 그 남자가 제이미와 눈을 맞추려고 발돋움을 하면서 말했다. "이런 각도를 만드는 테크닉은—스타일이라고 해야겠군요—어떻게 개발했나요? 접은 느낌이라고 해야 할까요? 대단히 독창적이에요. 아주 흥미로워요! 우연히 발견한 건가요?"

"오리가미요." 제이미가 짤막하게 대답했다. 그는 남은 샴페인을 다 마시고 빈 잔을 지나가는 웨이터가 높이 든 쟁반에 놓았다.

"뭐라고요?"

"오리가미에서요. 일본식 종이접기."

"정말로요? 그렇군요. 작은 새나 개구리를 접는 것 말이죠? 대단히 흥미롭군요. 나라면 그런 연관성을 찾아내지 못했을 텐데. 하지만 알겠네요. 이해가 돼요! 그럼, 동양에서 살아본 건가요?"

세라가 어깨를 쭉 펴더니 왼쪽으로 돌아 제이미의 그림 앞에 섰다.

온통 잿빛인 바다와 하늘이 붓질로만, 구름의 굽이침과 파도와 물결의 율동적 기하학을 암시하는 미묘한 각도로만 겨우 구분되었다. 전경에 거대한 건춧더미 모양을 한 캐넌 해변의 유명한 현무암이 보였다. 그는 이 바위를 하늘과 바다와 대비되도록 완전한 단일체로, 하나의 검은 허공으로 표현했다. 세라가 그 검은 바위를 배경으로 미동도 않고 서 있었다.

"그레이브스 씨?" 아기 천사가 말했다.

제이미는 온몸이 불안으로 들끓었다. 입이 바싹 말랐다. "실례합니다." 세라가 캔버스에서 돌아서는 순간 제이미는 남자를 밀치고 지나가며 속삭였다.

그녀의 표정은 어떻지? 그는 나중에 자세히 들여다보기 위해 그녀의 표정을 기억에 담았다. 뺨이 붉어지고 눈이 커지면서 물기가 어리고 생기가 돌았다. 좋은 건지 아니면 싫은 건지 알 수 없는 표정이었지만 자극을 받은 건 분명했다.

세라는 제이미를 보자 화들짝 놀라며 얼어붙었다. 뺨이 더 붉어지고 홍조가 삽시간에 목을 지나 드레스 목선까지 번졌다. 그녀는 가슴에 손을 얹고서 수줍고 떨리는 미소를 지었다.

그는 당황해서 허둥지둥 그녀를 향해 걸어가면서 짧은 옷소매를 잡아당겼다. 자존심을 부리느라 턱시도를 장만하지 않은 자신이 원망스러웠다. 외모에는 신경 안 쓴다고, 배부른 자본가 흉내를 내고 싶진 않다고(이제 그는 더이상 가난하지 않은데도) 자부했으니 지금 허수아비 꼴을 하고 있는 건 인과응보였다. 그는 달려가 그녀의 뺨에 키스했다. "세라." 더이상 아무 말도 할 수 없었다. 그녀와의 만남을 상상하면서 아드레날린이 솟구치고 다리가 후들거리고 손이 떨리는 상황은 대비하지 못했던 것이다. 그는 두 손을 주머니에 쑤셔넣었다.

"네가 올지 궁금했어." 세라가 말하면서 자기 목을 만졌다. "너무 긴장된다. 왜 긴장되지? 우린 옛친군데."

제이미는 그녀의 고백에 흐뭇한 기분을 느끼면서도 친구라는 말이 거슬렸다. "사실 옛 연인이지."

"그때 우린 어렸어." 그녀가 웃으며, 그러나 강경한 어조로 그렇게 선언한 뒤 뭐라고 대꾸할 사이도 없이 말을 이었다. "도무지 믿기질 않아. 진짜 정말로 탁월한—정말이야, 제이미—이 그림들에 네 이름이 붙어 있는 걸 보게 되다니. 이 그림뿐 아니라 다른 것도 마찬가지야. 그래도 난 여전히 머릿속에서 한 소년을 그리게 되네." 관람객들이 빽빽하게 모여들면서 그녀가 그에게 더 가까이 밀리자 가슴이 거의 맞닿았다. 그는 존재 전체로 그녀를 느꼈다. 그녀는 재빨리, 거의 은밀하게 그의 팔을 잡았다. "네가 어른이 된 모습이 상상이 안 됐는데 지금 너를 보니 완전히 이해가 돼."

제이미는 세라를 자세히 살펴보았다. "네 말 무슨 뜻인지 알겠다. 너는 변했으면서도 안 변했어." 전보다 뼈의 윤곽이 더 도드라져 보이는 그녀의 긴 얼굴은 옛 모습의 필연적 변화를 담고 있었다. 소녀 시절 수줍고 겸손한 느낌을 주었던 베일 같은 긴 속눈썹은 마스카라로 검게 물들었고, 그녀가 시선을 들어 속눈썹 사이로 그를 볼 때 그는 전에 없던 교활함을 감지하고 동요했다.

그녀가 캔버스를 가리키며 말했다. "이 그림을 보니 얼마나 자랑스러운지 몰라. 난 그럴 자격이 없지만, 그래도 자랑스러워."

"이건⋯⋯" 그도 캔버스를 보면서 말끝을 흐렸다. "내가 원했던 그림은 아니지만, 그래도 고마워. 사실 그 여름이 아니었더라면 난 화가가 되지 못했을 거야."

"그렇지 않아."

"정말이야."

"아냐. 넌 화가가 될 운명이었어. 그 어리석고 하찮은 로맨스가 아니었어도 화가가 됐을 거야."

어리석고 하찮은이란 말에 제이미는 불쾌한 감정이 불끈 치밀었지만 그 감정은 그녀의 탐욕스러운 시선에 저지되었다. 그녀 역시 제이미를 기억에 담고 있음을 감지할 수 있었다. "그것만은 아니었어." 그가 말했다. "그전에는 나를 격려해준 사람이 아무도 없었거든. 넌 내게 가능성을 심어줬어. 너만이 아니었지. 네 어머니, 아버지, 비록……" 그는 주저하다가 급히 말을 이었다. "그리고 그 많은 그림에 둘러싸여 있었던 것. 그것도 하나의 교육이고 시작이었는걸."

제이미는 숨이 찼고 자신의 열성이 놀라웠다. 세라는 환히 웃고 있었다. 그녀가 말했다. "그렇다면, 마음의 고통이 헛되진 않았던 거네."

바로 그때 한 남자가 군중 속에서 빠져나와 세라의 허리에 팔을 둘렀다. 그는 그녀의 정수리에 키스한 다음 뒤로 물러나더니 손으로 그녀의 이마를 짚어보았다. "열이 펄펄 끓는데? 당신 괜찮은 거야?"

그녀는 몹시 당황해서 몸을 뺐다가 미안해하며 다시 그와 어깨를 붙였다. "응, 그냥 좀 더워서."

"당신 바람 좀 쐬어야겠어. 미안합니다―안녕하세요." 그 남자가 제이미에게 손을 내밀었고, 제이미는 마주 손을 잡으며 그의 손바닥에서 세라의 땀에 젖은 이마가 느껴진다고 생각했다. 누구의 마음의 고통을 말하는 거지? 제이미는 그녀에게 묻고 싶었다. 너의? 그게 무슨 뜻이야? 그 남자가 말했다. "루이스 스콧입니다. 제가 방해가 됐군요. 사랑스러운 아내에게 신경쓰느라 정신이 없었네요."

"루이스, 이쪽은 제이미 그레이브스." 세라가 말했다. "화가이자 나의 옛친구. 제이미, 이쪽은 내 남편 루이스."

"오!" 루이스가 말했다. "오래전부터 뵙고 싶었습니다!"

제이미는 세라의 얼굴에만 열중한 나머지 결혼반지를 보지 못했던 것이다. 그녀의 남편은 연갈색 머리칼에, 뿔테안경 너머 얼굴이 다정한 인상을 주는 남자였다. 높이 솟은 코는 약간 휘었지만 잘생긴 얼굴을 훼손하지는 않았다. 턱시도도 완벽하게 맞았다.

루이스는 앞으로 몸을 기울이며 세라가 그랬던 것처럼 어깨 너머로 캐넌 해변 그림을 가리키며 소리 죽여 말했다. "이 그림이 여기서 최고예요. 저는 세라에 비하면 그림에 대해 아는 게 없지만, 그래도 이 그림이 끝내준다는 건 알겠어요. 다들 그렇게 말하고 있고요. 축하합니다."

제이미는 비참한 심정으로 고맙다고 인사했다.

"칭찬을 먹고 사는 화가가 아니라는 걸 알겠네요. 당신이 그린 페이히 집안 딸들의 초상화가 완벽하다는 말만 하고 그만 난처하게 해드려야겠군요. 세라의 초상화는 아직도 우리집에 걸려 있는데 우리가 가진 그림 중에서 제가 제일 좋아하는 작품 가운데 하나죠. 물론 제가 편향적이긴 하지만 그래도 그건 사실입니다. 이제 끝났어요. 더이상 찬사를 늘어놓으며 괴롭히지 않겠습니다.

본론으로 들어가죠. 시애틀에 얼마나 계실 예정인가요? 저녁식사에 초대하고 싶어서요. 우리 아들들도 만나보시고."

세라가 거의 사과하듯 말했다. "아들이 둘 있어. 네 살, 일곱 살."

제이미가 목청을 가다듬고 말했다. "그럼 결혼한 지 한참 됐네."

"팔 년 됐어요." 루이스가 말했다. "그때 세라는 스무 살도 안 됐죠. 저는 워싱턴대학 의대생이었는데 끈질기게 매달렸거든요. 내일 오실 수 있을까요?"

"내일은 일요일이야." 세라가 말했다. "우리 부모님 댁에 가야지."

"거르면 안 될까?"

세라가 루이스에게 내밀한 사이로 지낸 긴 세월에서 나오는 무언의 소통이 가득 담긴 눈길을 보냈다. 제이미는 질투심에 몸이 뒤틀렸다. 그녀는 그가 시애틀을 떠난 지 겨우 이 년 만에, 어쩌면 그가 아직 그녀를 잊지 못하고 월리스의 집에서 술에 취해 뒹굴고 있을 때 다른 남자와 결혼한 것이다. 제이미가 말했다. "나 때문에 계획을 바꾸지는 마."

"계획을 바꾸고 싶은 마음은 간절한데, 아버지가 까다롭게 구실 거야. 우리 아버지가 어떤지 알잖아." 세라가 말했다.

"그 막강한 가장에 대해 알고 계신 줄 몰랐네요." 루이스가 말했고, 제이미는 세라가 자신들의 과거에 대해 남편에게 거의 말해주지 않은 모양이라고 생각했다. (별일 아니라서? 아니면 그 반대라서?)

"페이히 집안 그림 일부가 여기 대여된 걸 봤어." 제이미가 세라에게 좀 딱딱하게 말했다. "아버지는 여전히 미술관을 만들 생각을 갖고 계신 거야?"

"오, 아버지 생각은 도무지 알 수가 없어. 어떤 때는 미술관을 갖고 싶어하다가도 어떤 때는 다 팔아치우고 싶어한다니까. 그러다 그림 한 점을 팔고는 곧장 도로 사들이기도 하고. 난 이제 더 신경도 안 써." 그러더니 루이스에게 말했다. "그 터너의 수채화들을 발견한 사람이 제이미야. 어디 처박힌 상자 속에서 썩어가고 있었는데."

"내일 안 되면 그다음날 오시죠." 루이스가 말했다. "그래주시겠습니까? 세라에게 얼마나 중요한 일인지 잘 알거든요. 그동안늘 지루한 의사들만 초대했죠. 화가 손님은 신선한 공기와도 같을 겁니다."

제이미는 원래 다음날 시애틀을 떠날 예정이었다. 루이스의 초대를 받아들이려면 호텔에 하룻밤도 아니고 이틀 밤이나 더 묵어야 했다. 아니, 다른 약속이 있다는 핑계를 대고 예정대로 떠나는게 나을 듯했다. 그가 유감을 표하려는데 세라가 다시 그의 팔을 잡으며 말했다. "제발 와줘."

그것으로 결정이 났다.

아침에 제이미는 다시 미술관으로 갔다. 감상에 방해가 되는 관람객들과 세라 페이히―아니, 세라 스콧―없이 작품을 보기 위해서였다. 화랑은 비어 있었다. 그의 발소리가 조용히 울렸다. 캔버스들에는 온통 나무, 산, 섬, 바다로 가득한 태평양 북서부의 풍경이 담겨 있었다. 화가마다 각자 다른 방식으로 빛을 전하고 저마다의 분위기와 효과를 추구하면서 풍경을 복잡하게 혹은 단순하게 표현했으나, 제이미는 그림들을 하나하나 보며 점점 더 기분이 저조해졌다. 이 모든 나뭇가지와 파도를 그린 목적은 무엇일까? 그 어떤 그림도 나무나 바다를 명확하게 포착해낼 수는 없을 터였다. 하지만 그게 자신의 목표일까? 명확성? 그는 나무들이 아니라 공간을 표현하고 싶었지만 공간이란 경계를 짓거나 담아낼 수가 없었다. 그렇다면 추구 그 자체가 인내하며 노력할 충분한 이유가 되는 걸까? 도무지 알 수 없었다.

그가 스스로에게 던진 다른 질문들은 모두 세라 페이히에 관한 것이었다. 이를테면, 왜 그녀 집에 저녁을 먹으러 가겠다고 했을까? 그에 대한 대답은 간단했다. 그녀를 다시 만나고 싶었다. 그 마음이 너무도 간절했기에, 그녀의 남편과 아이들이라는 몹시도 고통스러운 존재를 기꺼이 견딜 수 있고 한때 자신이 꾸었던 꿈을 다른 남자가 이루고 사는 걸 볼 수도 있었다. 하지만 왜? 세라에 대한 자신의 감정을 자세히 들여다보면 극심한 혼란에 휩싸였다. 그의 마음엔 아찔한 기분도 희열도 없고 그저 불안감에 속이 울렁거릴 뿐이었다. 하지만 그녀와 좀더 긴 시간을 보낸다면 지금 이 느낌이 정체가 분명한 감정으로 자리잡을 수도 있을 것 같았다. 어쩌면 감상적이고 향수어린 애착일 수도 있었다. 어쩌면 무관심인지도 몰랐다. 어쩌면, 결국 사랑일 수도 있었다. 그는 자신이 무엇을 원하는지 알지 못했다. 부질없는 사랑도 간직할 만한 가치가 있을까?

전시된 작품을 다 둘러본 후 터너의 수채화들을 보러 갔다. 미술관을 나왔을 때는 오전 열한시 반이었고, 아침을 건너뛴 터라 제일 먼저 눈에 들어온 식당으로 들어가 카운터 자리에 앉아 커피와 스크램블드에그, 토스트를 주문했다. 음식이 나오기를 기다리는데 꼬질꼬질한 흰 재킷을 입은 주방장이 주방에서 나와 금전 등록기 위 선반에 놓인 라디오를 틀더니 식당 안의 모든 사람이 대화를 멈추고 돌아보도록 볼륨을 높였다. 비음 섞인 목소리가 일본 특사와 국무부, 태국, 마닐라에 대해 또박또박 빠르게 이야기했다. 그 목소리는 대통령 공보비서가 기자들에게 성명서를 발표했다고 전했다. 제이미는 일본이 하와이 해군기지를 폭격했음을 서서히 깨달았다. 두 자리 건너에 앉은 십대 소녀가 울음을 터뜨렸다. 기자가 미국의 선전포고가 이어질 게 확실하다는 소식을 전하자 몇몇 사람들이 환호했다. 속보가 들어오는 대로 전하겠다는 약속과 함께 그 프로그램은 끝나고 느닷없이 정규방송으로 다시 넘어가서 뉴욕필하모닉이 음산하고 귀에 거슬리는 음악을 연주했다.

제이미는 어디로 가야 할지 몰라 바닷가를 향해 걸었다. 다른 사람들도 그랬는지 거기 벌써 한 무리가 모여 있었다. 대부분 남자였고 하는 일 없이 서성이며 서쪽 베인브리지섬을 향해, 그리고 그 너머 어딘가의 일본을 향해 악의에 찬 시선을 던졌다. 금세라도 잿빛 수평선에 비행기떼가 나타날 것 같았고, 그러면 그들은…… 그들이 뭘 할 수 있을까? 비처럼 쏟아지는 폭탄에 대고 돌이라도 던질까? 제이미는 어리석은 짓이라는 생각에 그 허세 부리는 사람들 무리를 떠나 언덕을 올랐다. 도시에 나른한 여느 일요일의 정적과는 사뭇 다른 망연한 적막이 흘렀다. 환경소음처럼 들리는 금속성의 라디오 소리가 여러 창문에서 흘러나왔다.

인도에 사람들이 무리지어 서 있었다. 제이미에게 전쟁은 여태껏 태양처럼 무자비하고 부정할 수 없으나 똑바로 보아선 안 되는 것이었다. 먼 대륙들이 고통과 죽음에 휩싸여 있었고, 비겁한 충동이긴 했지만 그는 전쟁의 공포가 자신까지 집어삼킬까봐 거기 정면으로 맞서는 걸 피해왔다. 하지만 탈출구는 없었다. 어렸을 때 주변에 대피할 곳도 없는 산속에서 폭풍우가 번쩍거리는 번개를 몰고 다가오는 걸 하릴없이 지켜보던 바로 그 심정이었다.

그는 주머니에서 세라의 돈을새김된 명함을 꺼냈다. 그녀가 사는 거리는 그의 기억에 남아 있었다. 그녀는 부모님 집에서 멀지 않은 볼런티어파크 근처에 살았다.

그가 초인종을 두 번 울린 후에 세라가 문을 열었다. 눈시울이 붉었고 그를 보자 눈에서 새로 눈물이 솟았다. 그녀는 그에게 왜 왔느냐고 묻지도 않고 안으로 들이며 말했다. "너무 끔찍해." 그러고는 재빨리 좀 거칠다 싶게 그를 포옹한 다음 치맛단을 들어 올려 눈물을 닦았는데 그 모습이 어린 소녀 같았다. "어쨌든 잘 왔어." 그녀가 조금 웃으며 말했다.

스콧 저택은 앞쪽에 깊은 포치가 있는 인상적인 2층짜리 크래프츠맨 양식 건물이었다. 실내는 널찍하고 바람이 잘 통했으며 놀라울 정도로 화초가 많았다. 여러 선반과 테이블에 놓인 필로덴드론에서 하트 모양 잎을 단 덩굴손이 뻗어내려왔고, 구석구석 공손히 서 있는 야자수 화분은 마치 누가 춤을 권유해주기를 기다리는 듯했다. 호두나무 널을 깐 바닥에는 기하학무늬 양탄자들이 여기저기 깔려 있었고, 다양한 그림이 벽을 장식했다. 안에서 웅웅대던 라디오 소리가 세라를 뒤따라 복도를 걸어가 식당을 지나는 동안 점점 커졌다. 세라는 바닥에 어질러진 금속 트럭, 흔들목마, 나무블록으로 만든 보기 흉한 성 같은 장난감들을 피해 지나갔다. 제이미는 작은 서재로 들어가는 입구에서 자신이 그린 그녀의 초상화를 흘끗 보았다. 종이를 덧대고 액자에 넣어두었는데, 그 위쪽 벽에 놋쇠 등이 달려 있었다.

"남편은 집에 있어?"

"아니, 일요일은 판자촌에 가서 진료를 해. 뉴스가 나오기 전에 떠났지만, 뉴스를 들었어도 갔을 거야. 사람들이 그이를 믿고 의지하거든. 좋은 사람이야." 마지막 말은 너무 방어적인 느낌이 강해서 제이미에게 비뚤어진 희망을 주었다.

"아들들은?"

"전시회 개막식에 가려고 언니 집에서 재웠어. 아직 안 데려왔고. 아이들에게 이런 심란한 모습을 보이고 싶지 않아서. 앨리스 언니 기억나? 그 언니도 우리 아이들이랑 비슷한 또래의 아들 둘이 있어. 일광욕실로 가자."

일광욕실은 은빛 평면광이 환하게 들어왔고 식물이 가득했다. 제이미는 세라 어머니의 온실이 떠올랐다. 그곳에서 커피를 마시자는 초대를 받고 어른이 된 것 같은 기분을 느꼈다. 창밖으로 보이는 경사진 잔디밭이 구름 낀 하늘 아래 형광빛이 도는 초록색을 띠고 있었다. 사이드테이블 위 양치식물 덤불 사이에 놓인 휴대용 라디오에서 서부 연안의 일본인 이민자들이 엄격한 감시하에 놓였다는 소식을 전했다. 세라는 라디오 소리가 웅얼거림처럼 들릴 때까지 볼륨을 낮추고 양치식물을 잡아당겼다. "이럴 땐 애국심을 느껴야 하는데 두려움이 앞서. 너무 화도 나고." 그녀는 꽃무늬 쿠션이 놓인 고리버들 의자를 가리켰다. "미안. 앉아."

"불쑥 찾아와서 방해하고 싶진 않았는데."

그녀는 그와 직각을 이룬 이인용 소파에 앉았다. "와줘서 기뻐. 멍하니 허공만 바라보면서 앞으로 벌어질 일들을 상상하고 있었거든. 무력감이 가장 끔찍한 것 같아. 그리고 분노! 어떻게 해야 할지 모르겠어. 우리 아들들은 아직 너무 어려서 다행인데 다른 어머니들은…… 생각도 하기 싫어. 그리고 의사도 필요하겠지. 분명 루이스는 갈 수만 있으면 갈 거야. 나도 갈 수만 있으면 가겠지. 넌 어떡할 거야?"

생각해본 적은 없었지만, 그랬다, 물론 제이미는 신체 건강한 스물일곱 살 남자였다. 그는 거기 앉아 온갖 가능성을 붙들고 씨름할 수는 없어서 그 문제를 젖혀두고 말했다. "네가 전쟁터에 가기를 원한다는 게 상상이 잘 안 돼. 난 네가 아주 온화한 사람이라고 생각하는데."

"그래, 뭐, 평온한 세상을 더 좋아하긴 하지. 하지만 누구나 한계는 있는 거잖아, 그렇게 생각하지 않아?"

그는 바클리 매퀸이 총에 맞아 죽었다는 소식을 듣고 자신이 희열을 느꼈던 걸 상기했다. "그런 것 같아."

"화가 나서 미칠 것 같아. 독일과 일본이 잿더미가 됐으면 좋겠어. 발키리*처럼 복수심으로 활활 타오르며 하늘에서 내려와

---

* 북유럽신화 속 반신반인의 여전사.

그들을 응징하고 싶어. 결국 발키리가 하는 일이 그거 아냐? 난 지금까지 살아오면서 사람을 죽일 생각은 단 한 번도 해본 적이 없었는데 지금은 히틀러의 미간 정중앙에 총알을 박아넣는 상상을 하고 있어. 넌 안 그래?"

"히틀러는 너무 추상적으로 느껴져. 악마처럼."

"하지만 아니잖아. 실제 인물이지. 한 사람이 이런 일을 벌일 힘을 갖고 있다는 게 이상하지 않아? 지나친 단순화이긴 하지만, 그래도 내 말이 무슨 뜻인지 알 거야." 그녀는 잠시 눈을 감았다. "다른 얘기 하자. 전쟁 얘기나 늘어놓으면서 우리 시간을 낭비하고 싶진 않아. 네 얘기 좀 해줘. 무슨 일이 있었는지 다 얘기해줘."

"다? 너무 많지. 너무 적기도 하고."

"우선 출발점이 필요하겠다. 그럼―일단 어디 사는지부터 말해봐."

"오리건. 지금은. 해변에 살아. 그전에는 캐나다에 살았고."

"결혼은 안 했어?" 신중하게 중립을 지키는 어조였다.

그는 고개를 저었다.

"누이는? 결혼했어?"

그렇다면 세라의 어머니가 메리언의 시애틀 방문에 대해 딸에게 이야기하지 않았다는 뜻이었다. "사실, 메리언은 벌써 남편과 사별했어."

세라의 눈에 눈물이 가득 차올라 넘쳐흐르기 직전이었다. "어머, 세상에. 너무 안됐네. 아이들은?"

"없어. 다행히."

"그러게, 아이들이 아버지를 잃는 슬픔을 겪지 않아도 되어서 다행이네."

제이미는 주저하다가 말했다. "내 말은 좀 다른 뜻이었어. 메리언은 아이를 원하지 않았거든. 남편이 나쁜 사람이었는데, 그렇지 않았다 해도 메리언은 아이를 원하지 않았을 거야. 비행기 조종만 하고 싶어하거든. 사람들한테 매이는 걸 좋아하지 않아."

세라는 당황해서 이마를 찌푸렸다. "사람들에게 매이는 게 삶의 핵심인데. 내 아이들은 나를 환하게 밝혀줬어. 온 세상을 환하게 밝혀줬고. 그건 네가 상상할 수 없는 사랑이지."

제이미는 슬픈 미소를 지었다. "그렇다 해도, 내 삶에도 아이들이 예정되어 있는지 모르겠다."

세라는 뒤로 털썩 기대앉으며 한숨을 내쉬었다. "미안해. 내가 그런 말을 하는 게 무슨 소용이 있는지 모르겠네. 하지만 너도 아이들을 갖게 될 거야. 분명 그럴 거야."

"그럴 수도 있고 아닐 수도 있겠지. 나도 아이들을 좋아해. 하지만 메리언이라면, 자기 결심은 흔들리지 않을 거라고 말할 거야. 메리언은 다른 방식으로 살고 싶어하니까."

"내가 판단할 문제는 아니지. 네 누이가 어떻게 살든 나와는 상관없는 일이니까. 네 삶도 마찬가지고."

그 말이 제이미의 가슴을 아프게 찔렀다. 그가 말했다. "그러고 보니 뭐가 생각나는지 알아?"

"아니, 뭔데?"

"우리가 처음 만났을 때, 호숫가를 걸으면서 넌 내 삶을 전부 들춰냈지. 나는 너에 대해 아무것도 묻지 않았다는 걸 나중에야 깨달았고."

"난 다 잊고 있었어." 그 말에 그가 풀죽은 듯 보였는지 그녀는 황급히 덧붙였다. "그날이나 호숫가를 걸은 일을 잊었다는 게 아냐. 그때 네가 너무 많이 말했다며 걱정하던 걸 잊었다는 거지. 하지만 그때나 지금이나 똑같아. 네 인생이 내 인생보다 흥미로운걸."

"아니—"

"아—속보다. 볼륨 좀 높여줄래?"

제이미는 볼륨 손잡이를 향해 손을 뻗었다. 일본이 미국과 영국에 전쟁을 선포했다.

잠시 후 그녀가 말했다. "그만 됐어."

그는 다시 볼륨을 낮췄다. 그리고 망설이다 말했다. "순식간에 너에게 모든 걸 전달할 수 있는 방법이 있었으면 좋겠어. 말할 필요 없이 네가 모든 걸 알 수 있게."

"난 아냐. 난 누군가에 대해 조금씩 알아가는 게 좋아."

"하지만 우린 시간이 없잖아. 내가 제대로 설명할 수 있을지 자신도 없고."

그녀가 날카롭게 응시했다. "난 늘 네가 정직한 게 좋았어. 무언가를 설명할 땐 정직하기만 하면 돼."

"그림을 그릴 때도 똑같은 문제로 씨름하곤 해. 내가 그리고 싶은 건 전부 커서, 내가 진짜로 그리고 싶은 건 너무 크다는 것 그 자체라는 생각이 들기 시작하더라. 그게 말이 되는 건가?"

"응, 그런 것 같아. 해변 그림에 그게 있어."

"나는 불가능에 끌리는 것 같아." 그는 조심스럽게 천천히 손을 뻗어 두 손으로 그녀의 왼손을 잡았다. 그녀는 잠자코 내버려두었다.

"그래." 잠시 후 그녀가 조용히 말했다. "불가능."

"네 삶은 내가 그 안에 들어간 적도 없는 것처럼 계속되었네."

"겉으로만."

"중요한 건 그거 아닌가?"

"난 그렇게 생각하지 않아. 하지만 난 그저―평범한 삶을 사는 거야, 제이미. 넌 내가 저항하기를 바랐지만 그럴 수가 없었어. 그건 내 방식이 아니니까. 가끔은 관습에 덜 얽매이길 바라기도 하지만, 간단히 설명하자면 배짱이 없는 거지." 그녀가 그의 손을 더 꽉 잡았다. "난 그저 늘 네가 잘살기만을 빌었어. 네가 행복하기를 원해."

"그 말 마음에 안 들어."

"내가 네 행복을 바라는 걸 원치 않는다고?"

"아니, 마지막 같은 느낌을 주는 말이라." 제이미는 그녀의 손을 놓고 앞으로 몸을 숙였다. "너에겐 우리의 여름이 그저 달콤하고 하찮은 통과의례였던 거야?"

세라가 잔디밭을 내다보며 긴 생각에 잠긴 사이 라디오에선 소프라노의 아리아가 조용히 흘러나왔다. "아니." 마침내 그녀가 단호하게 말했다. "하지만 제이미, 그랬어야 하지 않을까? 지금 우리가 함께 그 여름은 그런 것이었다고 결정하는 편이 낫지 않겠어? 솔직히 왜 그렇지 않은지 이유를 모르겠어. 어째서 내가 그걸 완전히 놓아버리지 못하는지 말이야. 나에겐 삶이 있어. 아이들도 있고. 너에 대한 내 감정이 복잡하다 한들 뭐가 달라질 수 있겠어?" 그를 바라보는 그녀의 시선이 탐조등처럼 이글거렸고 그는 발가벗겨진 기분이었다. 그녀가 자신의 가장 한심하고 끈질긴 희망과 갈망을 전부 들여다보는 듯했다. 이윽고 세라가 말했다. "우리가 침대로 간다고 해서 좋을 건 하나도 없어."

비록 그녀는 부정적 의도로 한 말이었지만, 섹스에 대한 언급이 그를 흥분시켰다. 그는 농담처럼, 그러나 그녀도 자신도 조롱하려는 뜻은 없이 이렇게 말했다. "그 자체로 가치가 있을 수도 있다고 생각하진 않아?"

겉으로는 태연한 세라도 속으로는 몸부림치고 있음을 그는 느낄 수 있었다. 그녀에 대해 모르는 게 너무 많아서 지금 무엇을 저울질하고 있는지 짐작도 할 수 없었다. 마침내 그녀가 결연하게 말했다. "난 절대 루이스를 떠나지 않을 거야. 그이를 사랑해―네가 그걸 알았으면 좋겠어. 그러니 부질없는 짓이야. 우리 둘 다에게 고통만 줄 거야."

슬픔이 그의 마음속에 둥지를 틀었고 그 위로 심통 섞인 실망감이 떠돌았다. 그가 말했다. "이만 가야겠다."

그녀는 군소리 없이 그를 다시 밖으로 안내했다. 그들은 현관문 앞에 멈춰 섰다. "내일 저녁 먹으러 못 와서 미안하다고 남편에게 전해줘." 그가 말했다.

"그럴게." 그녀는 잠시 침묵했다가 물었다. "어떻게 할 건데? 입대할 거야?"

"모르겠어."

"그러고 싶지 않구나."

"물론이지."

"너는 동물 학대에 맹목적인 분노를 느끼지 않아? 사람들에 대해서는 같은 심정이 아냐?" 그녀는 말을 끊고 그의 팔을 잡고는 젖은 눈으로 열렬히 응시했다. "우린 용감해져야 해."

제이미는 그녀가 스스로 선하다는 의식에 감정이 격해졌다는 걸 알 수 있었다. 그 역시 자신의 미덕에 현혹당한 게 아닐까? 본질적으로 시야를 흐리게 하는 독선을 품은 채 어떻게 세상을 똑바로 볼 수 있겠는가? "넌 아버지한테도 맞서지 못하잖아."

그녀가 손을 놓았다. "그걸 여기에 비교해?"

"난 그저 늘 가장 안전한 길을 선택하는 네가 다른 사람들에게 용감해지라는 소리를 쉽게도 한다고 말하는 거야."

"그건 불공평해. 모든 사람이 너처럼 자유롭게 자신의 길을 선택할 수 있는 게 아냐."

"선택, 그래. 넌 관습에 덜 얽매이고 싶다고 말했지―글쎄, 넌 그럴 수 있었어. 하지만 늘 남들의 기대에 부응하는 선택을 했지. 그것까진 괜찮은데, 다른 사람이 너를 이렇게 살도록 만든 것처럼 가장하지는 마."

"안 그래!"

"좋아!"

그들은 서로를 맹렬히 노려보며 서 있었다. 그녀가 현관문을 홱 열어젖혔고, 그는 모자를 쓰며 당당히 걸어나갔다. 뒤에서 쾅하고 문 닫히는 소리가 들렸지만 그는 결연히 앞만 보며 그곳을 떠났다.

문을 나서서, 거리를 따라 내려가, 그 도시를 벗어났다. 그곳에서, 그는 결심을 굳혔다.

뉴욕

1942년 4월

4개월 후

피프스 애비뉴에서 도어맨이 메리언을 건물 안으로 안내한 다음 검은 대리석 로비를 지나 놋쇠 단추 달린 제복 차림의 엘리베이터맨에게 인계했고, 엘리베이터맨은 그녀를 쓱 훑어보더니 옅은 억지웃음을 지었다. 그가 엘리베이터 격자문을 철컹 닫고 메리언에겐 비행기 스로틀을 연상시키는 크랭크를 돌리자 엘리베이터가 위로 올라갔다. 메리언은 다른 조종사들은 면접을 보러 오면서 무슨 옷을 입었을지 궁금했다. "도착했습니다, 아가씨."

메리언은 복도에서 잠시 걸음을 멈추고서 마음을 가다듬으며 바지 주름을 펴고 옆구리에 낀 비행일지를 바로잡았다. 문을 두드리자 제복 입은 하녀가 재클린 코크런의 아파트 문을 열었다.

호화로운 내부로 들어갔다. 현관 바닥에 대리석으로 만든 항공용 나침반이 박혀 있었다. 한쪽 벽면에 놓인 유리 테이블과 진열 선반 위에 비행 트로피—구 모양, 잔 모양, 첨탑 모양, 날개 달린 형상―가 가득했다. 그리고 유명 비행기들이 그려진 벽화가 벽과 천장을 뒤덮고 있었다. 메리언은 에어쇼에라도 온 것처럼 목을 길게 빼고 둘러보았다. 라이트플라이어, 스피릿오브세인트루이스, 어밀리아 에어하트의 록히드 베가, 복엽기 중대, 홀로 떨어져 있는 체펠린비행선, 그리고 물론 벤딕스 대륙횡단 경주에서 우승한 재클린 코크런의 그림도 있었다.

메리언은 알래스카에서 2월에 한 조종사로부터 캘리포니아에서 항공방제기를 모는 누이에게 코크런이라는 여자가 보낸 전보에 대한 이야기를 들었다. 영국 항공운송지원군ATA에 들어가서 전투기를 수송할 여성 조종사들을 뽑고 있다는 것이다.

전보 내용은 이랬다. 이제 모든 전선이 우리의 전선이다. 실제 전투에 참가하는 것은 아니지만 전투기 비행 경험이 포함된 신속한 현역 복무를 원하는 이들에게 이 해외 복무는 이상적인 기회가 될 것이다.

이미 너무 늦었을지도 모른다는 불안감에 사로잡힌 메리언은 자신의 오지 비행에 대한 짤막한 설명, 총 비행 시간, 기회를 달라는 애원을 담은 전보를 재키 코크런에게 직접 보냈다. 전투기라니! 거기 뽑힌다면 전투기를 몰게 된다. 무기대여법 통과 후 그녀는 알래스카를 거쳐 러시아로 가는 전투기를 수백 대는 보았다. 이튿날 답장이 전신선을 타고 탭댄스를 추며 날아왔다. 뉴욕으로 면접을 보러 올 것. 면접에 통과하면 곧장 몬트리올로 가서 비행 테스트를 받고 그곳에서 영국으로 떠나게 됨.

하녀는 메리언을 데리고 드넓은 거실을 가로질러 지나갔는데, 그곳에서는 한 남자가 또박또박 끊어 말하는 사무적인 어조로 전화 통화를 하고 있었다. 그다음엔 벽에 비행기 프레스코화가 있는 복도를 지났다. 말쑥한 옷차림의 젊은 여자가 서류철을 품에 가득 안고 메리언을 스쳐지나갔다. 재키가 조종석에 앉아 작은 손거울을 들고 립스틱을 바르는 신문기사 사진이 액자에 담겨져 벽에 걸려 있었고, 메리언은 잠시 멈춰 서서 그 사진을 들여다보았다.

재키는 열린 창밖으로 이스트강이 보이는 밝은 방에 놓인 흰색과 금색 책상에 서류의 호수에 반쯤 잠긴 채 앉아 있었고, 놋쇠 독수리, 자수정덩어리, 나침반 등 다양한 크기와 재질의 문진들이 따스한 산들바람에 서류가 날아가지 않게 누르고 있었다. 그녀가 일어나 메리언에게 손을 내밀었고, 메리언은 그녀의 공들여 가꾼 금발과 벨트 달린 빨강 실크 원피스에 주목했다. 그녀는 래커칠과 수정을 거친 인물, 실물 위에 아름답게 덧그린 초상화 같았다.

둘이 자리에 앉은 후 재키가 메리언에게 손가락을 까딱거리며 말했다. "이대로는 안 되는데."

메리언은 재키가 한마디로 퇴짜를 놓았다고 생각했다. "불합격인가요?"

"이 임무를 맡으면 대사가 되어야 해요. 미국 여성을 대표하는 거죠. 숙녀. 수리공이 아니라." 세심하게 다듬어진 세련된 말씨였지만 그 아래에는 남부 억양이, 날카로운 팔꿈치*가 들어 있었다.

메리언은 자신을 내려다보았다. "원피스를 한 벌 장만할까 생

---

* 군중 사이를 팔꿈치로 밀면서 헤쳐나가는 것처럼, 이익을 쟁취하기 위해 취하는 공격적이고 당당한 태도를 의미하는 관용어.

각은 했습니다."

"그런데 도대체 왜 안 샀어요?"

아침에 메리언은 메이시백화점 유리문 밖에서 망설였다. 세련된 숙녀들이 빠르게 지나쳐갔고 그들의 쇼핑백 모서리가 고압적으로 메리언에게 부딪혔다. 반짝거리는 바닥과 카운터, 향수병, 그리고 유리창에 비친, 그곳에 어울리지 않는 자신의 모습이 보였다. "너무 큰 기대를 걸고 싶지 않았습니다." 그녀가 재키에게 말했다.

"완전히 거꾸로네요. 야망을 이루기 위해 옷을 차려입어야죠."

"전 조종사 말고 다른 야망은 없습니다."

재키의 미소는 움찔 놀라는 표정에 더 가까웠다. "오기 부리지 마요. 사람들은 대조적인 걸 원하죠. 그걸 알아야 해요. 다른 여자들처럼 예쁘고 아주 깔끔하고 머리도 단정하게 말고 커피와 케이크도 대접할 줄 알면서 큰 비행기까지 조종하는, 잡지 사진 같은 여자. 숙녀가 되지 않고는 조종사도 될 수 없어요."

그러니까 조종석에서 립스틱을 바르는 건 순종이나 저속한 욕망에 영합하는 행동이 아니라 마치 딱정벌레가 날개를 접어 매끄러운 방패를 만드는 행위와도 같은 무장이었던 것이다.

간추린 역사. 재클린 코크런은 1906년 베시 리 피트먼이라는 이름으로 태어나 북부 플로리다의 습한 제재소 마을을 전전하며 자란다. 분명히 생물학적 부모 슬하에서 자랐을 텐데도, 나중에 그녀는 부모와 분리되고 싶어서 사람들에게 고아라고 말한다.

다섯 남매 중 하나였던 그녀는 맨발로 돌아다니며 게도 잡고 닭도 훔친다. 그녀의 이야기에 따르면—이 이야기는 사실인 듯하다—밀가루 포대로 만든 원피스를 입었고, 기둥 위에 짓고 창문에는 기름 먹인 종이를 바른 판잣집에서 밀짚 매트리스를 깔고 잤다.

한 노인이 음흉한 시선으로 그녀를 흘금거리며, 그녀는 원래 남자로 태어났는데 아주 어렸을 때 인디언이 쏜 화살이 배를 관통해 배꼽이 생겼고 그때 너무 놀라 도끼 위에 주저앉는 바람에 여자가 되었다고 한다. 남자가 도끼 위에 앉으면 여자가 되는 거라고 노인은 말한다.

그녀는 그럼 왜 남자들에게도 배꼽이 달려 있는지 의아해한다. 그들은 인디언 화살에 맞고도 놀라지 않은 건가? 아니면 주위에 도끼가 없었나? 목재를 자르는 첫날의 불타듯 강렬하고 날카로운 냄새가 풍긴다. 얇은 톱밥이 피부에 달라붙는다. 그녀는 마음대로 돌아다닌다. 아주 어렸을 때, 숲에서 린치를 당한 후 불에 탄 남자를 목격하기도 한다.

여덟 살이 된 베시 리는 방적공장에서 카트를 밀고 다니며 직공들에게 실감개를 전달하는 야간 일자리를 얻는다. 언젠가 재키 코크런은 그 일을 해서 처음으로 신발을 사 신었다고 회고할 것이다. 그녀는 재빨리 식사를 마치고 남자들 눈에 띄지 않기를 바라며 카트에 숨어 쪽잠을 자는 요령을 터득한다. (주먹질과 발길질을 배우는데, 가끔은 그것만으로도 충분하다.) 그녀는 곧 방적공으로 승진해 새벽까지 실감개 사이를 돌아다니며 문제가 없는지 확인한다. 폐에는 보푸라기가 쌓이고 귀를 찢는 기계 소리에 시달린다. 찌는 듯 무더운 남부의 밤이 공장의 긴 지붕을 짓누르고 목화밭과 황토를 짓누르는 동안, 아이는 작고 민첩한 손을 기계 속으로 넣어 끊어진 실을 묶고 실감개를 다시 돌린다.

영리한 소녀. 그녀는 또 승진한다. 새로 짠 직물의 결함을 찾아내는 열다섯 명의 아이를 감독하게 되는데, 물결치는 매끄럽고 시원한 면직물 앞에 보석세공사처럼 웅크리고 있는 이 열다섯 명은 허리가 굽고 얼굴은 쭈글쭈글한 미니어처 인간 같다.

공장이 파업에 들어가자 열 살이 된 그녀는 미용실에 취직해 바닥에 떨어진 머리카락을 쓸어내고 샴푸를 섞는 일을 한다.

여기서 그녀의 성공이 시작된다.

재키가 책상 위로 손깍지를 끼고 메리언에게 말했다. "뽑히면, 비행기들을 필요한 곳으로 수송하게 될 거예요. 예를 들면 공장에서 비행장으로, 혹은 비행장에서 정비소로, 혹은 그 반대로. 영국 공군 조종사들이 전투에 참가할 수 있도록 지원하는 일이에요. 경력에 관계없이, 처음엔 훈련기로 시작하죠. 다 그래요. 능력을 인정받으면 거기서 한 단계 올라가고요. 모든 비행기에 대해 배울 거고―쌍발엔진까지―그다음엔 처음 조종해보는 기종도 설명서만 읽어보고 몰아야 해요. 실전에 참여해 구체적으로 기여하는 일이라 보람은 있지만 힘들 거예요. 스스로 준비가 되어 있다고 생각해요?"

메리언은 재키가 설명한 걸 자신이 해내지 못할 거란 의미를 담은 말이 나올까봐 너무 두려워서 아무 말도 할 수 없었다. 그녀는 잠자코 고개를 끄덕였다.

"그렇다는 건가요?" 재키가 물었다.

그녀는 속삭이듯 대답했다. "예."

"알래스카에서 여기까지 비행기를 몰고 왔어요?"

"예."

"무슨 비행기?"

"비치크래프트 18요."

"얼마나 걸렸어요?"

"구 일요."

"빠른 기록은 아니네."

"악천후도 만났고, 오리건에 사는 형제 집에도 들렀습니다."
불쌍한 제이미, 착한 마음이 덫이 되어 군에 입대해야 할지 말아
야 할지 갈피를 잡지 못하고 있었다. 나 어떡해야 하지? 제이미가
물었다. 메리언은 신병 모집 포스터 그리는 일을 구할 수도 있지
않겠느냐고 말했다. 그녀는 제이미가 안전하기를 원했다.

"알래스카에서 악천후에는 익숙해졌겠네요."

"지독한 악천후에도 익숙합니다."

"좋아요. 영국은 ATA 조종사들에게 계기비행을 안 가르치기
때문에 악천후에 익숙하면 유리할 거예요. 거긴 구름과 안개가
많고 순식간에 몰려오니까."

"왜 계기비행을 안 가르치나요?"

재키는 서류 더미를 쿡 찔렀다. "그네들 말로는 수송 조종사들
이 땅이 보이는 고도를 유지하면서 그 위로 올라가고 싶은 유혹
을 느끼지 않도록 만들기 위해서래요. 그건 자기네 희망사항이

죠. 그곳 기후는 치명적이라고요." 그녀는 잠시 말을 끊고 메리언이 그 단어에 감탄할 기회를 줬다. "하늘에서 악천후를 만나면, 그럼 어쩌죠? 그 상황에 어떻게 대처해야 할지 안다고 해도 아주 위험한데. 에이미 존슨 이야기 들었어요? 오스트레일리아로 날아간 영국 아가씨요. 그녀는 ATA에서 활동하고 있었는데, 계기비행 경험이 풍부했지만 구름 위에 갇혀서 낙하산을 타고 뛰어내린 뒤 익사했어요. 겁주려고 하는 말 아니에요. 내가 말해주지 않았어도 조만간 듣게 되었을 거예요."

"목숨을 잃은 조종사는 많이 압니다."

"나도 그래요. 그런데 만일 거기 가게 되면, 영국인들한테 내가 불평했다는 말은 전하지 마요. 그 사람들은 내가 불평이 너무 많다고 생각하니까. 하지만 내 의견은, 계기비행을 가르치지 않는 건 비행기 낭비라는 거예요. 조종사 낭비이기도 하고. 그들은 안전을 이유로 내세우는데요. 내 생각엔 그보단 그—그게 뭐더라? 빠르고 싼 거. 그걸 뭐라고 부르죠?"

"효율? 편의?"

"편의! 그거예요. 난 끊임없이 새 단어를 배우죠. 새 단어를 수집하고요. 학교는 어디까지 마쳤어요?"

"8학년까지밖에 안 다녔습니다."

"그런데 단어를 많이 아네요."

"어렸을 때 책을 많이 읽어서요."

재키는 처음으로 마치 갓 밝혀진 등대처럼 동지애를 환하게 발산했다. "그럼 나랑 같군요. 독학자. 그건 일을 두려워하지 않는다는 뜻이죠."

"저는 일을 좋아합니다."

"내가 열네 살 때 모델 T 자동차를 산 거 알아요? 머리 만져서 번 돈으로."

열한 살이 된 베시 리 피트먼은 손님들 머리를 자르고, 말고, 핀을 꽂고, 땋아준다. 그녀는 미적 감각이 있어서 손님들을 더 아름답게 만들어준다. 점잖은 숙녀들은 자신의 허영심이 부끄러워 미용실 뒷문으로 드나들고, 매춘부들은 앞문으로 당당히 출입한다. 베시 리는 매춘부들을, 그들이 마담에게 들었다는 먼 도시 이야기를 좋아한다.

그녀는 메리언에게, 그리고 그 누구에게도 이 이야기는 하지 않는다. 사실은 열네 살 때쯤 임신을 하고 아기 아버지인 로버트 코크런과 결혼한다. 그녀는 플로리다의 친정집에 아기를 맡기고 파마를 해서 번 돈으로 모델 T 자동차를 사서 몽고메리로 간다. 이대로 미용사로 살아도 될까? 자신을 위해서? 아들 로버트 주니어를 위해서? 그녀는 간호사 교육을 받고 한 제재소 마을 병원에 취직한다. 옥수수로 심지를 만든 등잔불이 밝혀진 방, 그녀에겐 너무도 친근한 밀짚 매트리스에 누워 산고를 치르는 여자의 몸에서 아기를 빼낸다. 다른 아이들 셋이 바닥에 누워 있다. 갓난아기를 감쌀 깨끗한 모포 한 장이 없다.

아니, 이건 다 틀렸다. 이런 삶을 살 수는 없다.

로버트 주니어는 네 살 때 그녀의 친정집 뒷마당에서 놀다가 사고로 죽는다. 불이 난 것이다. 아이는 하트 모양 묘비 아래 묻한다. 재키는 자신의 이야기에서 아들을 지운다. 그렇게 하지 않고는 견딜 수가 없다.

떠나자, 떠나자. 그녀는 떠나야만 한다.

스무 살의 재클린 코크런은 이혼 후 뉴욕으로 가서 삭스피프스 애비뉴 백화점 건물 안에 있는 앙투안 뷰티살롱에 취직한다. '앙투안 드 파리'로도 알려진 저명한 헤어스타일리스트 무슈 앙투안은 유행을 선도하는 인물이다. 싱글컷*과 남자 머리처럼 짧고 매력적인 말괄량이 스타일을 개발해 코코 샤넬, 에디트 피아프, 조세핀 베이커에게 선물했다. 그는 재키를, 그녀의 엄격한 립스틱과 결연히 분을 바른 코, 비싼 향수 향 사이로 살짝 풍기는 톱밥 냄새를 마음에 들어한다.

그녀는 겨울마다 뉴욕에서 앙투안의 마이애미 분점까지 여행하는데, 자신의 쉐보레를 몰고 먼길을 단숨에 달려가면서 길동무 삼아 히치하이커들을 태운다. 마이애미에는 주류밀매점, 재즈밴드, 카지노, 호화로운 고급 나이트클럽, 칵테일, 그리고 길게 뻗은 흰 해변이 있다. 재키의 실크스타킹, 얼굴이 조금밖에 비치지 않는 작은 원형 거울이 달린 콤팩트를 보면 대공황이 실감나지 않을 정도다. 하지만 그 어느 것도 만족을 주지 못한다. 그 어느 것도 영원할 수 없다. 동그랗게 만 컬은 축 늘어진다. 분칠 위로 기름기가 배어나온다. 팬핸들**에는 여전히 하트 모양 묘비를 세운 무덤이 있다. 밤하늘이 그녀가 묵고 있는 호텔 지붕을, 정원의

---

* 짧은 머리를 경사진 지붕 모양으로 층을 내는 스타일.
** 플로리다주 북서부 부분을 일컫는 말.

야자나무들을, 그리고 그 아래서 자고 있는 홍학들을 짓누른다. 벗어나고픈 욕망이 집요하게 버티고 있다. 하지만 무엇에서 벗어 난단 말인가? 그동안 애써 일궈놓은 화려한 삶에서? 떠나자, 떠 나자, 하지만 어디로?

"저도 어렸을 때 포드를 장만했죠." 메리언이 말했다. "배달 트럭을 몰아서 돈을 벌었어요."

메리언에 대한 재키의 호감이 더 환하게 빛났다. "그래요? 기 특하네. 해외에 가게 되면 비치크래프트는 어떻게 처리할 생각이 에요?"

"팔 수도 있고 보관해둘 수도 있고, 모르겠습니다. 그 비행기 는 이미 고생을 많이 했거든요. 제가 오지 비행을 해서요."

"알아요. 전보에서 읽었어요." 재키는 손을 뻗어 메리언의 비 행일지를 집어서 마지막 페이지까지 휘리릭 넘겨 총 비행 시간을 확인했다. 족집게로 다듬어 펜슬로 그린 눈썹이 꿈틀거리며 위로 올라갔다. "이렇게 비행을 많이 했는데 당신 이름을 들어본 적이 없다는 게 놀랍군요. 난 비행 경험이 많은 여자 조종사들을 잘 알 고 있다고 생각했는데, 이게 보여주네요."

메리언은 그게 뭘 보여준다는 건지 듣기 위해 기다렸으나 재키 는 잠자코 비행일지만 뒤적거렸다. "주로 북쪽에서만 비행했습니 다." 메리언이 말했다. "혼자서요."

"제대로 날았네요."

메리언은 아까 현관에서 본 트로피들의 광채와 지금 재키의 머리칼에서 나는 윤기에 자극받아 이렇게 말했다. "거기 적힌 것보다 더 많이 날았습니다. 훨씬 더 많이요."

재키의 얼굴이 금세 어두워졌다. "그런데 왜 기록을 안 했죠?"

메리언은 아무 말도 하지 말았어야 했다는 생각이 들었다. 그녀는 면허도 없이 밀주업자의 물건을 배달한 것과 메리언 그레이브스라는 이름을 되찾기 전에 제인 스미스로 살았던 것에 대해 어떻게 설명할지 몰라 창밖을 골똘히 내다보았다. 그러다 이윽고 말했다. "한동안 다른 이름으로 일했습니다."

"왜죠?"

"남편을 떠나고 나서, 그 사람이 찾아내지 못하게 하려고요."

"남편은 지금 어디 있는데요?"

"죽었습니다."

"알겠네요." 재키도 메리언을 따라 창밖으로 시선을 옮겼고 생각에 잠긴 듯했다.

1932년, 재키는 마이애미의 한 디너파티에서 아직 삼십대인데 월 스트리트 백만장자가 된 플로이드 오들럼 옆자리에 앉게 된다. 미시건주 유니언시티 출신으로, 평범한 감리교 목사의 아들로 태어나 금융가가 된 사람이다. 1929년, 그는 조마조마하고 불길한 예감이 들어 대폭락 전에 주식을 대부분 팔아치운다. 그리고 나중에 기업들을 헐값에 사들인다. 사람들은 대공황 때 미국에서 돈을 번 사람은 그뿐이라고 말한다. 그는 디너파티에 실제로 생계를 위해 일하는 여자가 참석한다는 말을 듣고(그는 그런 여자를 별로 만나보지 못했다) 그녀 옆자리에 앉혀달라고 부탁한다.

크랩 케이크를 먹으며 그가 묻는다. 원하시는 게 뭔가요?

실례가 안 된다면 소금 좀 주세요. 재키가 대답한다.

하하. 삶에서 뭘 원하시는지 물었습니다.

그녀는 자신의 화장품회사를 갖고 싶다. 하지만 분야도 너무 많고 경쟁도 너무 심한데다 지금은 다들 지갑을 닫는 시기라 어떤 사람들은 아예 지갑을 들고 다니지도 않는다.

짓밟힌 기분이 들 때는 작은 사치가 큰 기쁨이 되죠. 그녀가 말한다.

립스틱에 든 희망. 그가 말한다.

맞아요.

비행기 조종을 배우는 건 어떨까요? 그가 말한다. 그럼 먼 거리를 더 빨리 갈 수 있을 텐데.

비행기 조종은 고려해본 적도 없었지만 바로 그 순간부터 그 생각이 그녀를 야금야금 갉아먹기 시작한다. 그녀는 스스로에게 소리 내어 묻는다. 내가 비행기를 몰 수 있을까?

물론이지요. 그가 너무도 단호하게 말해서 그녀는 믿지 않을 수가 없다. 그녀는 그가 자신에게 꼭 필요한 존재가 될 것임을 깨닫는다. 그는 그녀 외부에 존재하는 자신감의 원천이다.

그에게 그녀는 또하나의 저평가된 상품, 싼값에 사들여 거금을 벌 수 있는 자산이고.

그는 이미 결혼한 몸이지만 뭐 어떤가.

처음으로 하늘에 올라갔다가 그녀는 비행 벌레에 물린다. 비행 벌레가 그녀를 통째로 집어삼킨다. 바로 이거야. 이게 벗어나는 거야.

재키가 여전히 창밖을 응시하면서 말했다. "뉴욕이 마음에 들어요?"

메리언은 남편 이야기에서 벗어나게 된 걸 다행스러워하며 대답했다. "큰 도시에선 마음이 편치 않아요." 앵커리지, 놈, 페어뱅크스도 전쟁과 함께 팽창했지만 여전히 변경의 작은 도시였다. 진주만 사건 이후 밤이면 등화관제가 실시되었다. 알래스카의 모든 사람이 불안해했다.

"여긴 처음인가요?"

"아뇨, 몇 년 전 신혼여행으로 왔었어요. 며칠뿐이었지만."

재키는 호기심어린 눈으로 메리언을 응시했지만 더이상 캐묻지 않기로 결심한 듯했다. "좋아요, 잘 들어요, 영국에 가면 ATA와 십팔 개월짜리 계약을 맺게 될 거예요. 그럴 준비가 되었나요?"

"물론입니다."

"정말요?"

"예."

"일이 수월하진 않을 거예요."

"수월한 일은 해본 적 없습니다."

"그래도, 난 그 일의 위험성을 미리 말해줄 의무가 있어요. 장시간 비행, 악천후, 배급 식량과 연료, 호전적인 대공포 사수들, 공중분해될 수도 있는 낡아빠진 비행기들. 무선도 안 돼요. 독일군은 격추시킬 대상을 찾아 윙윙거리며 돌아다니고요. 방공기구가 지천에 깔려 있고. 가는 길에 배가 침몰할 수도 있죠."

메리언은 바다를 건너는 것에 대해선 생각해본 적이 없었다. "그런 일이 있었나요?"

"많은 사람에게요. 하지만 내가 보낸 여성 조종사들에겐 그런 일이 없었어요. 아직은." 재키는 비행일지의 한 페이지를 들여다보았다. 그리고 몇 페이지 더 넘겨본 다음 비행일지를 덮어 메리언에게 내밀었다. "갈 의향이 있어요?"

메리언은 손을 내밀어 비행일지를 받았다. "물론입니다."

"그렇다는 뜻인가요?"

"예."

매니큐어칠한 손가락 하나가 책상을 톡톡 두드리고 갈색 시선이 메리언에게 머물렀다. "옷차림 외에도, 고급 장교들은 우리 여성 조종사에게 최고 수준의 도덕성을 바라고 있어요."

"좋습니다."

"그들은 골칫거리라면 질색하죠. 이미 건너간 남자들 일부가 행실이 나빴거든요. 그래서 여자들은 흠잡을 데가 없어야 해요. 실수를 저지를 여지는 없어요. 전혀. 사람들이 당신에게 평범하기를 기대한다면 그 이상이 되기 위해 두 배는 노력해야 하죠."

플로이드는 재키의 화장품 사업이 땅을 박차고 날아오를 수 있도록 도와준다. 회사의 모토는, 아름다움에 날개를 달자. 플로이드는 재키 자신도 글자 그대로 땅을 박차고 날아오르도록 도와준다. 그녀는 1934년 비행 경주에 데뷔해 멜버른으로 향하는 스무 명의 조종사 중 하나로 영국 서퍽의 출발선에 등장한다. 엔진이 털털거리는 바람에 부쿠레슈티에서 비행을 중단하지만, 이듬해 벤딕스 경주를 위해 캘리포니아 버뱅크에 재등장한다. 어밀리아 에어하트가 첫 주자로 나서 새벽 다섯시 직전에 짙어져가는 위험한 안개 속으로 들어간다. 재키 앞에 있던 조종사가 이륙하자마자 추락해 목숨을 잃는다. 불에 타서. 잔해를 치우는 동안, 재키는 이제 이혼하고 그녀의 약혼자가 된 플로이드에게 전화를 걸어 어떻게 해야 할지 묻는다.

논리는 안전한 선택을 지시하지만 언제나 논리가 강력한 감정적 충동보다 우선시되어선 안 되지. 그건 철학적인 문제야. 그가 말한다. (그녀는 아직 그에게 로버트 주니어에 대해 말하지 않았고, 오래전 숲에서 본 불타 죽은 시체 이야기도 물론 하지 않았다.)

그래서?

당신 스스로 결정해야지.

답은 벗어나라는 것이다. 그렇다면 비행기를 타고서? 아니면 비행기로부터? 그녀는 이륙하지만, 안개를 피하기 위해 하늘 높이 올라가서 선회하자 엔진이 과열되는 바람에 또다시 중단할 수밖에 없다.

1936년 재키와 플로이드는 결혼하고, 나중에 메리언이 면접을 보러 가게 될 이스트 강변의 방 열네 개짜리 아파트를 구입한다. 코네티컷에는 별장을, 팜스프링스에는 목장을 산다. 뉴욕에 빌딩을 사서, 신발이 없어 맨발로 다니지만 날카로운 눈을 가진 미래의 재키들을 위한 고아원을—정말로!—만든다. 그들은 어밀리아 에어하트의 1937년 세계일주 도전 기금 마련을 돕는다. 어밀리아 에어하트와 프레드 누넌은 그 비행중 실종되는데, 재키는 프레드가 하울랜드섬을 발견할 수 있을지 의심스러워 어밀리아에게 미리 경고했지만 소용이 없었노라고 말한다.

1938년, 재키는 벤딕스 경주에서 우승한다. 1939년에는 여성 조종사 고도 기록을 세우고 전국 속도 기록을 두 번, 시내 기록을 한 번 경신한다. 상장과 트로피가 쌓인다. 그녀는 시험비행에 자원한다. 그해 9월 독일이 폴란드를 침공한 후, 그녀는 엘리너 루스벨트에게 편지를 보내 전시에 여성 조종사들을 국내에서 활용하는 방안을 제안한다. 지원 비행. 여성적인 비행. 이를테면 훈련기를 공장에서 기지로 수송해 남자들 일손을 덜어주는 것이다.

그 제안에 영부인은 고마움을 전한다. 미국이 참전하게 되면 여성들의 조력이 필요할 거라고 답장을 쓴다. 하지만 여성들이 정확히 어떻게 활용될지는 남자들이 결정할 것이다.

"제 관심은 비행에 있습니다." 메리언이 말했다. "바삐 돌아다니는 걸 원했다면, 그건 알래스카에서도 할 수 있었겠죠. 저는 주로 혼자 있는 걸 좋아합니다."

"주로. 좋아요. 그럼. 비행 시간이 여기 적혀 있는 것보다 많다는 암시는 그 누구에게도 하지 마요. 모든 게 규칙대로 이루어져야 하니까. 기록되어야 하고. 알겠어요?"

"물론입니다. 그렇다는 뜻입니다."

재키는 웃으면서 턱을 안쪽으로 당겼고 그 바람에 턱살이 눌렸다. 메리언은 그녀의 결점을 보자 마음이 훈훈해졌다. "당신은 이해가 빠른 사람이에요. 나처럼. 일단 몬트리올에 도착하면, ATA는 당신을 배로 이송하는 수고를 하기 전에 테스트부터 할 거예요. 내 충고는, 시험관에게 잘 보이라는 거예요. 여자들을 부엌에서 보는 걸 더 좋아하는 남자니까."

"제 요리 솜씨를 보면 실망할걸요." 메리언이 대꾸했다.

1941년 6월. 재키는 허드슨 폭격기를 몰고 대서양을 건너 몬트리올에서 스코틀랜드로 가는 기회를 얻기 위한 투쟁을 벌인다. 몬트리올의 ATA 남성 조종사들이 반기를 든다. 대서양 횡단 비행을 축하하는 퍼레이드가 열렸던 게 그리 오래전 일이 아닌데도. 재키에 대한 이야기가 새어나가자 조종사들은 파업을 벌이겠다고 으름장을 놓는다.

좋아, 좋아, 높은 사람들이 말한다. 그녀가 조종은 하되, 이륙과 착륙은 남자가 맡는다.

재키가 출발하기 위해 나타났을 때 허드슨 폭격기는 부동액이 바닥나고, 산소 시스템이 잘못 설정되고, 산소를 트는 특수 렌치가 사라진 상태다. 재키는 다시 폭격기를 정비하고 새 렌치를 산다. 구명정도 사라졌지만, 어차피 있어봤자 큰 도움도 안 될 것 같아 구명정 없이 출발한다. 연료를 넣기 위해 뉴펀들랜드에 내렸을 때 다시 렌치가 사라지고, 누군가가 조종석 창문을 깬다. 그녀는 또다시 렌치를 사고, 깨진 창문에 강력 접착테이프를 붙인다. 허드슨 폭격기는 바다를 무사히 건너고, 재키는 마지막까지 조종석을 지키다가 착륙 직전에 남자에게 넘겨준다.

"몬트리올에 우리가 보낸 여자 조종사들이 묵는 호텔이 있는데, 내 비서가 그 호텔에 예약을 해놓을 거예요." 재키가 메리언에게 말했다. "새 옷을 몇 벌 장만해야겠네요. 오늘요. 합격하면 ATA가 런던에서 제복을 맞춰주겠지만, 그래도 여행복 한 벌과 원피스 몇 벌은 필요해요. 대개는 바지로 버틸 수 있겠지만—지금 입고 있는 그런 바지 말고 괜찮은 바지로. 블라우스 몇 벌, 구두 한 켤레, 그리고 깔끔한 옥스퍼드화도 몇 켤레 필요할 거예요." 재키는 말하면서 모노그램이 찍힌 메모지에 목록을 적어내려갔다. "너무 많이 사지는 말고요. 어떤 여자들은 큰 가방을 몇 개씩 끌고 온다니까. 돈은 있어요? 내 비서가 쇼핑을 도와줄 수도 있는데."

"돈은 있습니다."

"삭스백화점의 내 담당자에게 전화를 해놓죠. 당신이 갈 거라고. 가서 스프링 부인을 찾아요. 스프링 부인이 미용실도 안내해줄 거예요. 앙투안 살롱요. 거기 있는 사람들이 나를 알거든요." 그녀는 일어섰다. "행운을 빌어요."

메리언도 일어서서 그녀와 악수했다.

"거기 가게 되면 나중에 거기서 다시 만나요." 재키가 말했다. "행동거지를 조심하고 정당한 이유 없이 추락 사고만 내지 않으면, 아무 문제 없을 거예요."

문가에서 걸음을 멈춘 메리언이 돌아서서 말했다. "괜찮으시다면, 제가 결혼했던 건 비밀로 해주셨으면 좋겠습니다. 그래도 될까요?"

재키는 그녀를 한참이나 응시하다 고개를 살짝 끄덕였다.

영국에서 돌아온 재키는 루스벨트 대통령 부부와의 식사 자리에서 여자들을 수송 조종사로 활용하는 방안에 대한 이야기를 다시 꺼낸다. 고려해볼 만한 생각이네요, 하고 대통령이 말한다.

그녀의 참모진이 수천 명의 서류를 꼼꼼히 검토해 백오십 명의 노련한 조종사를 찾아낸다. 하지만 장군들이 현재 비행기보다 남자 조종사 수가 더 많다고 말한다. 게다가 수백, 수천 명의 남자들이 주둔중인 공군기지에 소수의 여성을 어떻게 수용한단 말인가? 혼란이 뒤따를 것이다. 그래서, 안 된다. 대답은 안 된다는 것이다.

지금으로선 영국이 여성 조종사를 원하는지 알아보는 방법뿐이라고 그들은 말한다.

영국은 그 무엇도, 그 누구도 마다할 입장이 아니다. 재키는 런던으로 건너가 호화로운 집에 살면서 다임러 차를 빌리고 밍크코트 차림으로 돌아다닌다. 그녀는 ATA 소속 의사가 여성 조종사들을 발가벗겨 신체검사를 할 계획이라는 말을 듣고 그건 절대 안 된다는 입장을 고수한다―그녀를 상대하는 영국측 관계자들에게 무신경하면서도 고상한 체하는 그녀는 도통 알 수 없는 인물이다. (면직공장에서 일하던 어린 시절, 주먹질과 발길질만으로는 충분치 않았던 때가 가끔 있었던 것이다.)

1953년, 재클린 코크런은 모하비 소금사막을 건너면서 여성 최초로 음속 장벽을 깨게 될 것이다. 1964년에는 F-104G를 몰고 그 어떤 조종사보다 빠른 시속 1429마일 기록에 도달할 것이다.

1942년으로 돌아와서, 재키가 선발한 스물여섯 명의 미국인 여성 조종사가 대서양을 건너 몬트리올에서 리버풀로 갈 때 메리 언 그레이브스도 그중 하나였다.

몬트리올

1942년 6월

메리언과 재키의 만남 2개월 후

　메리언은 몬트리올이 섬에 있다는 것도 몰랐고, 사람들이 영어
가 아닌 다른 언어를 사용하는 곳에 가본 적도 없었다. 도밸공항
위 하늘은 박람회장 분위기였다. 윙윙거리는 엔진의 소음이 긴
밧줄처럼 마구 뒤엉켜 있었고, 공장에서 들어오거나 유럽으로 떠
나거나 학생 조종사들을 태우고 아슬아슬하게 날아다니는 비행
기들이 북새통을 이루었다. B-17기가 단발엔진 훈련기 사이로
마치 작은 물고기떼 사이의 고래처럼 지나갔다. 대형 폭격기들과
수송기들은 갠더로 갔다가 거기서 곧장 아일랜드나 영국으로 갔
다. 소형 전투기들과 훈련기들은 분해되어 배에 실리거나 아니면
뉴펀들랜드, 그린란드, 아이슬란드, 영국으로 이어지는 얼음길을
날아갔다. 이 도시에선 제복의 행렬이 끊이지 않았는데, 메리언
은 처음엔 제복 색깔과 휘장의 차이가 어떤 의미인지도 알지 못
했다.

훈련생들이 모는 타이거모스, 파이퍼컵 같은 비행기들이 들판 위에서 선회를 거듭했다. 조종사로 태어날 번데기들의 대량 출현. 전쟁은 모든 것을 더 많이 요구했다.

메리언은 삼 주 동안 겨우 다섯 시간을 비행한 후 샛노란 하버드 훈련기로 테스트를 받았다. 착륙장치 문이 멋진 각반처럼 달려 있는 그 비행기 조종석에서는 뜨거운 금속과 고무, 그리고 그녀가 비행 그 자체의 향기라고 생각하게 된 정체 모를 매캐한 냄새가 났다. 미국인인 시험관은 재키가 경고한 대로 여자들의 비행에 회의적이었다. "싫은 일도 필요하면 해야지." 마운트로열 호텔에 묵고 있던 여자 조종사 하나가 말했다. 그들 중 두어 명이 검사관에게 맥주를 사주고 좋은 결과를 얻어서 메리언도 똑같이 했다. 그녀는 억지로 밝은 미소를 지으며, 그가 만성 두통으로 육군항공대에서 밀려나기 전에 겪었던 곤경과 영웅적인 구조에 대해 떠벌리도록 아부 섞인 질문들을 최선을 다해 지어냈다.

의사가 그녀의 몸을 찌르고 쑤셔대고, 무게를 달고 길이를 재고, 피를 뽑고, 월경에 대해 이상할 정도로 자세한 질문을 퍼부었다. "월경 기간은 물론 앞뒤로 사흘 동안은 비행하면 안 돼요. 규정입니다." 의사가 말했다.

"그럼요." 메리언이 대답했다. (다른 여자들에게 백치처럼 굴라는 조언을 들은 그녀는 의사 말에 따르는 것이 한 달에 절반은 지상에 있어야 한다는 의미가 아닌 것처럼 무표정한 얼굴로 고분고분하게 대답할 각오가 되어 있었다.)

그녀의 일은 주로 기다리는 것이었다. 재키의 여자 조종사들은 네다섯 명씩 나뉘어 대서양을 건너는 배에 탔는데, 모두 한 배에 탔다가 어뢰 공격을 당해 한꺼번에 몰살당하는 불상사를 막기 위해서였다. 먼저 도착한 사람들은 공항이나 마운트로열호텔에서 대기했다. 메리언은 대개 밤이면 호텔 바에서 다른 조종사들, 그러니까 대서양 수송을 담당하는 남자 조종사들이나 재키의 여자 조종사들과 술을 마셨다. 그녀는 그렇게 여러 사람과 어울리는 데 익숙하지 않았고, 다른 사람들은 술이 들어갈수록 소란스러워졌지만 그녀는 더 조용해져서 대화에 맞추어 고개만 끄덕이며 앉아 있었다. 그러다 어느 시점이 되면 사람들에게 인사도 없이 자리를 떴는데 그 시점이 언제 올지 스스로도 예측할 수 없었다.

그녀는 특히 여자들과 어울리는 일에 익숙하지 않았다. 물론 그들 모두 비행을 사랑했고, 이 기회를 잡아 해외로 나가 무언가를 해보고 싶어했으며, 다들 기본적으로 괜찮은 사람들이었지만, 부모님 밑에서만 살았거나 대학 기숙사에서 지냈거나 결혼한 경우가 대부분이었다. 메리언은 늘 더 강한 소속감을 느낄 수 있으면 좋겠다는 희망을 품고 살아왔다. 그녀는 그들에게 자신에 대한 이야기를 거의 하지 않았다. ("넌 수수께끼의 인물이잖아." 열여섯 살 때 아버지가 비행기를 사줬다는 여자가 그렇게 말했다.)

루스가 있어서 천만다행이었다.

루스 블룸. 미시건 출신. 그녀는 메리언보다 이 주 늦게 도착했고, 마운트로열호텔 로비에서 처음 만났다. 메리언이 비행복 차림으로 회전문을 밀고 들어갔을 때 루스는 짧은 푸른색 원피스와 구두 차림으로 프런트데스크 앞에 서 있었다. 발치에 놓인 낡은 갈색 여행가방 여러 개에 덕지덕지 붙은 비행기 제조사와 비행경주 광고 스티커들이 그녀가 조종사임을 말해주었다. 그녀는 메리언을 발견하자 즉시 외쳤다. "재키의 여자 조종사 맞죠."

루스는 작은 키에 가슴이 풍만하고, 종아리는 두껍고 튼튼했으며, 허리는 날씬하면서도 탄탄했다. 영리하고 사교적이었고, 장난기를 깃털 목도리처럼 두르고 다녔다. 남편은 텍사스에서 항법사 훈련을 받고 있으며, 중폭격기에 타기를 원한다고 했다. 그녀가 남편 에디를 만난 건 대학생을 대상으로 한 정부 지원 민간조종사 훈련코스에서였다. 남자 지원자가 정원을 다 못 채워서 그녀에게도 기회가 돌아왔다. 사실 그녀가 자신을 받아줄 때까지 끈질기게 매달려서 겨우 얻어낸 기회였다. 에디는 진주만 사건이 터지자 곧바로 자원입대를 해서, 조종사 대신 항법사 훈련을 받게 되었다. 루스는 남편이 전쟁터에서 역할을 수행하는 동안 자신만 편안히 앉아서 빈둥거리고 있을 수는 없었노라고 말했다. 재키의 전보를 받았고, 그래서 여기 오게 되었다고.

"결혼했어요?" 루스가 메리언에게 물었다.

"아뇨."

"할 뻔한 적은요?"

메리언은 시선을 외면했다. "없어요."

"내가 오지랖이 심해요." 루스가 미안해하는 기색 없이 말했다. 그녀는 메리언을 유심히 살펴보았는데, 평가하는 시선이 왠지 미스 돌리의 아가씨들을 연상시켰다. 메리언은 루스가 자신에게 립스틱을 발라주기 시작해도 놀랄 것 같지 않았다. 하지만 도통 억누르지 못하는 명랑함, 처음 알게 된 순간부터 메리언과 친구가 되리란 걸 의심치 않는 그 확신에 찬 태도는 케일럽을 연상시키기도 했다. "눈에 확 띄네요." 루스가 말했다. "본인은 그걸 감추려고 애쓰는 것 같지만."

메리언은 한 손으로 머리를 쓸어올렸다. 삭스백화점 미용실에서 깔끔하게 다듬긴 했지만 헬멧을 쓰고 뚜껑 없는 하버드기를 몰고 와서 머리가 납작하게 눌려 있었다. 그녀는 적어도 단발은 되게 머리를 기르라는 지시를 받았다. "눈에 안 띄려고 애쓰고 있는데요."

"하지만 그렇게 수수하게 하고 다니면 오히려 이목을 끄는 거예요. 그 정도는 알고 있어야지." 루스의 작고 보드라운 손이 쑥 올라오더니 메리언의 턱을 잡았다. 메리언은 팔려고 내놓은 말처럼 순순히 그 손이 이끄는 대로 고개를 이리저리 돌렸다. "수줍음이 많구나."

"그렇진 않아요." 메리언이 그녀의 손에서 턱을 빼며 말했다.

루스가 활짝 웃었다. "내가 술 한잔 사면 이곳에 대해 알아야 할 것들 좀 다 말해줄래요?"

그들은 마침내 한여름에 몬트리올을 떠났다. 작은 스웨덴 국적 화물선의 좁아터진 선실에 메리언, 루스, 아이오와에서 온 실비, 지프라고 불리는 캘리포니아 출신 여자, 이렇게 넷이 탔다. 메리언은 루스와 함께 가서 훈련을 받게 된 것이 무척 기쁘고 행복했지만, 이런 시기에 특별한 우정이란 게 얼마나 중요한 의미를 지니는지 확신할 수 없어서 애써 그런 마음을 숨겼다. 하지만 루스도 기뻤던지 메리언과 맥주잔을 부딪치며 이렇게 말했다. "우리를 억지로 떼어놓지 않은 운명에 감사하며, 그레이브스."

메리언은 일 년 가까이 케일럽을 만나지도, 그에게 편지를 쓰지도 않았다. 제이미도 그의 소식을 못 들어서 그가 그 학교 선생과 결혼했는지 알지 못했다. 그녀는 화가 나서 침묵한 게 아니었다. 간섭하고 싶지 않아서였다. 케일럽과 나눈 길고 오랜 사랑이 견딜 수 있는 한계보다 더 큰 무게를 실으면 어떻게 될지 진심으로 두려웠기에 늘 그와 거리를 두었다. 루스와는 선을 넘거나 둘 사이의 우정을 너무 심각하게 받아들이게 될까봐 두려웠다. 하지만 그녀와 함께 있으면 거의 항상 즐거웠는데, 그 감정은 다정하고 무모했으며 사랑의 열병과 너무 닮아서 당혹스러울 정도였다. 루스는 비행에 대한 메리언의 감정을 굳이 설명해주지 않아도 이해했을뿐더러 여성으로서 비행을 한다는 것이 어떤 의미인지를, 그 모든 좌절과 수모를, 역풍과도 같은 불신을 모두 알았다.

"그 사람은 말이야, 저는 절대로 당신만큼 잘 날 수는 없을 거예요, 라고 엄숙하게 선언하면 지네라도 통과시켜줄걸." 루스가 시험관을 두고 말했다. "그 인간이 원하는 건 그것뿐이니까. 우리가 날 수 있다는 사실을 아는 게 아니라 자기 분수를 아는 것."

"왜 하필 지네야?" 메리언이 물었다.

"난 여자 다리에 사족을 못 쓰는 남자를 알아보는 눈이 있거든. 그 인간에게 내 다리를 살짝 보여주고 영웅이라고 불러줬더니 지금 이렇게 런던으로 가고 있잖아."

루스는 메리언에게 엄마처럼 굴기도 하고, 익살을 떨기도 하고, 교태를 부리기도 했으며 늘 악의 없이 들볶고 구슬리고 성가시게 졸라댔다. 자신이 애완동물 취급당하는 걸 즐기게 되리라곤 전혀 예상치 못했던 메리언도 그저 루스가 하라는 대로 하는 게 마음이 편했다.

그들은 낡은 구축함이 호위하는 작은 수송대를 이루어 우선 몬트리올에서 뉴펀들랜드 세인트존스로 건너간 다음 그곳에서 더 큰 수송대가 집결되기를 기다렸다. 배가 정박한 상태에서 길고 느리고 포근한 날들이 지나갔다. 비치크래프트를 팔고 온 메리언은 유럽을 향해 날아가는 비행기들을 볼 때마다 마음이 아렸다. 저녁이 되면 조종사들은 다른 승객들과 술을 마시거나 카드놀이를 했다.

아이오와에서 온 실비는 ATA에 지원한 동기가 자기 마을과 카운티, 아마도 아이오와 전체의 남자를 이미 다 만난데다 비행기를 만드는 것보다 조종하는 게 더 좋아서였다고 말했다. 지프는 당연히 스핏파이어를 몰고 싶었다고 했다. 그리고 세상을 구경했다고 말하고 싶기도 하다고. 그러자 루스가 말했다. "단지 세상을 구경했다는 말을 하고 싶은 거라면, 그냥 집에 있으면서 이야기를 지어내도 돼."

지프가 눈알을 굴리며 대꾸했다. "물론 진짜로 구경하고 싶지."

"그럼 그렇게 말해야지." 루스가 말했다.

지프와 실비는 뱃머리에서 일광욕도 하고 편지도 썼다. 루스는 작업복을 입고 배 난간 페인트칠을 해보겠다고 나서면서 메리언까지 끌어들였다. 선원들은 재미있어하며 페인트 깡통과 붓을 넘겨주었고, 루스가 그들의 팔을 잡아끌어다가 억지로 일을 시킬 때까지 담배를 물고 어슬렁거리며 구경하면서 자기들끼리 스웨덴어로 떠들어댔다. 제일 더운 날, 넷이 다 옷을 벗고 뱃전 너머 바다로 뛰어들었다. 야무지게 수영복을 챙겨온 실비만 수영복을 입었고 나머지는 속옷 바람이었다. 그들은 손을 잡고 뛰어들었지만 물이 그들의 손을 떼어놓았다. 메리언은 발차기로 수면을 향해 올라가면서 물에 잠긴 선체의 시커먼 금속 벽에 대한 설명할 수 없는 공포와 맞서 싸웠다.

배 열여섯 척으로 구성된 수송대는 어느 날 저녁 조용히 출발하여 동쪽으로 향했다. 항해 첫날밤, 그 배에서 영어를 제일 잘하는 선원이 등화관제에 대한 안내사항을 전달하러 왔다. 그는 여자 조종사들이 있는 선실 문간에 얼굴을 붉힌 채 서서, 침대에서 쉬고 있는 여자들―실비는 헝겊을 이용해 머리를 말고 있었고, 지프는 발톱에 칠을 하고 있었다―대신 천장을 보며 말했다. 그가 창문의 등화관제용 커튼을 가리키며 말했다. "항상 쳐놔요. 그리고 이건"―그는 선실 문을 가리켰다―"열어요, 항상, 왜냐하면 어뢰가 날아오면 배 전체가 이랬다가"―그는 두 손으로 수건을 비틀어 짜는 동작을 했다가 두 손을 포개고 눌렀다―"이렇게 될 수 있으니까요."

"갇힌다고요?" 지프가 말했다.

"예." 그가 고마워하며 고개를 끄덕였다. "갇혀요. 안에 있으면―" 그리고 고개를 저었다.

"그래도 어차피 못 나가겠지만 아무튼 생각해줘서 고마워요." 루스가 책 뒤에서 대답했다.

선원은 고개를 끄덕였다. "옷 입고 자요, 예, 그래야 빨리―" 그는 휘파람을 불면서 한 손을 위로 휘둘렀다가 다시 고개를 끄덕이고 자리를 떴다.

다른 사람들이 불을 끄고 싶어서 메리언과 루스는 갑판으로 나갔다. 달이 떴다면 구름 뒤에 숨어 있는 모양이었다. 어둠 속에서 주위에 있는 다른 배들의 엔진소리가 들렸지만 아무것도 보이지 않았다. 메리언은 몇 번이나 우현 쪽에서 거대한 그림자 형상을 본 것 같았지만, 그 그림자는 번번이 해체되어 어디론가 사라져버렸다. 착시현상이었다. "난 선실에 갇히는 건 싫어." 그녀가 루스에게 말했다. "폭파되는 것도 그렇지만, 선실에 갇혀서 자신이 갇혀 있는 걸 알 수 있을 정도로 오래 살아남는 건—그건 싫어."

"나도 그래." 루스가 말했다. "하지만 살아남고자 하면 살고, 그러지 않으면 죽는다잖아. 일리 있는 말이야."

"말이야 쉽지, 멀쩡히 살아서 구명정 옆에 서 있다면."

"우리 운명론을 좀더 갈고닦아야겠다. 사실, 배를 타고 모험을 하는 거나 비행이나 뭐가 달라?"

"비행은 그래도 조종이 가능하잖아."

"우리가 믿고 싶어하는 만큼은 아니지."

다음날 안개가 끼기 시작해서는 항해 내내 걷히지 않았다. 팔일째 되는 날 밤 그들은 닻을 내린 배에서 잤고 이튿날 아침에는 브리스틀해협으로 들어갔다. 배가 항구에 접근할 때 메리언과 루스는 난간 앞에 서서 안개 속에서 묘한 각도로 서서히 형체를 드러내기 시작한 폭격 맞은 배들의 뒤집힌 뱃머리와 굴뚝을 바라보았다. 검게 탄 채 반쯤 물에 잠긴 희미한 허깨비들이 파괴된 선체의 형상을 드러냈다가 다시 희미해져갔다.

택시 차창 밖 런던은 암흑이었다. 브리스틀에서 출발한 열차에서는 저녁이 되자 승무원이 객차마다 돌아다니며 커튼을 쳤다. 기차 안의 불빛은 약하고 푸른색이었으며, 기차역의 불빛도 마찬가지였다. 역에서 나오자 영국이 통째로 사라져버린 듯했다.

메리언은 택시 하나에 루스, 실비, 그리고 그들의 핸드백, 여행용 세면도구 케이스와 함께 끼어 탔다. 큰 짐들과 함께 지프를 태운 다른 택시가 뒤에서 따라왔다. 택시기사가 속도를 줄이며 모퉁이를 돌자 밖에서 녹색을 띤 흰 물체가 빛을 발하며 미끄러지듯 지나갔다. 궤도를 도는 두 개의 달이 달린 원뿔 모양 환영이었다.

"저게 뭐지?" 실비가 물었다.

"유령!" 루스가 대답했다.

"그런 말 마." 실비가 말했다.

"경찰이에요." 택시기사가 말했다. "인광이 나오는 망토와 장갑을 착용해서 그래요."

메리언은 창밖을 응시하며 암흑이 처음 느꼈던 것만큼 완전하지는 않다는 사실을 알게 됐다. 택시 전조등 덮개에 아래쪽으로 낸 가느다란 구멍 덕에 도로에 희미한 빛이 비쳤고, 여기저기서 범퍼에 흰 칠을 한 다른 차들이 오갔다. 빨강이나 초록의 작은 십자가 모양으로 축소된 신호등이 어둠 속에 떠 있었다. 택시가 신호를 받고 서자 메리언은 지나가는 보행자들의 형상과 잔해 더미로 이어지는 많은 계단을 식별할 수 있었다. "저 밖은 지하세계야, 안 그래?" 루스가 말했다. "유령들의 왕국이네."

"조언 하나 하자면, 흰 장갑을 장만하세요." 택시기사가 말했다. "택시 잡을 때 흰 걸 흔드는 게 좋거든요."

"배 잡을 때도." 루스가 말했다. "스틱스강*을 건널 배."

"으스스하게 그러지 마." 실비가 말했다. "난 어둠이 무섭단 말이야."

"대공습 때 여기 있었다면, 어둠보다 더 무서운 것들이 있다는 걸 알았을 거예요." 택시기사가 말했다. 그는 갑자기 나타난 절벽 같은 버스 바로 뒤에 차를 세웠다. 버스의 뭉툭한 끝부분에 커다란 흰 원이 그려져 있었다.

"예를 들면요?" 실비가 물었다.

"실비." 루스가 경고했다.

"불 같은 거요." 택시기사가 대답했다.

호텔 로비는 소음과 빛의 거품과도 같았고, 제복 입은 사람들이 이리저리 누비고 다녔으며, 모래주머니와 육중한 커튼이라는 껍질로 어둠과 분리되어 있었다. 재키 코크런이 쪽지를 남겼는데, 런던에 온 것을 환영하며 아침식사 때 만나자는 내용이었다. 실비와 지프는 5층에 있는 2인용 객실을, 루스와 메리언은 6층에 있고 욕실을 공유하는 1인용 객실 두 개를 배정받았다.

메리언은 옷을 다 입은 채로 침대에 누워 자신이 아까 욕실에서 나오면서 문을 닫을 수 없었음을, 몬트리올에서부터 화장실에 갈 때 말고는 홀로 있을 수 없게 되었음을 깨달았다. 그녀는 눈을 감고 손으로 덮었다. 오로라가 눈꺼풀을 가로질러 지나갔다. 문 너머에서 들리는 수돗물 떨어지는 소리와 조용한 첨벙거림이 루

---

* 그리스신화에서 이승과 저승의 경계를 이루는 강.

스가 목욕을 하고 있다는 걸 알려주었다. 코도바의 호텔에서 만난 여자에 대한 기억이 떠올랐지만 그 생각을 억지로 밀어냈다. 그녀는 일어나서 불을 끄고 창문과 육중한 벨벳 커튼 사이로 미끄러져들어갔다. 런던에 도착한 후로 두꺼운 구름이 흩어져서 은빛 뗏목들이 하늘 위를 흘러다녔다. 등화관제로 어두워진 도시 위로 환한 반달이 둥실 떠 있었다. 그녀는 잉크를 쏟은 듯한 어둠 너머에 하이드파크가 있다는 걸 알았다. 수많은 지붕과 굴뚝, 탑이 멀리까지 뻗어 있었고, 그 위로 달빛이 산꼭대기의 얼음을 비추듯 반짝였다.

미줄라

1942년 8월

메리언이 런던에 도착하고 얼마 되지 않아서

케일럽은 장작 팰 때 쓰는 나무 둥치에 앉아 있었다. 제이미가 뒤에 서서 케일럽이 오래전 메리언의 땋은 머리를 잘랐던 바로 그 묵직한 가위를 들었다. 잘려나온 길고 육중한 땋은 머리가 제이미의 손에서 윤기를 발하며 죽어 있었다. "이건 어떻게 하지?" 그가 물었다.

"기념으로 간직해."

제이미가 땋은 머리를 케일럽의 무릎에 던졌다. "고맙지만 됐어. 네 거잖아." 그러고는 남은 머리를 최선을 다해 짧게 다듬었다. "좀 비뚤비뚤하네."

케일럽은 한 손으로 머리를 쓸어보았다. "마무리는 육군에서 해줄 거야."

"예전에 메리언 머리를 그 꼴로 잘라준 인과응보야."

"난 머리를 잘 자른다고 한 적 없어. 머리를 잘라준 유일한 사람이었을 뿐이지."

"메리언 소식은 알아?"

"아니."

케일럽의 목소리가 더이상 질문하지 못하게 만들었다. 제이미는 말해주었다. "메리언은 런던에 있어."

"잘됐네."

제이미는 생각에 잠긴 채로 케일럽의 귀 뒤쪽 머리를 조금 잘랐다가 그 결과를 보고 움찔했다. 그가 물었다. "학교 선생은 아직 만나는 거야?"

"아니. 난 슬리퍼와 파이프담배에는 도달할 수 없더라."

제이미는 케일럽이 무슨 완곡어법을 쓰는 모양이라고 생각했다. "그게 무슨 뜻인데?"

"나는 길들여질 수 없다는 뜻이다, 이 녀석아." 케일럽은 잘린 머릿발로 자신의 허벅지를 때렸다. 그러더니 진지한 얼굴로 말을 이었다. "이게 낫다—작별할 사람이 없는 게."

케일럽이 제이미에게 입대한다는 편지를 보냈고, 제이미는 그를 배웅하러 오리건에서 일부러 왔다. 이미 서류에 서명도 다 해서 군에서 부르는 대로 떠날 예정이었다. 조만간. 케일럽의 말로는 징병관들이 그가 사냥 안내인 경력이 있다는 걸 알고 무척 관심을 보였다고 했다. 그는 징병관들에게 서른 살이 아니라 스물여섯 살이라고 말했다.

제이미는 어떻게 할지 아직 결정하지 못했다.

메리언이 4월 초 뉴욕에 가는 길에 그에게 들렀다. 그는 메리언에게 시애틀에서 세라 페이히를 만난 이야기를 들려주었다.

"세라는 자기도 전쟁에 나가서 싸울 수 있었으면 좋겠대. 말이야 쉽지."

"실제로 무언가를 할 수 있게끔 허용되지 않는다는 건 절망스러운 거야." 메리언이 말했다.

"그래, 알아. 나도 그건 알아. 세라는 우리 모두 용감해져야 한다는 말도 했지. 난 용기 자체엔 관심이 없지만 이 전쟁은……" 그는 말끝을 흐렸다.

"그래." 메리언이 말했다. "나도 알아."

"난 어떻게 하지?" 제이미가 공포어린 눈으로 그녀를 바라보며 물었다.

"난 네가 평화 속에서 안전하게 살았으면 좋겠어. 사실 큰 그림에서 보면, 네가 뭘 하든 중요하지 않잖아. 네가 전쟁에 나간다고 결정적 역할을 할 수 있는 것도 아니고. 신병 모집 포스터나 뭐 그런 걸 그리는 일을 하면 안 될까?"

"그건 책임 회피 같은데. 다른 사람들만 꼬드겨서 죽음으로 내모는 짓."

"넌 누구를 꼬드길 수 있는 사람이 아니지. 네가 아무리 훌륭한 화가라 해도 말이야."

"넌 모험을 걸잖아. 넌 용감해."

"좀 달라." 메리언이 말했다. "난 사실 그 비행기들을 몰 기회를 갖고 싶은 거야. 그렇다고 참전하고 싶지 않은 건 아닌데―그러고 싶긴 해―순수하게 신념에 따라 하는 일은 아냐. 원하는 게 있어서지. 반면 넌 무해하게 살기를 원하고 전쟁은 그걸 저버리는 짓이잖아. 어쨌든, ATA에서 날 안 받아줄 수도 있어."

"받아줄 거야." 제이미가 말했다.

머리를 자르고 케일럽과 술을 꽤 마신 후 제이미가 말했다. "내가 그걸 할 수 없다면 어떻게 될까?"

"뭘?" 케일럽은 오두막 안에 있는 침대에 한 손으로 머리를 받친 채 누워 있었다. 제이미는 안락의자에 앉아 있었다. 창문은 따스한 밤을 향해 열려 있었다.

"싸움."

"아마 죽겠지. 하지만 사람은 다 죽어, 언젠가는."

"제발 좀."

"총알이 빗발치는 전쟁터에 가보기 전에는 알 수 없겠지."

"그럼 너무 늦을 거야."

"내 생각엔 아마 대부분의 남자들이 진짜 싸움은 못할 거야. 그냥 거기 있는 거지. 머릿수나 채우면서. 사람을 쏠 필요가 없는 일을 할 수도 있잖아. 다른 일도 많아."

"다들 그렇게 말하지. 메리언은 나보고 선전물을 만들래."

"취사병이나 뭐 그런 걸 할 수도 있고."

케일럽은 월리스의 집이 팔린 후 베리트의 가위 말고도 월리스의 낡은 축음기를 자신이 갖겠다고 했다. 그가 침대에서 일어나 축음기를 향해 갔다. 레코드판 하나를 골라 턴테이블에 올리고 축음기를 튼 다음 바늘을 레코드판에 내려놓았다.

드뷔시. 제이미는 처음 몇 음을 듣자 어렸을 때 계단 난간 틈으로 아래층에서 친구들과 예술을 논하는 월리스를 바라보던 기억이 났다. "그걸 본인이 선택할 수 있나?"

케일럽은 침대에 책상다리를 하고 앉아 담뱃불을 붙였다. "아마 아닐걸. 너, 뭐든 죽여본 적 있어? 새라든가?"

"거미랑 파리. 물고기."

"우리 내일 엘크 사냥 나갈까? 내가 데려갈게. 발정기가 시작됐거든. 나가보면 재미있어."

제이미는 그런 생각 자체에 대한 혐오감을 케일럽에게 들키고 싶지 않아서 술잔 바닥에 시선을 붙박고 잔에 든 위스키를 빙빙 돌렸다. "내가 죽일 수 있다는 걸 스스로에게 입증하기 위해 무언가를 죽인다는 건 소모적인 짓 같은데."

"내가 사냥에 데려가는 도시 사냥꾼들은 다 그러던데. 사실은, 지금 엘크와 사슴이 너무 많거든. 늑대와 회색곰이 거의 다 사라져서—"

"네 덕분에." 제이미가 끼어들었다.

"—그래서 엘크와 사슴이 굶주리고 있어."

"제대로 된 시험도 아닌 것 같아." 제이미가 말했다. "내가 엘크를 죽이지 않는다고 해도 엘크가 나를 죽이진 않을 테니까."

케일럽은 잔을 비운 뒤 옆으로 내려놓았다. "제이미, 사람보다는 엘크를 죽이는 게 더 쉬워. 하지만 넌 그것도 안 해도 돼."

"그래, 내가 겁쟁이라는 걸 받아들이면 되지."

케일럽이 그와 시선을 맞추며 말했다. "넌 겁쟁이가 아냐."

제이미는 케일럽에게 혹시 바클리 매퀸을 죽였는지 묻고 싶었다. 하지만 그런다고 뭐가 달라지겠는가? 제이미에게도 죽이고 싶은 사람들이 있었다. 개를 괴롭히던 아이들, 페이히 씨, 바클리.

그의 마음속에도 살의는 있었다. "좋아. 내일 같이 가자."

제이미는 그날 밤 잠을 설쳤다. 위스키에 취하자 오두막과 귀뚜라미 울음소리가 그를 둘러싸고 천천히 빙글빙글 돌았다. 그는 케일럽의 오두막 바닥에 누워 멀미 나는 소용돌이 한가운데에서 다시 세라 페이히의 편지를 떠올렸다. 그 편지는 메리언이 다녀가고 한참이 지난 7월에 도착했다.

제이미에게,

내 편지를 언짢게 받아들이지 않았으면 좋겠어─네 주소는 미술관을 통해 알아냈어. 우리가 좋게 헤어지지 못했지. 그때 너와 나눈 대화가 후회돼. 난 여전히 아무것도 안 하는데 만족할 수 없지만, 시간이 지나면서 너처럼 폭력을 혐오하는 사람에게 폭력을 행사하라고 설득하는 건 부당한 일이라고 믿게 됐어. 이 전쟁에는 다른 무엇보다 많은 사람의 참여가 요구된다는 걸 알고 있지만 그래도 난 그런 일에 가담하고 싶진 않아. 그래서 이 편지를 쓰게 된 거야. 한 가지 기회에 대해 들었거든. 모든 군대에서 전쟁을 기록할 화가를 찾고 있대. 우리 가족 친구 중에 해군 고위 간부가 있는데, 그 사람이 나한테 말해줬어. 우린 화가들을 많이 아니까. 그래서 내가 네 얘기를 했어. 내가 알기론, 먼저 장교 임관에 필요한 훈련을 마친 다음 전투지역으로 파견되는데 싸움은 안 해도 된대. 물론 위험은 따르겠지만, 네가 원한다면 관계자들과 연결시켜줄 수 있어.

너와 네 누이가 잘 지내기를 바라. 우리 오빠 어빙은 태평양에서 구축함 장교로 있고, 루이스는 군의관으로 입대했어. 두 사람이 몹시 그리워.

세라

제이미는 케일럽에게 그 편지에 대해 말하지 않았고, 메리언에게 보낸 편지에도 언급하지 않았다. 세라의 표현대로 그들도 그걸 기회라고, 그의 딜레마에 대한 완벽한 해결책이라고 말할까봐 두려워서였다. 세라에게 답장도 보내지 않았다. 군대에서 화가로 활동하면 명목상으로나마 그의 의무를 다할 수 있게 되는 거라고 암시하는 그녀의 말에 동의할 수밖에 없으면서도 왠지 발끈했던 것이다. 그녀는 그가 전쟁터에서 싸울 수 있으리라 생각하지 않았다. 수백만에 이르는 다른 남자들이 무작정 전쟁에 나갔는데, 그에게는 수월한 특수 임무가 필요하다고 여겼다. 하지만 다른 한편으로 보면 그 임무는 그에게 적격이었고 그냥 졸병이 되는 것보단 훨씬 나았다.

그는 몇 시간밖에 못 잔 후 몸이 뜨겁고 입이 마른 상태로 깼다. 심장이 달음질쳤고 커피향이 공중에 기름기처럼 떠 있었다. 밤이 아직 확고히 버티고 있는 듯했지만. 케일럽은 이리저리 움직이며 달걀을 깨고 프라이팬을 버너에 얹었다.

그들은 침묵 속에서 아침을 먹었다. 케일럽이 제이미에게 엘크가 냄새를 맡고 도망치는 일이 없도록 밖에 있는 펌프에 가서 비누로 몸을 깨끗이 씻으라고 했다. 검은 어둠이 남색으로 옅어져 갈 때 그들은 숲으로 걸어들어갔다. 제이미는 등에 소총을 메고 몇 시간 동안 케일럽을 따라갔다. 머리가 아프고 속이 쓰렸다. 그는 어디로 가고 있는지 묻지 않았다. 구름 같은 푸른 안개가 나무 줄기와 가지 사이로 움직였다. 제이미는 케일럽처럼 발소리를 되도록 내지 않으려고 케일럽을 따라 발을 디뎠지만, 케일럽은 바스락거리는 소리조차 없이 뱀처럼 스르르 나아가는 반면 그는 짐수레 말처럼 쿵쿵거렸다. 그의 장화 아래서 나뭇가지가 바스러졌다. 케일럽이 흘끗 돌아봤다.

"미안." 제이미가 속삭였다. 케일럽이 한 팔을 들었다. 제이미는 멈췄다.

케일럽은 어떤 소리를 듣고 있는 듯했지만 아무리 귀를 기울여도 제이미에게는 물방울 떨어지는 희미한 소리밖에 들리지 않았고, 그 너머엔 풀 자라는 소리, 곤충 기어다니는 소리, 먼지 떠다니는 소리 같은 들리지 않는 소리들이 득실대는 숲의 정적만이 존재했다. 전쟁터라면 보이지 않는 적들이 어디선가 무기를 들어 겨냥할 수도 있기에 그런 정적 속에 팽팽한 긴장이 흐를 것임을 그도 알았다. 케일럽이 허리띠에서 대나무 피리를 빼서 입에 대고 불었다. 음이 날카롭게 올라가다가 낮은 울림으로 끝났다. 그들은 기다렸다. 멀리서 엘크 한 마리가 발정난 울음소리를 냈다. 케일럽이 왼쪽을 가리켰고, 그들은 다시 걸었다.

작은 연못가에서 케일럽이 발굽자국과 동물이 뒹굴면서 나무에 묻은 진흙을 가리켰다. 얼마 후 그가 다시 멈추더니 소총을 다리에 올려놓고 무릎을 꿇고 앉았다. 제이미도 푹신한 솔잎 위에 앉아 나무에 등을 기댔다. 아무것도 보이지 않고 안개뿐이었다. 제이미는 눈이 스르르 감겼다.

얼마나 지났을까, 케일럽이 그의 어깨를 흔들어 깨웠다. 나무 껍질의 단단한 옹이가 등을 파고들었고, 뺨에 침이 묻어 끈적거렸다. 케일럽이 나무들 너머로 모습을 드러낸 초원을 가리켰다. 높은 풀 위로 여전히 군데군데 낀 안개를 뚫고 노란빛이 비쳤다. 엘크 무리가 천천히 움직이며 풀을 뜯고 있었다. 암컷들에게는 울퉁불퉁한 다리와 노새 같은 귀가 있었고, 뒤에서 지켜보는 수컷은 목에 사자 갈기처럼 무성하고 텁수룩한 검은 털이 있었다.

제이미는 소총을 집어들었다. 그들은 나무들 가장자리로 기어갔다. "좋은 기회가 올 거야." 케일럽이 소리 죽여 말했다. "기다려."

제이미는 총의 공이치기를 잡아당기고 개머리판에 뺨을 댔다. 수컷이 가까이 다가왔다. 제이미는 총구를 조준하고 수컷이 고개를 들어 무성하게 가지 진 뿔이 등과 평행을 이루도록 뒤로 젖히는 걸 지켜보았다. 녀석의 검은 코가 씰룩거리며 떨렸다. 발정기인 탓에 눈 안쪽 귀퉁이의 흰자위가 선명하게 보였다. "지금이야." 케일럽이 속삭였다.

그 짐승은 거친 생명력으로 가득했다. 제이미는 그 네 다리가 무너지고 가지 진 웅장한 뿔이 마치 버려진 쇠스랑처럼 풀밭에 나뒹구는 광경을 상상했다. 그는 소총을 내렸다. 다른 사람이 놓친 사냥감을 대신 쏘는 것이 습관이 된 케일럽이 반사적으로 총을 올렸다. "쏘지 마." 제이미가 말했다.

수컷 엘크가 고개를 돌려 그들 쪽을 보았다. 제이미가 펄쩍 뛰어오르며 두 팔을 흔들었다. 고함을 질러댔다. 수컷이 돌아서서 달아났고 암컷들도 달리기 시작했다. 엘크 무리는 낮은 천둥소리를 내며 초원 위를 줄지어 내달렸고, 이윽고 그들의 반짝이는 크림색 궁둥이를 안개가 집어삼켰다.

영국

1942년 8월~11월

메리언이 런던에 도착한 직후

메리언과 다른 조종사들은 먼저 지상교육과 비행점검을 받기 위해 런던 북부의 루턴으로 보내졌다. 남녀 모두 경력에 관계없이 처음부터 시작해야 했다. "비행 시간이 이천 시간인 사람도 두 시간인 사람도 있을 수 있지만, 누구든 여기 앉아서 교육을 받고 테스트에 통과해야 합니다." 교관이 말했다. 그들은 사복을 입었고(제복은 런던 '오스틴리드'에서 만들고 있었다), 펑퍼짐하고 각 잡히지 않은 시드콧 비행복을 받았다.

메리언은 지상교육이 무척이나 흥미로웠는데, 오래전 미줄라의 도서관에서 대충 공부한 것 말고는 항공역학을 제대로 학습한 적이 없었을뿐더러, 모스부호를 배우거나 항법이나 기상학을 체계적으로 공부하지도 못했기 때문이다. 그곳은 그녀가 어린 시절 꿈꾸던 학교였다. 조종사들이 책상에 줄지어 앉아 있고, 벽에는 지도와 항공도, 엔진과 계기 도표들이 붙어 있었다. 용감하기보다 안전하게. 교관은 주문처럼 들릴 정도로 이 말을 자주 했다. 그들의 목적은 영웅이 되는 게 아니라 비행기들을 필요한 곳에 안전하고 효율적으로 수송하는 것이었다. 비행기를 손상시켜선 안 되고, 이미 손상되었다면 더 악화시키지 말아야 했다. 그들은 새 비행기를 몰 수도, 전투에 멍든 비행기를 몰 수도 있었다. 가끔은 낡아빠진 고물 비행기로 서로를 실어나를 수도 있었다.

메리언이 보기에 ATA는 현명하고 대담한 방식으로 운영되고 있었다. 루턴에서 주로 개방형 복엽기인 경비행기로 비행학교 과정을 마치고 크로스컨트리 비행 시간을 충분히 채운 조종사들은 런던 남쪽 화이트월섬에 위치한 본부로 가서 2단계로 알려진 단발엔진 전투기 조종 훈련을 받도록 되어 있었는데, 호커허리케인을 몰다가 시험 기간을 거치면 대망의 스핏파이어를 탈 수 있었다. 거기서 실력을 인정받은 조종사들은 열네 개의 수송대 중 한 곳에 배치되었다. 가장 북쪽 수송대는 스코틀랜드 로시머스에, 가장 남쪽 수송대는 독일군 전투기가 공격하기 전에 먼저 해치울 스핏파이어를 만들어내는 슈퍼머린공장이 있는 사우샘프턴 근처 햄블에 위치해 있었다.

조종사들은 작은 책자를 한 권씩 받았는데, 금속 고리 두 개로 제본되었고 푸른색 캔버스 표지에 수송 조종사용 문서, 그리고 공무 전용이라는 노란색 스탬프가 찍혀 있었다. 이 책자에는 그들이 몰게 될 모든 비행기에 대한 정보가 담겨 있었으며, 낯선 모델의 비행기라 하더라도 그 정보만 빠르게 숙독한 후 조종석에 앉아야 했다. 그렇게 2단계 전투기들을 잘 몰게 되면 화이트월섬에 복귀해 3단계, 즉 쌍발엔진 경비행기로, 그다음엔 5단계인 덩치 큰 사발엔진 중폭격기로 올라갔다. 4단계는 비행정으로 여자들은 조종이 금지되어 있었는데, 남자 승무원 사이에 여자 조종사가 투입되면 혼란만 야기될 뿐이라는 이유에서였다.

교관이 말했다. "여러분에게 관건은 구름 아래로 나는 것입니다. 못하겠으면 땅에 남아요. 주의를 끌면 안 되니까 무선은 사용할 수 없고, 기내에 총기가 있어도 장전되어 있지 않을 겁니다." 그는 망설이다가 말을 이었다. "이론상으로 그렇다는 거죠. 만일 무장된 비행기에 타게 되면, 어떠한 경우에도 무기를 발사해선 안 됩니다." 그러자 몇몇 조종사가 반항적인 눈길을 교환했다.

"모든 걸 단독으로 결정해야 합니다. 그러니 명심하세요. 용감하기보다—"

"—안전하게." 조종사들이 입을 모아 합창했다.

"왜 계기비행을 안 가르치는지 도저히 이해할 수가 없어." 루스와 함께 숙소로 돌아가는 길에 메리언이 말했다. 같은 거리에 있는 작은 벽돌집 두 채에 빈방이 나서 그들은 가까이 살 수 있었다. 메리언은 영국 공군에 입대해 캐나다로 훈련을 받으러 떠난 그 집 아들의 방을 쓰고 있었다. 그 방 천장에 솝위드캐멀 복엽기 모형이 걸려 있었는데, 메리언은 첫날밤 방에 누워 그 모형 비행기 날개 아래쪽을 바라보며 브레이포글 부부는 어떻게 되었을지 궁금증에 젖었다. 그동안은 언제나 펠릭스 생각이 더 많이 났는데 지금은 트릭시가 궁금했다. 그녀를 존경했어야 했다는 생각이 들었다.

"계기비행을 배운다고 악천후가 몰려올 때 어떻게 해볼 수 있다는 건 아니야." 메리언이 계속해서 말했다. "하지만 그들은 비행기와 조종사를 낭비하고 싶지 않다고 말하잖아. 구름 속에서 나는 법을 알면 추락도 줄어들 거라고 생각해야지."

"높은 사람들은 인색하고 간단명료하지." 루스가 말했다. "지금 아주 급하기도 하고."

"계기비행 할 줄 알아?"

"아니." 루스가 쾌활하게 대답했다. "하지만 난 용감하기보다 안전하게 비행할 계획이야. 아무튼, 에이미 존슨을 봐. 조종을 그렇게 잘했어도 결국 포기했잖아."

메리언은 그 논리에 회의적이었다. 두 사람은 루스 숙소의 작은 연철 대문 앞에 섰다. "내가 좀 가르쳐줄 수 있어." 메리언이 말했다. "만약의 경우에 대비해서."

"술집에서 가르쳐준다면야. 학교라면 이제 질렸거든."

"넌 거기선 내 말 안 들을 거잖아."

"그럼 나중에 술집 나들이로 스스로에게 보상을 해주자."

"별수없네." 메리언은 그렇게 말하고 손을 흔들어 작별인사를 했다.

메리언은 교관과 함께 털털거리는 타이거모스나 마일스매지스터를 타고 비바람을 맞으며 몇 시간을 난 후 단독비행을 시작했다. 혼자 날아다닌 경력이 수년이라 '단독비행'이라는 말이 우스꽝스럽긴 했지만 그녀는 히죽거리거나 불평하지 않고 새 비행일지에 충실하게 기록했다. 단독비행 다음 단계는 나침반과 종이 지도를 가지고 철도와 강, 로마 도로*를 따라 영국 전역을 크

---

* 영국이 로마제국의 통치를 받던 시기에 만들어진 옛 도로.

로스컨트리 비행으로 이십오 회 비행하는 것이었다. 짧은 비행이었다. 산울타리가 줄눈처럼 박힌 모자이크 모양 풍경이 웅웅거리며 아래로 지나갔다. 날씨가 좋을 때는 하루에 서너 번까지 비행할 수 있었지만(이 나라가 알래스카의 주머니에 쏙 들어갈 만큼 작다는 데 아직도 적응이 잘 안 됐다), 그런 날은 드물고 구름 낀 흐린 날이 더 많았으며 가끔은 조종사들이 집으로 돌아가라는 지시를 받은 후에야 비행 가능한 날씨로 바뀌기도 했다. 날씨가 그런대로 괜찮을 때도 루턴 상공의 공기가 오염되어 있어서 개방형 복엽기를 몰고 지나가면 눈이 따끔거렸다. 됭케르크 철수 이후 그곳의 복스홀 자동차공장에서는 처칠 전차와 군용 트럭을 생산하기 시작했고, 공장 굴뚝에서 나온 매연이 독일 폭격기로부터 공장을 보호하기 위한 훈증용기와 주택에서 올라온 연기에 섞여 공기가 수프처럼 걸쭉하고 매캐했다. 다른 곳에서는(그녀가 보기엔 모든 곳에서) 독일 비행기들을 유혹하거나 최소한 저지라도 하려고 여러 비행장과 공장 주위에 줄에 매달아서 띄워놓은 방공기구들을 조심해야 했다.

메리언과 루스 둘 다 월요일이 휴무였고 일요일 저녁이면 으레 런던에 갔다. 런던에서 영화나 연극을 보고, 호텔보다 싸면서 즐길 거리도 더 많은 적십자 클럽에서 밤을 보냈다. 그곳엔 주크박스와 마음에 드는 스낵바가 있었고 중앙난방이 들어왔으며, 늘 미국 군인들과 간호사들이 있고 가끔 그들이 아는 조종사들도 만날 수 있었다. 그들은 PX에서 소금 뿌린 땅콩과 네슬레 초코바, 캔맥주를 샀다. 제복을 맞추러 몇 번 오스틴리드에 가기도 했다. 치마와 바지, 재킷, 외투 하나씩에 튜닉 두 개가 배정되었는데 전부 영국 공군의 푸른색이었고, 메리언의 취향에는 불편할 정도로 달라붙는 옷이었지만 루스의 취향에는 만족스러울 정도로 붙지 못했다.

근사한 대학 출신인 지프나 특별히 미모가 뛰어난 실비 같은 세련된 조종사들은 대사관 칵테일파티나 나이츠브리지에 있는 재키 코크런의 아파트에서 열리는 만찬에 초대받았지만, 루스와 메리언은 대부분의 시간을 단둘이, 혹은 늘 루스를 통해 맺어지는 스쳐가는 친구들과 어울려 보내는 것으로도 충분히 행복했다.

"네가 재키의 총애를 받지 못하는 게 놀라워." 메리언이 루스에게 말했다. 우연히 길에서 마주친 실비가 지난밤 재키 집에서 진짜 블루베리를 먹었다는 사실을 무심코 발설하고 떠난 뒤였다. "재키는 그 멋진 친구들 마음을 사로잡도록 너를 옆에 두고 싶어할 것 같은데."

"아냐." 루스는 담배를 빨아들이며 눈을 가늘게 뜨고 생각에 잠겼다. "난 너무 건방지지. 재키가 대단하다는 건 누구나 인정하지만, 즐거운 사람은 아냐. 마음 깊은 곳에서는 말이야. 애는 쓰는데 그게 다 보인다니까. 오히려 잘됐어. 난 더이상 의무가 없는 게 좋거든."

"네가 좋다면 나도 좋아." 메리언이 말했다. "네가 초대받으면 나만 혼자 남겨져서 속상할 거야. 난 절대 초대받지 못할 테니까. 재키는 내가 포댓자루를 입고 나타날 거라고 생각할걸."

"아니, 그 반대인데. 우리가 이렇게 친하지 않다면 재키에게 초대받을 사람은 너야. 재키는 너를 개선시키고 싶어할걸." 루스는 메리언과 팔짱을 끼고 그녀의 어깨에 머리를 기댔다. "멍청이는 네가 더이상 개선될 여지가 없다는 걸 모르거든."

하지만 재키는 9월에 런던을 떠났다. 여성으로만 구성된 미국식 ATA인 WASP*을 이끌기 위해 미국으로 돌아간 것이다. 그래서 나이츠브리지 칵테일파티도 막을 내렸다. 미국 최초의 여성 상업용 조종사로 유명한 헬렌 리치가 미국 파견대 책임자로 왔다. 하지만 재키의 여자 조종사들은 그때쯤엔 훈련이 한창이라 굳이 여성 지도자가 필요하지 않았다.

런던에서는 다들 술을 잔뜩 퍼마셨고, 충분한 수면을 취하는 법이 없었으며, 재미에 굶주린 듯 굴었다. 나이트클럽과 댄스홀에는 저항의 열기가 뜨거웠고, 루스가 메리언을 그 한복판으로 이끌었다. 루스는 바람둥이처럼 보였지만 메리언이 아는 한 남자들에게 키스조차 허락하지 않았다. 그녀는 밤에 놀러 나가면 늘 남편 이야기를 했고 다른 때보다 더 많이 했다. 하지만 메리언의 경우, 야심한 시각에는 댄스플로어의 어두운 구석에서 남자의 키스를 허락할 수도, 어두운 택시 안에서 남자의 손이 다리를 쓰다듬어 올라오면 무릎을 벌릴 수도 있었다. 기회만 있었다면 그 이상도 할 수 있었으나, 그때마다 루스가 나타나 웃는 얼굴로, 그러나 단호하게 그녀를 구해내어 적십자 클럽의 정숙한 공동객실로 몰아넣었다.

메리언은 서서히 등화관제에 익숙해져갔고 마치 심해의 물고기처럼 흰 장갑이나 인광을 발하는 부토니에로 빛을 내며 어둠 속을 지나다니는 사람들을 식별할 수 있었다. 그녀는 바깥의 어

---

* Women Airforce Service Pilots. 여성공군조종사대.

둠을 지나 정동석의 내부처럼 반짝거리는 소란스럽고 습한 나이트클럽으로 들어갈 때의 충격을 즐겼다. 지하에서 삶이 지속되고 있었다. 평화로운 세상은 불타 없어졌지만 그 뿌리는 고스란히 남아 지하의 어둠 속에서 술과 담배 연기, 땀을 양분 삼아 안전하게 존재했다.

유난히 추운 어느 밤, 루스와 메리언은 화재감시 당번이 되어 루턴 비행장 간이침대에서 자게 되었다. 여덟시쯤 되어 어두워진 지 오래인데다 자는 것 말고는 할일도 없어서 모직 내의와 시드콧 비행복 내피 차림으로 간이침대에서 오들오들 떨고 있었는데, 루스가 말했다. "내 침대로 들어와서 같이 자지 않을래? 너무 추워서 도저히 못 자겠어."

"좋아." 메리언이 대답했고, 루스가 담요를 젖혀주었다. 루스와 등을 맞대고 누워 있으려니 두 사람 호흡의 리듬이 약간 다른 게 예민하게 의식되었다. 그래서 루스와 호흡을 맞추자 마치 둘이 한 쌍의 폐로 합쳐진 것처럼 기분이 더 이상해졌다. 엉덩이에 닿는 루스의 부드러운 엉덩이도 의식되었는데, 루스(훨씬 키가 작은)가 아래로 내려가며 머리끝까지 담요를 덮는 바람에 둘의 엉덩이 위치가 같아진 것이다. 메리언은 그래도 잠들 수 있다는 건 알았으나—그녀는 언제 어디서나 잘 수 있으니까—잠들고 싶은지는 확신하지 못했다.

"제이미 소식을 못 들은 지 한참 됐어." 메리언이 이야기를 꺼냈다. "여기 도착한 뒤로는 소식이 없네."

루스는 담요 속에서 억눌린 목소리를 내지 않으려고 다시 위로 올라갔다. "편지가 도중에 어딘가에서 발이 묶였을 수도 있어. 난 어저께 편지를 한 다발 받았는데 그중에는 아주 오래된 것들도 있더라."

"그러려나."

"에디 편지를 받았거든. 이제 승무원들을 배정받았대. 괜찮은 사람들 같아. 한 사람이 비행 때마다 멀미를 하는데 다들 비밀을 지켜준다나. 그 사람이 구토 봉지를 신호탄 발사관에 버렸는데 바람 때문에 그 봉지가 도로 날아올라서 사람들한테 토사물이 튀는 사건이 있고 나서도 말이야. 마지막 훈련비행을 물위에서 한 걸로 보아 해외로 갈 날이 그리 머지 않은 것 같대." 루스가 몸을 움직이자 어깨가 메리언의 어깨에 밀착되었다. "모두와 잘 지낸다니 다행이야."

메리언이 에디에 대해 아는 건 그가 조종사 훈련에서 탈락했다는 사실뿐이었다. "걱정했어?"

"조금. 사람들이 가끔 에디를 어떻게 생각해야 할지 모를 때가 있거든. 내 말 오해하진 마―에디는 아주 멋진 사람이니까. 하지만 가끔…… 모르겠다." 루스는 침대 스프링이 삐걱거리는 소리를 내며 돌아누웠다. 이제 메리언의 등에 루스의 엉덩이가 아닌 가슴의 부드러운 감촉이 느껴졌다. "너 따뜻하다." 루스가 말했다. 그녀는 한 팔을 메리언의 몸 아래로 뱀처럼 꿈틀꿈틀 집어넣은 다음 메리언의 얼굴 앞으로 손을 올렸다. 손가락 마디마디가 빨갛게 부어올라 있었다. "너 이거 걸렸어? 동상 말이야. 끔찍하지. 난 발에도 걸렸어."

"양말이랑 장화를 더 잘 말려서 신어야겠다." 메리언은 그렇게 말했고, 루스의 손을 잡아 담요 속으로 끌어당겨 자신의 가슴에 대고 따뜻하게 해주는 게 자연스러운 일로 느껴졌다.

"심장이 빨리 뛰네." 잠시 후 루스가 말했다.

"아닌 것 같은데."

"그래." 나른하고 졸린 목소리였다.

메리언은 대꾸하지 않았다. 에디에 대한 루스의 말에 좀 이상한 데가 있었다. 자신이 루스였다면 그 정체를 간파해냈을 거라는 막연한 생각이 들었다. 루스는 별 노력 없이도 다른 사람들의 비밀을 알아낼 수 있었다. 메리언은 루스가 다시 자세를 바꾸기 전에 빨리 잠들고 싶었고, 그래서 자기 안의 세계로 서서히 빠져들어가며 잠이 들었다.

영국

1942년 11월~12월

이어지는 이야기

이윽고 제이미의 편지가 도착했는데, 날짜가 9월로 되어 있었다. 해군 소속 화가가 될 거라는 내용이었다.

그런 게 존재할 거라고 그 누가 생각했겠어? 난 생각지도 못했는데, 세라 페이히가 편지로 알려줬어. 처음엔 그냥 입대해야겠다 싶었지만 대신 그 일을 하는 편이 나을지도 모르겠다는 생각이 들었지. 어차피 군에서는 화가가 필요하고, 나는 화가니까. 곧 샌디에이고로 훈련을 받으러 갈 거고, 거기서부터는 나도 몰라. 내 걱정은 하지 말았으면 좋겠다. 적어도 내가 네 걱정을 하는 만큼은.

결국 그렇게 되었다. 제이미에게도 전쟁이 찾아온 것이다. 메리언이 느낀 감정은 걱정이 아니었다. 어쩌면 두려움이었는지도 모른다. 제이미가 무엇을 보게 되고 어떻게 변할 것인지에 대한 예기된 슬픔. 케일럽도 군에 입대했지만, 메리언은 그 두 사람을 위해 할 수 있는 일이 없었기에 두려움을 떨쳐내려 애썼다.

　겨울이 다가오면서 기상도 악화되어 크로스컨트리 비행을 수행하기가 점점 더 힘들어졌고, 11월 초 메리언이 이십오 회 중 십팔 회 비행을 마쳤을 때 ATA는 자체 규정을 무시하고 그녀에게 날개를 달아주면서 나흘 휴가를 줬다. 루스는 아직 비행이 몇 번 더 남아 있어서 메리언 혼자 런던으로 갔는데, 루스가 곁에 없으니 그 도시의 가장 친근한 곳들에서도 수줍음을 느끼며 머뭇거리게 되었다. 루스와 함께 갔을 땐 그토록 활기 넘치고 반갑게 맞이해주던 적십자 클럽에서도 위압감을 느꼈다. 마치 공중곡예사가 파트너를 다른 대상에게 던져주듯 루스에게 이끌려 대화에 끼는데 의존하게 된 것이다. 스낵바에서 한 공군 대위가 말을 걸어왔으나 그녀는 지나치게 격식을 차린 대화를 이어가다가 기회가 생기자마자 도망쳤다.

　메리언은 자신이 루스를 사랑하고 있음을 불현듯 깨달았다.

　그런 사실을 마침내 완전하게 깨달은 건 런던에서 보내는 둘째 날이었다. 메리언은 오스틴리드로 제복을 찾으러 갔고 전신거울 앞에 서서 재단사가 그녀의 푸른색 재킷 소맷부리를 두고 법석을 떠는 동안 거울에 비친 자신을 바라보고 있었다. 루스가 함께 와서 잡담으로 어색한 침묵을 매워주었더라면 얼마나 좋았을까 하는 생각이 들었고, 루스 생각을 하자 자신의 얼굴이 변하는 게 보였다.

거울 속 붉게 물든 공포어린 얼굴을 마주하자 그런 표정을 야기한 감정의 정체를 비로소 분명히 알 수 있었다. 그 깨달음은 충격으로 다가왔다. 사랑의 대상이 여자인데다(코도바에서 만난 여자 말고는 여자들에게 그런 생각을 품어본 적이 없었다), 바클리의 곁을 떠나 여러 해 동안 북쪽 땅에서 심장이 추위에 단단하게 얼어붙고 바람에 시달려 아무 감정도 남지 않도록 만들려고 애썼는데도 누군가에게 마음을 빼앗겨버렸기 때문이다.

이제 어떻게 할지가 문제였으나 아무 대책이 없었다. 루스는 따뜻하고 다정한 친구였지만 분명 메리언의 감정을 괴상하거나 역겹거나 섬뜩하게 여길 터였다. 루스는 결혼한 몸이었다. 메리언은 화재감시 당번을 선 날 루스와 꼭 붙어 잘 때 둘 사이에 전기가 흐르는 걸 느낀 듯했지만, 그건 분명 그녀만의 상상이었을 터였다. 분명 루스는 몸을 따뜻하게 하려는 목적뿐이었을 터였다. 분명 루스는 그런 데는 관심 없을 것이고…… 메리언은 자신이 원하는 게 정확히 무엇인지도 알 수 없었다. 어쩌면 소유일 수도 있었다. 만지고 싶은 건 확실했다. 가깝기야 이미 가까웠지만 더 의도적으로 가까워지고 싶었다. 하지만 루스에게 그런 욕망을 설명하는 모험을 걸 수는 없었다. 루스는 더이상 그녀를 상대하려 하지 않을 테고, 그런 상황은 결코 원하지 않았다. 메리언은 스스로에게 그렇게 말하면서도 루스가 자신을 밀어낼 거라고 완전히 믿지는 못했다.

루스는 늘 이해심이 깊었으니까. 이것도 이해해주지 말라는 법이 어디 있을까?

하지만 이건 비정상적이고 모욕적인 일이다. 루스는 공포와 배신감을 느낄 것이다. 아무튼 설령 기적적으로 루스가 이해해준다 해도 이해와 응답은 별개의 문제다. 응답 없는 이해는 결국 반감과 같은 결과를 얻기 마련이다. 루스를 잃는 것. 메리언은 루스와 처음 만난 순간, 루스가 손으로 그녀의 턱을 잡고 얼굴을 들여다봤을 때 자신도 모르게 루스를 사랑하게 된 것일까? 미스 돌리네서 바클리가 그렇게 응시했을 때도 그에게 빠졌는데. 그녀는 왜 그런 눈길에 반응하는 걸까?

메리언과 루스가 적십자 클럽에 있을 때 사이렌이 울린 적이 있었는데, 그들은 방공호로 대피하는 대신 지붕 위로 올라가 재난의 밤 속으로 들어갔다. 다들 말하기를 산더미처럼 거대한 분홍빛 연기가 하늘을 작아 보이도록 만든 최악의 대공습에 비하면 그런 산발적 공습은 아무것도 아니라고 했지만, 거기에는 아직 독일군 폭격기들이 내는 하늘을 갈아엎는 듯 고동치는 굉음과 소이탄의 부드러운 폭발음, 방공기구들의 말없는 무표정한 얼굴, 탐조등 불빛에 나방처럼 잡힌 비행기들이 있었다. 폭탄이 도시에 쾅쾅 떨어졌다. 대공포탄이 하늘에서 흰빛을 발했다. 연기와 흘러가는 구름 사이로 드문드문 보이는 별들이 무정하게 반짝거렸다.

적십자 근처는 괜찮았지만 여기저기 화재가 발생했고, 메리언은 불길 속에 사람들이 있는 건 아닐까 생각했다. 물론 있겠지만 그래도 그런 일은 없기를 바랐다. 루스는 그 광경에서 눈을 떼지 않은 채 메리언의 손을 잡았다. 루스의 작은 손이 크기에 어울리지 않게 엄청난 위안을 가져다주었다. 그 따뜻한 손길이 배를 까뒤집고 나자빠진, 불길이 번지면서 점점 더 환해져가는 도시에 맞서 균형을 잡아주는 듯했다.

메리언은 묵직한 제복뭉치를 들고 오스틴리드를 나서며, 앞으로 어떻게 루스와 대면하고 아무 일도 없었던 것처럼 행동할 수 있을지 갈피를 잡지 못했다. 안전하고 편안한 느낌은 사라지고 루스의 존재는 오히려 외로움과 갈망만 가져다주게 되리라. 그러니까 루스에 대한 사랑이 식을 때까지 기다려야 했다. 인간은 사랑에서 벗어날 수 있다. 그건 거의 불가피한 일이라고도 할 수 있다. 만일 그녀가 아찔하고 급박한 감정에서 한발 물러설 수 있다면 그 사랑이 이루어질 수 없다는 사실이 은총임을 알게 될 터였다. 또다시 사랑의 덫에 걸릴 수는 없었다. 그러고 싶진 않았다.

적십자 클럽으로 돌아와보니 상부에서 지시가 내려와 있었고, 그녀에겐 그게 신의 계시 같았다. 루턴으로 돌아가지 말고 곧장 화이트월섬으로 가서 2단계 비행기를 타라는 지시였다. 그렇다면 루스와 대면할 필요가 없었다. 적어도 당장은.

화이트월섬은 메이든헤드*라고 불리는("이름도 참," 하고 루스는 한탄했다) 쾌적한 마켓타운에 있는 마을이었고, 차분히 흐르는 템스강을 따라 목조주택이 늘어서 있었다. 메리언은 비행장에서 멀지 않은 작은 호텔에 방을 얻었는데, 방값은 루턴의 숙소보다 약간 비싼 정도였다. 그녀는 ATA 교실로 돌아가 과급기나 기화기 같은 것에 대해 배웠다. 이 주 동안 강의를 들은 후 다시 하

---

* '처녀성'이라는 뜻.

늘로 올라갔다. 몬트리올에서 테스트를 받을 때 몰았던 하버드를 탔는데 타이거와 매지스터로 털털거리며 크로스컨트리 비행을 해온 터라 그 힘이 놀라웠다.

근처에 수영장(겨울이라 문을 닫았지만), 테라스, 스낵바를 갖춘 새 미국인 클럽이 있었다. 메리언은 가끔 다른 조종사들과 칵테일을 마시러 갔지만 말은 거의 하지 않았다. 루스처럼 그녀에게서 말을 끌어내려고 애쓰는 사람은 아무도 없었다. 그녀는 늘 사람들과의 대화에 서툴지 않았던가? 바클리를 만나기 전, 알래스카에 가기 전에는 어땠는지 기억이 나지 않았다.

메리언은 오토바이를 한 대 사서, 시간도 나고 연료 쿠폰도 충분할 때면 시골길을 달렸다. 헨리에 가서 사람들이 강에서 노를 젓는 것을 구경했다. 이튼 칼리지도 지나갔는데, 남학생들이 운동장에서 럭비를 하거나 연미복 차림으로 총안이 나 있는 벽돌 건물 밖에서 어슬렁거렸다. 전쟁이 비껴간 듯한 마을들도 지나고, 폭탄을 맞아 쑥대밭이 된 마을들도 지나고, 너무밤나무 숲에 떨어진 B-17기 잔해도 지났다. 대개는 풀과 나무, 돌담, 양떼를 지났다.

어느 오후, 하버드를 몰고 비행장 주위를 돌며 활주로에 착륙했다가 멈추지 않고 다시 이륙하는 훈련을 마치고 비행관리실에 들어선 그녀는 푸른 제복 차림으로 활짝 웃고 있는 루스를 발견했다. "오랜만이다, 친구." 루스가 말했다.

메리언의 첫 반응은 기쁨이었으나 이내 겁에 질린 낭패감이 그 자리를 대신했고, 메리언을 포옹하려고 다가오던 루스는 그 변화를 보고 멈칫거렸다. 그들은 마네킹처럼 뻣뻣하게 서로를 안았다.

"너한테 편지 쓰려던 참이었어. 나도 날개와 제복을 받았다는 소식을 알리려고." 루스가 말했다. 그녀는 제복 차림으로 패션모델 같은 포즈를 취했다. "잠시 랫클리프로 파견됐어. 주로 택시기사 노릇을 하지." 그녀는 창밖 페어차일드 24를 가리켰다. "저거 타고 왔어. 마침 여기 오게 돼서 너와 우연히 마주치면 우푯값은 아끼겠구나 생각했지."

"축하해." 메리언은 돌아서서 벽에 붙은 커다란 영국 지도를 들여다보았다. 그 지도에는 방공기구 위치와 비행금지구역이 날마다 새로 표시되었다.

"런던 다녀온 뒤로는 코빼기도 안 비치고." 루스가 말했다.

"바빴어."

루스는 메리언이 더 말하기를 기다렸다. 그러다 침묵이 이어지자 직접 입을 열었다. "그래도 넌 내가 그리웠을 거야. 나한테 편지는 안 보냈어도."

메리언은 고통스러운 마음으로 시선을 지도에서 자신의 장화로 옮겼다. 루스가 가까이 다가왔다. "너 참 이상하게 군다. 무슨 일 있었어? 내가 뭐 잘못했어?"

"아냐. 컨디션이 안 좋아서 그래. 그게 다야." 메리언은 낙하산을 어깨에 휙 걸쳤다. "이만 가야 해."

루스는 뒤에서 메리언을 부르지도, 따라오지도 않았다. 메리언은 오토바이를 타고 호텔로 돌아가는 길에 페어차일드가 이륙해 사라지는 걸 보았다.

이 주 후, 12월 중순의 드물게 하늘이 맑은 날, 메리언은 처음으로 스핏파이어를 몰게 되었다. 솔즈베리에 허리케인을 전달하러 갔는데 그곳 작전장교가 별다른 내색도 없이 카운터 위로 새 인수증을 내민 것이다.

스핏파이어는 구멍 뚫린 긴 엔진덮개를 하늘을 향해 비스듬히 기울인 채 기다리고 있었다. 항공사진촬영 정찰비행을 위해 위장한 상태여서 검은 프로펠러와 원반무늬, 삼색기를 제외하면 수레국화 같은 푸른색이라 마치 하늘이 달라붙어 있는 듯했다. 장갑판도 총기도 없어서 가볍고 빨라 4만 피트가 넘는 상승 한도에 단시간 내에 도달할 수 있고, 독일까지 갔다가 돌아올 수 있을 만큼 연료를 많이 채울 수 있었다.

ATA 여성 구성원들은 브리튼 전투의 영웅이자 영국 공군의 용맹의 상징인 스핏파이어가 사실은 여성을 위한 비행기라는 데 모두 의견을 같이했다. 스핏파이어의 조종석은 자그마해서 손가락이 장갑 속으로 쏙 들어가듯 여성이 타기에 알맞았다. 조종장치는 부드럽게 다루어도 잘 반응했다. 남자들은 너무 우악스럽게 다룬다고, 그 비행기의 가장 본질적인 우아함을 무시하고 힘으로 지배하려 든다고 모든 여자가 생각했다. 영국인 조종사 하나가 조종사인 약혼자를 사고로 잃었는데, 그가 장난삼아 항공관제관을 어딘가로 데려다주겠다며 자신의 무릎에 앉히고 이륙을 시도한 탓이었다. 남자가 둘이나 타서 스핏파이어 조종석이 꽉 차는 바람에 스틱을 뒤로 충분히 젖히지 못했던 것이다. 그 사고로 둘다 죽었다.

메리언은 조종석에 올라탄 후 수송책자를 읽어보고 비행 전 점검에 들어갔다. 그녀가 좋아하고 스핏파이어와 크게 다르지 않은 허리케인을 많이 몰아봤지만, 이 비행기의 조종석은 그녀를 꼭 감싸안았으며 그녀의 손과 발 아래서 열성적으로 밀고 올라오는 조종장치가 새로운 전율을 선사했다. 시동을 걸자 처음엔 거칠게 털털거리던 엔진소리가 이내 규칙적인 텅텅거림으로, 질감 있는 웅웅거림으로 자리를 잡아갔다. 스핏파이어는 지상에서 과열되는 경향이 있어서 메리언은 천천히 달리느라 시간을 낭비하지 않았다. 비행기 코를 좌우로 돌리며 주위를 살펴보았다. 금세 조종석이 땀이 날 정도로 더워졌다. 이 비행기는 하늘을 날기 위해 만들어진 것이었다. 그녀는 활주로에서 속도를 올렸다. 진흙투성이 들판이 옆에서 내달렸다. 땅에 깊이 팬 바큇자국 위로 비행기가 튀어올랐고 땅이 그녀를 놓아주었다.

그 스핏파이어의 목적지는 멀지 않은 월트셔주의 콜런이었다. 메리언은 가는 길에 시간을 끌며 금지된 횡전을 시도하고, 공중회전을 하고, 그 얇은 타원형 날개로 하늘을 저몄다. 땅이 머리 위로 획 올라왔다. 퍼스펙스* 돔 아래서 그녀는 회전점이, 경첩이 되었다. 가파른 경사를 그리며 올라가 수평비행을 했다. 1만 피트. 이미 규정 고도보다 높았다. 여압장치가 있긴 했지만 책자에는 저공비행을 하는 수송 조종사에겐 필요치 않으니 꺼두라고 적혀 있었다. 어차피 그녀는 그걸 켜는 방법도 몰랐다.

조금 더 올라가보기로 했다. 스로틀을 살짝 움직였다. 시속 300마일. 그녀는 비행기를 하늘에 문질러 푸른색에 푸른색을 묻

---

* 유리 대신 쓰는 강력한 투명 아크릴 수지.

히고 싶었다. 위로. 1만 5천 피트. 자제력을 잃지 않도록 조심해야 했지만 제대로 통제되고 있다는 느낌이 들었다. 저 아래서 영국이 지구의 만곡에 맞춰졌다. 들판과 산울타리가 비누거품 위무지개 빛깔처럼 만곡을 따라 미끄러졌다. 위로. 1만 7천 피트. 단단히 주의하고 곧바로 내려가야 했다. 폐에 공기가 얼마 없었다. 미줄라에서 너무 높이 날았을 때 트래블에어 엔진이 털털거렸던 기억이 났다. 그녀는 왜 한계의 벽에 스스로를 내던지고 튕겨나오고 싶은 충동을 느끼는 걸까? 공포의 시작이 느껴졌는데, 마치 살갗이 아닌 따뜻한 중심부에서 시작되는 동상과도 같았다.

희박한 공기 속에서 비행기는 더 빨리 날아서 거의 시속 400마일에 이르렀다. 오래 머물 순 없었다. 그래도 위로 올라갔다. 저 위에 뭐가 있는지 발견해야 했다. 밑에 있는 것으로부터 벗어나야 했다. 루스로부터. 제이미가 참전한 세상으로부터. 이제 추웠다. 너무 높았지만, 조금만 더 가면 알고 싶은 걸 알아낼 수 있었다. 그녀는 그걸 확신했다. 엔진은 점점 조용해지는 듯했으나 고도계 화살표가 오른쪽으로 쏠려 있었다. 시야 가장자리에서 하늘이 암청색으로 바뀌었고, 마치 어딘가로 가라앉듯 어둠이 위와 안쪽으로 번졌다.

착륙해 활주로를 천천히 달리다가 엔진을 끈 후, 메리언은 조종석에 조용히 앉아 있었다. 몸에서 한기가 가시지 않았고 머리도 아팠다. 이윽고 조종석 덮개를 여는데 손이 떨렸다. 그녀는 작전장교에게 가서 인수증을 건네고 새 인수증을 받았다. 마일스마스터를 렉섬으로 수송해야 했다.

"괜찮아요?" 작전장교가 인수증을 받으며 물었다. "얼굴이 좀 파랗게 질렸어요."

"괜찮습니다. 출발 전에 커피 한 잔 마시면 됩니다."

그녀는 구내식당으로 갔는데, 거기서 루스가 테이블에 앉아 신문을 읽고 있었다. 아까 하늘에서 의식을 잃기 전 프로펠러 사이로 비치는 마지막 빛이 세상의 전부였던 것처럼, 지금은 루스가 세상의 전부였다.

메리언의 발소리에 무심코 시선을 든 루스가 자리에서 일어나 다가왔다. "너 괜찮아?" 루스가 물었다. "완전히 진이 빠진 것 같은데." 구내식당에 다른 조종사는 두 명뿐이었고, 둘 다 남자였으며, 신문에 열중해 있었다.

"그냥 두통이야."

"언제부터 그렇게 약해진 거야? 다음엔 우울증에 걸렸다고 말하겠네."

메리언은 조종사들을 흘끗 보았다. "커피 좀 마시면 나을 것 같아."

"내가 갖다줄게." 루스가 말했다. "나가 있어. 맑은 공기 좀 마시고. 밖에서 만나자."

등에 닿는 벽돌 벽이 차가웠으나 햇살에 얼굴이 따뜻해지고 눈이 따가워졌다. 메리언은 실눈을 뜨고 루스가 가져다준 머그잔을 받아들었다. 커피는 불쾌할 정도로 썼지만 아주 뜨거웠다. "너, 무슨 일이야?" 루스가 말했다. "진짜 이상하게 굴고 있잖아."

"넌 여기서 뭐하고 있어?" 메리언이 물었다.

루스는 더이상 캐묻지 않기로 결심한 듯 대답했다. "택시 서비스지 뭐겠어? 위에서는 내가 그 일을 잘한다고 생각하는 모양이야. 노상 그 일만 시키는 걸 보면. 드물게 모스 수송도 하지—야호. 하지만 전쟁에는 낡은 복엽기 한 대도 절실한 거 아니겠어? 그래도 다음주엔 마침내 화이트월섬으로 돌아가. 우리 다시 만나겠다." 마지막 말에 담긴 쾌활함은 억지로 짜낸 것이었다.

"난 그때쯤엔 떠났을 수도 있어."

루스가 주머니를 뒤져 담배를 꺼냈다. 그녀는 담뱃불을 붙인 후 말했다. "우리 좀 멀어졌어, 안 그래?"

메리언은 격납고 옆에 있는 비행기를 가리켰다. "아마 난 곧 배치를 받을 거야. 방금 첫 스핏파이어를 몰았거든."

"푸른색? 어땠어?"

정신이 들었을 때 메리언은 나선강하중이었고 들판과 산울타리가 팔랑개비처럼 돌면서 흐릿하게 보였다.

"다들 말하는 대로지."

"천국?"

"비슷해."

"질투 나 죽겠다." 잠시 침묵이 흘렀다. 커피와 맑은 공기가 메리언의 두통을 진정시키는 데 도움이 되었지만 루스의 담배 연기는 그렇지 못했다. 루스가 덧붙였다. "네가 편지를 보냈다면 에디가 여기 왔다는 소식을 전했을 텐데. 보빙던 훈련부대에 있어."

"진짜?"

"응, 진짜." 루스는 메리언의 무관심을 상기하고 침착해졌다.

"기쁜 소식이네." 메리언은 자신의 목소리가 전혀 기쁘게 들

208

리지 않는다는 걸 알았다. 이토록 쓰라린 질투를 느껴본 적이 없었다.

멀리서 엔진이 내는 단음의 콧노래 소리가 들려오는가 싶더니 비행기가 가까이 다가오면서 노랫소리가 크레센도로 커져갔다. 스핏파이어 한 대가 나타나 활주로 연장선상에 일직선으로 기체를 맞춘 후 착륙했다. "내가 태울 승객이 왔네." 루스가 말했다. "이만 가봐야겠다." 그녀는 벽돌에 담배를 비벼 끈 후 꽁초를 주머니에 넣었다. "또 보자, 그레이브스."

루스가 걸어갔다. 메리언이 불렀다. "루스." 루스가 돌아봤다. 메리언이 하고 싶은 말들은 목에 걸려 나오지 않았다. "또 봐."

루스는 축 처진 모습이었다. 루스는 메리언으로선 이해할 수 없는 슬픔을 발산하고 있었다. "물론이지." 루스가 말했다.

메리언은 루스가 화이트월섬에 도착하기 전 랫클리프의 제6소송대에 배치되었고, 다시금 안도감을 느꼈으며, 여전히 루스에게 편지를 쓰지 않았다.

너의 욕망을 믿어라

16

　"촬영 들어갑니다!" 바르트가 외쳤다. "고정! 조용히 해주세요! 제자리에! 녹음 시작. 카메라. 렌즈 바꾸고 다시 갑니다. 연기 계속, 대사 계속. 마지막 점검. 첫번째 팀 들어오고."

　삶은 소리로 가득하고, 영화 세트장은 침묵으로 가득하다. 우리는 L.A. 시내에 있는 복고풍 음악당에서 촬영하고 있었는데, 발코니가 있는 큰 홀이 전시의 런던 나이트클럽처럼 꾸며져 있었다. 사람들이 꽉 들어찬 것처럼 보이도록 전략적으로 배치된 엑스트라들이 웃고 떠드는 듯 보이게 마임을 하거나 댄스플로어의 빙글빙글 돌아가는 반짝이 장식 사이를 소리 없이 돌아다녔다. 소음 때문에 에어컨을 못 틀어서 모두 분장을 한 채로 땀에 젖었다. 그들이 정적 속에서 춤을 추는 동안 흰 재킷 차림의 스윙 밴드가 연주하는 시늉을 했다. 귓속 이어폰에만 존재하는 음악에 맞추어 밴드 리더가 지휘하고 트롬본 슬라이드들이 앞뒤로 움직였다.

알렉세이와 나눈 키스가 인터넷을 강타한 후로 나는 말을 할수 없게 되었다. 쇼반과 위기대응팀이 내 사생활에 대해서는 언급하지 않겠다는 입장문을 내고 사람들이 허공에 대고 소리를 질러대도록 내버려두는 게 최선이라는 결정을 내린 것이다.

바깥의 뜨거운 흰색 보도에서는 검은 티셔츠 차림의 남자들이 테이프, 케이블, 삼각대, 조명, 커다란 사각형 고무 바닥재 같은 실용적인 물건을 잔뜩 실은 덜컹거리는 손수레를 끌고 돌아다녔다. 도로는 트럭과 트레일러로 혼잡했다. 헤어와 메이크업 담당자들이 브러시, 클립, 스프레이 병, 그리고 동물원 사육사가 간식을 넣어다닐 때 쓰는 것처럼 생긴 커다란 나일론 주머니로 묵직해진 벨트를 차고 부산히 움직였다.

나는 몸을 흔들고 돌리며 춤추는 커플들 틈에서 에디 역의 배우와 함께 몸을 흔들고 돌렸다. 진짜 메리언 그레이브스가 그런 클럽에서 춤을 췄다면 주위의 커플들 역시 자신의 삶에 열중해 있었겠지만 지금은 그저 내 세계를 풍성하고 그럴듯하게 만들어주기 위한 소품에 불과했다. 카메라 한 대가 우리 주위를 돌았고, 내 머리 위에 걸린 카메라 받침대는 흐릿한 검은 달 같았으며, 나는 친구 남편에게 반하도록 되어 있었다.

"루스는 내 친구예요." 내가 에디에게 말했다.

"루스는 여기 없어요." 그가 말했다. "그리고 나는 내일 독일로 날아가서 영영 못 돌아올지도 모르고요. 그러니 어때요?"

내가 진짜 멘붕을 겪은 적이 있다면, 정신적으로 완전히 무너져버리는 경험을 한 적이 있다면, 그건 라스베이거스에서 돌아온 그때였다.

알렉세이는 내 문자나 전화에 답이 없었다. 아무런 공식 발표도 하지 않았다. 이윽고 내게 이메일을 보내왔는데, 해결할 일이 많고 가족에게 집중해야 한다며 적어도 당분간은 나와 연락을 끊기를 원한다는 내용이었다.

내가 원한 건 내 삶을 송두리째 긁어내고 내가 아는 모든 사람을 버리는 것이었다. 내가 아는 모든 사람이 나를 실망시켰으니까. 나는 처음부터 새로 시작하고 싶었다. 나의 과거라는 시스템으로부터, 그 모든 연쇄작용으로부터 벗어나고 싶었다. 나는 빅뱅을 원했다.

하지만 그 대신 스카치병을 들고 휴고 경 집으로 건너갔다. M.G.가 두 집 대문 사이 30미터 거리를 차로 태워다줬는데, 파파라치들이 우리집 진입로 초입에서 서로 산 채 잡아먹을 기세로 진을 치고 있었던 것이다.

"자넨 불량자산이 되어가고 있어." 휴고가 싸늘하게 말했다. "우리가 자넬 자르지 못하는 걸 다행으로 여겨." 우리는 그의 집 주방에 서 있었고, 그가 잔 두 개를 거의 가득찰 정도로 채웠다.

"지난번엔 내가 스스로를 흥미로운 존재로 만들었다고 하셨잖아요."

"그것도 정도가 있지. 여성 관객들이 이 영화를 봐줘야 하는데 여자들은 일반적으로 가정파괴범을 애호하지 않아. 그게 불공평하다는 건 알아. 탱고를 추는 데는 두 사람이 필요하니까. 하지만 그게 현실이야. 우리는 사람들이 자네에게서 메리언 그레이브스를 보기를 원해. 자꾸 부적절한 관계를 갖다가 걸려서 선정적인 뉴스거리나 제공하는 난잡한 바람둥이가 아니라." 그는 나와 잔을 부딪쳤다. "친친."*

나는 한 모금 마셨다. "알렉세이와 있던 일은 선택의 여지가 없었어요." 그의 아내의 품위라는 대수롭지 않은 문제든 완전한 파멸의 가능성이든 나를 막지는 못했을 터였다. 나는 L.A.에서 자동차 범퍼에 이런 스티커가 붙은 걸 본 적이 있었다. 너의 욕망을 믿어. 그건 신중한 조언이 아니다.

"끝난 건가?"

"그러길 바라지만 아니길 바라기도 해요."

휴고가 나를 뚫어지게 바라보았다. "알렉세이 영을 사랑하나?"

나는 잔을 내려놓고 두 손으로 얼굴을 감싼 채 고개를 끄덕였다.

"라스베이거스 때 생긴 일이 아니로군." 휴고는 바보가 아니었다.

나는 눈을 덮은 손을 내렸다. "맞아요."

"흠, 실제로 그 친구와 함께 지냈다면 아마 훨씬 덜 사랑하게 되었을 거라는 점을 스스로에게 상기시켜. 늘 그런 식이니까. 그리움을 즐기고 그 정도로 만족하라고. 삶의 묘미로." 그는 찬장을 열었다. "난 뭘 좀 가볍게 먹었으면 좋겠는데, 자넨 어때?" 그는 워터크래커 한 상자와 겨자병을 꺼냈다. "젊은 파이퍼 씨는 어때? 난 그쪽에서 무슨 일이 생길 수도 있다고 생각했는데."

---

* '건배'라는 뜻의 이탈리아어.

"무슨 일이 생긴 줄 알았죠. 그런데 아닌 것 같더라고요. 그러다 어쩌면 생길 수도 있다고 생각했는데, 이제 내가 다 망쳐버렸다는 생각이 드네요."

휴고가 크래커에 겨자를 발랐다. "흠, 그게 최선일 수도 있었는데. 영화를 위해."

나는 휴고 말대로 이 영화가 나를 구원하고 격상시켜줄 거라고, 나를 위로 들어올려 새로운 세상으로 데려다줄 거라고 생각했다. 하지만 그러기엔 내가 너무 무거웠다. 나는 영화를 끌어내리고 있었다. "영화가 잘될 거라고 생각하세요?" 내가 물었다.

"그야 많은 것에 달렸지. 자네를 포함해서. 난 잘됐으면 좋겠어."

"내가 뭘 하면 될까요?"

"안타깝게도 연기 말고는 자네가 할 수 있는 게 많지 않아." 휴고가 대답했다. "이상적으로 최고의 연기를 보여줘야지. 그리고 제발 부탁인데, 이제 아무하고도 자지 마. 그 누구와도 안 돼."

"난 연기를 해왔는데요."

"난 신문을 봤지. 그 기사들은 타당해. 하지만 난 아직 자네를 볼 수 있고, 솔직히 자넨 내가 제일 보고 싶지 않은 사람이야."

"어떻게 하면 안 보일 수 있는지 말씀해주세요. 제발."

그는 손을 내저었다. "그건 말 못하지. 아무튼, 난 자네가 안 보이기를 원한다는 말을 도저히 믿을 수 없어. 자네는 남이 자네를 봐주기를 너무 간절히 바란단 말이야. 그런 냄새를 풀풀 풍긴다고. 아무도 자신을 봐주지 않으면 어떻게 될지 두려워하고 있지."

"아뇨, 난 사라지고 싶어요." 내가 말했다. "진짜로. 땅이 나를 꿀꺽 삼켜버렸으면 좋겠다고요."

"아니." 그는 입에 든 크래커를 꿀걱 삼켰다. "그렇지 않아. 자넨 사람들이 자네가 어디로 가는지 궁금해하기를 원해."

그날 밤, 대마초를 좀 과용한 탓인지 집 전체가 나를 감시하는 것 같은 기분이 들었다. 나는 조명기구마다, 펜마다, 전자제품마다 카메라와 도청장치가 숨겨져 있다는 걸 알았고, 거기서 벗어나기 위해 밖으로 나갔다. 하지만 어둠이 깔린 수영장 가장자리에 있으려니 그것도 무서웠다. 샌타애나*가 불어와 모든 게 건조하고 바스락거리고 덜거덕거렸다.

늘 이런 기분은 아니리란 걸 알아야만 했기에 나는 레드우드에게 전화를 걸었다. 촬영장에서 그를 보긴 했지만 스치듯 짧은 만남이었다. 그때 우리는 알렉세이 얘기를 하지 않았다. 내가 라스베이거스에서 보낸 문자에 대해서도 언급하지 않았다. 사실 제대로 한 얘기가 없었다.

그가 경계하는 목소리로 전화를 받았다.

"이렇게 늦은 시간에 전화해서 미안해요." 내가 말했다. "전화한 것 자체가 미안한 일일 수도 있겠네요. 상황이 그래서. 하지만 지금 내가 맛이 좀 가서요." 나는 애처로운 비명소리로 말하고 있었다. "나 진짜 힘들어요. 그리고……" 그리고 뭐? 잘 알지도 못하는 사람에게 뭘 바랄 수 있겠는가? "그리고 당신에게 해도 되는 말이 뭔지도 모르겠어요."

---

* 10월부터 4월까지 미국 캘리포니아주에 부는 건조하고 거센 바람.

나는 그가 요가에서 가르쳐주는 대로 숨을 코로 빨아들이고 입으로 내뱉으며 심호흡하는 소리를 들었다. "문자에 답장 보냈어야 했는데." 그가 말했다. "보내려고 했는데―생각할 시간이 필요했고―바로 다음날 알렉세이 이야기가 사방에 퍼졌고, 난 몹시 혼란스러웠어요. 더 혼란스러워졌죠. 이미 상당히 혼란스러운 상태였으니까."

"뭐가요?"

그는 누가 엿듣기라도 하듯 조용히 말했다. "당신을 좋아해요. 당신은 나에 대해 어떤 감정인지, 뭘 원하는지는 모르겠지만 나로선 신중해야 할 필요가 있어서……" 그는 말끝을 흐렸다가 다시 입을 열었다. "나한테 보고 싶다는 문자를 보낸 후 바로 알렉세이 영과 그런 일이 있었잖아요. 좀 드라마틱하게 느껴지네요."

"이 말이 도움이 될지는 모르겠지만, 과거사가 있어요." 내가 말했다. 그가 침묵을 지켜서 나는 계속 말을 이었다. "그 사람이 라스베이거스에 오는 걸 몰랐거든요. 난 다 끝난 일이라고 생각했고요. 오래전에 끝난 사이였으니까."

그가 다시 말을 시작했을 때는 목소리가 더 조용해져 있었다. "나한테 설명할 의무는 없어요. 그래도 사실을 알고 나니 기분이 좀 나아지긴 하네요."

"좋아요. 잘됐네요."

"그 일은 어떻게 되어가고 있어요? 당신과 그 사람요."

"아무 일도 없어요. 또다시 끝났어요."

"그 사람 때문인가요, 아니면 당신 때문인가요?"

거짓말을 하고 싶었지만 사실대로 말했다. "그 사람요."

"솔직하긴 하네요."

"이리 올래요? 그냥 같이 시간 좀 보낼래요?"

그는 망설이다가 말했다. "안 돼요. 린이 와 있어요."

"아, 그렇다면, 더이상 시간 안 뺏을게요."

그는 잠시 침묵하더니 이렇게 말했다. "린과 나는 친구예요."

이번에는 내가 망설이다가 불쑥 물었다. "그럼 내가 자고 온 날 어떻게 아무 일도 없을 수 있었죠?"

또다시 긴 침묵이 이어졌다. "내가 지키려고 애쓰는 원칙이, 모르는 여자와는 잠자리를 갖지 않는 거예요." 그가 말했다.

"우린 하루종일 얘기했는데요."

"그래도 하루뿐이었잖아요."

그가 우스꽝스럽게 굴고 있는 건지 아니면 내가 그런 건지 판단이 안 섰다. "여자친구 없어요?"

다시 침묵. 그런 다음. "없어요." 뒤에서 린의 목소리가 들렸다. "하지만 이만 끊어야겠어요."

"한 가지만 더 말할게요." 나는 그가 전화를 끊는 걸 원치 않았다. 알렉세이가 곁에 있을 때는 레드우드에게 관심도 없다가 내 주위에 아무도 없자 그의 존재가 간절해지는 게 두려웠다. "애들레이드 스콧이 자신이 무엇을 원하지 않는지 아는 게 좋다고 했는데, 난 더이상 철거용 쇠공이 되고 싶진 않아요. 내가 진짜로 좋아하는 사람과 시간을 보내고 싶어요."

"알았어요." 그가 조용히 말했다. "그럼. 나중에 얘기해요. 이제 진짜 끊어야 해요."

나는 전화를 끊고 나서 트래비스 데이에게 문자를 보내 와달라고 부탁할까 생각했지만 그러지 않았다. 그것만으로도 대단한 일이었다. 그래서 내가 받은 메달은? 충동을 억제한 대가로 받은 상은? 그 밤이 더이상 무섭지 않았다. 그저 바람 때문에, 나뭇잎 스치는 소리 때문에 그런 것이다. 내 집은 나를 감시하고 있지 않았다. 아무것도 나를 지켜보고 있지 않았다. 나는 어둠 속 수영장 가장자리에 앉아 사랑받지 못하는 기분과 자기연민에 젖어 있다가 남들에게 보이지 않는다는 사실을 갑자기 기쁘게 여기는 바보 멍청이였다.

전쟁

～

알래스카

1943년 2월~5월

6주 후

제이미는 명령서와 함께 받은 편지를 통해 자신의 임무가 가능하다면 사실적으로, 또는 상징적으로 전쟁의 정신 내지는 본질을 표현하는 것임을 알게 되었다. 전쟁의 정신 내지는 본질이 무엇인지는 편지에 나와 있지 않았다.

가고 싶은 곳을 정할 수 있어서 그는 알래스카로 요청했다. 그곳에서 전쟁의 본질을 발견할 가능성이 가장 높다고 생각해서가 아니라 메리언의 마음을 끈 곳을 보고 싶다는 호기심에서였다. 그리고 전쟁의 가장자리에서 출발해 안쪽으로 나아가는 게 좋겠다는 생각도 들었다.

샌프란시스코에서 코디액으로 가는 해군 수송선에 탄 제이미는 카드놀이를 하거나 갑판에서 일광욕을 하는 병사들을 스케치했다. 파도가 칠 때마다 멀미 나게 흔들리는 희미한 전등 불빛 아래 얼굴이 니코틴색으로 누렇게 뜬 채 층층이 쌓인 침상에 누운 병사들도 그랬다. 전쟁 전에는 가축을 실어나르던 배였는데, 제이미 생각엔 새로운 용도도 별반 다르지 않은 가축 수송 같았다.

그는 다른 사람들과 똑같이 보초를 섰다. 기초훈련 때도 다른 사람들과 똑같이 행군, 훈련, 사격, 구보를 하고 구조선을 타고 샌디에이고항 주변을 돌고 해먹에서 잤다. 밤이면 일부 신병들이 소리 죽여 울었고, 다른 신병들의 이 가는 소리가 요란하게 울려 퍼졌다.

일주일 동안 그가 본 건 물뿐이었다. 뱃자국이 V자 모양으로 넓게 퍼지고 하늘 색깔이 바뀌고 겨울 태양이 낮게 떠서 지나갔지만, 배는 제자리에서 맴도는 듯했고 늘 평평한 원반 모양의 빈 바다 한가운데 있었다. 나머지 세계는 무의미하게 느껴졌다. 그의 아버지는 그런 원반 한가운데서 삶을 보냈다. 세월이 흐르면서 그런 상황은 사람을 어떻게 변화시킬까?

그는 기관실의 포효, 배 난간에 얼어붙은 녹색과 흰색 물보라, 수평선 위에 띠처럼 펼쳐진 창백한 하늘, 흰 거품을 문 너울을 가르며 물보라의 벽을 일으키는 뱃머리를 그렸다. 티타늄화이트. 데이비스그레이. 인디고. 블루블랙. 어떤 병사들은 그의 스케치와 그림에 야유를 퍼부었다. 어떤 병사들은 그가 걱정되는 듯했다. 그들이 그에게 총은 쏠 줄 아느냐고 물었다. 그는 그렇다고만 대답하고 더이상 말하지 않았다. 어릴 때 깡통을 박살내며 연습한 덕에 신병훈련소에서 최고의 명사수 중 하나가 될 수 있었다.

코디액에서 대령에게 보고하라는 지시를 받았다. 그는 대령에게 명령서를 보여주고 자신은 종군화가라고 설명했다.

"젠장, 다음엔 또 뭘까?" 대령이 말했다. "좋아, 뭐가 필요한

가?"

"잘 모르겠습니다." 제이미가 대답했다. "저는 돌아다니면서 눈에 보이는 걸 그리도록 되어 있습니다." 그는 진짜로 중요한 건 자신이 본 걸 해석하는 일임을 군이 설명하고 싶지 않았다. 대령은 해석되는 걸 즐길 사람으로 보이지 않았던 것이다.

"아주 좋아. 자네가 여기 왔으니 적군이 곧 항복하겠군. 계속해."

제이미는 항해중에 그린 그림들을 보내고 새 그림을 그리기 시작했다. 낮이 짧고 추운 겨울날 곱은 손과 마비된 발로 작업에 매달렸다. 코디액 항구 안쪽은 평평한 얼음판(티타늄화이트)이었고, 그 끝은 얼지 않은 바다(마스블랙)와 선명한 경계를 이루고 있었다. 새로 내린 눈이 소복하게 쌓인 빙판들이 깨져서 멀리 흘러갔다. 가끔 범고래의 광택나는 검은 지느러미가 마치 물속에서 톱니바퀴가 굴러가듯 수면을 가르고 올라왔다가 부드럽게 굴러 떨어졌다. 먹이를 찾으러 온 곰들이 쓰레깃더미를 뒤졌다. 바다사자들이(반다이크브라운, 약간의 베네치안레드) 부두와 바위에 무더기로 누워 울부짖고 물어뜯었다. 수컷보다 몸집이 작고 더 선명한 황갈색을 띤 암컷들은 괴롭힘과 학대에 시달려 비극적인 검은 눈을 하고 있었다.

제이미는 진흙과 눈, 막사와 격납고와 창고, 지프차와 목재 더미를 그렸다. 잠수함 옆에 묶인 트롤선, 폭설이 내린 후 뱃전에 눈이 회반죽을 발라놓은 듯 쌓인 구축함, 눈 덮인 산봉우리를 배경으로 검은 윤곽을 드러낸 P-38 라이트닝기 두 대를 그렸다. 눈은 흰색이었고, 가끔 하늘도 흰색이었으며, 가끔 바다도 흰색이었다. 흰 물감이 더 필요할 터였다. 회색, 청색, 황토색, 그리고 부드러운 겨울 햇살을 그릴 네이플스옐로도. 소년 시절 이후로는 수채화를 잘 그리지 않았는데, 이제는 다시 수채화로 돌아가 눈을 표현하기 위해 군데군데 마른 빈 종이로 남겨두기도 하고 산을 입체적으로 표현하기 위해 희미한 줄무늬나 회색 얼룩을 덧그리기도 했다.

그는 한가할 때면 죄책감과 함께 너무 사람들 눈에 띄는 것 같은 기분을 느꼈으나, 사실 작업할 때 훨씬 더 눈에 띄었다. 이젤 앞의 기인, 전쟁터 한복판에서 붓질에 여념 없는 광적인 앙 플레네르*로 보였으니까. 해군에서 자신에게 원하는 게 그것이라고 그는 스스로에게 상기시켰다. 우리 해군은 귀관에게 조국을 위해 귀중한 가치를 지닌 기록을 제공할 기회를 주고 있다고 믿습니다, 편지에 그렇게 쓰여 있었다. 그 편지는 진지한 것이었을까? 가끔 그는 그 편지에 조롱당한 기분을 느꼈다.

고기를 안 먹는 건 불가능한 일이라 하는 수 없이 육식을 했다. 술도 마셨지만 많이 마시진 않았다.

캔버스를 이젤에 단단히 고정시키는 법을 배우기 전까지 바람에 날려간 그림이 한두 점이 아니었고, 그 그림들은 진흙 위를 데굴데굴 굴러가다 기계 톱니바퀴에 걸리거나 건물 옆구리에 내동댕이쳐져 물감 얼룩을 남겼다.

막사 내부는 여자 사진으로 도배되어 있었다. 대성당 천장에 천사들과 사도들이 가득하듯 반원통형 깡통막사에 미소 짓는 영화배우와 이름 없는 모델이 빼곡하게 붙어 있었다. 고향에 두고

---

* 야외에서 그림을 그리는 행위, 혹은 그런 방식을 가리키는 프랑스어.

온 진짜 여자들은 수호성인처럼 주머니 속에 간직하거나 침상 위혹은 세면대에 붙여놓았다. 병사들은 늘 제이미에게 애인이나 아내 사진을 보여주었다. 자랑스럽게, 걱정하면서. 그들은 애인이 기다려주지 않을까봐 걱정하면서도 본인은 바람피울 기회가 생기면 대개의 경우 마다하지 않았다. 그냥 누군가와 살을 맞대고 싶은 것일 뿐이라고 그들은 말했다. 죄책감을 느껴봐야 아무 의미도 없었다.

간호사 숙소에는 제복 입은 남자들 사진이 붙어 있었다. 그들은 자신의 남자가 죽을까봐, 그리고 바람을 피울까봐 걱정했다.

"고향에서 기다리는 사람 있어요?" 간호사 다이앤이 제이미에게 부모님과 WAAC* 제복을 입은 자매의 사진을 보여주며 물었다.

"없어요." 그가 시인했다. "아무도."

첫 데이트 때, 그는 바위 뒤에서 그녀와 키스했다. 두번째 데이트 때는 장교 클럽에서 춤을 춘 후 문이 잠기지 않은 불도저 운전석에서 그녀의 모직 바지 속으로 손을 넣었다. 그녀가 엉덩이를 들었고 그는 그녀의 바지를 끌어내렸다. 그러고는 불도저의 다양한 레버와 손잡이 사이로 교묘히 몸을 움직여 그녀의 무릎 사이로 파고들었다. 그녀는 살짝 고개를 끄덕였고 그는 그녀 안으로 밀고 들어갔다. 몇 개월 동안 여자를 만나지 못했던 그는 오래 버티지 못하고 그녀에게서 떨어져 손수건에 사정했다. 그다음엔 어색한 작별, 그리고 세라 생각으로 가득한 무거운 우울이 찾아왔다.

대령은 제이미의 그림을 마음에 들어했다. 그는 자신에게 개인

---

* Women's Army Auxiliary Corps. 여성육군지원부대.

적으로 항구를 그려줄 수 있는지 무뚝뚝하게 물었다. 그리고 제이미가 그림을 그려주자 다음엔 어디로 가고 싶은지 물었다. 제이미는 작전에 참여하고 싶다고 대답하면서도 불안감에 속이 울렁거렸다. 작전은 비명횡사의 씩씩하고 부정직한 약칭이었다. 대령은 힘써보겠다고 말했다.

제이미는 더치하버로 가는, 머리가 삽 모양인 PBY 카탈리나 수상비행기 탑승자 명단에 올랐다. 닷새 연속 출발을 시도했으나 악천후가 기승을 부렸다. 사흘은 이륙조차 못했다. 이틀은 가다가 돌아와야 했다. 그는 다이앤에게 작별인사를 하는 것도 그만뒀다. 엿새째 되는 날 마침내 목적지로 갈 수 있었는데, 바다를 건너는 동안 창밖으론 잿빛 구름밖에 보이지 않았다. 비행기는 끔찍한 신음을 내지르며 급강하하기도 하고 튀어오르기도 하면서 요동쳤고, 제이미는 물감 상자를 가슴에 안고 눈을 감았다. 거의 날마다 비행기와 승무원이 베링해로 사라졌고, 적의 폭격보다 악천후로 추락하는 경우가 더 많았다. 그는 메리언이 비행기를 조종하고 있기를 바랐다.

육 개월 전 일본군의 폭격을 맞았으나 이제 거의 복구된 더치하버에서 제이미는 그림을 더 그려서 보냈다. 작은 붓질 한두 번으로 묘사된 비행기들이 하늘의 얼룩 같았다. 거기서 오래 머무는 건 아니었고, 구멍 숭숭 뚫린 팔처럼 생긴 알류산열도를 따라 서쪽으로 가기 위해 대기중이었다. 목적지는 열도 끝자락에 위치한, 폭풍이 휩쓸고 지나가 진흙탕투성이가 된 작은 섬인 애투섬과 키스카섬으로, 6월에 일본군에 침략당한 탓에 적군을 몰아내야 했다.

에이댁섬까지 가는 비행에는 행운이 따랐다. 도착 자체가 행운이었고, 이따금 구름이 흩어지면서 아래쪽 섬들이 보이기도 했다. 꼭대기에 흰 눈이 덮이고 연기기둥이 피어오르는 가파른 원추형 화산들은 파도에 둘러싸인 깎아지른 듯한 절벽들이 이룬 목깃 속에서 삐딱하니 기울어 있었다.

제이미는 종군기자들과 함께 깡통막사에 머물렀다. 막사 문에 '에이댁 기자 클럽'이라는 명패가 붙어 있었다.

해군 건설대원들이 불도저로 석호에 화산재를 채우고 유공철판을 깔아 활주로를 만들어놓았다. 폭풍이 지나간 후 폭격비행에서 돌아온 비행기들이 물이 고인 활주로에 착륙했는데, 프로펠러가 자욱한 물안개를 일으켜 기수와 날개 끝만 보이는 상태로 맹렬한 흰 연기처럼 활주로를 질주했다.

가끔 일본 전투기들이 날아가며 기관총을 쏘고 폭탄을 터뜨렸지만 대개는 큰 피해를 입히지 못했다. 툰드라가 총알과 폭탄을 삼켜버린 것이다. "우리가 저보단 낫죠, 안 그래요?" 적군의 폭격이 끝난 후 제이미가 군 사진사에게 말했다.

사진사가 떠나는 비행기들을 바라보며 대답했다. "그래요. 적의 진흙탕이 우리 쪽보다 훨씬 피해가 클 거예요."

제이미가 병원 막사 밖에서 어정거리고 있는데 폭탄에 부상당한 남자가 지프에서 실려나왔다. 턱이 일부 사라지고 군복에는 피가 흥건했다. 사진사가 카메라를 치켜들고 달려왔다. 부상자가 끈적이는 붉은 손을 들어 사진사를 막았다. 제이미는 나중에 기억 속 그 장면을 그림으로 그렸지만 기분이 찜찜했다. 그 파괴된 몸에 대한 무력한 친밀감과 함께 그가 죽을 거라는 분명한 사실에 대한 당혹감을 느꼈던 것이다. 그 남자는 프라이버시를 원했다.

제이미는 메리언에게 보내는 편지에 일렬로 늘어선 P-40 전투기 그림을 동봉했는데, 전투기 엔진덮개를 포효하는 호랑이 입처럼 그린 그림이었다.

너와 알래스카에 대한 이야기를 나눌 수 있으면 좋겠어. 전에는 안개와 진흙탕, 물이끼로 뒤덮인 소택지뿐이었던 이 먼 섬들에 네가 와봤는지는 모르겠지만. 이젠 여기에 항구와 활주로가 생겼어. 천막 도시가 되었지. 애투와 키스카에 사람들이 좀 있었는데 전도사였던 것 같아. 기상관측소에도 사람들이 있었고. 하지만 그들이 어떻게 되었는지 아무도 모르나봐.

그는 전쟁이 에이댁의 빈 해안에 들여온 모든 것에 대해 메리언에게 말해주고 싶었다. 끝없는 배의 행렬이 문명의 모든 구성 요소를, 만 명이 먹고 자고 즐기는 데 필요한 모든 것을 쏟아냈다. 막사와 격납고뿐 아니라 냉동창고, 군식당, 암실, 어뢰공장, 영화관, 체육관, 수술실까지. 온갖 기계가 그것들을 다루는 데 필요한 모든 것, 산더미 같은 탄약과 포, 연장, 예비 부품과 함께 도착했다. 가끔은 전쟁의 본질이 물자의 축적과 수송 같았다. 제이미는 메리언에게 이 물건들의 목록을 만들어 보내 그 수와 다양함과 평범함(깡통따개까지 먼길을 실려왔다)으로 메리언을 놀라게 하고 싶었다. 하지만 그 목록이 아무리 길다 해도 그의 주장을 입증할 만큼 충분하지는 않았다. 어쩌면 그 잡동사니들이 전쟁의 규모를 말해줄 수도 있었다.

그는 항구에 있는 배들을 그린 수채화를 아무 설명 없이 세라에게 보냈다.

4월, 일본군을 향한 폭격이 빈번해진 것으로 보아 상륙작전이 임박한 듯했다. 키스카섬이 더 가까우니 그곳이 첫 목표가 될 거라고들 했다. 활주로 근처에서 행정관과 우연히 마주친 제이미는 상륙작전 때 함께 가고 싶다고 말했다. "상륙작전을 그리고 싶다고?" 행정관이 어리둥절해서 되물었다.

"보급선과 공중지원만 그릴 수는 없으니까요."

"상륙군은 다른 곳에서 올 거야. 여기 들르진 않을 거라 자네를 데려갈 수 없어. 작전을 빠르게 진행할 거야."

"폭격기를 타고 갈 수도 있고요."

바다 위로 안개가 다가오고 있었고 행정관이 엄지로 안개를 가리켰다. "저 우라질 것 때문에 잘 보이지도 않을 텐데. 정말 코디액으로 돌아가고 싶은 마음이 없는 건가? 다른 곳으로 가고 싶지 않아?"

제이미는 해안을 향해 넘실대며 기어오는 안개를 바라보았다. 안개는 전쟁에서 중립을 지켰지만 힘은 강력했다. 비행기들을 뒤덮고, 지연시키고, 집어삼켰다. "어쩌면요." 제이미가 대답했다. "머잖아요."

5월 11일, 소식이 왔다. 상륙작전이 시작되었다. 키스카가 아닌 애투가 목표였다. 사흘이면 될 거라고들 했다. 그 섬에는 일본군이 오백 명밖에 남아 있지 않은 것으로 추정되었다.

날짜가 지나갔다. 장교들 표정이 심각했다. 그 섬에 생각보다 더 많은 일본군이 남아 있었던 것이다. 몇 배나 더. 상황이 나빴고, 작전은 지연되었다.

일주일 후, 제이미는 폭격기를 타고 하늘로 올라갔지만 행정관 말이 옳았다. 아무것도 보이지 않았다. 폭격기는 단지 연료를 아끼기 위해 잿빛 허공에 폭탄을 떨어뜨렸다. "멍청한 씹새끼들." 항법사가 말했다. 제이미는 그게 누구를 향한 욕인지, 일본군인지 아군 지휘관인지 아니면 폭탄인지 알 수 없었다. 공중에서는 그들도 사라지는 비행기와 다를 바 없다는 생각이 문득 들었다. 에이댁으로 돌아가야만 비행기와 구분될 수 있었다. 하늘에 떠 있으면 자신을 제외한 모든 사람이 사라지는 것이나 마찬가지였고, 그는 메리언이 그래서 비행에 매료된 건 아닐까 생각되었다. 아니면 그런 건 더이상 의식하지 않았을 수도 있었다.

도쿄만에 함대가 집결했다. 항공모함, 전함, 구축함 등으로 이루어진 전 함대가 미군을 다시 본토로 몰아내기 위해 알류산열도로 떠날 예정이었다. 하지만 항해는 이루어지지 않았다. 이루어질 수도 있었겠지만 그렇게 되지 않았다.

이 주 후, 보병대가 일본군이 퇴각한 항구를 포위해 들어가고 있다는 소식이 전해졌다. 항구에서 스케치를 하는 제이미 곁을 지나갔던 행정관이 진흙탕에 장화 철벅거리는 소리를 내며 돌아왔다. "애투에 재보급을 하러 가는 배 한 대가 이따가 여기 들를 거야." 행정관이 말했다. "아직도 가고 싶다면 손을 써볼 수도 있는데. 마지막 공격에 맞추어 도착할 수도 있을 거야. 어때?"

그래서 제이미는 배에 탔고, 이튿날 아침 상륙용 주정에 올라 낮게 깔린 안개와 은빛 수면 사이의 맑은 공기층을 헤치고 나아갔으며, 포격을 맞아 분화구 같은 웅덩이들이 생긴 음산한 잿빛 해변에 섰다. 침낭과 식량과 여벌 양말이 든 배낭을 등에 짊어지고, 한쪽 어깨에는 연필과 공책, 수채물감이 든 작은 손가방을, 다른 어깨에는 소총과 탄약을 둘러멨다. 트랙터 석 대가 모래밭에서 기다리고 있었다. 그는 트랙터에 보급품 싣는 일을 도운 후 다른 여덟 명의 군인과 함께 도보로 트랙터를 따라갔다. 그렇게 몇 시간을 걸었다. 트럭과 트랙터들이 그들보다 훨씬 앞서 있었으나 길은 걷기에 수월했다. 그가 스케치를 하려고 걸음을 멈추자 정지하면 위험하다고, 계속 움직이는 게 낫다고 군인들이 말했다.

이윽고 후방진지가 눈에 들어왔다. 진흙탕 위에 쳐놓은 뾰족한 텐트 무리, 경사진 골짜기 바닥에 낀 물이끼, 그 위의 눈 덮인 봉우리들. 길 옆에 흩어진 일본군의 시체가 보이기 시작했는데, 사지가 기이한 각도로 뒤틀려 있고 가끔은 형체를 알아볼 수 없는 덩어리 위에 군모만 얹혀 있었다. 제이미는 야영지에서 공병대를 지휘하는 중위를 발견하고 자신은 종군화가라고 설명한 뒤("날마다 새로운 일이 생기는군." 장교가 말했다) 전선으로 가고 싶다는 뜻을 밝혔다. 돌아온 대답은 지금은 아무데도 갈 수 없다는 말이었다. 선발대가 자리를 잡는 중이라고 했다. "편히 쉬게." 중위가 팔을 휘둘러 텐트 무리를 가리키며 말했다. "애투의 많은 즐거움을 맛보라고."

저녁때, 멀지 않은 곳에서 일본군이 사케를 벌컥벌컥 마셨다.

그들은 일 년째 툰드라에 주둔중이었고 보급품이 부족했다. 한동안 그곳엔 거의 밤만 이어졌다가 이젠 거의 낮만 이어졌다. 늘 안개가 끼고 바람이 지독했다. 그들을 지휘하는 대령이 항복하지 않겠다는 결정을 내렸다. 미군은 골짜기에서 경미한 방어전을 펼치고 있었지만 그 너머 산비탈에 곡사포대가 배치되어 있었다. 일본군이 그 곡사포대를 점령하면 거기서 미군을 공격할 수 있었다. 그 계획은 무모하고 불가능에 가까웠지만 명예로운 시도였다.

일본군은 천 명이 남아 있었다. 그들은 펄쩍펄쩍 뛰면서 고함을 지르고 발을 굴렀다. 부상병들 손에 권총이 쥐여졌고, 그들은 지시받은 대로 스스로 머리를 쏘았다. 그럴 수 없는 부상병들은 모르핀을 주사해 죽었고 인내심이 바닥나자 수류탄을 사용했다. 그들은 남은 술을 몽땅 마셔버렸다.

동틀 무렵 대령이 미군 진지를 향해 돌격하라는 명령을 내렸다.

제이미는 비명소리에 잠이 깼다. 근처에서 자던 남자가 총검에 찔렸으나 제이미는 적의 눈을 피할 수 있었다. 그는 황급히 침낭을 빠져나와서 소총을 들고 산비탈을 달려올라가 아수라장에서 멀어졌다. 수류탄이 터지면서 흙덩이가 물보라처럼 튀었다. 그는 참호에 반쯤 빠졌는데 오래전 죽은 일본 병사가 이미 그곳을 차지하고 있었다.

멀지 않은 곳에서 일본군 셋이 구호 텐트 버팀줄을 잘랐다. 텐트가 무너지면서 캔버스천이 간이침대 위에서 고통으로 몸부림치는 몸들을 덮쳤다. 일본군이 총검으로 찔러대기 시작했다. 나중에 제이미는 오래전 담요 밑에서 괴롭힘당하던 개를 떠올리겠지만, 그 순간은 아무 생각 없이 소총을 들어 조준했다. 첫 총알이 일본군 뒤통수에 박혔다. 총에 맞은 일본군의 몸이 마치 낙하산 줄을 당긴 듯 앞쪽으로 홱 움직였다. 두번째 총알에 어깨를 맞은 일본군은 빙그르 돌면서 쭈그려앉았다. 한 손으로 부상 부위를 덮으며 무릎을 꿇은 그의 가슴에 제이미는 또 한 발을 쏘았다. 세번째 일본군이 혼란에 빠져 두리번거렸다. 제이미는 그의 무기가 막대기에 묶은 총검뿐임을 확인했다. 그는 총검을 떨어뜨리고 제이미의 다음 총알이 이마를 관통할 때까지 우두커니 서서 산을 바라보고 있었다.

제이미는 소총을 옆에 내려놓았다. 가슴 주머니에서 작은 공책과 연필을 꺼냈다. 손이 심하게 떨렸다.

얼마 후 일본군은 목적의식을 상실한 듯 피라미떼처럼 변덕스럽고 발작적인 움직임을 보이며 허공에 대고 무기를 휘둘러댔다. 몇몇은 사망자의 식량을 훔치고 초콜릿을 게걸스럽게 먹어치웠다. 서로에게 담뱃갑을 돌리고 담뱃불을 붙였다. 산비탈에서는 전투가 이어지는 소리가 들려왔으나, 골짜기 바닥에 남은 병사들은 파티라도 온 듯 태평하게 모여 서 있었다. 그들은 허리띠에서 수류탄을 빼서는 군모에 대고 탁탁 쳐 점화시킨 후 턱 밑이나 배에 댔다. 피의 폭발. 마술사의 가림막 같은 연기가 흩어지면서 방금 전까지 온전하게 살아 있던 몸들이 머리나 손이 날아가거나 가운데 부분이 움푹 팬 형체를 드러냈다.

제이미는 참호에서 그 광경을 그리고 또 그렸다. 도무지 무슨 그림인지 알아볼 수도 없을 정도로 혼란스러운 휘갈김과 얼룩이 페이지마다 가득하다는 건 나중에야 깨달았다.

영국, 레스터셔, 랫클리프홀

1943년 3월

애투섬 전투 2개월 전

장음 하나. 장음 둘. 단음 하나, 장음 둘.

T. M. W.

내일.

메리언은 침대에 누워 벽 너머 똑같은 침대에서 손가락으로 모스부호를 두드리는 루스의 모습을 상상했다. 내일…… 런던…… 에드랑 저녁…… 먹자, 응? 난 네가……

더이상 두드림이 들리지 않았다. 루스가 잠이 든 걸까? 아니면 모스부호를 잊었나? 메리언은 차가운 회반죽벽에 손바닥을 대고 기다렸다. 그러다 마침내 집게손가락으로 벽을 두드려 신호를 보냈다.

내가 뭐?

답이 왔다. 그이를 만났으면 좋겠어.

1월에 처음 랫클리프홀에 도착한 메리언은 그곳이 저택이나 궁이 아니라 '큰 집'으로 불린다는 걸 알게 되었다. 그곳엔 영국인 여자 조종사 하나와 남자 조종사 셋이 묵고 있었고 그 셋 중 둘은 미국인이었지만 웅장한 집과 다른 조종사들의 유창한 말솜씨에 주눅이 든 메리언은 혼자 조용히 지냈다. 그녀는 차고 위에 있는 몇 개의 방 중 하나를 받았는데, 방마다 라디에이터가 있고 온수가 나왔다. 그곳엔 테니스장이 있었고 메리언은 처음 들어본 스쿼시장도 있었다. 집사가 조종사들의 장화를 닦아주었고, 벽에 장식판자를 댄 식당에서 와인과 맥주를 곁들여 저녁식사를 할 수 있었다. 간간이 그 집의 주인 린지 에버러드 경의 저명한 친구들이 예고도 없이 식사 자리에 나타났다.

린지 경은 가업인 양조업을 물려받아 운영하고 있었고, 자신의 소유인 인근 비행장을 ATA에 넘겨주었다. 본인이 조종사는 아니었지만 열렬한 애호가로서 조종사들과 비행기들을 수집했으며, 전쟁이 수많은 조종사를 자신의 집으로 인도해준 것을 기뻐하는 듯했다.

비행장에는 영국 공군이 보유한 거의 모든 기종의 비행기가 우글거렸지만 아직 그 모든 비행기를 조종할 자격을 갖추지 못한 메리언은 주로 택시 비행기나 캐슬브로미치의 공장에서 만든 인가된 스핏파이어만 몰았다. 이따금 앤스티에서 옥스퍼드를, 울버햄프턴에서 디파이언트를 몰고 코츠월즈에 있는 정비부대에 맡겼다가 찾아오기도 했다.

적어도 원칙대로라면 그랬지만, 영국 중부지방의 하늘을 뒤덮은 짙은 매연 때문에 비행을 할 수 없는 아침이 많았다—아마도 대부분 그랬다고 할 수 있었다. 가끔 사흘 연속 비행기가 뜨지 못하기도 했고, 그럴 때면 캐슬브로미치에서 갓 나온 반짝거리는 스핏파이어들이 쌓여가고 있다는 연락이 나날이 긴박감을 더해가며 도착하곤 했다. 메리언은 비행기 수송을 나가는 날 해가 저물기 전에 일이 끝나면 택시 비행기를 타고 랫클리프로 돌아오기도 하고 기차를 이용하기도 했다. 하지만 그곳에서 숙소를 찾아보아야 할 때도 있었는데 늘 쉬운 일은 아니었고 아예 불가능하기도 했다. 작은 여행가방과 낙하산을 둘러메고 잘 곳을 찾아 인적이 끊긴 낯선 마을을 돌아다니는 날도 드물지 않았다.

2월의 어느 밤, 스핏파이어를 브라이즈노턴까지 수송하고 거기서 다른 스핏파이어를 코스퍼드까지 옮긴 다음 꾀죄죄한 몰골을 하고 랫클리프로 돌아온 메리언은 옆방 문이 열려 있는 걸 보았다. 방안을 들여다보니 한 여자가 몸을 구부리고 여행가방을 풀고 있었다. 메리언은 걸음을 멈췄다. 희열이 미처 억누를 사이도 없이 솟구쳐올랐다. "루스!" 그녀가 불렀다.

루스는 원피스를 손에 들고 웃음기 없는 차가운 얼굴로 몸을 폈다. "옆방이 네 방이라는 말 들었어. 그래서 다른 방은 없냐고 물었는데 이 방뿐이래. 이건 ATA 탓이야." 그녀는 랫클리프가 아니라 햄블로 지원했다고 말했다. 하지만 쌍발엔진으로 승격한 영국인 여자 조종사를 대신해 이곳으로 오게 되었다는 것이다. "걱정 마. 너한테 걸리적거리진 않을 테니까."

"네가 와서 기뻐." 메리언이 억누르지 못하고 말했다. 그동안 자신의 불행을 인식하지 못했으나, 루스를 보자 솟구치는 기쁨이 위안이 되고 해독제가 되어주었다.

"뭐라고 대답해야 할지 모르겠다." 루스가 딸그락거리는 소리를 내며 옷장에 원피스를 걸었다. "연락을 딱 끊은 건 너잖아."

"미안해―정말로."

"그래? 미안한 건 좋은데 그래도 나한테 설명은 해줘야겠는데."

메리언은 주저했다. 루스에게 진실을 말할 수도 없었지만 거짓말을 하고 싶지도 않았다. "설명하지 않아도 나를 용서해줄 만큼 믿어줄 수 있을까? 내가 못되게 군 거 맞아. 이유가 있었어. 하지만 이제 그건 문제가 안 된다는 걸 믿어줄래?"

루스는 다시금 메리언의 진실함을 가늠하면서 그녀를 훑어보았다. "두고 볼게."

며칠간은 어색했으나 그들은 다시 예전의 관계로 돌아갔다. 아니, 사이가 더 좋아졌고 서로의 존재를 더 고마워하게 되었다. 루스도 외로웠다고 말했다.

랫클리프홀의 저녁식사 자리는 루스의 등장으로 드라마틱하게 활기를 띠었다. 그녀는 저돌적으로 대화에 뛰어들었고, 그곳에 묵게 된 지 일주일이 된 날 스키 비행기 이야기가 나오자(메리언은 루스가 대화를 그 방향으로 몰아간 것 같다는 의심이 들었다) 이렇게 말했다. "메리언, 개펄에서 이륙한 이야기 좀 해봐."

메리언은 벨디즈에서 낡은 벨런카를 타고 몸을 좌우로 흔들며 악취나는 개펄에서 스키 달린 비행기를 이륙시키던 이야기를 풀어놓지 않을 수 없었다.

"눈도 없는데 비행기에 스키는 왜 달았죠?" 린지 경이 알고 싶어했다.

메리언은 고지대의 광산에 물자를 실어나르느라 여름에도 빙하에 착륙해야 했다고 설명했다. 린지 경은 큰 관심을 보이며 꼬치꼬치 캐물어 그녀가 이 일화에서 저 일화로 쉼없이 나아가도록 이끌었고, 그녀는 넋을 잃고 듣는 좌중 앞에서 자신이 이야기꾼이라도 된 양 행동하고 있음을 거의 의식하지도 못했다. 그러다 마침내 돌풍에 날려가 빙하에서 떨어진 이야기를 한 후 식사자리에 놀라움에 찬 정적이 흐르자 당황해서 입을 닫고는 잠자코 접시 위의 고기만 썰었다.

린지 경이 루스에게 고개를 돌리며 말했다. "당신이 스핑크스의 수수께끼를 풀었군요. 잘했어요."

메리언은 그동안 루스의 초대를 거절하면서 에디와의 만남을 피해왔지만, 벽을 통해 모스부호로 전해진 직접적인 애원은 피할 수 없었다. 그때까지는 루스가 에디와 런던에서 만난다고 하면 메리언은 같이 못 가겠다고 하고는 혼자 오토바이를 타고 레스터나 노팅엄이나 다른 데로 갔다. 에디가 못 나온다고 하면 루스와 함께 런던에 가서 적십자 클럽에 묵으며 예전처럼 시간을 보냈다. 저녁식사, 영화, 연극, 칵테일, 춤.

하지만 이번엔 거절할 수가 없었다. 폭격기 승무원들은 기대수명이 높지 않았다.

메리언은 손가락을 들어, 오케이라고 신호를 보냈다.

그들은 에디와 사보이호텔에서 만났다. 메리언은 에디의 손을 꽉 잡고 악수를 하며 그의 눈을 들여다보았다. 그는 키가 아주 크고 짐마차 말처럼 긴 직사각형 얼굴에 짙은 눈썹과 따뜻한 눈을 갖고 있었다. 치아가 길고 좀 지나치게 빼곡했는데 미소 지을 때 그 치아를 거리낌없이 드러냈다. "오래전부터 메리언과 친구가 되고 싶었어요." 그가 말했다. "루스가 사람을 격찬하는 일은 드물거든요."

"너무 띄워주면 쟤 거만해져." 루스가 그의 팔에 기대며 말했다.

에디가 그들을 아메리칸바로 안내하며 말했다. "전쟁 전이었다면 촌뜨기로 보일까봐 걱정돼서 이런 호텔엔 감히 들어올 엄두도 못 냈겠지만, 지금이야 뭐 독일 땅으로도 날아가는데 내가 못들어갈 술집이 어디 있겠나 싶어요." 그는 자신의 올리브색 재킷과 항법사의 은빛 날개를 가리켰다. "무슨 옷을 입어야 할지 걱정할 필요가 없어서 좋죠."

메리언은 고개를 끄덕였다. 자신의 푸른색 제복 역시 마치 갑옷처럼, 보편적인 설명처럼 느껴졌다.

루스가 그녀의 등을 찔렀다. "메리언, 오늘밤에 이야기 좀 해야 할 거야. 안 그럼 에디가 지금까지 내가 허풍을 떨었다고 생각할 테니까."

"그 말 무슨 뜻인지 알아요." 메리언은 비행복 차림으로 면접을 보러 왔다고 나무라던 재키 생각을 하며 에디에게 말했다. "비난에서 자유로울 수 있어서 다행이죠."

"비난에서 자유롭다!" 에디가 말했다. "바로 그거예요. 사실 난 그동안 런던을 얼마나 많이 즐겼는지 인정하고 싶지 않을 정도라니까요. 이곳은 활기가 넘쳐요, 안 그래요? 난 질주하고 있다는 표현을 쓰고 싶어요. 내 말뜻 알겠어요? 사람들은 늘 자신이 죽을

지도 모른다는—자신이 죽을 거란—사실을 일깨우는 상황에서 오히려 더 살아 있기 위해 애쓰는 것 같아요. 그렇지 않아요?"

그들은 칵테일을 주문했고, 에디가 B-17기 배 부분에 달린 강철과 플렉시글라스로 만들어진 둥근 포탑에 배치된 포병이 목표물에 접근하는 도중 포탑 안에 웅크린 채 잠이 든 이야기를 들려주었다. "하늘에 매달린 상태로 어떻게 잠들 수 있는지 모르겠어요. 그 포병은 아무데서나 잘 수 있다니까요. 그걸로 유명하죠."

"메리언도 아무데서나 잘 수 있어." 루스가 말했다.

에디가 한쪽 눈썹을 올렸다. "그래요? 비결이 뭐예요? 나는 잠을 잘 못 자거든요."

"그 이야기 계속해줘요." 메리언이 말했다.

"우리는 그 친구가 잠든 걸 모르고 진짜 조용하다는 생각만 했어요. 나중에 본인 말이, 대공포화가 시작될 때까지 자고 있다가"—에디는 갑자기 요동치면서 잠에서 깨어나 눈을 깜짝거리는 흉내를 냈다—"몸을 홱 돌려 즉시, 즉시, 독일 전투기 메서슈미트를 격추시켰다는군요. 우리는 말짱한 상태로—기체에 살짝 구멍이 난 걸 빼고는—돌아왔는데 그 친구가 하는 말이, 자면서 비행기를 격추시키는 꿈을 꿨는데 깨자마자 꿈이 현실이 됐다는 거예요." 그는 재미있어하는 얼굴로 몸을 앞으로 기울이며 메리언과 루스 사이를 바라보았다. "신기하지 않아요? 그래서, 그날 밤우리 모두 자기 전에 꿈꾸고 싶은 걸 열심히 생각했지 뭐예요—그게 전염성이 있어서 우리 꿈도 현실이 될 수도 있으니까."

"난 당신이 영국 공군기지에서 잠이 깨는 꿈을 꾸면 좋겠는데."

매력적. 그게 에디에게 꼭 맞는 말이었다. 메리언은 매력적인 사람을 거의 만나보지 못했다. 적어도 에디처럼 편안하고 관대하고 상냥한 매력을 가진 사람은. 그녀는 에디를 바라보는 루스를 보면서 루스가 그를 사랑하고 있음을 알 수 있었다.

"메리언도 마음만 먹으면 포탑에서 잘 수 있을걸." 루스가 말했다.

에디가 물었다. "메리언, 자본 곳 중에서 제일 남들이 못 믿을 것 같은 데가 어디였어요?"

메리언은 루스를 바라보았다. 루스는 메리언이 놀랍고 인상적인 이야기를 들려주기를 잔뜩 기대하며 기다리고 있었다. 메리언은 벌써 패배감이 들었다. 그녀는 결코 에디의 매력을 따라갈 수 없을 터였다. 그래도 따분한 인간은 되지 말자는 결심이 섰다.

그녀가 입을 열었다. "한번은 알래스카에서 비행기가 강에 추락했는데 조종실에 물이 찰 정도의 깊이였죠. 다음날 아침까지 구조될 가망이 없어서 비행기 꼭대기에서 잤어요." 그녀는 사기가 꺾여 어깨를 웅크렸다. "여름이라 그리 나쁘진 않았어요. 모기 빼고는."

"에디한테 곰 이야기도 해줘." 루스가 말했다.

"곰 한 마리가 다가왔거든요." 메리언이 참담한 마음으로 말했다. "고기를 잡으러."

"회색곰이었대." 루스가 말했다.

"늘 그렇게 용감했어요?" 에디가 말했다. "어릴 땐 어땠어요?"

메리언은 생각에 잠겼다. "천진난만했죠." 그녀가 말했다. "남자애 같고. 뭐 하나에 빠지면 정신을 못 차렸고요."

에디가 활짝 웃었다.

그들은 그리스 식당으로 저녁을 먹으러 갔다. "크기가 충격적이었어요." 에디가 미국에서 왔을 때 완전히 새 비행기인 B-17기 항법사로 그린란드의 하늘을 날아다녔던 이야기를 들려주었다. "보이는 건 얼음뿐이더라고요. 지평선까지 온통 하얬죠. 내 지도는 빈 종이나 다름없었어요."

메리언은 마음 깊이 부러움을 느꼈다. 루스 때문에, 그리고 그린란드 때문에 에디가 부러웠다. 아버지의 책에서 본 빙산과 포경선 동판화들이 떠올랐다.

메리언이 말했다. "한번은 알래스카 최북단 배로에서 북쪽으로 날아가봤어요. 유빙 위로. 돌아오고 싶은 마음이 안 들더라고요. 거기서 마치……" 그녀는 말끝을 흐렸다. 자신이 무슨 말을 하고 싶은지 알 수가 없었다.

"최면에 걸린 것 같죠." 에디가 말했다. "나도 그 빈 공간이 최면을 거는 것 같았거든요."

"그래요." 메리언이 대답했다. "바로 그거예요."

"메리언은 늘 지나치게 밀어붙이는 면이 있어." 루스가 말했다. "본인도 어쩔 수가 없지. 아무튼, 그렇게 얼음만 있으면 끔찍하겠다. 거긴 사람도 없잖아."

"주변부에 사람이 좀 살아." 에디가 말했다. "강인한 사람들일 거야."

"사람이 없는 것도 매력의 일부지." 메리언이 말했다.

에디가 잔을 들었다. "사람 없는 걸 위하여."

식당을 나온 그들은 해저동굴에 빠지듯 등화관제의 어둠 속으로 뛰어들었다. 피커딜리는 눈을 잃었으나 다른 감각들이 득실거렸다. 사방에서 몸이 서로를 밀쳐댔다. 군인들과 여자들이 차를 타고 박쥐처럼 빠르게 지나가며 경적을 울리고 웃어댔다.

루스의 손에 매인 메리언에게 그 소음과 움직임, 환락은 또다른 형태의 정적이고 기다림인 듯했다. 그들 모두가 기다리고 있었다. 술기운이 돌기를. 키스나 접촉을. 새벽을. 잠을. 근무가 재개되기를. 전쟁이 계속되기를, 끝나게 된다면 끝나기를. 일어날 일이 일어나기를.

에디는 그들을 데리고 문 하나와 등화관제 커튼의 검은 벨벳 막을 지나 습한 삶의 거품 속으로 들어갔다. 색색의 조명으로 얼룩진 제복 집단이 댄스플로어에서 깐닥거리며 움직이는 모습이 마치 파도 위 해초들의 무리 같았다. 사람들이 발효되고 있기라도 하듯 연기 아래의 공기는 달콤하면서도 시큼한 악취를 풍겼다. 무대에서는 호른들이 번쩍거리고, 바이올린 활들이 현란하게 움직이고, 가수가 마치 보이지 않는 갈고리로 몸에서 노래를 뽑아내기라도 하듯 마이크를 꽉 움켜쥐고서 눈썹을 잔뜩 찡그리고 있었다. 그들은 발코니로 올라갔다. 에디가 폭격기의 플렉시글라스로 덮인 항법사 자리에서 본 풍경을 묘사했다. "가끔은 성당의 장미창처럼 보여요." 그들이 긴 의자에 앉는 동안 그가 밴드 음악에 맞서 큰 소리로 외쳤다. "가끔은 지옥으로 들어가는 문 같고."

둥근 하늘과 구름, 대공포화의 연기가 검은 팝콘처럼 난데없이 터졌다. 수백 대의 폭격기가 대형을 지어 날았고, 일부는 연기와 화염덩어리로 바뀌었다. 가끔 화염에 휩싸인 비행기가 다른 비행기 위로 떨어졌다. 비행기 안은 너무 추워서 살갗이 계기에 달라붙었다. 옷과 장비를 하도 많이 껴입어 몸이 바위처럼 커졌다. 아래에선 물이 흐르다가 가느다란 해변이나 습지대로 이루어진 해안이 보이고, 그다음엔 인간의 삶을 나타내는 기하학적 형상들이 보였다. 들판, 도로, 지붕. 그들은 거기에 폭탄을 투하했다. 비행을 나가는 날 아침에는 분말달걀 대신 진짜 달걀이 나왔다.

곡선을 이룬 긴 의자에서 에디와 메리언 사이에 앉아 있던 루스가 메리언의 어깨에 기댔다. 메리언은 루스가 에디에게 기대지 않는 게 이상했다. 겨울에 몇 번 케일럽, 제이미와 함께 미줄라 근처 온천에 간 적이 있었는데, 추위로 뺨이 얼얼하고 바람 때문에 눈물이 나는 가운데 따뜻한 물에 들어앉아 있던 기분이 지금과 다르지 않았다. 그녀의 얼굴은 에디의 혹독한 하늘에 노출되어 있었지만 나머지는 루스 가까이에 있는 기쁨을 누리고 있었다.

"이제 됐고." 에디가 스스로 이야기를 마감했다. "메리언, 궁금한 게 있는데―어떻게 비행을 할 생각을 하게 됐어요?"

"그냥 무작정 하고 싶었어요. 다른 사람들도 대부분 그렇지 않나요?"

"그래도 뭔가 있었을 거 아니에요."

"그 곡예비행사들." 루스가 메리언의 옆구리를 찔렀다.

"그래요." 메리언이 마지못해 말했다. "어렸을 때 곡예비행사들을 만난 적이 있어요."

"린드버그가 대서양을 횡단한 바로 그날." 루스가 말했다. "운명적이지." 그녀가 웨이트리스에게 술을 더 갖다달라는 신호를 보냈다.

"그다음에는요?" 에디가 물었다.

메리언은 평소 같았으면 이 질문에 대한 답을 피했을 터였다. 그녀의 사연은 남들에게 이야기하기엔 너무 이상했다. 너무 수치스럽고 심각했다. 뿐만 아니라 제대로 설명할 자신도 없었다. 하지만 처음으로 그녀는 물러서거나 회피하고 싶지 않았다. 전쟁통이라 그녀의 비밀이 하찮게 여겨졌던 것이다.

그녀가 말했다. "어린 나이에도 조종사가 되려면 돈을 벌어야 한다는 걸 알았거든요. 그래서 잡일꾼으로 뽑히기 위해 남자애처럼 머리를 자르고 옷을 입었죠."

"사람들이 속던가요?"

"일부는요. 뭐든 자세히 보지 않는 사람들이 있으니까요. 어떤 사람들은 너무 자세히 들여다보는 걸 좋아하지 않는 것 같아요. 게다가 몬태나에서는 주변부의 삶을 사는 게 그리 특이한 일도 아니었고요."

메리언은 빈 병을 모으고 스탠리 씨의 배달 트럭을 몬 일, 그리고 술과 도박에 빠진 월리스에 대해 이야기했다. "그랬는데 어떤 남자가 다가와서 비행 교습 비용을 대주겠다고 했죠."

에디는 어리둥절한 표정이었다. "왜요?"

"알고 보니 나와 결혼하고 싶어서 그랬던 거였어요."

"그 남자한테서 어떻게 벗어났어?" 루스가 물었다.

메리언은 애써 루스와 눈을 맞췄다. "못 벗어났어. 그 남자와 결혼했지. 결국."

"그 남자와 결혼했다고?" 루스가 분노와 경악을 감추지 못하며 뒤로 몸을 물렸다. "나한테 결혼 근처에도 가본 적 없다고 했잖아."

"거짓말이었어." 메리언이 말했다. "난 그 남자 얘기 안 해. 좋은 사람은 아니었으니까." 그리고 아래에서 춤추는 사람들을 바라보았다. 그녀는 바클리와 딱 한 번 춤을 추었는데 영국으로 신혼여행을 가는 배 안에서였다. 평소엔 춤을 경멸하던 그가 그날 밤은 폭풍이 잦아들자 저녁식사 후 그녀를 무도회장으로 이끌었다. 파도가 일렁일 때마다 그들의 발아래서 바닥이 오르내리는 게 마치 사람이 숨을 쉬는 것 같았다. "아무튼 이제 그 사람은 죽었어." 메리언이 말했다.

"어떤 사람이었는데?" 루스가 따져 물었다.

메리언은 아무 말도 하지 않았다. 바클리를 어떻게 설명한단 말인가?

에디의 따스하고 애절한 눈이 메리언에게 머물렀다. "메리언을 심문하는 건 이 정도로 충분해. 이제 춤춰야지." 그는 일어나서 메리언에게 손을 내밀었다.

"그러니까 둘이 나를 버리고 가겠다는 거야?" 루스가 말했다. "술 아직 안 나왔는데."

"루시, 내가 아는 당신은 춤 상대를 찾는 데 애먹을 사람이 절대 아닌걸." 에디가 말했다.

다시 밤의 어둠 속으로 나왔을 때, 메리언은 루스와 에디에게 짧은 작별인사를 하려고 그들을 향해 돌아섰다. 두 사람이 함께 가버리는 광경을 보고 싶지 않았던 것이다. 하지만 누군가 담배에 불을 붙이려고 켠 라이터 불빛에 그들이 포옹하는 모습이 비쳤다. 그들은 키스하지 않고 서로 꼭 끌어안고만 있었다. 라이터가 탁 닫히면서 어둠이 그들을 삼켰다. 루스가 메리언의 이름을 불렀다.

"나 여기 있어." 메리언이 말했다.

"어디?"

"바로 여기."

루스가 그녀의 팔을 잡았다. "가자. 난 작별이 싫어."

"왜 에디랑 안 가고?"

"내가 그랬으면 좋겠어?"

"이해가 안 돼서."

"난 네가 결혼한 걸 왜 속였는지 이해가 안 되는데."

그들은 적십자 클럽 방향으로 조금 내려갔다. "에디를 사랑하는 거 아니야?" 메리언이 물었다. "내가 보기엔 사랑하는 것 같던데."

"물론 사랑하지. 에디잖아. 사랑하지 않을 이유가 어디 있어? 넌 네 남편 안 사랑했어?"

새벽빛이 구름 속으로 스며들고 있었다. 형체들이 저마다 농담이 다른 그림자로 모습을 드러냈다. "결국엔 증오했지."

"하지만 처음엔?"

"처음엔 사랑했는지도 몰라."

"나한테 결혼한 적 있다고 말해줄 수도 있었는데." 루스가 말했다. "넌 모든 걸 비밀로 할 만큼 그렇게 특별한 존재가 아냐."

"내가 특별하다는 생각 안 해."

루스가 조롱어린 콧방귀 소리를 냈다. "넌 그렇게 생각해. 그래서 네 맘대로 사람들을 버려도 된다고 여기지. 그래도 다들 너에게 돌아올 테니까. 네가 옳긴 하네. 나도 네가 손가락을 탁 튕기자마자 굽실거리며 돌아왔잖아."

"그런 거 절대 아냐."

"그럼 뭔데."

"왜 에디에 대한 대답은 안 하는 거야? 둘이 같이 안 자?"

"메리언, 네가 왜 신경쓰는데? 앗!" 루스는 어두컴컴한 보도에서 술에 취해 잠든 군인의 다리에 발이 걸려 세게 넘어지는 바람에 두 손과 무릎으로 바닥을 짚었다.

"앗!" 메리언도 똑같이 외쳤다. 그녀는 루스 옆에 무릎을 꿇고 앉았다. "괜찮아?"

루스는 손을 털며 일어나 앉았다. "응, 근데 얼얼해." 술에 취한 군인은 움직이지 않았고, 루스가 그의 다리를 손으로 찔렀다. 그가 꿈틀거리며 몸을 웅크렸다. "죽진 않았나보네." 루스가 말했다.

"누가 너한테 똑같이 걸려 넘어지기 전에 얼른 가자." 메리언이 루스의 팔을 잡아 일으켰다. 그들은 어느 문 앞 낮은 화강암 계단에 앉았다. 메리언은 어디선가 풍겨오는 지린내와 연기 냄새, 습한 아침의 냄새를 맡았다. 루스는 손바닥이 까지고 더러워졌고, 스타킹도 무릎 부분이 찢어지고 피가 묻어 있었다. 메리언은 부드럽게 루스의 손을 잡고 뒤집어서 손마디에 입을 맞췄다. 그녀는 지상에 너무 오래 묶여 있는 스핏파이어 같은 기분을 느꼈다. 움직여야 했다. 행동해야 했다. 안 그러면 끓어넘칠 것 같았다.

"에디와 나는 그런 사이가 아냐." 루스가 말했다. "정말로 서로 사랑하지만 다른 사람들과는 좀 달라. 우린—우린 로맨틱한 관계가 아니거든. 가끔은 결혼한 게 더 편하지. 결혼한 사람들은 다 비슷비슷해 보이니까. 아무도 질문을 안 하거든. 다 그런 건 아니지만 많은 사람이. 내가 지금 무슨 말을 하고 있는지 알겠어?"

"그런 것 같아." 메리언이 대답했다. 그러고는 잠시 주저하다가 몸을 기울여 루스에게 키스했고, 루스는 주저 없이 키스에 응했다. 그건 어떤 면에서는 평범한 키스였다—젖은 입, 감은 눈.

두 음의 휘파람소리가 그들을 떼어놓았다. 미군 비행사가 비틀거리며 지나가다가 당혹스럽다는 시선으로 곁눈질하며 말했다. "나도 끼워줄 수 있나?"

"어림없지." 루스가 말했다. "집에 가."

"이봐, 아가씨들, 친절해야지."

메리언이 일어나서 루스를 잡아끌었다. 둘이 손을 잡고 황급히 걸어가는데 루스가 갑자기 뭔가 기억난 듯 헉 소리를 냈다.

"뭐야?" 메리언이 물었다.

루스는 메리언이 잡고 있는 손을 들었다. 아까 넘어져서 까진 손이었다. "네가 아프게 잡고 있어."

메리언이 자기도 모르게 루스의 손을 꽉 쥐고 있었던 것이다. "미안." 메리언은 다시 손마디에 입을 맞췄다.

"날이 밝아지고 있어." 루스가 조심스럽게 손을 빼며 말했다. "사람들이 볼 거야."

영국, 레스터셔, 랫클리프홀

1943년 4월

메리언과 에디의 만남 1개월 후, 애투 전투 1개월 전

"밤의 마녀들 얘기 들어봤어?" 루스가 랫클리프홀의 침대에 등을 대고 누운 채 물었다.

메리언은 고개를 저었다. 그녀는 루스와 벽 사이의 좁은 공간에 한쪽 팔꿈치를 받치고 누워 담요 속 루스의 배를 쓰다듬고 있었다.

"낡은 복엽기를 탄 러시아 여자들이야." 루스가 말했다. "전부 한 연대래. 밤에 독일군 진지로 넘어가서 손으로 폭탄을 떨어뜨린다나. 엔진을 끄고 활공해 어둠 속에서 쉭 날아가는 거야. 빗자루를 타고 날아가듯. 물론 개죽음을 당하지."

"그래도 그 사람들은 쓸모 있는 일을 하고 있네."

"우리도 그렇잖아."

"나는 허구한 날 날씨가 좋아지기만 기다리면서 빈둥거리고 있는걸."

"이것도 쓸모 있는 일이야." 루스가 메리언의 손을 아래쪽으로 밀며 말했다. "어쩌면 우리도 밤의 마녀들일 수 있겠군."

메리언은 미소 지으며 손을 다시 위로 올렸다. "알래스카에서 사람들이 나를 마녀라고 불렀어. 장난삼아서. 그때 난 악천후에도 비행을 해서 가고 싶은 곳에 갔거든." 바클리 생각도 했다. 그녀가 자신의 자궁에 마법을 걸었다고 주장했을 때 바클리는 그 말을 반쯤 믿었다.

"그건 그 사람들이 너를 두려워했다는 뜻이야."

"어쩌면." 그녀의 엄지가 루스의 가슴 아래쪽을 스쳤고 루스가 부추기듯 갈비뼈를 들어올렸다. "ATA에 우리 같은 여자들이 또 있을까?"

"그럼. 아니, 모르겠다. 분명 그럴 마음은 있는─본인들이 의식하든 못하든─커플 이름을 댈 수는 있는데." 루스는 웃다가 심각한 표정이 되었다. "여자라면 남자를 좋아하는 게 너무 당연하게 여겨져서 대부분의 여자들이 자기가 정말로 남자를 좋아하는지 의심해볼 생각조차 안 하는 것 같아. 너도 그렇지 않았어?" 그녀는 메리언이 동의해주기를 간청하듯 기다렸다. 메리언이 남자와 자는 걸 즐기지 않았거나 최소한 남자보다 그녀와 자는 걸 더 좋아한다는 확신을 얻고 싶은 마음을 억누르지 못하는 듯했다.

"그런 것 같아." 메리언이 대답했다.

"언제나 우리 같은 여자girl들이 구석구석 숨어 있지."

"내가 어떤 종류의 여자girl인지 정확히 모르겠어." 그녀는 걸girl이라는 단어가 불편했지만 그렇다고 우먼woman이 썩 마음에 들거나 자신에게 맞는 단어라고 여겨지지도 않았다. 그 단어는

빵 굽는 팬과 진주목걸이를 가진 사람을 의미하는 듯했다.

"사람들은 추정을 하지. 내가 다닌 고등학교 이름 말해줬나? 성모승천."*

"말해줬어."

"수녀들은 우리에게 남자들이 우리 몸에 손을 대게 하는 건 죄라는 말만 했지. 여자들 얘긴 안 했어." 재미와 앙심을 품은 목소리였다.

"내가 보기에 넌 다른 대부분의 사람들과는 달리 처음부터 자신을 잘 알았던 것 같아."

"어쩌면." 루스가 대답했다. "하지만 그냥 고집불통이라 그런 것도 있어."

루스는 메리언에게 어릴 때부터 자신이 여자를 더 좋아한다는 걸 알았다고 이미 말했다. 그녀는 영악한 아이였고, 그런 비밀을 숨긴 채 고향인 미시건의 소도시에 있는 작은 가톨릭 교구에서 쇠스랑을 든 군중에게 쫓겨 달아나는 일 없이 자신이 원하는 걸 얻을 방법을 궁리하기 시작할 정도로 용의주도했다.

"에디도 처음부터 알고 있었어?" 메리언은 루스의 결혼이 어떤 것인지 마침내 이해하게 되었다.

"에디를 대변하고 싶은 생각은 없어." 침묵. "너와 내가 만나기 위해 얼마나 많은 일이 일어나야만 했는지 생각해봐."

"글쎄." 메리언이 말했다. "전쟁이 일어나야 했지."

"그리고 물론 우리의 만남은 전쟁을 완전하게 정당화시켜주지."

---

* '추정' '가정'을 뜻하는 단어 'assumption'에는 '성모승천'이라는 뜻도 있다.

루스가 냉소적인 익살에 취해 큰 소리로 말했고 메리언은 조용히 하라고 주의를 줬다. 그들은 눈을 맞추고 조심스럽게 귀를 기울였지만 차고 위 다른 방들에선 아무 소리도 들려오지 않았다.

"어차피 내가 여기 있는 걸 이상하게 생각할 사람도 없어." 루스가 속삭였다. "여자 둘이 밤늦도록 수다를 떤다고 생각하겠지."

사실이었다. 첫 키스를 나눈 그달 그들은 랫클리프에서 매일 밤 한 침대에서 잤다. 어느 시간이 되면 한 사람은 자신의 침대로 돌아가야 했지만—매일 아침 하녀가 방으로 차를 가져왔다—아직까지 아무도 이상한 낌새를 채지 못한 듯했다.

한번은 운이 좋아서 둘이 같은 날 로시머스에서 하룻밤 묵을 수밖에 없는 처지가 되었는데, 숙박을 겸하는 술집을 찾아가자 뚱한 표정을 한 주인 여자가 퉁명스럽게 말했다. "둘이 한방을 써야 하는데. 좀 아늑하긴 할 거예요."

"사정이 그렇다면 어쩔 수 없죠." 루스가 대답했다.

속임수에서, 세상 사람들의 상상력 결여에서 취할 수 있는 기쁨이 있었고, 루스는 메리언에게 그걸 취하는 법을 보여주었다. 하지만 메리언은 루스 역시 그들의 사랑을 비밀로 해야 하는 데 쓸쓸함을 느낀다는 사실을 알았다. 사람들이 그들에게 자매냐고 묻기 시작했다. 둘이 닮은 데가 전혀 없었는데도 말이다. 루스는 키가 작고 통통하고 검은 머리인 데 반해 메리언은 키가 크고 마르고 금발이었다. "사람들이 우리가 가까운 걸 알아차리기 시작했어." 루스가 말했다. "하지만 그걸 어떻게 해석해야 할지 몰라서 자기들이 생각해낼 수 있는 유일한 결론에 이르지."

맞아, 루스는 사람들에게 늘 그렇게 대답했다. 우린 자매야.

메리언도 그들의 관계를 과시하는 건 상상조차 할 수 없었다. 제이미에게 편지로 사랑에 빠졌다는 소식을 전할 마음도 없었는데, 그가 놀라고 실망하게 만들고 싶지 않아서였다. 제이미는 그녀에게 부도덕하다고 질타하진 않겠지만—예술가인 그는 온갖 부류를 알 테니까—그래도 불편해할 것이고 그러다보면 남매 사이에 금이 갈 터였다. 그 금은 갈수록 깊고 넓어져서 지금 이미 그들을 갈라놓고 있는 지구의 거대한 땅덩이보다도 큰 단절로 이어질 게 분명했고. 제이미는 그녀와 루스가 함께 한 일에 대해 상상하지 않을 수 없을 것이고, 그녀는 제이미의 머릿속에서 자신에 대한 혐오감이 흰곰팡이처럼 자라나게 될까봐 두려웠다.

메리언은 분명히 여자를 선호한다고 말할 수는 없었지만 그렇다고 남자가 더 좋다는 확신도 없었다. 지금이야 그 누구보다 루스를 선택하겠지만, 그래도 여전히 조금은 남자와의 성관계에서 느꼈던 본질적인 힘의 불균형이—굴복과 돌파를 향한 추진력이, 요구가 많은 단단한 남근이—그리웠다. 그녀는 바클리 생각을 하지 않으려고 애썼다. 그와 잔 후부터는 다른 남자들, 심지어 케일럽과 관계를 맺을 때도 그녀 안에서 그가 반향을 일으켰다. 어떤 때 그 반향은 그저 희미한 정도였지만 어떤 때는 비어 있으리라 생각한 협곡에서 울리는 총성처럼 격렬하고 충격적이었다. 하지만 루스와 관계할 때는 아무런 반향도 끼어들지 못했다. 루스와 나누는 행위는 보다 평등하면서 놀랍게도 어떤 면에서는 더 육욕적이었다. 탐욕적인 임기응변과 결합을 향한 맹목적 결의로 움직였던 것이다.

메리언은 처음 몇 번은 루스의 그곳에 입을 대지 않았지만 마침내 그렇게 하게 되었을 때 짭짤함, 알싸함, 살 속의 살, 남자의 몸에서는 찾을 수 없는 날것을 발견했다. 그녀는 자신의 클리토리스는 마주할 때마다 당혹스럽고 칠면조의 턱에 늘어진 볏처럼 흉측하기 짝이 없는 것이라 느꼈으나, 루스는 자신의 것에 만족했고 메리언의 것에 완전히 매료되었다. 루스는 그 늘어진 살을 중요하고 핵심적이며 심지어 숭배할 가치가 있는 대상으로 여겼다. 숨겨진 성지의 우상으로.

행운이 따르면 그들은 에디와 함께 런던에 갔다. 재즈가 요란하게 울려퍼지고 흘린 술 때문에 이스트 냄새가 풍기는 연기가 자욱하고 사람들이 북적거리는 실내로 숨어들 때면 메리언은 어린 시절 제이미와 케일럽과 함께 모험을 떠나면서 맛보았던 아찔한 야성적 스릴을 느꼈다. 삼각관계의 공모 분위기로 고조된 난폭한 기쁨. 메리언은 두 사람이 연인이 된 일을 루스가 에디에게 말했다는 걸 알고 있었고, 에디는 메리언에게 환영의 뜻을 담아 형제 같은 따스함을 보이는 방식으로 은근하게 마음을 표현했다. 메리언은 그도 따로 만나는 사람이 있으리라 생각했다. 동료들이 타고 있는, 자신이 탄 비행기와 똑같은 비행기들이 화염에 휩싸이고 추락하는 광경을 지켜보아야 하는 사람이 어떻게 쾌락을, 해방감을, 위안을, 삶을 추구하지 않을 수 있겠는가?

"메리언이 내 목숨을 구해준 거 있지." 5월의 어느 밤, 칵테일을 홀짝거리던 루스가 드라마틱한 눈썹을 활모양으로 치켜올리며 말했다. 열다섯번째 전투에 나갔던 에디의 무사 귀환을 축하하는 자리였다. 스물다섯 번의 전투에서 살아남으면 집으로 돌아갈 수 있었다.

에디가 가벼운 호기심을 드러내며 메리언에게 고개를 돌렸다. 그곳에선 늘 사람들이 서로 목숨을 구해주고 있었던 것이다. "어떻게 된 거예요?"

"나 보지 마요." 메리언이 말했다. "나도 루스가 무슨 말을 하는 건지 모르니까."

"어제 페어차일드를 몰고 화이트월섬에서 프레스턴으로 가고 있었는데―" 루스가 말을 끊고 테이블 너머로 에디의 팔을 만지며 상냥한 학교 선생님 같은 목소리로 말했다. "에디, 당신은 모를 수도 있는데, 거길 가려면 리버풀 회랑을 통과해야 하거든. 그게 뭔지 알아?"

에디가 재미있어하며 말했다. "당신이 말해주겠지."

"리버풀 방공기구와 워링턴 방공기구 사이 2.5마일 너비의 길쭉한 공간이야. 아무튼, 이미 그 구역으로 들어갔는데 느닷없이 구름 속에 갇혔어. 진짜 느닷없이. 방금 전까지 맑은 하늘을 날고 있었는데 다음 순간 시야가 뿌연 거야. 이슬점과 관계있는 상황이라는 건 나중에 알았지. 이상한 현상이야."

"메리언이 이슬점을 바꾼 거야?" 에디가 물었다. "메리언이 날씨의 신인가?"

"거의 그런 거였어." 루스가 대꾸했다.

"그럼 메리언은 태양이겠네. 와서 구름을 태워 없앴겠지."

"아니, 하지만 메리언이 계기비행을 몇 가지 가르쳐줬어."

"난 네가 안 듣고 있는 줄 알았는데!" 메리언이 말했다. 그녀가 에디를 보며 설명했다. "루스가 술집에서만 가르치라고 해놓고 번번이 화제를 돌렸거든요. 그래서 거의 가르쳐준 게 없어요."

"구름에 갇히면 똑바로 수평비행을 하다가 아주 천천히, 얕게 반대 방향으로 기수를 돌린 다음 급강하를 시도하라고 했잖아."

"그건 누구나 해줄 수 있는 말이야."

"하지만 나한테 그 말을 해주는 수고를 한 사람은 너뿐이었고. 그래서 그대로 했지. 단, 문제가 하나 있었는데, 500피트 상공까지 내려갔는데도 구름이 전혀 옅어지지 않은 거야. 그래서 구름 위로 넘어가야겠다고 생각했지만, 위로 올라가도 구름이 계속 따라오더라. 7500피트까지 올라갔는데 여전히 구름 속이었다니까."

"낙하산으로 탈출했어야지." 에디가 말했다.

"그 생각도 해봤어." 루스가 대답했다. "그럴 수도 있었는데, 시간이 늦어서 택시 비행기를 못 타는 바람에 바지로 갈아입을 여유가 없어서 제복 치마를 입고 있었고, 우리끼리 얘긴데, 깨끗한 속옷이 없어서 치마 안에 아무것도 안 입은 상태였거든." 루스는 두 사람 사이의 공간을 응시했다. "뭐가 문제인지 알 거야."

"루스." 에디가 말했다. "죽느냐, 아니면 입에 담기 민망한 부위를 노출하며 낙하산을 타고 내려오느냐 둘 중 하나를 선택해야 한다면 후자를 택해야지. 사실 난 당신이 스캔들을 일으킬 기회를 마다한 게 놀라운걸."

"나도 그래." 루스가 생각에 잠긴 목소리로 말했다. "돌이켜 생각해보면, 난 그렇게 무력한 상태가 되는 걸 원하지 않았던 것 같아. 아무튼, 그래서 난…… 그대로 날아갔지. 구멍이 열리길 바라면서."

"이거 조마조마한걸." 에디가 말했다. "보아하니 당신은 살아 남은 것 같지만."

"구름이 옅어지는 게 보였어. 아니, 보인다고 생각했어. 상상 이었을 수도 있고. 내가 어디 있는지 전혀 모르겠더라고. 급강하 할 때 방공기구나 산비탈에 충돌할 수도 있었던 거지." 그녀는 말 을 끊었다. 에디가 그녀의 손을 잡았다.

"겁먹었구나." 에디가 말했다.

"그랬지. 진짜 그랬어." 루스의 목소리가 흔들렸다. "그 상황 에서는 너무 집중하다보니 아무것도 못 느끼는데 나중에 충격이 와. 오싹하니 오한이 들고 다시는 몸이 따뜻해지지 않는 그런 기 분이더라."

"메리언, 조언 좀 해줘요." 에디가 말했다. "무슨 말이라도 괜 찮아요. 행운을 위해. 뭘 알고 있어야 하죠? 어떻게 해야 목숨을 구할 수 있을까요?"

"내가 루스에게 말해준 건 상식에 불과했는데요."

"그건 조언이 아니죠. 어서요."

메리언은 생각에 잠겼다가 말했다. "나의 첫 비행 선생님은 본 능을 거슬러야 하는 때를 배워야 한다고, 저항하고 싶을 때는 굴 복하고 굴복하고 싶을 때는 저항하라고 말해줬어요. 하지만 그건 비행에 대한 말은 아니었죠. 그리고 그 선생님은 얼마 후 추락 사 고로 세상을 떠났고요."

에디가 웃으며 말했다. "내 본능은 그런 끔찍한 조언을 무시하 라고 강하게 말하는데, 어쩌면 그건 조언을 받아들여야 한다는 의 미인지도 모르겠네요. 메리언이 나에게 어려운 수수께끼를 안겨

줬어요."

　일주일 후, 에디의 비행기가 격추당했다는 소식이 전해졌다. 그는 실종자로 분류되었다. 루스는 전보를 바닥에 내팽개친 채 침대에 누워 있었다. "열일곱번째 전투였어." 침대에 앉아 등을 쓸어주는 메리언에게 그녀가 말했다. "어떻게 스물다섯 번이나 죽지 않고 살아 돌아올 수가 있겠어? 그건 비인간적인 규정이야. 전보가 왔을 때 사람들이 나에게 어떤 시선을 보냈는지 너도 봤어야 했는데. 내가 우는 걸 무례하다고 여기는 것 같았어. 왜 여기선 아무도 울지 않는 거지?"

　"울기 시작하면 도저히 그칠 수 없을까봐 두려운 거야."

　며칠 후, 스핏파이어를 수송하게 된 루스는 비행기에 기계적 결함이 생긴 것처럼 가장하고 우회해 에디의 기지에 착륙했다. 그녀는 격납고와 작전실에서 아무나 붙들고 성가실 정도로 캐물었다. 그 결과, 다른 비행기 승무원들이 에디의 비행기가 폭발하기 전 낙하산 세 개를 보았다고 보고했다는 정보를 얻어냈다. 하지만 그 낙하산들이 누구 것이었는지는 아무도 알지 못했다.

태평양

1943년 6월

몇 주 후

군수송선 한 척이 바다를 향해 금문교 아래를 미끄러지듯 지나 갔다. 높은 난간 앞에 서 있는 제이미의 눈에는 갑판이 인간이라 는 이끼로 뒤덮인 것처럼 보였다. 뗏장처럼 빽빽한 카키색과 초 록색 몸으로 이루어진 카펫. 그들은 목적지를 알지 못했다. 눈부 신 저녁빛이 흰 물결과 공중에서 선회하는 바닷새들, 금문교의 주황색과 붉은색 탑들에 비스듬히 떨어졌고, 프리시디오를 덮치 기 시작한 안개의 장막이 탑 중 하나를 집어삼키려 하고 있었다. 안개가 배를 점령할 때까지 바다는 희부연 옥색으로 빛났다. 제 이미는 아래로 내려갔다.

그 배는 원래 원양여객선이었는데, 가구와 설비를 모두 뜯어내 고 대신 곳곳에 침상을 빵집 쟁반처럼 빽빽하게 배치했다. 창문 과 현창은 판자를 대어 가리거나 검은 칠을 해놓았다. 한때 커플 들이 팔짱을 끼고 거닐었을 갑판에는 구식 대공포들을 에워싼 모

258

래주머니들이 높이 쌓여 있었다. 새 배도 아니고 퀸메리호나 퀸엘리자베스호처럼 빠른 속도로 스스로를 방어할 능력도 없어서 구축함 한 척이 따라다녔다. 선체와 선루에 회색 페인트칠을 해서 선수와 선미에 있던 배 이름이 지워진 탓에, 제이미는 이틀째 되는 날 군인 몇 명이 주사위놀이를 하면서 주사위가 멀리 굴러가지 못하도록 막아놓은 낡은 구명튜브를 보고서야 배 이름을 알게 되었다. 마리아포투나.

어렸을 때 윌리스가 그 침몰 사고에 대한 신문기사 스크랩을 보여주긴 했지만 그후로는 조세피나이터나호의 자매선에 대해 생각해본 적이 없었다. 그때 본 신문기사 사진에서 그와 메리언은 아버지에게 안겨 SS 마나우스호 트랩을 내려오는, 강보에 싸인 얼굴 없는 번데기 꼴을 하고 있었다. 그때 갓 나온 L&O사의 다른 새 여객선 마리아포투나호의 이름이 기사에 언급되어 있었다. 제이미는 배 안을 둘러보며 과거의 위용을 상상해보았다. 민간인 선원들이 그 배에 남아 있었고, 그는 주갑판 밑 통로에서 기관사 한 사람을 불러 세웠다.

"이 배 자매선이 침몰했죠, 그렇죠?" 제이미가 물었다. "조세피나호요."

"맞아요. 나쁜 일을 당했죠. 물론, 내가 뱃사람이 되기 전 일이에요." 그들이 통로를 막고 서는 바람에 군인들과 선원들이 좁은 틈을 비집고 지나갔다. "더이상 통행에 방해가 되지 않는 게 좋겠네요." 기관사는 그렇게 말하고 사람들의 무리 속으로 사라졌다.

알류샨열도에서 돌아온 제이미는 샌프란시스코에서 다시 떠나기 전 며칠 휴가를 받았고, 코디액에서 출발한 수송기가 연료를 채우기 위해 시애틀에 예정에 없던 착륙을 하자 충동적으로 비행기에서 내렸다.

그가 전화로 이름을 밝히자 세라 페이히―세라 스콧―는 무슨 말인지 알아들을 수 없는 작은 소리를 냈다. "내가 보낸 수채화 받았어?" 그가 물었다.

그녀가 목청을 가다듬고 대답했다. "받았어."

그는 그녀가 무슨 말이든 해주기를 기다렸다. 하지만 침묵이 흐르자 이렇게 말했다. "성가시게 하려던 건 아니었어. 마침 시애틀에 오게 돼서 네 생각이 났는데 이만 끊을게."

"응." 그녀가 애매하게 말했다. "응, 알았어."

그는 군인들로 소란스러운 술집에서 술을 퍼마셨다. 예전의 그 당혹스럽고 심장을 옥죄는 갈망의 감정이 마음 깊은 곳으로부터 올라와 파문을 일으켰다. 세라에게 왜 전화를 걸었을까? 왜 그냥 그대로 내버려둘 수 없었을까? 그녀와의 마지막 만남에서 그가 배웠어야 했던 게 한 가지 있다면 그녀가 망상이고 환상이라는 것, 그들 사이엔 아무것도 가능하지 않다는 것이었다. 그런데도 그녀를 다시 찾아온 건 어리석기 짝이 없는 짓이었다.

그가 에이댁 항구에서 수채화에 담은 것은 폭풍과 폭풍 사이의 막간에 찾아온 황금 같은 순간으로, 수평선은 짙은 쪽빛으로 물들고 레몬 빛깔 햇살이 바다 위를 스치듯 날아다녔다. 해안선을 따라 흉물스럽게 쌓인 군대의 쓰레깃더미조차 천상의 빛으로 목욕한 모습이었고, 그는 가슴 벅찬 숭고함을 느꼈다. 그의 붓에서 온갖 색깔이 배어나오자 세라에 대한 고마움을 주체할 수 없었다. 세라가 등을 떠민 덕에 그의 삶은 더 넓게 확장되었다.

애투는 그 고마움을 몰아내지는 않았지만 더 복잡하게 만들었다. 철광석처럼 검고 무거운 감정이 섞여들었던 것이다.

아침에 일어나보니 호텔방 문 밑으로 쪽지가 밀어넣어져 있었다. 스콧 부인이 함께 점심식사를 하자고 쓴 쪽지였다. 한 시간이 남았고, 식당 주소를 보니 바로 길 아래였다. 그는 세라에게 묵고 있는 호텔 이름을 말했는지 기억을 더듬어보았지만 그런 적이 없다고 거의 확신할 수 있었다.

약속시간이 임박할 때까지도 가지 않을 거라 생각했지만, 당연하게도 갔다. 세라는 자신이 고른 어둡고 지저분하고 작은 식당의 안쪽 칸막이자리에서 기다리고 있었다. 깔끔한 푸른색 정장과 구두가 그 장소에 어울리지 않고, 얼굴은 긴장되어 있었다.

"만나서 반가워." 제이미가 말했다. 그는 자리에 앉아 메뉴판을 들여다봤다. "먹고 싶은 거 골랐어?"

세라가 테이블 너머로 손을 뻗어 그의 손등을 만졌다. "제이미, 미안해." 그녀가 말했다.

그는 메뉴판을 내려놓았다. "뭐가?"

"우선, 전화를 그렇게 받은 거. 충격받아서 그랬어. 언니도 방에 같이 있었고. 언니 때문에 하고 싶은 말을 아예 못했어."

웨이터가 나타났다. 종이모자를 쓴 나이 지긋한 남자였는데 꼬질꼬질한 앞치마 너머로 배가 불룩 나와 있었다. 웨이터가 수첩에 펜을 대고 물었다. "뭐 드시겠습니까?"

"잠깐만 기다려주세요." 제이미가 말했다. 웨이터는 펜을 귀

뒤에 꽂고 사라졌다.

"정말 배고파? 다른 데 가서 얘기하고 싶은데. 네 호텔은 어때?" 세라가 그렇게 말하고는 얼굴을 붉혔다. "이 식당을 고른건 네 호텔에서 가까워서야." 그는 즉시 칸막이좌석에서 빠져나왔다. 그녀가 두 손을 내밀었다. "네 도움이 필요할지도 몰라. 무릎이 후들거려서."

"나를 어떻게 찾았어?" 함께 밖으로 나가며 그가 물었다. 세라는 그의 팔을 잡고 있었다.

"네가 미술관 근처에 묵을 거라고 생각했지. 그래서 근처 호텔들에 전화를 걸었어."

"몇 군데 걸었는데?"

"열일곱 군데."

나중에 그가 그녀의 푸른색 정장과 흰 실크 블라우스를 벗긴 다음 가터벨트에서 스타킹을 풀어 말아내리고 거들과 브라, 팬티로 이루어진 속옷을 벗길 때까지 그들은 말을 거의 하지 않았다. 그는 천천히, 체계적으로 움직였고 그녀가 도와주거나 서두르려 할 때마다 그녀를 막았다. 이윽고 그녀가 침대에서 알몸이 되어 머리를 어깨 위로 풀어헤치자 그는 뒤로 물러서서 그녀를 바라보았다. 그녀가 마주 응시했고, 그는 눈을 감고 자신을 시험하며 그녀의 모습을 기억에 담으려고 머릿속으로 떠올렸다.

"오빠가 죽었어." 나중에 그녀가 그의 팔에 안겨 누워서 말했다. "태평양에서. 끔찍한 충격에서 막 벗어났을 때 네 수채화를 받은 거야. 물론 네가 전쟁터로 떠난 건 이미 알고 있었지만, 어빙 오빠가 죽고 나니까 나만 아니었으면 너는 어디 안전한 곳에 있었을지도 모른다는 생각이 들더라. 사실 난 너에게 수치심까지 주려 했잖아. 이 모든 게 어느 정도는 그 일 때문이기도 하다는 생각이 들어. 안 그래? 모두가 다른 사람들도 자신처럼 고통받기를 원하는 거 말이야. 사람들은 지금까지 상상조차 못했던 일들을 남들에게 원하고 있어. 상상조차 못했던 일들을 스스로 하고 있고. 네 그림이 왔을 때 난 그저 이런 생각뿐이었어—내가 무슨 짓을 한 거지?" 그녀는 고개를 들어 그를 보았다. "내가 아니었어도 넌 전쟁에 나갔을까?"

"그랬을 거야. 넌 나에게 영향력이 있긴 하지만 그 정도로 막강한 영향력은 아냐. 책임감 느끼지 마."

그녀는 그에게 이마를 댔다. "그렇게 간단했으면 좋겠다."

"나도."

"남편은 지중해에 있어." 그녀는 다시 격하게 제이미를 올려다봤다. "난 그이를 정말 사랑해."

"이 일이 네가 남편을 사랑하지 않는다는 의미라고 생각하진 않아."

세라는 고개를 내리고 그의 가슴털을 부드럽게 잡아당겼다. "완전 금색이야." 그녀가 말했다. "털이 많네. 예상 밖이야."

"나도 너만큼 놀라워."

"네가 알래스카에서 그린 그림이 〈라이프〉에 실린 거 알아?"

"응, 들었어."

"봤어?" 그녀는 알몸으로 민망해하지도 않고 침대에서 나가 핸드백에서 잡지를 꺼내왔다. 그들은 침대 머리판에 나란히 기대앉았고, 그녀가 잡지 페이지를 넘겨 알류샨열도에 대한 기사를 찾아냈다. 에이댁 비행장을 담은 그림이었다. 폭풍이 몰려오는 가운데 비행기 한 대가 물보라를 일으키며 착륙하고 있었다.

제이미는 그 복사된 그림을 들여다보며 말했다. "내가 선전원이 될 줄은 몰랐어."

"국가에서 너에게 원하는 게 선전이야?"

"아니. 놀랍게도 그렇지 않아. 난 완전히 자유롭다시피 해. 해군에서 그 누구 못지않게 자유롭지." 그는 그녀를 가까이 끌어당겨 머리 위에 턱을 얹었다. "이러고 있으니까 내가 그림 분류 작업을 하던 다락방으로 네가 도와주러 왔던 때가 생각난다. 너랑 단둘이 있다는 기분을 가장 강하게 느꼈던 때였는데."

"그땐 옷을 입고 있었지."

"난 그렇지 않기를 간절히 바랐는걸."

"나도."

"정말?"

"가끔이지만. 난 내가 뭘 원하는지 잘 몰랐거든." 그녀는 여전히 잡지를 보고 있었다. "사진으로만 보다보니 전쟁이 흑백으로 일어나고 있는 것 같아."

"흠." 그는 자폭하던 일본 군인들을 떠올렸다. "총천연색이지."

"이 그림은 사진하고 좀 다른 느낌인 게, 네가 배경을 약간 휘게 그려서 그래. 정밀한 현실과는 다른 방식으로 진실을 전하지." 그녀의 발이 그의 종아리를 스쳤다. "누가 뭐래도 이건 네 작품이야. 너 자신 말이야."

그는 침대에서 나가 애투에서 작업한 스케치북을 손가방에서 꺼내왔다. 그리고 얼룩과 휘갈김으로 채운 페이지를 펼쳐서 그녀에게 건넸다. "일본군 자살공격 때 그린 거야. 그땐 내가 보고 있는 걸 그린다고 생각했지."

그녀는 스케치북을 넘겼다. "그게 아니었어?"

"내 말은, 그때 종이를 볼 때는 사실적인 이미지들이 실제로 보였다고. 그러니까 형상들. 풍경들." 그녀는 잠자코 침묵을 지켰다. "난 세 사람을 죽였어." 그가 말했다. 아무에게도 그 말을 한 적이 없었다. 알류샨에서는 그런 말을 한다는 게 이상한 일이었다. 불필요한 일이었다. 그는 자신이 죽인 세 사람이 아니라 구호 텐트가, 캔버스천 아래서 움직이던 형상들이 자꾸만 떠올라 신경쇠약에 시달렸다.

"전쟁이니까." 세라가 말했다.

"이걸 나 대신 메리언에게 보내줄 수 있을까?" 제이미가 〈라이프〉 잡지를 두고 말했다. "메리언이 이걸 봤으면 좋겠어. 다시 전쟁터로 나가기 전에 그럴 짬이 날지 몰라서. 메리언의 영국 주소를 알려줄게."

"메리언이 영국에 있어?"

그는 메리언에 대해 자신이 아는 걸 모두 이야기했다. ATA에 대해, 메리언의 알래스카 생활에 대해, 그리고 결국 바클리에 대해서까지.

세라가 잠시 망설이다가 말했다. "사실은 어머니께 메리언이 여기 왔었다는 이야기 들었어. 그때가 아니라 최근에 들은 거야. 지난번 우리가 만난 후에. 걱정 마. 어머니는 아버지에겐 절대 그 이야기 안 하실 거야. 아버지는 어머니가 하는 일을 거의 몰라."

"네 어머니가 친절을 베푸셨지. 아니, 그 이상이었어. 메리언에게 새 삶을 주셨어."

"그래. 사연을 들어보니 그런 것 같더라. 지난번 만났을 때 메리언은 자식을 갖고 싶어하지 않는다는 네 말에 내가 그런 반응을 보인 게 당혹스럽네."

"괜찮아. 나도 내가 했던 말들이 당혹스러운걸. 네 삶에 대해 너무 모르는 것도 그렇고. 지금 말해줄래?"

"어디서부터 시작해야 할지 모르겠다."

"아무데서나 시작해."

세라는 아들들에 대해 이야기하며 그들을 사랑하지만 모성에 구속된 기분도 느낀다고 했다. 그리고 남편을 사랑하지만 그녀가 당연히 자신에게 충실할 거라고 여기는 점에 화가 난다고 했다. 자매들과 가족 이야기, 바탄반도에서 전사한 어빙 이야기도 했다. 제이미는 세라에게 자신이 알코올중독자가 될 뻔한 일, 메리언이 밴쿠버로 데려간 일, 주디스 웩슬러와 샐리 아유카와, 산속에 들어갔다가 나온 일, 그리고 윌리스의 죽음에 대해 이야기했다. 오후가 저물어갔다. 방안이 어두워졌으나 그들은 불을 켜지 않았다. 옷을 입고 나서는 문가에서 오래도록 포옹을 풀지 않았다. 밖으로 나가면 무언가 끝나버릴 것임을 알고 있었기 때문이다. 그는 그녀와 함께 로비까지 내려가서 그녀가 머리를 푼 모습으로 저녁 속으로 사라지는 걸 지켜보았다.

그는 샌프란시스코행 기차를 타기 전에 호텔에서 체크아웃을 하면서 호텔 직원에게 종이로 싼 꾸러미를 주고 세라의 집으로 배달해달라고 요청하며 비용을 치렀다. 그 스케치북 안에는 그가 호텔 메모지에 쓴 짧은 편지가 있었다.

이건 원칙적으로는 미 해군 소유라 내 마음대로 주면 안 되는 거야. 하지만 이걸 워싱턴으로 보내고 싶진 않고 더이상 들고 다니고 싶지도 않아서. 나를 위해 간직해줄래? 어쩌면 너를 다시 만날 구실을 만들기 위해 너에게 무언가를 남기고 싶은 건지도 몰라―그래, 맞아―하지만 진짜로 내가 돌아오는 이유는 너를 사랑하기 때문이야. 그리고 내가 스스로 두고 간 건 영원히 되찾을 수가 없지.

독일, 바르트 근처, 슈탈라크루프트 I 수용소

1943년 6월

제이미가 샌프란시스코를 떠나던 무렵

에디가 처음 리오를 본 건 수용소에 와서 일주일이 지난 후였
는데, 그때 리오는 푸른색으로 물들인 손수건 몇 장을 꿰매 붙여
만든 하늘하늘한 원피스를 입고 적십자 포장재인 밀짚 끈 두 개를
꼬아 만든 엉성한 가발을 쓰고 무대에 서 있었다. 〈페트리파이드
포리스트〉*의 여자 주인공 개비 역이었다. 적십자 궤짝으로 만든
세트에 독일군 경비병들이 시내의 극단에서 빌려와 물물교환으
로 넘긴 여러 소품이 놓여 있었다. 오락에 목마른 수천 명의 포로
가 훌륭한 관객이 되어주었다. 경비병들도 와서 앞줄에 앉았다.

"내가 아는 많은 여자가 저걸 보고 한두 가지는 배울걸." 에디
옆에 앉은 남자가 리오에게 감탄하며 속삭였다.

---

* 로버트 E. 셔우드가 쓴 희곡. 1936년에는 영화로 만들어지기도 했으며 국내에는
  '황야의 방랑객'이라는 제목으로 소개되었다.

저거. 그가 어떻길래? 리오는 분명 여자는 아니었지만 여자와 구분이 안 될 정도로 꾸밀 수 있었다. 여자 역할(연극뿐 아니라 수용소 내의 기이할 정도로 열성적인 댄스 공연과 티타임 때도)을 맡은 포로 가운데 일부는 여성이 행하는 여러 의식을 완전히 수용해 팔다리 털을 밀고 직접 만든 립스틱과 볼연지를 발랐다. 그러나 새 부리 모양의 커다란 코와 털북숭이 팔의 소유자인 리오는 관절의 움직임에 약간의 부드러움을 더하고, 등을 살짝 흔들고, 손가락을 과장된 동작으로 세심하게 움직이는 것만으로도 애리조나 주유소 식당의 외롭고 가식적이고 충동적인 웨이트리스가 될 수 있었다. 에디는 그의 연기를 보며 사막의 열기를 느끼고 튀김냄비의 기름냄새를 맡는 듯한 기분을 맛보았다.

에디는 그후로 리오를 찾아보기 시작했지만, 막상 세면장에서 우연히 옆에 있을 때 그 코를 보고도 하마터면 알아채지 못할 뻔했다. "연기가 아주 훌륭했어요." 에디가 용기를 내어 말을 걸었다. "여기 오기 전에 배우였어요?"

"아뇨, 난 폭격수였어요."

"그전에 말이에요."

"무슨 뜻인지 알아요. 배우 꿈만 꿨죠. 고등학교 때는 오디션을 볼 배짱조차 없었거든요. 하지만 여기선—못할 거 뭐 있어요? 잃을 게 없잖아요."

"진짜 굉장했어요. 내 옆에 앉은 사람이 진짜 여자들이 보고 배워도 될 정도라고 하더군요."

리오는 입을 꾹 다물었다가 말했다. "사람들은 그런 말을 즐기죠."

"그냥 재미로 그러는 거겠죠." 에디가 조심스럽게 말했다.

리오도 짤막하고 정중한 미소를 보냈다. "그럴 수도 있고요."

"절망적인 시기를 견디기 위한 궁여지책이라고나 할까요?"

"어떤 사람들에게는요."

에디는 속삭임에 가까울 정도로 목소리를 죽여서 말했다. "불쌍한 인간들."

에디의 비행기는 독일군 메서슈미트 전투기의 공격으로 엔진에 불이 붙었다. 조종사가 낙하산으로 탈출하라는 지시를 내렸을 때 부조종사와 후미 기총수는 이미 총에 맞아 죽은 후였다. 폭격수가 그동안 자신이 무수히 폭탄을 투하한 공간을 통과해 맨 먼저 탈출했고 그다음엔 무전병, 그다음엔 에디가 떨어졌다. 비행기에 타지 않고 맨몸으로 하늘에 뛰어들어 대공포와 총알과 웅웅거리는 엔진들과 화염 사이로 떨어지는 기분이 묘했다. 그는 낙하산 끈을 잡아당겼다.

무전병은 낙하산에 매달린 채 총에 맞아 죽었고, 조종사와 다른 대원들은 어떻게 되었는지 알 수 없었다. 에디와 폭격수는 프랑크푸르트로 끌려가 심문을 받은 후 발트해 연안의 수용소로 보내졌다. 포로들이 기차에서 내려 수용소 문으로 걸어들어갈 때 길가에 모인 사람들이 야유를 보내며 몸짓으로 올가미와 총살 집행대 시늉을 했다.

"내가 왜 여자보다 더 여자 같아야 하는 건지 모르겠어." 둘이 만난 지 한 달쯤 되었을 때 리오가 에디에게 말했다. 그들은 리오의 막사에 있었다. 리오는 스토브 근처에 서 있었고, 에디는 달리 있을 데가 없어서 구석의 침대들 사이에 끼어 서 있었다. 그곳의 방은 가로 16피트, 세로 24피트 크기였고 한 방에 열다섯 명씩 수용되었다. 리오는 세탁실 담당자가 특별히 인심을 써서 제공해준 뜨거운 물이 가득 든 양철 컵과 적십자 비누 한 조각으로 분장을 지우고 있었다. "시합이 끝난 뒤, 보크인지 브룩스인지 하는 중위가―지가 피츠버그 출신이라고 떠들고 다니는 그 종교인 있잖아―나한테 한다는 말이, 내가 에덴동산에 있었다면 이브를 만들 필요가 없었을 거라는 거야! 그건 분명 또다른 종류의 원죄가 되었겠지만. 내 생각엔 그 중위가 몇 가지 잘못 아는 게 있어."

리오는 그날 오후 치마를 입고 가발을 쓴 차림으로 셔츠자락을 갈비뼈 위로 묶은 다음 권투시합 득점표를 들었고, 수백 명의 미군 포로가 야유와 환호를 보내고 외설적 암시를 담은 고함을 질러댔다.

에디가 말했다. "나중에 누가 브룩 중위에게 아이들이 어떻게 만들어지는지 알려줬으면 좋겠네."

"그 인간들은 자위질을 하며 내 생각을 해도 그게 아무 의미도 없다고 자신을 안심시키고 싶어하지. 아무튼 난 여자보다 더 여자 같으니까! 가장 순수하고 여자다운 본질로 농축된 여성성이지."

"다들 어떻게 해야 할지 모를 정도로 여자가 그리워서 그러는 거겠지."

"그래, 뭐, 그런데 그게 내 문제는 아니잖아. 내가 걔들이 다 내

좆을 빨고 싶어한다고 생각할까? 그럴 리가. 걔들 대부분이 지금 내가 좆을 빨아준다고 하면 거절하지 않겠다고 생각할까? 글쎄." 그는 에디를 향해 목을 길게 뺐다. "내가 제대로 아는 건가?"

에디는 엄지를 물에 적셔 리오의 눈가를 닦아주었다. "여기 뭐가 묻어서." 그리고 큰 손으로 리오의 뒤통수를 감싼 다음 그에게 키스했다.

리오가 물러섰다. "누가 들어올 수도 있어."

"항상 누가 들어오지."

에디 생각에 리오는 놀라울 정도로 그들의 관계를 수줍어했다. 수용소 내에 한두 커플이 더 있었는데—진짜 커플 말이다—그렇게 사람들로 북적거리는 곳이다보니 기준도 낮은 분별 비슷한 걸 지키기만 하면 대체로 용인되는 분위기였다. 다른 종류의 관계도 있었다. 이를테면 이성애자끼리 나이든 독신 여성들처럼 성관계를 하지 않으면서 헌신적인 짝이 되거나, 그저 음식을 서로 나누는 진지한 파트너 관계를 맺기도 했다. 동성애자끼리, 혹은 동성애자와 이성애자가, 혹은 친절한 이성애자끼리 철저히 성적인 관계만 갖기도 했다. 온갖 종류의 호의를 주고받았고, 천태만상의 사랑이 존재했다. 종내는 당혹감이나 마음의 상처, 주먹질로 막을 내리는 애매하고 혼란스러운 우정도 있었다.

"전쟁이 끝나면 제일 먼저 하고 싶은 일이 방을 구하는 거야. 변소 냄새 안 나는 깨끗한 방—"에디가 말했다.

"이보다 끔찍한 방은 없지. 안 그래?" 리오가 말했다.

"—침대와 깨끗한 시트, 잠그고 열 수 있는 문이 있는 깨끗한 방. 그 방에서 너와 밤새 있고 싶어. 완전히 알몸으로 서두를 필요 없이 느긋하게 즐기고 싶어."

리오가 그의 뺨을 톡톡 쳤다. "근사한데."

"그다음날 밤도, 다음다음날 밤도."

영국, 햄블

1943년 11월

제이미의 샌프란시스코 출항 5개월 후

"어떤 남자가 찾아왔었어요." 메리언이 햄블 군대식당에 앉아 점심을 먹고 있는데 다른 조종사가 와서 전했다.

메리언은 버블앤드스퀴크*를 한입 먹었다. "어떤 남자요?" 9월에 4단계에 속하는 쌍발엔진 중비행기를 몰기 위해 몇 주간 화이트월섬으로 갔던 그녀는 랫클리프로 복귀하는 대신 햄블에 재배치되었다. 여성으로만 이루어진 제15수송대가 있는 햄블은 스핏파이어와 쌍발엔진 폭격기가 닭장의 달걀처럼 꾸준히 생산되는 비커스 잠수함공장들 가까이에 있는 사우샘프턴에서 멀지 않았다. 그 도시는 기분좋은 예스러움을 지니고 있었다. 햄블강과 사우샘프턴 워터 사이에 매연에 뒤덮이고 방공기구에 둘러싸인 비행장이 있었다.

---

* 영국식 감자와 양배추 볶음 요리.

"모르겠어요." 그 여자 조종사가 대답했다. "나도 못 봤거든요. 낸시가 봤는데, 나한테 대신 전해달라고 하더라고요."

"낸시는 어디 있는데요?"

"벨파스트로 떠났을 거예요. 그 남자는 오늘 아침에 온 것 같던데. 열렬한가봐요, 애인이."

"난 애인 없어요. 낸시가 다른 얘기는 없었어요? 이름은?"

"어디 보자." 그 조종사는 천장으로 비스듬히 시선을 던지고 기억을 더듬었다. "아뇨, 그게 다예요."

다른 조종사가 와서 그들에게 인사하고 앉았다. 그 두 사람이 대화를 나누는 동안 메리언은 생각에 잠긴 채 식사만 했다. 루스가 같은 테이블에 있었다면 메리언의 그런 비사교적인 행동을 허락지 않았겠지만, 루스는 메리언이 화이트월섬 훈련을 마쳤을 무렵 그곳에 도착했다가 훈련이 끝난 후 랫클리프로 복귀했다. 그들은 다시 멀어졌는데, 주로 물리적인 문제 탓이었지만 길어진 이별을 받아들이는 방식도 서로 달랐다. 루스는 메리언에게 암호로 쓴 갈망과 메리언의 금욕주의에 대한 노골적인 비난을 가득 담은 긴 편지들을 보냈다. 메리언의 답장은 짧고 아무런 꾸밈이 없었으며, 주로 비행에 대한 내용이었다. 그렇다고 그녀가 루스를 그리워하지 않은 건 아니었다. 다만 그 그리움을 마음에 담고 봉인했을 뿐이다. 묵묵히 앞으로 나아가며 다른 일을 생각하는 것, 그것이 그녀의 타고난 성향이었다. 물론, 루스는 에디에 대한 걱정에도 시달렸다. 마침내 그가 독일군 포로수용소에 살아있다는 소식이 전해졌다. 그리고 에디 본인에게서 적십자 엽서가 날아오기도 했는데, 슈탈라크루프트 I 수용소에 있다는 내용밖에 들어 있지 않았다.

점심식사 후 구름이 끼기 시작하더니 세시경이 되자 기상청에서 그날은 비행이 불가능하다는 결정을 내렸다. 메리언은 오토바이를 타고 비행장을 떠났다. 햄블에 배치된 여자 조종사들 대부분이 작은 벽돌집을 숙소로 정했지만, 메리언은 7마일 떨어진 사우샘프턴의 폴리건호텔에 묵었다. 수송대와 거리를 두고 프라이버시 비슷한 걸 누리고 싶었던 것이다.

메리언은 털털거리는 오토바이를 타고 파병 인원이 갈수록 늘고 있는 미군을 가득 태운 칙칙한 녹색 지프나 트럭을 요리조리 피해 사우샘프턴으로 가면서, 자신을 찾아왔다는 남자가 혹시 제이미일까 생각했다. 그녀는 제이미가 태평양에 있을 거라고 짐작했지만, 벌써 한 달 넘게 소식을 듣지 못했으니 어디 있는지 정확히 알 수는 없었다. 가장 최근에 온 편지는 파푸아뉴기니에서 보낸 건데, 모기에 산 채로 물어뜯기고 곰팡이가 피어 썩어가고 있다고 했다. 파라다이스는 무슨, 이라고 편지에 쓰여 있었다. 그는 자유로이 전쟁터를 돌아다니는 듯했다. 어쩌면 해군은 그가 최후 공격을 기록할 수 있도록 유럽의 전장으로 데려와야 한다는 판단을 내린 건지도 몰랐다. 미군이 영국에 집결하면서 남쪽 해안을 따라 미군기지들이 우후죽순으로 생겨났으니 머지않아 그들이 투입될 것이 분명했다.

메리언은 한여름에 세라 페이히 스콧이 서류봉투에 넣어 보낸 〈라이프〉를 받았는데, 제이미의 그림이 실린 두 페이지 사이에 종이 서표가 끼워져 있었고 짧은 메시지가 담긴 카드도 한 장 들어 있었다.

우린 만난 적이 없지만, 나는 제이미의 옛친구로서 메리언 이야기를 많이 들었고 메리언과도 친구가 되고 싶어요. 지난달 제이미가 시애틀에 들렀을 때 나를 찾아와줘서 얼마나 고마웠는지 몰라요. 제이미가 이걸 메리언에게 보내달라고 부탁했어요—잡지에 실린 제이미의 그림은 이미 수백만 명이 보았지만, 당신은 1마일 밖에서 봐도 그의 그림을 알아볼 수 있으리라 확신해요. 참, 우리 어머니가 안부 전해달라고 하시네요. 어머니는 메리언을 '힘'이라고 불렀어요. 어머니에겐 최고의 찬사죠.

메리언은 제이미가 세라를 다시 만난 이야기를 왜 편지에 안 썼는지, 혹시 그의 편지가 도중에 분실된 건 아닌지 궁금해졌다. 그녀는 잡지에 실린 그림을 자세히 들여다보았다. P-4기 한 대가 베링해의 외딴 점 위에 착륙하고 있었다. 그림의 소재는 제이미의 것이 아니었지만 솜씨는 그의 것이었다. 약간 휜 배경이 그랬고, 화산의 머리 위에 놓인 하얀 관으로, 물에 잠긴 활주로에 비친 그림자로 표현된 구름에서 엿보이는 자신만만함이 그랬다. 비행기도 잘 그려져 있었다—지나친 세부묘사 없이 정확했다. 메리언은 그 비행기 조종사가 부럽지는 않았다. 그녀가 알래스카에 있던 시절 알류산열도에는 비행기가 착륙할 수 있는 곳이 많지 않고 에이댁이나 애투 같은 면 섬은 특히 더 그랬다. 그런 곳에는 갈 이유도 없었다. 날씨마저 살인적이라 그곳 하늘은 저승으로 가는 문이나 다름없었다.

메리언이 사우샘프턴 외곽에 이르렀을 때는 오후 네시밖에 안된 시각이었는데도 벌써 해가 지고 있었다. 그녀가 오토바이를 세워놓고 폴리건호텔 회전문을 향해 걸어가는데 누가 뒤에서 팔을 잡았다.

케일럽이었다. 군복 입은 케일럽. 메리언은 그를 꽉 잡았다. "너 여기서 뭐하는 거야?"

"너도 소식 들었는지 모르겠는데, 전쟁이 터졌거든."

메리언은 그를 밀어냈다. "왜 여기 있는 거냐고. 아침에 찾아온 사람이 너였구나. 왜 쪽지를 안 남겼어?"

"전언을 남겼는데."

"그걸 받은 여자는 네 이름조차 기억 못했고, 다른 여자더러 나한테 '어떤 남자'가 찾아왔다고 전해달라고 부탁했다던걸. 앗!" 메리언이 말을 끊고 외쳤다. "네 머리." 케일럽이 머리를 자른 건 당연한 일인데도 그 생각은 못했던 것이다. 그녀는 그의 군모를 벗기고 짧은 머리를 만지면서 말했다. "그래서 제이미가 찾아온 모양이라고 생각했지."

"아." 그는 그녀의 말에 담긴 실망을 기분 나쁘게 받아들이지 않는 듯했다. "제이미가 영국에 있어?"

"내가 알기론 태평양에 있어. 그전에는 알래스카에 있었고." 메리언은 케일럽을 자세히 살펴보았다. 머리와 구릿빛으로 탄 피부 말고는 그녀가 마지막으로 보았을 때, 그의 오두막 뒤 마당에서 둘이 껴안았을 때와 별반 달라진 게 없었다. 그녀가 말했다. "널 보니 정말 반갑다."

"우리 둘 중에 누가 화를 냈는지 기억이 안 나서 말이야. 그래서 확인해보기로 했지."

"음, 난 아냐."

"나도 아닌데."

그들은 미소 지었다. 비행기 엔진소리가 하늘 가득 울려퍼졌다. 메리언은 고개를 길게 빼고 올려다보았다. 스핏파이어였는데, 어두워져가는 하늘에서 간신히 식별할 수 있었다. "그 여자랑 결혼했어? 학교 선생."

"아니."

메리언은 고개를 끄덕이며 그 소식을 받아들였다. 예상했던 것보다 안도감이 덜했다. "안으로 들어가자." 케일럽과 함께 호텔을 향해 걸어가며 메리언이 말했다. "네가 잘 지낼 줄 알고 있었어. 어디 있었는지 말해봐."

"알제리, 튀니지, 시칠리아. 그리고 여기."

"그래서 그렇게 구릿빛으로 탔구나. 거기 다 간 거야?"

케일럽이 물었다. "제이미는 어쩌고 있어?"

"종군화가가 됐어. 넌 그런 게 존재한다는 거 알고 있었어? 제이미는 해군에서 그림을 그려."

그들은 회전문을 지났다. 케일럽이 메리언을 체스터필드 가죽 소파로 이끌었다. "마지막으로 만났을 때 나한테 그런 이야기를 했어. 미국 정부가 그림을 원한다니, 왠지 희망이 생기는걸."

"기분 안 나빠? 가끔 난 사람들이 그걸 불공평하다고 여길까봐 걱정돼서 내놓고 말도 못하겠거든."

"공평하든 불공평하든―그런 건 더이상 아무 의미도 없어." 케일럽이 메리언에게로 몸을 기울였고 그와 가까워지자 그녀의 몸이 뜨겁게 달아올랐다. "지중해에서, 난 다른 곳에 있었으면 좋겠다는 소망을 품는 걸 스스로에게 금지했어. 대안이 존재한다는 생각조차 금했지. 그게 최선인 것 같았거든. 내 말 무슨 뜻인지 이해돼?"

"응."

"그래도 가끔 잠에서 막 깼을 때나 잠들기 직전에 경계심이 풀리면 네 생각이 나더라. 그땐 네 생각을 떨쳐냈지만, 지금……" 그가 주저했다. 그의 긴 손가락 등이 조심스럽게 그녀의 허벅지에 닿았다.

"뭐?" 그녀가 물었다. "지금 뭐?"

"휴가로 서른여섯 시간을 받았는데 지금 스물네 시간이 남았어. 되도록 오래 너와 함께 있고 싶어."

메리언은 그의 무릎에 기어오르고 싶었다. 그곳 폴리건호텔 로비에서 그의 옷을 모두 벗기고 그의 맨살에 몸을 밀착시키고 싶었다. 그녀가 말했다. "옷 갈아입고 올 테니까 같이 저녁 먹으러 가자."

"자고 가도 돼?" 그에게선 냉소나 짓궂음을 찾아볼 수 없었다. 그는 거의 애원하고 있었다.

그와 잔다면 루스는 배신으로 여길 것이고 엄청난 충격을 받겠지만, 메리언은 수치심을 느낄 것 같진 않았다. 그녀가 루스와 사랑에 빠졌다고 케일럽을 사랑하지 않게 된 건 아니었다. 그 두 사랑은 같은 풍경 속에 서로 무관하게 공존하는 두 가지 이질적인 종과 같았다. 엘크와 나비, 버드나무와 송어처럼 말이다. 그 두 사랑은 서로를 약하게 만들지 않았다. 루스는 그녀에게 활기를 되찾아주었고 그녀 역시 루스에게 열정적인 것만큼 케일럽에게 열정적이었던 적이 없었지만, 케일럽이 루스보다 더 본질적이었다. 메리언에게 그는 마치 몸속 장기처럼 고유한 존재였다. "만나는 사람 있어." 그녀가 말했다.

"그게 문제가 돼? 진지하게 묻는 거야. 장난 아니고."

"나도 지금 나한테 그걸 묻고 있어."

"내가 대안이 없는 것처럼 생각하면서 산다고 했잖아. 그게 오늘밤 내가 원하는 거야. 그거 말고 다른 건 존재할 수 없어."

"하지만 다른 것들—다른 사람들—은 엄연히 존재하는걸." 그는 잠자코 기다렸다. 그녀는 자신 없이, 주저하며 말했다. "아침에 비행 나가야 해."

"아침엔 보내줄 거야. 너도 알잖아."

"그게 그렇게 쉬워?"

"쉬운지 안 쉬운지는 중요하지 않아." 그가 말했다. "그걸 하느냐 안 하느냐가 중요하지."

망설임이 은하계처럼 소용돌이치는 가운데 메리언은 조용히 서 있었다. 이윽고 그녀가 말했다. "안 되겠어."

그는 그녀의 고뇌를 보았는지 어깨를 툭 치며 말했다. "그럼 저녁이나 먹자. 그걸로 충분해."

남태평양

1943년 8월

3개월 전

제이미는 처음엔 섬들 이름이 뭔지 물어보았지만 돌아오는 대
답은 대개 알 필요 없다는 것이었다. 맞는 말이었다. 자신이 어디
있는지 꼭 알 필요는 없었다. 알든 모르든 거기 있었으니까. 하지
만 이미 그가 거기 있는데 어떻게 그곳의 이름이 비밀이 될 수 있
는가? 그가 누구에게 정보를 누설하겠는가? 그의 말 상대는 같은
배에 탄 사람들뿐이었고 그들 역시 이름 모를 장소에 있었다.

하지만 그 섬들 이름을 가까스로 알아낸다 한들 아무 의미도
없고 심지어 이름이 아예 없는 경우도 있다는 걸 깨달은 후로는
더이상 이름을 묻지 않았다. 그럼에도 그냥 솔로몬제도라고만 해
놓았다.

섬 대부분이 바다 위로 돌출된 석회암이나 현무암이었고, 정글
이 빽빽했으며, 상어가 순찰을 도는 암초가 바리케이드처럼 둘러
져 있었고, 그 너머로 맹그로브 습지와 악어와 메스처럼 날카로

운 긴 풀과 무수히 많은 모기가 있었다. 간간이 마을이 보였는데 사람들이 통나무배의 노를 젓고 아이들이 해변에서 놀고 있었다. 가끔 난파된 전함들을 지나기도 했는데, 선루가 수면 위로 튀어 나왔거나 선체가 물에 퉁퉁 불은 동물 사체처럼 옆으로 누워 있었다. 일부 섬은 겨우 수면 위로 고개를 내민 모래톱에 불과했고 그 위에 야자수 한두 그루가 서 있었다. 제이미는 파라다이스의 흔한 상징인 그런 섬을 그리며 자신이 느낀 만연한 황량함을, 거대한 물위에 떠 있는 작은 뗏목 같은 땅의 취약성을 표현하려 애썼다. 그의 그림 속 야자수의 길게 갈라진 잎들은 얼핏 보면 목을 매단 사람이 나무에 걸린 찢어진 연처럼 바람 속에서 흔들리는 듯한 인상을 줬다.

어느 밤, 제이미가 있는 호송대가 오래전 사화산이 된 산봉우리의 검은 그림자 속에 숨어 일본군 구축함 무리를 기다리고 있었다. 그들이 사정권 안으로 들어오자 제이미는 물고기가 갑작스럽게 출발하듯 배가 요동치는 걸 느꼈다. 호송대를 보지 못한 일본군은 어뢰들이 물살을 가르며 돌진해오는 걸 마지막 순간까지 알아채지 못했다. 제이미는 온통 시커먼 캔버스를, 포탄의 노랗고 흰 섬광에 비친 침몰하는 구축함의 실루엣을 상상했다. 하지만 물에 빠진 수백 명의 군인은, 그들의 기괴한 침묵은 어떻게 그려낸단 말인가? 거의 모든 일본군이 구조되기를 거부하고 죽음을 택했다. 탐조등이 그들의 젖은 머리를 비췄다. 무언의 공포로 일그러진 얼굴들, 도전적으로 무표정을 고수하는 얼굴들.

그는 이제 적에게 연민을 느끼지 않았다. 전쟁터에서 동정심은 코트처럼 불필요한 것이었다. 하지만 전쟁이 끝나면 그 모든 것이 한꺼번에 그를 덮칠 수도 있었다. 어뢰처럼 은밀히 다가와 치명타를 날릴 수도 있었다.

제이미는 항구에 닿을 때마다, 케언스나 포트모르즈비에서 배를 바꿔 탈 때마다 워싱턴으로 그림을 보냈다. 그림의 소재는 부족함이 없었으나 그는 무엇이 중요한지 구분하는 능력을 잃어갔다. 석유 드럼통 하나를 그리는 데 몇 시간씩 바쳤고, 애정을 가득 담은 그 녹슨 원통 그림이 대대적인 해전 그림과 동등한 것처럼 같은 상자에 넣었다. 전쟁의 정신 내지는 본질을 찾는 임무도 조금은 잊고 있었다. 설령 그런 게 존재한다 해도 그림으로 그릴 수가 없었다. 지구의 용해된 핵이나 별 없는 밤하늘을 그려놓고 이게 지구고, 이게 하늘이다라고 말하는 게 차라리 나았다.

그는 아무것도 없는 바다, 푸른 수평선뿐인 바다를 그려 워싱턴으로 보내기도 했다. 윗사람들이 그의 작품, 방랑의 연대기에 만족하는지 어떤지는 그에게 한마디도 전달되지 않았고, 재배치 명령도 내려오지 않았다.

10월, 최근 일본군으로부터 탈환한 산호섬에 내린 제이미는 한동안 그곳 텐트 막사에서 지냈다. 그는 작은 동물들이 수백 년 동안 만든 산호를 부수고 매끈하게 다듬어 판판하고 단단한 표면으로 만든 타는 듯 뜨거운 활주로에 줄지어 선 코르세어 전투기들을 그렸다. 바다에서 수영할 때는 파괴되지 않고 살아 있는 산호에 발이 베이지 않도록 격추된 일본군 비행기에서 뜯어낸 타이어로 만든 샌들을 신었다.

11월에는 브리즈번으로 가서 자카란다 꽃이 자줏빛으로 피어나고 유칼립투스향이 코를 찌르는 공원에 설치된 텐트와 판잣집으로 이루어진 거대한 막사에 머물렀다. 그는 영화관이나 술집에 앉아서 시간을 보냈고 그림은 한 점도 그리지 않았다. 메리언의 편지 몇 통이 그곳까지 찾아왔는데 모두 여름에 보낸 것이었다. 그녀는 친구가 생겼다고 했다. 런던이 좋다고 했다. 비행이 좋다고 했다.

말하기 부끄럽긴 하지만, 난 지금 그 어느 때보다 행복해. 목적을 갖고 사는 게 늘 소망이었는데, 지금 부정할 수 없는 목적을 갖고 있지. 사람들이 그래서 전쟁에 나가는 건가? 스스로에게 할일을 주기 위해? 무언가의 일부가 되기 위해?

그는 메리언에게 시애틀에서 세라를 만난 일에 대해 결국에는 말해줘야 하지 않을까 생각했지만, 지금으로선 세라와의 만남이 판단의 대상이 되거나 그것이 무얼 의미하거나 의미하지 않는지 설명할 필요가 없도록 프라이버시의 껍질 속에 간직해두고 싶었다. 그는 메리언에게 의미 있는 글을 쓰려고 애썼다. 하지만 무슨 말을 할 수 있겠는가? 전쟁이 그를 부수고 매끈하게 다듬어 완전히 다른 존재, 판판하고 단단한 것으로 만들었다고? 이제 분명 그는 사람들이 물에 빠져 죽는 걸 연민 없이 바라볼 수 있었다. 자신의 삶에 매 순간 존재하면서도 자신에 대해 몰랐다. 전쟁을 그리면서도 전쟁에 속하지 않을 수 있으리라 생각했다. 그는 자신이 관찰자가 될 거란 환상을 품었지만 여기 그런 건 있지도 않았다.

몇 번 세라에게 편지를 쓰기 시작했다가 포기했다. 어느 저녁, 그는 사창가에 가서 키 작은 빨강 머리 여자를 골랐다. 이튿날 밤 다시 가서는 살집이 있는 금발을 골랐다. 도움이 되지 않았다. 그래서 다시는 가지 않았다.

그는 전쟁이 끝나면 메리언에게 무슨 말을 하고 싶은지 알게 될 거라고 생각했다. 전쟁이 끝나면 세라를 다시 찾아가겠다고 생각했다.

크리스마스 며칠 전 새벽이 밝아올 때, 제이미는 어딘가에 상륙하기 위해 파견된 해병들을 잔뜩 실은 호송대 군수송선에서 자고 있었다.

6마일 떨어진 지점에서 한 남자—일본군 잠수함 사령관—가 잠망경을 들여다보고 있었다. 그는 거의 밤새도록 미군 호송대를 따라왔다. 그리고 잠망경을 통해 원반 모양의 어둑한 하늘과 검은 바다, 배들의 희미한 그림자를 보았다. 그는 구축함에 초점을 맞추고 한 장교에게 방향과 각도를 전달했다. 그 배가 현재 있는 위치가 아니라 앞으로 있게 될 위치를 겨냥해야 했다. 그 구축함의 궤적은 텅 빈 쪽빛 바다에 하나의 선으로 그려졌다. 일본군 잠수함의 경로는 또다른 선을 그렸고, 어뢰들이 아직은 예측할 수 없는 우아한 기하학으로 두 선을 연결할 터였다.

동이 튼 후에도 바다가 아직 밤을 가득 머금고 있을 때, 어뢰 세 개가 물살을 가르고 지나갔다. 세 개 모두 구축함을 맞히지 못했지만(함장의 조준이 살짝 어긋나서), 두 개가 제이미의 수송선에 맞았다. 배에 첫 충격이 가해졌을 때도, 폭발이 일어나 선체가 부서지고 물이 분출할 때도 제이미는 죽지 않았다. 배가 찌그러지며 소금물이 소용돌이쳐 들어오고 다른 사람들이 그의 몸을 내리눌러 그 압력에 폐가 짓눌리고 고막이 찢어질 때까지 그는 살아 있었다. 열기가 바람처럼 휘몰아쳤다. 그는 자신이 수면을 향해 헤엄치고 있다고, 일렁이는 평면을 이룬 햇살이 손에 잡힐 듯 가까이 있다고, 이제 곧 공기 속으로 솟아오를 거라고 생각했다. 실제로 빛이 가까이 다가오는 게 보였지만, 그건 보일러가 폭발하면서 생겨난 불빛일 뿐이었다. 그는 죽어가면서 공포조차 느끼지 않았다—그럴 만한 시간이 없었다. 수용 비슷한 것, 마음의 평화 역시 느끼지 못했다. 메리언이나 세라, 케일럽, 자신의 그림들, 미줄라도 생각하지 않았다. 몇 초만 더 살아 있었다면 그것들을 생각했을지도 모르지만. 마침내 전쟁의 정신 내지는 본질을 발견했으나 만족감도 없었다. 그는 조세피나호에 탔던 아기 때처럼 영문도 모른 채 불과 물의 불가해한 세계로 뛰어들었다.

영국

1943년 12월

며칠 후

"다른 사람 아직도 있어?" 어느 날 밤 춤을 추다가 케일럽이
메리언에게 물었다. 그들은 런던에서 운좋게 우연히 만나 밀회를
즐기고 있었다. 댄스홀에는 크리스마스 장식을 꾸며놓았다.

"응." 케일럽이 온 그달, 메리언이 그를 루스에게 소개시켜줄
방법을 찾았더라면 그녀의 삶은 훨씬 덜 복잡했을 터였다. 하지
만 그녀는 그 둘이 만나면 케일럽은 루스가 그녀의 '다른 사람'임
을 눈치챌 테고 루스는 그녀가 아무리 확신을 줘도 질투하며 텃
세를 부릴 것임을 알았다. 그래서 그 몇 주는 어떻게 들키지 않고
한 사람씩 따로 만나 시간을 보낼지, 그리고 어떻게 ATA에 소문
이 나는 걸 피할지 신경쓰면서 대부분의 시간을 보내게 되었다.
그녀의 복잡한 스케줄과 정신없이 돌아가는 전시 상황이 방패막
이가 되어주긴 했으나 아슬아슬한 상황이 연출되기도 했다. 케일
럽의 부대가 있는 도싯이 루스가 있는 랫클리프보다 가까웠기에

그를 조금 더 자주 만나긴 했지만, 이따금 루스가 햄블로 택시 비행기를 몰고 오거나 스핏파이어 정비소에 들렀다가 불쑥 나타나기도 했다.

메리언은 하늘에서만 온전히 긴장을 풀 수 있었다. 하늘을 날 때는 자신이 있어야 할 곳에 있었고 자신이 해야 하는 일을 하고 있었다. 아무도 그녀에게 접근할 수도, 무언가를 요구할 수도 없었다.

반면, 현재 연인과 과거 연인의 대비가 그들 각각에 대한 애정을 증폭시키는 뜻밖의 결과도 얻을 수 있었다. 둘 다에게 사랑받는다고 해될 게 뭐가 있겠는가? 여태 사랑에 굶주리며 살아왔는데 그런 풍요를 어찌 마다할 수 있단 말인가? 게다가 그들이 얼마나 더 살지 아무도 알 수 없었다. 케일럽은 공격이 있을 때마다 유럽으로 갔고, ATA 조종사들은 영국 공군 조종사만큼이나 사망률이 높았다.

케일럽이 붐비는 사람들 틈에서 작은 공간을 발견하고 메리언의 몸을 빙그르 돌려 그곳으로 보냈다가 다시 끌어당겼다. "그 남자가 그렇게 중요하면 왜 나한테 소개해주지 않는 거지?"

한 곡이 끝나고 새 곡이 시작되었다. 목관악기 소리가 높아졌고 그 위로 금관악기 소리가 일렁였다. 그들은 다른 커플들에게 에워싸여 거의 제자리에서 맴돌았다.

"왜 만나고 싶은 건데?" 메리언이 물었다.

"궁금하니까."

"아니, 그게 아니지. 네가 그 사람보다 더 잘생겼을 거라고 생각하는 거잖아. 아무도 너를 따라올 수 없을 거라고."

메리언은 자신의 관자놀이에 얼굴을 댄 케일럽이 미소 짓는 게 느껴졌다. "그런 것도 있지."

그 곡이 끝나고 그녀가 무대에서 내려오려 하자 그가 도로 끌어당겼다. 끌어당긴 건 그였지만 그녀가 먼저 키스했다. 그에게 몰입한 그녀는 그의 억센 포옹이 지닌 갈망을 느꼈고, 순간 바클리가 떠오르면서 자신이 삼켜지고 지워져가는 기분이, 아무것도 남지 않을 때까지 짓눌리는 기분이 들었다. 케일럽은 바클리와 달리 그녀가 공황상태에 빠진 걸 느끼고 놓아주었다. 그녀는 사람들을 헤치고 도망쳤다. 케일럽은 그녀를 보내주었다.

크리스마스 다음날 수송대 사무실에서 전화선을 통해 몇 마디가 전해졌고, 그 말이 제이미가 죽었다는 뜻임을 깨달은 메리언의 첫 반응은 두려움이었다. 제이미가 죽는다니 얼마나 끔찍한 생각인가. 왜 그런 소름끼치는 가상의 사건이 사실처럼 표현된 것일까? 만일 그런 일이 일어난다면, 만일 제이미가 죽는다면, 그런 건 견딜 수 없다. 그녀는 그 생각에서 뒷걸음쳤다.

하지만 재키 코크런의 목소리가 대서양을 건너 다시 들려왔다. "메리언? 메리언? 내 말 들었어요?"

"왜 그런 말을 하세요?" 메리언이 말했다. "그건 불가능해요. 제이미는 화가예요. 군인이 아니라. 전쟁을 그리고 있다고요."

잠시 침묵이 흘렀다. 재키는 그런 고약한 농담을 한 것에 대한 핑곗거리를 궁리하며 사과할 준비를 하고 있는 게 분명했다. "정말이지 뭐라고 할 말이 없네요." 재키의 그 말이 메리언을 안도시켰다. "하지만, 안타깝게도 사실이에요. 그가 탄 배가 가라앉았어요."

메리언은 수화기를 내려놓았다. 누가 공중전화부스 문을 두드렸다. 메리언은 흠칫 놀랐다. 한 남자가 있었다. ATA 조종사였다. 그는 메리언의 표정을 보고 뒤로 물러났다. "미안합니다." 그가 말했다. "혹시 통화 끝났나 해서요."

메리언은 자신의 입술이 달싹이는 걸 느꼈으나 아무 소리도 나오지 않았다. 문을 밀었지만 열 수가 없었다. 그녀의 몸은 이미 수증기로 변해버렸다.

"괜찮으세요?" 남자가 문을 열어주며 물었다.

메리언은 그를 스치고 지나갔다. 어쩌면 유령처럼 그를 통과해서 지나갔는지도 모른다.

날씨 때문에 오전 내내 비행기들이 뜨지 못했다. 메리언은 그래도 대기실로 가서 육중한 비행복을 입고 안에 털을 댄 장화를 신은 다음 가방과 낙하산을 챙겨들었다. 코스퍼드로 수송 예정인 스핏파이어에 올라타 사전점검도 하지 않고 활주로 끝 신호등이 초록색이 아니라 빨간색인 걸 그저 추상적으로만 의식하며 이륙했다. 즉시 구름 속으로 들어갔다. 눈을 감고 눈꺼풀을 누를 때처럼 어둠이 빛의 동그라미들과 함께 고동쳤다. 그녀는 자신이 실제로 눈을 감고 있다는 걸 깨달았다. 눈을 떴다. 공기는 결연히 잿빛으로 남아 있었다. 지금 비행기가 똑바로 날고 있는 걸까, 아니면 뒤집힌 걸까? 그게 중요할까? 그녀는 자신이 어디 있는지 몰랐고 비행기가 어디 추락할지도 관심 없었다. 다음 순간, 그녀는 구름에서 벗어나 푸른 돔과 끊임없이 이어진 흰 뭉게구름 사이를 날고 있었다.

제이미가 죽었다. 그녀는 조종석에서 비명을 질렀다. 비행기는 하늘에서 떨어지지 않고 다시 구름 속으로 들어갔다. 떨어졌어야 했는데. 비행 자체가 환상으로 밝혀졌어야 했는데. 하지만 비행기는 계속 날아갔고, 커다란 멀린 엔진은 무심히 웅웅거렸다. 그녀는 서쪽으로 격하게 방향을 틀었고, 날개가 구름과 직각을 이루다가 다시 수평으로 떨어졌다. 웅웅거림 사이로 끼이익 소리가 새어나올 때까지 스로틀을 한껏 밀어올렸다. 그녀는 그저 바다에 빠져 죽고 싶은 충동에 휩싸였다. 전에는 너무 높이, 혹은 너무 멀리 날 때 스스로 죽음을 초래할 수 있다고 진심으로 믿지는 않았는데, 이젠 하늘에 죽음의 경계선이 있음을 느낄 수 있었다. 그 선을 넘으면 영영 돌아오지 못할 터였다.

구름이 갈라진 틈이 나타나지 않았다. 그래서 지금 나는 곳이 땅 위인지 물 위인지 알 도리가 없었다. 하지만 그건 중요하지 않았다. 결국 그녀는 대서양을 건널 테니까. 서쪽으로 날아가는 것이 자연스러운 선택처럼 느껴졌다. 몬태나가 서쪽에 있으니까. 알래스카도 서쪽이니까. 제이미가 있던 태평양도 서쪽, 거의 지구 반대편이었으니까. 하지만 다시 생각해보니 그 모든 것이 동쪽이기도 했다. 그녀가 추구하는 건 물, 그 광대함과 망각이었다. 어쩌면 조세피나호가 침몰한 지점에서 아주 멀지는 않은 곳에 추락할 수도 있었다. 그녀와 제이미는 애초에 바다에서 함께 생을 마감할 운명이었다.

안 돼.

엔진소리가 사라지고 오직 대기의 정적만이 숨쉬고 있던 것처럼 그 목소리는 또렷하게 들렸다. 틀림없이 제이미 목소리였다.

돌아가.

"그러기 싫어." 그녀가 소리 내어 말했다.

방향 돌려.

그녀는 다시 크레바스 위에 있었다. 수증기로 변했던 그녀의 몸이 다시 응결되었고, 그녀의 실제 밀도를 넘어 두려움으로 가득한 무거운 것이 되었다. 그녀는 산보다도, 온 바다의 물보다도 무거웠다. 그렇게 무거운 것은 움직일 수 없지만, 그래도 그녀는—아주 천천히—조종간을 밀었다. 세상에서 제일 무겁고 느린 피스톤 같은 다리로 방향타를 밟았다. 비행기가 방향을 틀었다.

아직 착륙할 장소를 찾는 문제가 남아 있었다. 연료계가 거의 비었을 때 북쪽 지평선에서 두꺼운 구름이 목화솜처럼 흩어지면서 검은 얼룩이 보였다. 그녀는 눈이 희끗희끗하게 쌓인 작은 언덕으로 이루어진 시골로 내려갔다. 낮게 걸린 태양 아래 개울과 연못이 마치 나뭇가지에 간신히 붙어 있는 금빛 잎사귀처럼 눈부신 노랑으로 빛났다. 그녀는 평평한 들판이 펼쳐져 있고 소나 양은 보이지 않는 농장을 발견했다. 그곳에 내려앉아 비행기 엔진을 껐다. 저녁을 향해 덮개를 열자 머리 위로 차가운 공기뿐인데도 수천 피트에 이르는 물의 압력이 느껴졌다.

반짝임

〜

17

마침내 애들레이드 스콧에게 전화가 왔다. 마침 쇼반과 통화하다가 전화가 끊긴 참이라, 그녀가 다른 번호로 다시 건 줄 알고 무심코 전화를 받은 나는 수화기 너머의 목소리가 "애들레이드 스콧이에요"라고 말하자 "누구요?"라고 물었다.

"레드우드 파이퍼의 집 저녁식사 자리에서 만난 예술가요. 내가 강한 인상을 못 준 모양이네요." 그녀는 더 일찍 전화하려고 했는데 이제야 하게 되었다고 말했다. 확신이 서지 않았다는 것이다. "그랬는데 내 조수들이 해들리의 소식이…… 최근 뉴스에 났다고 말해줘서 전화를 걸어야겠다고 결심했죠."

"맞아요. 알았어요. 그래요, 그러잖아도 왜 전화번호를 알려달라고 했나 궁금했어요."

"이해해요. 자, 본론으로 들어가죠. 난 메리언 그레이브스의 편지 몇 통을 갖고 있어요. 그녀에게 온 편지들도 있고, 그녀가 쓴 편지들도 있죠. 해들리가 그 편지에 관심이 있을까 해서요."

메리언 그레이브스에 관한 정보를 가진 그 예술가에게 강한 흥미를 느꼈던 때가 전생처럼 아득하게 느껴졌다. "솔직히 그 편지들을 가지고 뭘 해야 하는지 모르겠네요." 내가 말했다. "이제 영화가 거의 확정된 상태라서요."

"그렇겠네요." 그녀가 말했다. "하지만 중요한 건 그게 아니죠. 내 생각엔 그래요. 내가 왜 해들리에게 그 편지들을 보여주고 싶은 충동을 느끼는 건지 잘 모르겠어요. 해들리는—좀 이상하게 들리겠지만, 해들리는 내게 무언가를 상징해요. 그게 뭔지는 나도 아직 모르지만요. 해들리는 일종의 대역이에요. 메리언 그레이브스 자신이 아니라 보다 추상적인 것, 사람들이 그녀에 대해 갖고 있는 생각을 연기하는 누군가."

레드우드의 집 화장실 밖에서 애들레이드가 내게 말을 건 후, 나는 집으로 돌아와 유튜브로 그녀가 1980년대에 만든 〈배 같은 물체들〉이라는 조각 연작에 관한, 화질이 안 좋은 오래전 다큐멘터리를 보았다. 그 조각들은 금방이라도 무너질 듯한 목조 아상블라주*로 바다에 가라앉히기 위해 만들어졌는데, 어떤 것들은 저절로 가라앉았고 어떤 것들은 그녀가 불을 붙여 침몰시켰다. 그녀는 캘리포니아 연안의 여러 장소에서 작품을 바다에 띄웠으며 십 년 동안 매해 바닷속으로 들어가 수장된 작품을 필름에 담았다. 작품 제목은 로마 숫자로 I부터 X까지 붙였다. 나는 지금보

---

* 폐품이나 생활용품 같은 일상적인 대상을 한데 모아 입체적으로 구성하는 예술 경향, 혹은 그렇게 만든 작품.

다 젊은 애들레이드가 잠수복 차림으로 공기통을 메고 입에 호흡기를 문 채 뒤로 몸을 굴려 물에 들어가는 장면을 지켜보았다. 그때는 머리가 길었다. 난파된 작품들은 산호와 해면, 작은 생물체에 뒤덮여 형체가 모호해져가고 있었다. 작품 VII과 IX 위에서는 해초의 탑이 마치 익사한 괴물의 팔다리처럼 부드럽게 흔들리고 있었다.

우리 부모님은 뼈만 남았을까? 아니면 뼈조차 사라졌을까? 부모님의 비행기는 작은 홍합으로 뒤덮이고 해조 털옷을 입었을까? 나는 〈페리그린〉 마지막 장면에서 비행기 조종석에 앉아 바닷속으로 가라앉으며 약해져가는 빛을 올려다보도록 되어 있었다. 나는 메리언의 최후를 두려워하지도, 살려고 몸부림치지도 않는 방식으로 연기할 생각이었다, 우리 부모님이 그랬으리라 상상했던 것처럼.

"그 편지들은 무슨 내용인데요?" 내가 애들레이드에게 물었다.

"편지마다 달라요. 수십 년에 걸쳐 있고요. 캐럴 파이퍼가 책을 쓰려고 자료 조사를 할 때는 그 편지들을 보여주지 않았는데, 그건 캐럴이 이미 자신이 하고 싶은 이야기가 무엇인지 알고 있는 것 같아서였어요. 그녀가 궤도에서 이탈하게 만들고 싶지 않았던 것 같네요. 어쩌면, 사실은 캐럴이 그 편지들의 복잡성을 감당할 수 있을 거라는 믿음이 없었어요. 캐럴은 늘 모든 게 깔끔하게 정리되어 있기를 원하는 것 같거든요. 그 편지들은 복잡한 관계들을 암시하고 있고……" 그녀는 말꼬리를 흐렸다. 그러더니 이렇게 덧붙였다. "캐럴은 완벽하게 좋은 사람이지만 프루스트는 아니죠."

"저도 프루스트는 아니에요."

"그럼 그 편지들을 안 보고 싶은가요?"

보고 싶은가? 아니면 그저 애들레이드가 나를 선택해줘서 우쭐한 기분에 관심이 생겼을 뿐인가? 내가 말했다. "내일 오 주 일정으로 알래스카로 떠나요. 그 편지들을 보내주시겠어요? 스캔이나 뭐 그렇게 해서요."

"그러고 싶진 않아요. 오늘 이리로 올 수는 없을까요?"

"오늘은 정신없이 바빠요."

"음. 그럼 돌아와서요. 이제 내 번호 알았으니 연락줘요." 그녀는 어쩌면 조금 기가 꺾였는지는 몰라도 여전히 고압적인 말투였다. "앵커리지에 머물 건가요?"

"왔다갔다할 거예요."

"거기 시립박물관에 내 작품 한 점이 전시되어 있어요. 가서봐도 돼요."

나는 그녀의 작품을 보러 가거나 돌아와서 연락할 계획이 없었기에 그냥 알았다고 말하고 전화를 끊으려 했다. 그러다 문득 뭔가 이상하다는 생각이 들어서 물었다. "그런데 왜 메리언의 편지들을 갖고 계시죠?"

"메리언이 내게 많은 물건을 남겼거든요. 그림에 가보에. 메리언이 실종되기 전 미줄라의 빵집 주인이 지하실에 보관해준 것들이죠. 변호사들이 그 사람한테 그 물건들을 모두 우리 어머니 앞으로 보내라고 했대요. 편지들은 짐에 섞여 있었고요. 실수로 온건지도 모르겠네요. 메리언은 편지들을 함께 보낼 생각이 없었을지도 몰라요."

여전히 의문은 풀리지 않았다. "그런데 메리언이 왜 애들레이드에게 그 물건들을 남긴 건데요?"

애들레이드가 너무 오래 침묵을 지키는 바람에 나는 혹시 전화가 끊겼나 확인해보았다. 이윽고 그녀가 말했다. "이건 당분간 해들리 혼자만 알고 있었으면 좋겠어요. 뭐, 사실 대단히 중요한 문제도 아니지만, 제이미 그레이브스가 내 생부예요."

전쟁

영국

1943년 12월

이튿날

알고 보니 메리언이 착륙한 농장 들판은 휘트처치의 제2수송대에서 30마일밖에 떨어져 있지 않았다. 메리언은 연료가 충분하다고 생각했다. 연료가 부족하면 다른 들판을 찾아보면 될 테고. 그녀는 농가 안주인의 의심스러운 눈초리를 받으며 차가운 부엌 바닥에서 잔 후 아침에 다시 이륙해 휘트처치에서 연료를 채우고 코스퍼드로 가서 스핏파이어를 전달했다. 그곳 작전실에는 날씨 때문이었다고 설명했다. 스핏파이어를 무사히 수송한 덕에 그녀는 형식적인 질책만 당한 후 경위서를 쓰라는 명령을 받았다. 알겠습니다, 그녀가 말했다. 메리언이 택시 비행기 앤슨을 타고 햄블로 돌아왔을 때쯤엔 땅거미가 내린 후였다. 그녀는 멍하니 오토바이에 올라타고 더듬더듬 시동을 켰다. 아무 생각도 없이, 자신이 무얼 하고 있는지조차 모르는 채 케일럽의 기지를 향해 달렸다. 기지가 2마일 남았을 때 기름이 떨어져 나머지는 걸어갔다.

기지 정문에서 그녀는 차분한 목소리로 케일럽 비터루트를 만나야겠다는 말만 되풀이했다. 헌병이 그녀에게 이렇게 불쑥 찾아오면 안 된다고, 기지가 이미 닫혔다고, 비터루트라는 사람과 무슨 문제가 있는지는 모르겠지만 미 육군이 관여할 바가 아니라고, 아가씨, 지금 군사시설에 침입한 것이니 재판에 넘겨질 수도 있다고 계속 경고하다가 결국 포기했다. 마침내 헌병은 자신이 방법을 찾아볼 테니 앉아서 기다리라고 말했다.

　시간이 이상하게 흘렀다. 메리언은 시간 밖으로 나갔다가 케일럽과 함께 정문초소에 쭈그리고 앉아 있을 때 다시 시간 속으로 돌아왔다. 케일럽은 제이미가 죽은 걸 알고 있었다. 메리언을 보자 단박에 알아차렸던 것이다. 메리언은 그 말을 입에 담을 필요가 없다는 게 다행스러웠다. 울음이 터지자 그칠 수가 없었다.

　또 한 남자가 나타났다―위생병이라고 그녀는 생각했다. 그 남자가 알약 두 개와 물이 든 종이컵을 건넸다.

　그후, 시간이 멈췄다가 다시 갔다. 시간은 연료가 떨어져가는 기계처럼 털털거리며 흘러갔다. 맞은편에서 다가오는 가리개를 한 헤드라이트 불빛들, 달빛 비치는 들판 사이의 그림자 진 돌담들, 도로 위로 검은 터널을 이룬 고목들, 지프의 심한 덜컹거림. 메리언은 어찌어찌 운전사에게 오토바이가 있는 곳을 알려줬고, 운전사와 케일럽이 지프의 좁은 짐칸에 오토바이를 실었다. 그다음엔 폴리건호텔 회전문, 그녀의 어깨를 감싼 케일럽의 팔, 등화관제 커튼을 친 로비의 노란 불빛, 그리고 ATA의 푸른 제복을 입은 채 윙체어에 늘어져 앉아 기다리던 루스가 그들이 들어오는 걸 보고 일어나 무슨 일이 생긴 거냐고 묻고, 케일럽에게 누구냐고 묻고, 이게 무슨 일인지 말하라고 요구했다. 메리언은 그런 걸 물어서 그 말을 하게 만드는 루스가 너무 잔인하다고 생각했다. 그다음엔 엘리베이터에서 두 사람이 양쪽에서 그녀를 부축하고 있었다. 루스가 그녀의 옷을 벗기고. 케일럽이 그녀를 침대에 눕혔다. 그녀의 거친 목소리가 루스에게 나가라고, 케일럽만 있으면 된다고 말하는 소리가 들렸다.

깨어보니 케일럽은 안락의자에서 자고 있고 루스는 없었다. 메리언은 케일럽이 왜 자기 방에 있는지 의아해하다가 기억이 나자 두 팔을 뻗었다. 처음엔 그 사실이 가까이 오지 못하도록 막기 위해, 그다음엔 케일럽을 가까이 부르기 위해.

천상의 바람

18

나는 비행기에서 내려 한 남자가 나를 기다리고 있는 격납고로 걸어갔다. 바클리 매퀸, 내 남편이 될 밀주업자였다. 나는 하늘을 호령하는 강하고 유능한 존재가 된 기분이었다. 그는 내가 비행을 할 수 있다고 들었다고 말했다. 그에게 조종사가 필요하다면서.

컷.

해들리, 다시 갑시다.

우리는 알래스카에서 촬영을 하고 있었는데, 알래스카는 영화에서 몬태나 역할까지 겸했다. 연극배우들이 돈도 아끼고 연기력도 과시할 겸 일인 다역을 하는 것처럼 말이다.

나는 비행기에서 내려 한 남자가 나를 기다리고 있는 격납고로 걸어갔다. 그는 내가 비행을 할 수 있다고 들었다고 말했다. 그에게 조종사가 필요하다면서. 캐나다에서 실어올─의미심장한 침묵이 흐른 후─물건이 좀 있다는 것이다.

나는 그가 내 인생을 바꾸리란 걸 알았고, 두려웠다. 내 눈에 두려움이 어렸다. 우리 주위는 온통 산이었고, 나무들이 가을과 함께 녹슬어갔다.

나는 메리언 그레이브스를 연기하게 되면 두려움을 모르는 사람이 되어야 한다고 생각했지만, 이제는 그건 전혀 중요하지 않음을 알고 있었다. 중요한 건 두려움을 신처럼 떠받들지 않는 사람이 되는 것이었다.

영화 촬영이란 게 이야기 순서대로 진행되는 작업이 아니다보니, 마치 메리언의 인생을 아주 높은 곳에서 단단한 바닥에 떨어뜨려 산산이 조각낸 다음 매일 그 파편들을 몇 조각씩 제자리에 붙여넣어 시작으로 가는 길을 닦는 것 같았다. 시작은 메리언의 죽음이었으며, 그것이 끝이기도 했다. 우리가 마지막 장면—추락—을 마지막에 찍게 된 건 우연과 방음스튜디오 사정의 합작품이었을 뿐이지만, 나는 기뻤다. 결말을 원했으니까. 마지막이 마지막이기를 원했던 것이다. 바르트 말대로 우리는 시작이 언제였는지 모를 때도 있다. 시작보다 끝이 알아채기 쉬운 법이다.

하지만 나는 메리언과 더 많이 맞춰져갈수록 그 너머의 공백을, 진실을 지니고 있으되 그것을 담고 있지는 않은 빈 공간을 더 강렬하게 느꼈다. 제이미 그레이브스에겐 딸이 있었고, 메리언도 알고 있었다. 그 일은 진실이었으나 그걸 알고 믿는 사람이 아무도 없었다.

나의 해들리, 정말이지 경이로워, 휴고가 어느 밤 촬영본을 보고 보낸 문자였다. 너무 눈이 부셔서 찡그리고 봐도 잘 볼 수 없을 정도야.

오전 촬영이 없는 날, 나는 앵커리지박물관에 갔다. 애들레이드 스콧의 설치작품은 전시실 하나를 독차지하고 있었다. 한시적인 전시물이라고 표지판에 안내되어 있었다. 그 밑에는 작품이 세상에 나올 수 있도록 도와준 후원자 명단이 있었는데, 캐럴 파이퍼의 이름도 보였다. 천창 아래 옅은색 마룻바닥 한가운데에 높이 10피트, 직경 20피트 정도 크기의 거대한 흰색 도기 원통이 서 있었고, 원통 표면에 새겨진 무수하고 작은 검은색 선이 빛과 물결과 바람으로 직조된 바다의 이미지를 만들었다. 꼭대기 근처에는 완만한 가리비 모양을 이룬 수평선이 펼쳐져 있었고, 그 위로 구름과 멀리 날아가는 새들을 암시하는 선들이 보였다.

빳빳한 진주색 플라스틱으로 만들어진 매끄러운 원형 커튼이 천장에서 내려와 그 원통을 에워싸고 있었는데, 커튼에도 똑같이 점 같은 선으로 가득한 바다가 돋을새김으로 박혀 있었다. 나는 원통과 커튼 사이의 틈으로 걸으며 같은 것을 두 가지 버전으로 만든 전시물 사이를 지났다. 뒤로 물러나서 전체를 한눈에 보고 싶었지만, 그 작품은 그럴 수 없도록 설계되어 있었다. 그 안에 갇혀 있어야 했다.

레드우드와 나는 앵커리지에 있는 한 호텔 꼭대기층 바에 앉아 있었다. 온통 목재와 황동, 창문으로 꾸며진 곳이었다. 아래에선 도시의 들쭉날쭉한 아스팔트 가장자리가 광활하게 펼쳐진 물의 평원과 만났고, 물 저편으로 숲이 우거진 언덕과 그 너머 먼 곳에 우뚝 솟은 디날리산이 보였다. 그 산은 200마일이나 떨어져 있었지만 너무도 웅장해 흰 눈 덮인 정상이 수평선을 굽어보는 듯했다.

"애들레이드 스콧의 전화를 받았어요." 내가 말했다.

"정말로요? 왜요?"

나는 끈질긴 두려움에 시달리면서도 그대로 밀고 나갔다. "메리언의 편지들을 갖고 있는데, 내가 관심을 가질지도 몰라서 전화했대요."

레드우드는 모욕이라도 당한 듯 반응했다. "해들리 당신이? 왜 당신이죠?"

물론 나도 스스로에게 똑같은 질문을 던진 적이 있었지만 발끈해서 날카롭게 대꾸했다. "그건 애들레이드에게 물어야죠."

"그 편지들에 무슨 내용이 있어요?"

"나도 몰라요. 애들레이드가 자세한 건 말 안 해줬으니까." 나는 술잔에 든 올리브 꼬챙이를 만지작거렸다.

"미안해요, 난 그저―그 편지들에 결정적인 내용이 있는 것 같았어요? 그날 저녁식사 자리에서는 도움이 될 만한 정보는 전혀 없다고 딱 잡아떼더니. 이젠 좀 늦었는데."

나는 그에게 제이미 그레이브스가 애들레이드의 아버지라고 말해줄 계획이었으나 그럴 수가 없었다. 그 이야기를 꺼내는 건 단지 도파민을 솟구치게 하고, 중요한 사람이 된 것 같은 기분을 느끼고, 유대감을 형성하기 위해서일 터였다. 내가 그 말을 입 밖에 내는 순간 그 정보는 나만의 것이 아니라 레드우드의 것도 될 테고 그다음엔 캐럴의 것, 모두의 것이 될 수밖에 없었다. 나와 아무 상관도 없는 사실에 대한 독점욕을 느끼는 건 사리에 맞지 않는 일이었지만, 나는 독점욕을 느꼈다. 애들레이드는 나더러 다른 사람에게 그 사실을 말하지 말라고 하지 않았다. 비밀을 지키는 게 진력이 난다면서, 내가 그 역할을 떠맡을 거라고는 생각하지 않는다고 했다. 그녀는 내게 진실을 말하는 것이 나쁘지 않은 의미에서 러시안룰렛처럼 느껴진다고 말했다. 나는 그 말을 이해할 수 있었다. 올리버와의 비밀이 담긴 USB을 퀜덜린 앞에 내놓은 경험이 있으니까.

"우리 어머니는 애들레이드가 그 편지들을 갖고 있는 걸 모르실 거예요." 레드우드가 흥분해서 말했다. "그 일을 아는 사람이 더 있어요? 우린 영화를 위해 알아야 해요. 애들레이드는 왜 우리에게 말해주지 않았지? 정말로 그 편지에 무슨 내용이 있는지 아무것도 말 안 하던가요?"

"그 편지들이 중요하지 않을 수도 있잖아요."

"진짜 중요할 수도 있고요. 빌어먹을. 내가 그 편지들을 읽어도 되는지 애들레이드에게 물어봐줄 수 있겠어요? 내 말은, 사실난 애들레이드가 우리 어머니에게 그 편지들을 보여주지 않았다는 게 좀 섭섭하지 않을 수가 없네요. 만일 그 편지에 중요한 비밀이 있고, 영화가 다 만들어진 다음 애들레이드가 그걸 꺼내놓는다면? 애들레이드가 그렇게 할까요? 그러지 말아달라고 부탁해도 될까요?"

"당신도 애들레이드에게 무슨 부탁이든 할 수 있는데요." 내가 대답했다.

"하지만 애들레이드는 비밀을 털어놓을 상대로 당신을 택했어요. 분명해요."

그에게 아무 말도 하지 말았어야 했다. 그가 열렬한 반응을 보이자 나의 작고 소중한 정보를 꽉 움켜쥐고 그를 외면하고 싶어졌다. 내 거야, 당신 게 아냐.

나는 메리언이 되는 법을 알아냈지만—그리고 메리언이 되는 게 중요했지만—하루하루 촬영이 진행되면서 영화에 대한 관심은 시들해져갔다. 좋은 영화인지도 더이상 크게 중요하지 않았다. 오스카상에 대한 상상 역시 하지 않게 되었다. 메리언 그레이브스가 실종되기 전 조카를 만났다는 가물거리는 불빛 같은 진실이 영화라는 인공물 전체의 토대를 허물고 균열을 일으켰다. 마치 만화에서 건물이 앞으로 쓰러지면서 완전히 부서지고 주인공만 완벽하게 맞추어진 창문 덕에 무사히 살아남는 것처럼 말이다. 나는 거기 붕괴된 건물의 잔해 속에 서서 바보가 된 기분을, 동시에 해방감을 느꼈다.

"알다시피 그 영화는 사실이 아니에요, 알죠?" 내가 레드우드에게 말했다.

"사람들은 사실이기를 바랄 거예요." 그가 대답했다.

"사실인지 아닌지 진짜로 신경쓰는 사람이 있을지 모르겠네요. 사람들은 〈대천사〉도 사실이기를 바랐는데, 그게 사실이 아니란 걸 알고 있었기 때문이죠. 하지만 이 작품은 이미 말 전달 게임 같아요. 메리언의 진짜 삶이 있고, 그녀의 책이 있고, 그다음에 당신 어머니의 책이 있고, 그다음엔 이 영화가 있고. 그렇게 계속되겠죠."

"난 그냥 좀 덜 혼란스럽기를 바랄 뿐이에요." 그가 자신의 관자놀이를 톡톡 치며 말했다. "여기가요. 무슨 일이 벌어지고 있는지 알고 싶은 거예요."

"그래요." 내가 대답했다. "이해해요."

"사랑이라는 게, 찾는 건지 모르겠네요." 〈배니티 페어〉 기자가 내게 지금 사랑을 찾고 있는지 물었을 때 나는 그렇게 대답했다. "전 사랑은 믿는 거라고 생각해요."

"사랑이 하나의 환상이라는 의미인가요?"

"전에 정신과 상담을 받은 적이 있었는데, 의사가 내 마음속 의심을 모조리 먹어치우는 빛나는 호랑이를 상상하라고 하더군요. 황당한 건, 그걸 믿으면 효과가 있다는 거예요. 하지만 그렇다고 호랑이가 진짜로 있는 걸까요? 아니면 내 의심들이 진짜로 존재하는 게 아니라는 의미가 될까요?"

나는 기자에게 동굴에 간 적이 있었는데 반딧불이와 별을 구분할 수 없었다고, 갓 부화한 파리에겐 별이 자신을 잡아먹는 존재일 거라고 말했다.

파격적이네요, 하고 기자가 말했다. 나는 그녀가 내 말을 순 괴짜 같은 소리로 만들려고 한다는 걸 알 수 있었다.

나는 만일 당신이 누군가를 사랑한다는 걸 믿지 않으면 그 사람을 사랑하지 않는 거라고 말했다.

"우리 일단 자본 다음에 어떤지 볼까요?" 레드우드가 호텔 바에서 말했다. 그는 아직도 애들레이드와 편지 때문에 마음의 응

어리가 남아 있는 듯했다. 나에 대한 짜증이 그를 대담하게 만들었다. 그는 정돈된 기분을 원했고 나와 자면 그걸 얻을 수도 있으리라 생각하는 듯했다.

"이리도 섬세한 유혹의 춤이라니." 내가 말했다.

"직진이죠." 그가 말했다. "난 솔직함을 높이 평가하거든요. 난 해들리가 좋아요. 당신한테 반했어요. 이제 낯선 사람과 잠자리를 갖는 기분을 느끼지 않을 정도로 당신을 잘 알고요. 긴장도 많이 된다고 시인한다면, 그건 잘못일까요?"

"그러니까 양가감정을 느낀다는 거네요."

"해들리는 내게 양가감정을 느끼지 않나요?" 그가 물었다. "우리 둘 다 신중해야 할 이유가 있잖아요. 우리 둘 다 자신이 낭만적이라고 주장하지 않고요. 우리가 의도적으로, 극단적인 솔직함으로, 실험적 절차에 따라 여기까지 왔다면?"

"그러네요. 그건 낭만적이진 않아요."

"하지만 낭만적 결과를 낼 수는 있죠. 난 커다란 도약은 잘 안되더라고요. 그래서 다른 걸 시도해보고 싶어요."

석양이 디날리산 정상을 딸기아이스크림의 분홍빛으로 물들였다. 바 손님 몇 사람이 셀카를 찍는 척하며 우리를 몰래 찍고 있었다. 나는 레드우드를 아래층으로 초대해 저물어가는 빛 속에서 둘이 함께 갑옷을 쩔렁거리며 침대로 가는 상상을 했다.

"어쩌면요." 내가 말했다. "근데 오늘밤은 말고요." 나는 창밖을 가리켰다. "나 토요일에 촬영 없는데. 저 산 보러 가지 않을래요?"

"자신이 아주 작아진 기분을 느끼게 되죠, 안 그래요?" 조종사의 또박또박 끊어지는 목소리가 엔진음을 뚫고 헤드셋을 통해 우리 귀에 들어왔다.

비행기는 빨간색이었고 프로펠러와 스키를 두 개씩 달고 있었다. 레드우드와 나는 조종사 뒤에 앉아 있었다. 조종사 옆에서 보조 조종간이 움직이는 모습이 마치 유령 부조종사가 타고 있는 듯한 느낌을 주었다. 우리는 망상하천*과 소나무숲으로 이루어진 평지들, 미루나무숲을 지났다. 가을의 미루나무 잎이 달콤한 귤빛으로 곱게 물들어 바라보기만 해도 이가 시렸다. 우리는 눈과 바위의 세계로 들어갔다. 모든 게 너무 거대하고 너무도 단순해서, 그저 얼음과 눈과 바위뿐이어서, 내 눈은 아무것도 식별할 수가 없었다. 우리는 수많은 절벽과 산등성이, 갈라지고 주름진 빙하, 깎아지른 듯한 화강암에 난쟁이가 된 기분을 느꼈다. 디날리 산 정상은 구름 속에 있었다. 그곳에서는 생명체라곤 찾아볼 수 없었다.

"혹시 메리언 그레이브스를 아세요?" 레드우드가 헤드셋에 대고 말했다.

"모르겠는데요." 조종사가 대답했다.

"알래스카의 조종사였어요." 내가 말했다. "전쟁 전에요."

"최고의 직업이죠." 조종사가 말했다.

---

* 여러 개의 물길이 사주나 섬 양쪽으로 갈라졌다가 다시 합쳐지면서 형성되는 그물 모양의 하천.

"저희 아버지도 비행을 하셨어요." 내가 말했다. "취미로요. 세스나를 갖고 계셨죠."

"오, 그래요?" 조종사가 말했다.

"예." 내가 대답했다.

"지금은 비행을 안 하시나요?"

"예." 내가 말했다. "저도 비행 교습을 한 번 받아봤어요. 좋진 않았지만요."

"뭐가 안 좋았는데요?"

"기분?"

"기분 최곤데."

"그 조종사도 그렇게 말했죠."

그는 웃었다.

내가 말했다. "다 망쳐버릴 것 같은 기분이 들더라고요."

"아녜요." 조종사가 말했다. "비행기를 믿어야 해요. 비행기는 날고 싶어하니까."

조종사는 얼음과 산봉우리로 이루어진 우묵한 빙하에 착륙했는데, 그 얼어붙은 원형경기장 모양의 분지가 앵커리지보다 크다고 했다. 그가 엔진을 껐고, 우리는 비행기에서 내려 정적 속으로 들어갔다. 그 풍경의 거대함과 아름다움은 죽음이라는 개념의 거대함과 아름다움을 방불케 했다―그 아름다움은 우리에게 적용되지 않는다. 눈을 밟고 있자니 마치 추락할 것만 같아서 마음이 조마조마하고 머뭇거리게 되었다. 이거예요, 라고 조종사에게 말하고 싶었다. 바로 이런 기분이었어요. 하지만 그는 빙하를 믿으라고만 하겠지.

레드우드가 저만치 걸어갔다가 돌아와서 내게 손을 내밀었다. 나는 그 손을 잡았다. 그 풍경은 애들레이드 스콧의 조각작품과 반대였다. 그곳에선 전체만 볼 수 있었다. 우리가 이해할 수 있는 규모로 끌어내릴 수가 없었다. 정적이 하늘만큼 광대했고, 우리는 너무도 작은 존재라 무슨 짓을 해도 상관없었다. 그래서 마침내 우리는 그곳 눈밭에서 키스했다. 나는 주위 풍경으로부터 숨기 위해 눈을 감았다.

디데이

영국

1944년 6월

어뢰 공격 6개월 후

1944년 5월 15일

안녕 꼬맹이

우리 사이가 이렇게 된 마당에 내 편지를 받으면 놀라려나. 분명히 말하는데, 우는소리나 싫은 소리 하려고 편지 쓰는 거 아냐. 네 편지들을 반송하는 건 공격적인 행동으로 보이겠지만, 네가 편지들을 돌려받고 싶을 거라고 생각했어. 너도 이미 알고 있는지도 모르겠지만, 난 ▮▮▮▮▮▮에서 포격 훈련생들을 위한 표적예인기를 몰고 있어. 코크런은 이일이 무슨 대단한 일급비밀에 특별한 혜택이라도 되는 것처럼 굴었지만, 재미는 클레이사격 표적 노릇을 하는 것만큼 있고 매력은 그 절반밖에 안 되지. 비행경로가 염병할 도시야. ███를 육안으로 볼 수 있는 거리까지만 안전 한계 고도로 비행해야 하고, 예비 부품도 없는데다 수리할 시간도 없어. ███████ █████████████.

포병들은 우리가 여자라는 걸 어떻게 생각하는지 모르겠지만(표적을 겨냥해야 하는지 비행기를 겨냥해야 하는지 헷갈리는 것 같아), 조종사들은 쌀쌀맞기가 서릿발 같아. 비행학교를 갓 졸업한 열정적인 인재들이 전투에 바로 투입될 줄 알고 왔다가 훈련장으로 보내진 거지. 그 인간들은 우리가 나타나서 자기네랑 똑같은 일을 하기 전부터 이미 불만이 가득했어. 내가 보기엔 징징대는 거야.

여자들 말로는 그래도 처음보다는 나아진 거래. 특히 그치들이 우리 덕에 카드놀이 하면서 쉴 시간은 늘고 표적 노릇을 할 시간은 줄었다는 걸 깨닫기 시작한 뒤로는. 아무튼 우리는 존재 가치를 증명해야 하는 처지라 늘 적극적으로 자원해서 나가지. 난 정비사들과 친해두려고 애쓰고 있어. 그 사람들을 내 편으로 두는 게 여기서 계속 버틸 수 있는 최선의 방법인 것 같아서. 내가 여기 오기 전에 메이블이라는 여자가 추락했거든. 살 수도 있었는데, 조종실 덮개가 열리지 않는 바람에 산 채로 타 죽었어. 안전점검표에 걸쇠가 말을 안 듣는다고 표시가 되어 있었지만 아무도 손봐주지 않은 거지.

또다른 추락 사고로 여자 조종사가 죽었어—서류에는 스로틀 문제로 되어 있지만 ██████████████████. 재키가 직접 조사를 하러 왔지만, 조사 결과에 대해서는 함구하더라. 재키는 우리가 이 일을 할 수 있도록 엄청 노력했는데, 높은 분들이 우리가 말썽을 일으킨다고 생각하게 되면 주저 없이 우리를 내쫓을 테니까.

남자들 일부는 좀 지나칠 정도로 우리에게 따뜻해졌지. 나를 쫓아다니는 남자도 있어. 아주 끈질겨. 나는 유부녀라고, 남편이 전쟁 포로라고 몇 번이나 말했는데도, 지금은 전시잖아요, 안 그래요, 이러면서 치근대는 거야. 전시라고 내가 썩은 버섯같이 생긴 남자에게 욕정을 느껴야 한다는 양말이야.

넌 그런 관심을 나만큼 싫어하진 않을지도 모르겠다. 내가 보기에 결국 넌 남자가 그리웠던 것 같으니까. 웃기는 이야기가 하나 있어—폭격기를 모는 우리 여자 조종사 한 무리가 날씨 때문에 어느 시골 마을에 착륙했는데, 거기선 여자들이 해가 진 뒤 바지를 입고 돌아다니는 게 금지되어 있어서 유치장에 갇혔대. 조종사라고 말해도 보안관이 믿어주질 않더래. 뭐, 웃기는 이야기는 아니지. 남자들 영역으로 밀고 들어가면 결국 근본적인 문제에 부딪히게 되잖아. 여자들에 대한 남자들의 우월의식. 이 전쟁을 일으킨 건 남자들이야. 계속 그 생각을 했어. 우리 여자들은 분노해봐야 아무 일도 안 일어나. 남자들이 분노하면 전 세계가 불타는데. 그래서 우리가 우리 역할을 하고 싶어하면, 그들은 늘 우리를 위험으로부터 보호해주려 하고. 왜냐하면 우리 스스로 결정을 내리는 건 하늘이 금지한 일이니까. 그들이 제일 두려워하는 건 언젠가 우리가 그들처럼 자기 삶의 주인이 되는 거야.

내가 흥분해서 떠드는 건—미안—네가 그때 끔찍한 상태

였다는 건 알지만 그래도 나한테 지독한 상처를 줬다는 사실을 말하기 위해 마음의 준비를 하는 것이기도 해. 난 그때 네가 나한테 의지해주기를 바랐는데 넌 그 남자에게 갔잖아, 너의 전부가 될 수 없다는 걸 못 견디겠더라. 내가 떠나는 입장이면서 마음 아파하는 사람이 되는 건 불공평해 보이긴 하지만, 아무튼 난 마음이 아파. 너도 그러니? 너도 그런지 알고 싶어, 나한테는 중요한 일이거든. 하지만 어느 쪽이든, 이 말은 꼭 하고 싶었어. 우리 둘 중 한 사람에게 무슨 일이 생길 경우에 대비해서 말해두는데, 내 입장에서는 우리 관계가 괜찮다는 걸 네가 꼭 알아줬으면 좋겠어. 모든 걸 용서했다고 말할 수 있을지는 모르겠지만 거의 다 용서했어. 그런 일이 있고 나서도 네 곁에 계속 남을 순 없었지만, 그래도 여전히 네가 그립고 너를 사랑해.

언제나 너를 사랑하는
루스

메리언은 그날 밤 폴리건호텔에서 루스 대신 케일럽을 선택한 후로 루스와 연락이 끊겼다가 그 편지를 받았다.

배 수천 척이 남쪽 해안을 잿빛 해초처럼 뒤덮고 항구들을 가득 메웠다. 메리언은 몇 주 동안 그 준비과정을 지켜보았다. 당장이라도 해안으로 흘러넘칠 것 같은 해협을 모든 배가 안간힘을 다해 막고 있는 듯했다.

케일럽의 기지는 상륙작전 준비를 위해 봉쇄되었다.

메리언은 햄블에서 벌티 벤전스를 받아 하워든으로 수송했다. 그곳에서 웰링턴 폭격기를 멜턴모브레이로 수송할 예정이었으나 돌풍이 불어서 비행기를 띄울 수가 없었다.

그녀는 술집 위층에 방을 잡았다. 이튿날 아침에도 여전히 빗줄기가 거셌고, 햄블에 전화를 건 그녀는 그대로 있으라는 지시를 받았다. 이틀째 되는 날 저녁, 영화관에서 하루를 되는대로 흘려보낸 후 그곳에 발이 묶인 다른 ATA 조종사와 술을 마셨다. 그 조종사는 영국인 남자로, 영국 공군에서 활약하기엔 너무 나이가 많았다. "오늘 아침 상륙함대가 출발했다가 이것 때문에 돌아왔다더군요." 그는 비가 쏟아지는 창밖을 비난어린 시선으로 흘끗 보았다. "기상예보 담당자가 딱한 처지가 됐지."

메리언은 고개를 끄덕였다. 그녀는 전쟁을 끝내려면 상륙작전이 꼭 필요하다는 건 알았지만 별 관심은 없었다. 케일럽이 잘못될까봐 두렵지도 않았다. 제이미의 죽음으로 매사에 무감각해졌다. 케일럽과의 잠자리에서만 꿈틀거리는 생명력을 느낄 수 있었다. 그리고 이따금 하늘에서 무생물의 찬란한 모습을 바라보고 있을 때도. 밑면이 비의 털로 덮인 구름, 살찐 민달팽이 같은 분홍빛이 수평선에서 짙어지며 노랗게 변해 달이 되는 광경, 번갯불을 가득 품은 먼 구름, 전쟁과 무관하게 일어나는 현상들, 인간이 존재하지 않는다고 해도 발생할 일들. 과거의 모든 고통에 대해 그녀가 할 수 있는 가장 좋은 말은 그 일들이 이미 끝났다는 것이었다. 어느 시점이 되면 상륙작전도 그렇게 될 터였다.

"난 1차대전 때 전투기를 몰았지." 그녀의 술친구가 말했다. "살아 있는 동안 더 엄청난 전쟁을 보게 될 줄은 상상도 못했어요."

메리언은 그가 엄청나다great거나 더 엄청나다greater는 표현을 사용한 것이 그저 단순히 전쟁의 규모만을 의미한다는 걸 알면서도 그 말이 거슬렸다.

"내가 끔찍하게 늙어 보이겠네요." 그가 말했다. 처량하면서도 그녀의 마음을 떠보는 말이었다. 메리언은 그의 결혼반지를 흘끗 보았다.

"아뇨." 그녀가 말했다. 나이는 더이상 중요하지 않았다. 젊은 이들이 노인들보다 죽음과 더 가까이에서 살게 되었으니까.

그가 판지 받침 위 맥주잔을 빙글빙글 돌렸다. 메리언은 그가 그녀를 방으로 초대할 용기를 모으고 있는 모양이라고 생각했다. 전쟁중이니 그래도 된다. 어쩌면 그의 몸에서 삶의 감각을 얻을 수도 있었다. "같이 방에 올라갈래요?" 그녀가 물었다.

그가 시선을 들어 날카롭게 쳐다봤다. "그래야겠지요? 기념으로?"

메리언은 벌써 지겨워졌고 그런 제안을 한 게 후회되었으나, 빈방에 혼자 남는 건 더 끔찍할 것 같았다.

이튿날 오후, 구름 천장이 걷혔다. 메리언은 웰링턴기 수송을 마친 후 택시 비행기 페어차일드를 타고 햄블로 돌아갔다. 남쪽으로 가는 길에 지나는 모든 비행장에 비행기들이 줄줄이 세워져 있었다. 그 비행기 날개에는 검은색과 흰색 줄무늬가 새로 칠해져 있었다.

해안에서는 배들의 행렬이 해협으로 뻗어 있었고 수많은 뱃자 국이 프랑스를 향해 화살표를 그렸다. 탱크, 트럭, 지프가 도로를 가득 메우고, 트랩을 지나 배에 삼켜졌다.

밤에 몇 시간이나 웅웅거리는 엔진소리가 이어졌다. 아침이 되 자 모두 떠나고 아무것도 없었다.

별자리

~

19

애들레이드 스콧은 말리부에 살고 있었다. 퍼시픽코스트 하이웨이 북쪽, 낚시터를 지나고 멜 깁슨이 도로에서 차를 세운 경찰에게 나치라고 소리를 질러대기 전에 술을 퍼마신 문셰도 레스토랑을 지나고 노부를 지나고 유명한 해변들을 모두 지나 고속도로에서 언덕을 한참 올라가야 나오는 그녀의 집은 안개 낀 푸른 평원을 이룬 바다를 굽어보는, 과시적인 해변 별장이라기보단 허름하면서도 환상적인 시골살이 느낌의 집이었다. 그곳의 공기는 산쑥과 먼지와 소금 냄새를 풍겼다. 애들레이드가 문을 열자 점박이 잡종견 세 마리가 집에서 달려나와 나를 향해 짖어대다가 쿵쿵거리며 수풀을 헤집고 다녔다. "드라이브는 어땠어요?" 애들레이드가 물었다.

로스앤젤레스에선 하나의 의례가 된 도로와 교통에 관한 잡담이 시작되었다.

"원래는 샌타모니카에 작업실이 있었어요." 애들레이드가 말했다. "통근하기가 너무 힘들어서 옥스나드로 옮겼죠. 거기가 훨씬 싼데다 여기서 다니기에 아주 편해요. 내 조수들은 불만이 많겠지만, 이제 창고 하나를 통째로 쓸 수 있게 됐어요."

집 내부는 온통 암녹색 타일과 붉은빛이 도는 금색 목재로 꾸며져 있었고, 여러 개의 면으로 나뉜 창문들로 금세 화르르 타오를 것만 같은 캘리포니아의 종이처럼 건조한 덤불로 뒤덮인 언덕 비탈이 여럿 내다보였다. "차를 만들어 올게요." 그녀가 앞서 걸어가며 말했다. 개들이 따라갔다. "여기서 기다려요. 내가 꾸물거리는 걸 다른 사람이 지켜보는 게 불편하거든요." 그녀는 붉은빛이 도는 금색 들보를 머리에 인 커다란 거실을 가리켰다.

벽난로 선반에 나선형으로 꼬인 기이한 뿔이 비스듬히 놓여 있었는데, 한쪽 끄트머리가 몹시 날카로웠고 길이는 7피트쯤 되어 보였다.

애들레이드는 임스체어에 비스듬히 기대앉아 발판에 두 발을 올렸다. 그녀는 독서용 안경을 목에 걸고 있었고, 그녀 옆 바닥에는 서류 상자가 놓여 있었는데 거기 메리언의 편지가 들어 있는 것 같았다. 나는 초록 타일로 된 벽난로와 그 위의 기이한 나선형 뿔을 마주한 가죽소파에 앉아 있었다. 개 한 마리가 내 옆자리에 올라앉더니 내 허벅지에 엉덩이를 대고 곧바로 잠이 들었다. 내가 유명한 영화배우이자 은막의 아이콘인 걸 모르는 모양이었다.

"저건 뭐예요?" 내가 뿔에 대해 물었다.

"일각고래 엄니예요." 애들레이드가 대답했다.

"일각고래 엄니가 뭔데요?"

"모르면 사진을 보여주는 게 낫겠군요." 그녀는 일어나서 야생 사진이 담긴 책을 꺼내 페이지를 획획 넘겨 극지방의 얼음으로 둘러싸인 작은 개빙구역에서 수면 위로 모습을 드러낸 일각고래를 보여주었다. "고래의 한 종류죠." 그녀가 말했다. 일각고래의 뭉툭한 머리는 갈색과 회색으로 얼룩덜룩하고 반질반질했으며 다른 특색은 없었지만 마상 창시합에 쓰는 창 같은 엄청나게 긴 외뿔이 솟아 있었다. 일각고래들은 마치 더러운 엄지손가락과 교배된 유니콘 같았다.

애들레이드가 그 엄니에 대해 말했다. "내가 알기론 메리언의 아버지 애디슨 그레이브스가 여행중에 어딘가에서 구한 거예요. 나한테 다른 물건들도 있는데, 그 이국적인 기념품은 모두 그 사람 거였을 거예요. 저기 있는 옛날 책들도. 그리고 저 그림은"—그녀는 안개 낀 조선소를 그린 유화를 가리켰다—"메리언의 삼촌인 월리스 작품이죠. 난 제이미와 월리스의 그림을 꽤 많이 갖게 됐어요. 제이미의 그림 중에서 뛰어난 작품들은 대부분 미술관에 있지만요. 캐럴 파이퍼는 그 골동품에 큰 관심을 보였죠. 난 그 물건들에 얽힌 사연을 하나도 모르는데."

애들레이드는 서류 상자에서 작은 스케치북을 꺼내 나에게 건넸다. "이건 관심이 갈지도 모르겠네요."

앞표지 안쪽에 접힌 쪽지가 있었다. 나는 그 쪽지를 펼쳤다. 이건 원칙적으로는 미 해군 소유라⋯⋯

애들레이드가 말했다. "그 쪽지는 제이미가 우리 어머니에게 보낸 거예요." 나는 계속해서 쪽지를 읽었다. ……진짜로 내가 돌아오는 이유는 너를 사랑하기 때문이야. 그리고 내가 스스로 두고 간건 영원히 되찾을 수가 없지.

나는 쪽지를 도로 접어놓고 스케치북을 넘겨보았다. 누렇게 변색되고 퍼석퍼석해진 종이에 목탄과 연필로 그린 스케치가 가득했고 간간이 수채화도 보였다. 산과 바다. 비행기들과 배들. 군인들의 손. 눈 덮인 골짜기의 텐트들. 그러다 그림이 추상적으로 바뀌었다. 무질서한 선과 얼룩과 휘갈김. 그렇게 여남은 장이 이어졌다. 나머지는 빈 종이였다.

애들레이드가 나를 지켜보고 있었다. "심란하죠, 안 그래요? 마지막 그림들요."

"뭘 그린 건가요?"

애들레이드는 그 질문을 묵살했다. "해들리가 그날 저녁식사 자리에서 한 말이 흥미로웠어요. 우리가 죽으면 모든 게 증발한다는 말. 증발이라는 단어를 썼죠? 그 단어가 내게 반향을 일으켰어요. 난 반향에 주목하는 편이죠."

그 말을 한 건 나도 기억이 났지만 뭐라고 덧붙여야 할지 알 수 없었다. "솔직히 말하면 그 린이라는 여자에게 짜증나서 심오하게 보이려고 그랬던 것 같아요."

"자신의 생각을 속임수 취급하지 마요." 애들레이드가 날카롭게 말했다. "피곤하니까."

"죄송해요." 내가 화들짝 놀라서 대답했다.

"사과도 하지 마요. 특히 해들리는 경험으로 아는 거잖아요. 부모님 말예요. 해들리는 실없는 허풍을 떤 게 아니에요. 죽음이 얼마나 많은 걸 앗아가는지 정확히 알잖아요." 개 한 마리가 그녀의 무릎에 머리를 기댔고 그녀는 그 개의 귀를 쓰다듬었다. 그녀가 번득이는 광물성의 시선으로 나를 비스듬히 보았다. "해들리 경우엔 훨씬 더 심하겠지만, 내 경우에도, 사람들은 내가 작품 활동을 하고 나에 대한 온갖 기사가 나고 그랬던 것 때문에 나를 안다고 생각해요. 그 사람들 대부분이 점점이 흩어진 정보 몇 개를 갖고 있을 뿐인데, 다들 그 점을 자기 멋대로 연결하죠."

"세상에, 맞아요." 내가 앞으로 몸을 기울이며 말했다. "그리고 그 사람들은 자기들이 보기엔 일리가 있으니까 자기네한테 진실처럼 보이는 결론에 도달하지만, 사실 그건 독단적인 생각이죠."

"바로 그거예요. 별자리처럼. 살아 있는 동안 자신을 완전하게 설명하는 건 불가능한 일이고, 그러다 죽게 되면, 말해 뭐해요— 모든 게 살아 있는 사람들 손에 맡겨지는 거죠." 애들레이드는 내 무릎에 놓인 스케치북을 가리켰다. "우리 어머니에게 들었는데, 제이미가 그 마지막 그림들을 전투중에 그렸다고 했대요. 사실적인 스케치를 하고 있다고 생각하며 그렸는데 나중에 보니 그렇게 휘갈겨져 있더라면서." 그녀는 차를 한 모금 마셨다. 머그잔이 벽난로 타일처럼 초록색 세라믹이었다. "난 제이미가 자신이 생각한 그림을 그리지 않은 게 오히려 기뻐요. 그럼 거짓이 되었을 테니까. 예술은 왜곡이지만, 그 왜곡이 교정렌즈처럼 더 명료하게 볼 수 있도록 해주기도 하죠."

"무슨 말인지 모르겠어요." 내가 말했다.

"내 말은, 어떤 것들은 묻히는 게 좋다는 거예요. 자연스러운 일이죠."

"그래도 저한테 저걸 보여주고 싶으신 거잖아요." 내가 서류 상자를 가리키며 말했다. "그냥 묻히게 두지 않고."

"그으렇죠." 그녀가 말을 길게 늘였는데, 어쩌면 확신이 없어서인 듯했다. "편지들이 공백을 채워주기는커녕 오히려 더 드러내는 건 아닌지 모르겠네요."

"글쎄요, 전화로도 말씀드렸듯이, 전 영화를 바꿀 수 없어요. 특히 이제 와서는요. 촬영이 거의 끝났거든요."

애들레이드가 손을 내저었다. "영화는 또다른 혼돈일 뿐이에요. 진실은 그 자체로 가치가 있는 거죠."

"전적으로 동의해요." 나는 묘한 안도감을 느끼며 말했다. "전 영화는 진짜로 중요한 게 아니라는 걸 깨닫는 데 오랜 시간이 걸렸어요. 하지만 일단 그걸 깨닫자 마침내ㅡ왠지 모르게ㅡ연기를 할 수 있게 되더라고요." 나는 잠시 말을 끊었다가 이었다. "이 말씀을 드려야겠네요. 레드우드에게 메리언의 편지 이야기를 했어요. 그가 편지들을 읽고 싶어해요."

"해들리도 레드우드가 편지를 읽는 걸 원해요?"

"아뇨."

"그럼 레드우드는 읽을 필요 없겠네요. 난 그 편지들을 보여줄 사람으로 해들리를 선택했어요. 특별히. 하지만 전에도 말했듯이, 내 목적이 반드시 그 편지들을 세상에 공개하는 건 아네요." 그녀는 생각에 잠겨서 말했다. "내가 일종의 설치미술 작업을 하고 있는 건지도 모르겠네요." 그러더니 자조적으로 말했다. "어쩌면 나의 첫 행위예술일 수도 있고."

나는 뭐라고 대꾸해야 할지 몰라서 이렇게 말했다. "레드우드에게 제이미가 애들레이드의 아버지라는 얘기는 안 했어요."

"생물학적 아버지죠. 그래요, 만일 해들리가 그 얘기를 했다면 벌써 캐럴한테 연락이 왔겠죠. 왜 안 했어요?"

이제는 내가 생각에 잠겼다. 레드우드와 나는 디날리산에서 돌아와 잠자리를 가졌고, 그 시간은 완벽하게 괜찮았지만, 완벽하게 좋았지만, 나는 무언가 무너져버릴 것 같은 위태로운 느낌을 떨쳐낼 수가 없었다. "처음엔 내가 독점욕 때문에 그러나보다 생각했는데, 그보단 지금까지 나 자신에 대한 정보가 세상에 공개되어왔지만—나 스스로 공개했다고도 할 수 있고요—그게, 얼마나 많은 사람이 나에 대해 아는지가 무슨 의미가 있는 건지 모르겠더라고요. 어차피 세상 사람들은 나에 대한 진실을 몰라요. 그러니까 〈페리그린〉에 얼마나 많은 진실이 담겨 있는지는 중요하지 않은 거죠. 어쩌면 그건 그냥 영화인 게 더 나을 수도 있어요."

"호기심에서 묻는 건데, 촬영은 얼마나 남았어요?"

"최소한의 인원만 하와이로 가서 로케이션 장면 두어 개 찍고 마지막으로 비행기 추락 장면을 찍을 거예요."

"해들리가 비행기 추락 장면을 찍는 건 뉴에이지의 직면 치료와 비슷하다고 할 수 있겠네요."

"어쩌면 행위예술일 수도 있고요."

"아하. 그건 그렇고. 하와이에 가게 되면 케일럽 비터루트가 키운 아이를 꼭 찾아봐요. 이제 나처럼 늙었겠지만, 분명 메리언이 비행중 묵었던 오아후의 그 집에 아직 살고 있을 거예요. 우린 크리스마스카드를 주고받아요." 애들레이드가 크리스마스카드를 보내는 게 상상이 잘 안 되었다. "이름은 조이 카마카예요."

애들레이드가 말했다. "그 사람을 한 번 만났죠. 케일럽을 보러 갔을 때."

나는 멍청하게 그 말을 되뇌었다. "케일럽을 보러 갔다고요? 메리언의 케일럽을?"

"난 이십대 때 완전한 탐색의 단계를 거쳤죠. 우리 아버지가 생부가 아니란 건 열네 살 때부터 알았지만, 처음엔 그 사실을 받아들이려 하지 않았어요. 스무 살이 넘어서야 받아들였고."

미치 삼촌이 죽었을 때, 나는 뉴욕에서 로스앤젤레스로 건너와 삼촌 집을 팔기 전에 물건을 정리하다가 아버지가 보낸 편지들을 발견했다. 우린 서로를 불행하게 만들고 있어. 내가 태어나기 전 아버지가 어머니에 대해 쓴 편지 내용이었다. 하지만 우린 안정적이고 우둔한 만족감보다 그런 불행과 화해 후의 희열이 낫다는 결론을 내렸지.

내가 태어난 후 아버지의 편지들은 더욱 암담해졌다. 아버지는 아기가 부부의 문제를 해결해주지 못한다는 사실을 깨닫게 된 것이다. 사람들이 아기가 생기면 뭐가 더 수월해질 거라고 생각하는 이유를 모르겠다. 나는 아버지의 글을 읽으며—어찌 보면 처음으로 아버지 목소리를 들으며—혹시 아버지가 고의로 비행기를 추락시킨 건 아닌가 하는 의심이 들기 시작했다. 그래서 나중에 그 추락 사고를 조사하기 위해 탐정을 고용하면서 그에게 살해 후 자살의 가능성이 있다고 생각하는지 물었고, 그는 그렇다고, 모든 가능성을 고려해야 한다고 대답했다. 하지만 자기 의견으로는, 아버지가 살해 후 자살을 한 거라면 나도 데려갔을 거라고 했다. 그런 경우 대개 가족 모두를 동반한다는 것이다.

내가 애들레이드에게 말했다. "그 사실은 어떻게 알게 된 건가요? 제이미가……"

"생부라는 거요? 부모님이 말해줬어요. 오빠들이 대학에 간 후였는데, 부모님이 나를 앞에 앉혀놓더니 그 사실을 털어놓더군요. 우리 아버지는 의사였어요. 내가 잉태되었을 때 군의관으로 유럽에 있었죠. 대단히 드라마틱한 이야기는 아니에요. 제이미가 전쟁중 시애틀을 지나게 되었고, 그때 우리 어머니와 다시 만나게 됐대요. 한 번의 방종이었죠. 어머니는 임신 사실을 알게 된 즉시 아버지에게 편지로 모든 걸 고백했어요. 아버지는 이해심이 깊은 분이셨고요. 아버지는 어머니를 사랑하셨지만, 내 존재 때문에 어려움이 있었을 거예요. 어머니는 제이미에게도 편지를 보냈지만, 그는 이미 죽은 후였죠. 그래서 결국 어머니는 메리언에게 편지를 썼고, 그 편지는 한참이 걸려서야 메리언에게 닿을 수 있었어요."

내가 말했다. "애들레이드의 프로젝트에 대한 다큐멘터리 봤어요. 가라앉은 배들―"

"배 같은 물체들."

"제이미에 대한 거였나요?"

"당시엔 그렇게 생각하고 싶지 않았어요. 난 그걸 바다가 일으킨 변화라고 불렀죠. 「템페스트」에 나오는 노래 알아요? '다섯 길 바닷속 그대 아버지 누웠네.'*"

모르는 노래다.

---

* 셰익스피어의 희곡 「템페스트」에서 아리엘이 부르는 노래.

"'그의 뼈 산호가 되었지. 저 진주들은 그의 눈. 그의 무엇 하나 사라지지 않고, 바다의 변화 겪어 귀하고 신기한 것 되었으니.'" 애들레이드는 쓸쓸하게 웃었다. "그 이미지에 현혹되지 않을 수가 없죠. 육신에 대한 것이 아니라, 죽음과 최선을 다해 겨루다가 지고 마는 우리의 상상력에 대한 것 같아요."

나는 세스나 경비행기의 조종간을 폭탄처럼 쥐고 있는 것에 대해 생각했다. 가짜 비행기로 가짜 바다에 추락하고, 암전이 되며 끝나는 것에 대해 생각했다. 내가 물었다. "케일럽은 어땠어요?"

"매력적이었어요. 술을 좀 과하게 마시긴 했지만. 케일럽과는 며칠밖에 함께 지내지 못했어요. 활기가 넘치다가도 갑자기 어두워지곤 하더군요. 분명 그는 메리언을 사랑했지만, 메리언의 죽음으로 엄청난 충격에 빠진 것 같진 않았어요. 가끔은 메리언이 살아 있는 것처럼 얘기해서, 그가 메리언의 죽음을 진짜로 받아들이긴 한 건가 의심이 들긴 했어요. 아니면 죽은 사람들을 너무 많이 알아서 그랬을 수도 있고요. 모르겠네요. 우리는 메리언보다 제이미 이야기를 더 많이 했어요. 아무튼, 아까도 말했듯이, 조이 카마카를 꼭 찾아봐요. 그 친구가 더 많은 걸 알 거예요."

"아직도 왜 저를 선택하셨는지 이해를 못하겠어요. 왜 직접 하지 않는 거예요? 왜 저여야 한다고 생각하시는 거죠?"

"개인적으로 난 정보를 꿰어맞추는 식으로 진실을 찾진 않아요. 그건 우울한 일이죠. 하지만 그렇다고 해서 진실에 관심이 없는 건 아니에요. 왜 해들리여야 하는지는, 나도 잘 모르겠네요. 그냥 그 생각이 내 머릿속에 들어왔어요. 연관성에 이끌린 것 같아요. 해들리가 메리언 역할을 맡은데다, 부모님 일도 그렇고."

그녀는 서류 상자를 발판 위로 올려놓고 뚜껑을 열었다. "봐요."

"먼저 화장실 좀 다녀와야겠어요." 내가 말했다. "화장실이 어디죠?"

나는 오줌을 눈 다음 곧장 현관문을 나가야겠다고 생각했다. 뒤돌아보지 않고, 편지에 담긴 진실을 어떻게 처리할지 결정하는 책임을 떠맡지 않고, 애들레이드의 설치예술에서 졸개 노릇을 하는 걸 중단하고. 하지만 화장실에서 나와 도망치려는 순간 벽에 걸린 메리언 그레이브스와 눈이 마주치고 말았다. 의상 디자이너의 영감의 벽에 붙어 있던 목탄 초상화 원본이었다. 그게 진짜라는 게, 세상에 존재하는 실제 물건이라 액자에 넣어 벽에 걸 수 있다는 게 신기했다. 제이미의 손이 그 선들을 그렸다. 빈 페이지에 그녀의 얼굴을 불러냈다.

나는 육감이라고밖에 표현할 수 없는 돌발적인 감정을 느꼈다. 알려질 수 있는 진실이 더 있었고 그걸 알고 싶었다. 애들레이드의 서류 상자에 무언가가 있었다. 그 너머에, 허공에 무언가가 있었다. 레드우드와 키스할 때 흰 눈 덮인 광대한 풍경의 존재를 느꼈던 것처럼 그걸 느꼈다.

나는 거실로 돌아갔다.

몇 년마다 남극대륙의 위성영상에서 페리그린호일 수도 있는 물체를 보았다거나 남극에 가까운 몇몇 외딴섬에서 단서가 될 만한 물건—추락한 비행기 잔해나 메리언의 것으로 추정되는 립스틱 껍데기, 인간의 뼈일 수도 있고 그래서 에디의 것일 수도 있는 뼛조각—을 발견했다며, 사람들이 비용을 보내주면 자신이 직접 가서 수수께끼를 풀겠노라고 주장하는 사람이 등장한다. 그는 수수께끼를 풀 수 있다고 백 퍼센트 장담한다.

어쩌면 나는 그런 사람이 되어가고 있었는지도 모르겠다. 오래되어 흐릿한 사진들을 인터넷에 올리면서 1950년대에 오스트레일리아에서 찍힌 메리언과 에디라느니, 콩고에서 화물용 DC-3로 개조된 페리그린호라느니 우겨대는 소수의 탐정 지망생처럼 되어가고 있었는지도 모른다. 남극대륙이 지구 주위를 둘러싼 얼음의 벽이고 페리그린호는 메리언이 진실을 발견하지 못하도록 공군이 격추시켰다고 생각하는 지구가 평평하다고 믿는 사람들처럼 되어가고 있었는지도 모르고. 그들 모두에게도 육감이 있었다. 그들 모두 진실을 말하는 자가 되고 싶은, 자신이 이룬 중대한 발견을 믿고 싶은 간절한 욕구가 있었다. 어쩌면 나는 괴짜나 사기꾼일 수도 있었고, 어쩌면 오래전 결말이 난 불가해한 드라마에 스스로를 끼워넣으려 하고 있었는지도 모른다.

아니면 과거가 나에게 무언가 할말이 있었는지도 모르고.

나는 애들레이드의 소파에 앉아 지친 마음으로, 거의 마지못해, 편지들이 든 상자를 향해 손을 뻗었다.

비행

어디서부터 시작할까? 물론 시작부터다. 하지만 시작이 언제일까? 과거의 어느 부분에 여기라는 표지를 넣어야 할지 모르겠다. 여기는 비행이 시작된 곳이다. 시작은 지도 위가 아니라 기억 속에 있으니까.

—메리언 그레이브스[*]

뉴욕시
북위 40°45′, 서경 73°58′
1948년 4월 15일
0해리 비행

남편과 사별한 지 십 년 된, 일흔 살에 가까운 마틸다 파이퍼가 42번가를 빠르게 걷는다. 그녀는 검은색 일색의 차림인데 그건 과부임을 나타내기 위해서가 아니라 검은색의 엄격함이 좋아

---

[*] 『바다, 하늘, 그 사이의 새들: 메리언 그레이브스의 잃어버린 비행일지』에서. 1959년 뉴욕 D. 웬체슬라스&선스 출판사 펴냄. (원주)

서다. 통이 좁은 검은 치마, 허리가 잘록하고 옷깃에 표범 모양 에나멜 브로치가 달린 검은 재킷, 검은 펌프스, 철회색 단발 위의 검은 베레모, 크고 둥근 알에 묵직한 검은 테가 둘러진 안경. 반지와 팔찌들이 번쩍거리는 앙상한 손은 가슴에 안은 거품처럼 흰 작은 개를 받치고 있다.

로이드가 죽었을 때, 그가 마틸다에게 자신의 전 재산뿐 아니라 사업권도 모두 남겨준 일에 가장 놀란 사람은 그녀 자신이었다. 마틸다가 자유롭게 자신의 뜻을 펼칠 수 있도록.

무능한 둘째 아들 클리퍼드만 화가 나서 펄펄 뛰었는데, 어쩌면 파이퍼가의 살아 있는 네 아들 중 자신이 제일 자격이 없다는 걸 알고 있어서인지도 모른다. 아내보다 감상적이었던 로이드는 클리퍼드에게 그래도 명목상이나마 해운 사업을 맡겼지만, 클리퍼드는 실권이 별로 없었음에도 사업을 엉망으로 만들어놓았다. 마틸다는 최대한 빨리 클리퍼드를 해고했다. 물론 그렇다고 아들을 길거리에 나앉게 만든 건 아니고, 거금을 쥐여주며 더이상의 지원은 없을 거라고 경고하면서 어디 해외라도 나가서 경제적으로 풍족한 삶을 누리라고 격려했다. (마틸다는 로이드가 자신에게 전권을 넘긴 이유 중에는 그는 도저히 할 수 없던 일을 그녀는 할 것임을 알았던 탓도 있지 않았을까 하는 의심이 들었다.) 클리퍼드는 세인트토머스섬으로 가서 카리브 여자와 결혼해 세 자녀를 두었지만, 마틸다는 그에게 어머니를 분노하게 만들었다는 만족감을 주지 않았다.

장남이자 가장 똑똑한 아들이기도 한 헨리는 로이드가 죽기 전 이미 리버티오일 부사장 자리에 있었다. 리버티오일은 파이퍼가의 가장 큰 회사였고, 마틸다는 그 회사가 그대로 굴러가게 내버려두었다. 이제 마흔여섯 살이 된 헨리는 마틸다가 경멸하지 않는 여자와 결혼해 부모님처럼 네 아들을 두었다.

헨리에게 축복이 있기를.

셋째 로버트도 리버티오일에서 일했다. 그는 뛰어나지도 않았지만 짐덩어리도 아니었고, 사람들 사이에서 예의를 지킬 줄은 알았지만 빛나진 못했다. 그는 마흔세 살까지 독신으로 남아 있었다. 마틸다는 로버트가 동성애자일 수도 있다고 의심했다.

그다음엔 리앤더, 어떤 어른으로 자랐을지 모르겠지만 어릴 때 디프테리아로 죽고 말았다.

그다음엔 조지, 귀여운 조지, 리앤더를 잃은 어머니의 슬픔이 만든 어두운 토양에서 자란 아기, 로이드가 죽었을 때 겨우 스물네 살이었고, 마틸다의 아들 중 유일하게 전쟁에 나갔으며, 이제 컬럼비아대학에서 지질학 박사과정을 마치고, 좋은 여자와 결혼해서 두 아이를 두었다. 조지가 태평양에서 살아 돌아왔을 때 마틸다는 우주만큼 무한한 감사를 느꼈다. 아들 하나를 더 잃었더라면 그 고통을 견뎌낼 수 없었을 것이며, 사실 전쟁이 로이드를 죽였다는 걸 그녀는 알고 있었다. 1939년 9월 독일이 폴란드를 침공한 며칠 후, 그는 출근길에 심장마비로 사망했다. 일흔네 살의 나이였다. 마틸다는 그의 심장이 아버지의 조국에 대한 분노를 견뎌내지 못한 것이리라 생각했다.

그의 장례식에 검은 베일을 쓴 여자가 많이도 찾아왔다. 마틸다는 그중에서 남편의 내연녀들을 찾아내려고 애쓰다가 슬픔에 찬 분노를 느끼며 포기해버렸다.

로이드의 복잡한 금융재산을 정리하고 경쟁자들의 기습적인 공격을 물리치는 데 몇 개월이 걸렸다. 이윽고 확실한 지배력을 갖게 되었다는 생각이 들자 일부 자산을 매각하고 나머지는 재편했으며, 그다음엔 고전을 면치 못하던 D. 웬체슬라스&선스 출판사를 사들였다.

"왜 책이죠?" 헨리가 물었다. "자선사업이 아니고요? 어머니를 모시고 싶어하는 이사회가 많은데."

"난 책이 좋아." 그녀가 대답했다. "이사회는 별로고." 더욱이 바람둥이*와 사십 년 가까이 살며 아들을 다섯씩이나 낳은 그녀였기에 이제 자신이 원하는 대로 할 자유가 있었다. 어쩌면 그것 때문에 로이드가 그녀에게 모든 걸 맡겼는지도 몰랐다. 어쩌면 그의 완곡한 사과였을 수도 있고.

진주만 폭격 후, 마틸다는 웬체슬라스에서 출간한 도서들을 싸구려 페이퍼백으로 수천 부 찍어내 군인들에게 기부한다는 아이디어를 냈다. 진정한 선의에서 나온 행위였지만, 그녀가 어느 정도는 기대했던 대로 군인들은 전쟁이 끝나고 집으로 돌아온 후에도 계속 책을 찾게 되었다. 책이 잘 팔렸다. 어찌 보면 그녀 덕에 페이퍼백은 더이상 쓰레기 취급을 받지 않고 저렴하고 편리하다는 인식을 얻게 되었다.

마틸다는 브라이언트파크 근처의 아파트에 살고 있고, 그곳에서 출발해 42번가를 걷다가 갑자기 길에서 벗어나 웬체슬라스 본

---

* 영어로 '자선'을 의미하는 'philanthropy'와 '바람둥이'를 의미하는 'philanderer' 는 둘 다 '사랑'을 뜻하는 'phil'이라는 어원을 갖고 있다.

사가 있는 건물 유리문 안으로 들어간다. 엘리베이터에서 내린 그녀는 둥지의 새끼 새처럼 일어난 비서들과 타이피스트들의 인사도 받지 않고 곧장 자신의 사무실로 행진해간다. 그녀는 판매와 회계 담당 직원들이 근무하는 4층 대신 편집자들이 있는 5층에 사무실을 뒀는데, 반쯤 열린 문틈으로 몇몇 편집자가 보인다. 그들은 늘 책을 읽고 있고 가끔은 책을 읽으며 동시에 전화 통화를 한다.

"약속 취소 안 됐지?" 마틸다가 사무실로 따라 들어온 비서 셜리에게 묻는다. 그녀는 베레모를 벗어 책꽂이 위에 던져놓고 강아지 피전도 바닥에 아무렇게나 내려놓는다. 빈 공간마다 온갖 종이―끈으로 묶은 원고, 표지 시안, 신문기사 스크랩, 편지들―가 널려 있고 그 위로 책이 쌓여 있다.

셜리가 피전에게 은그릇에 든 물을 준 다음 베레모를 집어 모자걸이에 조심스럽게 건다. "네, 아직은요."

로이드가 죽은 지 얼마 안 되었을 때 마틸다는 문득 애디슨 그레이브스 생각이 났다. 애디슨이 싱싱 교도소에서 석방되었다는 소식은 로이드를 통해 들은 기억이 어렴풋이 났지만 그후로는…… 그에 대해 아는 게 없었다.

마땅히 물어볼 사람도 없었다. L&O에서 가장 오래 근무한 사람들조차 그의 소식을 모른다고 했고, 변호사 체스터 파인은 세상을 떠나고 없었다. 애디슨이 교도소에 있을 때 로이드는 서서히 그에 대한 언급을 줄였다. 마틸다는 그들의 우정이 끝난 것을 조세피나호의 침몰과 비난의 확산을 둘러싼 불확실성에 따른 자연스럽고 서글픈 결과로 받아들였다. 로이드가 적극적으로 나서서 애디슨을 옹호했더라면 더 용기 있는 행동이 되었겠지만, 로이드 입장에선 회사 전체를, 수천 명의 직원을 생각해야만 했다. 그리고 익사한 승객들과 승무원들은 어쩐단 말인가? 분명 유가족들이 요구한 건—희생양은 아니었다. 분명 그들에겐 정의를 요구할 자격이 있었다. 애디슨의 기이한 젊은 아내가 사라진 건 비극이었지만, 그래도 아이들은 구조되었고.

"아버지가 말 안 했어요?" 헨리가 이상할 정도로 경악해서 말했다. 그들은 단둘이 리버티오일 사무실에서 서류철과 장부가 높이 쌓인 테이블을 사이에 두고 마주앉아 있었다.

"무슨 말?"

헨리는 아버지가 총알과 포탄, 니트로셀룰로오스가 든 궤짝들을 배에 몰래 실었으며, 거의 의심의 여지 없이 배의 침몰이 본인의 책임임을 알면서도 애디슨이 대신 죄를 뒤집어쓰도록 내버려두었다고 자신에게 고백했다는 사실을 전했다. "아버지는 일을 바로잡아보려고 좀 애를 쓰긴 했지만, 공개적으로 사실을 실토하진 않았대요. 애디슨 그레이브스를 진짜로 도울 수 있는 방법은 그것뿐이었는데. 그 화물을 보낸 건 어리석기 짝이 없는 짓이었다고도 했어요. 어차피 전쟁에 도움도 안 되었을 거라면서요. 상징적인 행동이었다나. 그 일로 아버지는 돌아가시는 그날까지 부끄러움을 안고 살아야 했죠." 헨리가 말했다.

마틸다는 아들을 빤히 바라보았다. 한참 후 그녀가 말했다. "그 아이들은 어떻게 됐니? 삼촌한테 보내졌지, 그렇지? 와이오밍에 있는."

"미네소타였을 거예요."

"우리한테 그곳 주소가 있을까?"

"아마도요. 어디 있을 거예요." 헨리가 조심스러운 시선을 보내며 물었다. "왜요?"

"그 아이들에게 뭐라도 해주고 싶어. 뭐가 좋을지 모르겠지만."

"못 찾을 수도 있어요. 이미 다 자라서."

"시도는 해보고 싶구나."

"그 일을 다시 들춰내는 게 맞는 건지 모르겠네요."

"헨리." 강한 질책의 회초리와도 같은 목소리였다.

1939년이 지나가고 1940년이 되어서야 몬태나주 미줄라에 있는 윌리스 그레이브스의 옛 주소를 찾아낼 수 있었다. 독일군이 덴마크, 노르웨이, 네덜란드, 벨기에, 프랑스를 점령했다. 마틸다는 편지를 써 보냈다. 답장은 없었으나 편지가 반송되지도 않았다. 그녀는 다시 편지를 썼다. 전쟁이 끝날 때까지 몇 개월에 한 번씩 편지를 썼고, 내용은 거의 비슷했다. 애디슨과 애너벨 그레이브스의 자녀들을 찾고 있으며 그들이 어떻게 자랐는지 알고 싶고 빚을 갚고 싶다. 그러다 1945년부터 더이상 편지를 쓰지 않았다.

1947년 답장이 왔다.

그리고 지금은 셜리가 문을 두드리더니 모직 바지와 벨트 없는 긴 면 코트 차림에 키가 크고 말랐으며 금발인, 경계하는 태도를 취하고 있는 여자를 안으로 들이고, 피전이 요란하게 짖어대며 뛰어다닌다. "조용!" 마틸다가 개를 안아올리며 메리언에게 손을 내민다.

메리언은 손아귀 힘이 세다. 실제 나이보다 더 들어 보인다. 실제 나이는 서른셋이나 서른넷, 조지보다 조금 더 많을 것이다. 얼굴엔 찡그림과 걱정으로 생긴 주름이 보이고, 경험에서 우러난 아우라가 느껴진다. 아버지의 뼈만 앙상한 얼굴을 물려받았지만, 머리칼과 눈동자 색은 어머니를 닮아 유난히 옅은 것이 너무 오래 햇빛을 받아 탈색된 듯 보인다.

"차 드시겠어요? 아니면, 커피?" 셜리가 말한다. "코트 받아드릴까요?"

"아뇨, 감사합니다." 메리언이 대답한다.

"확실히 그 역할에 어울리네요." 마틸다가 말한다.

"무슨 역할요?"

"셜리, 문 좀 닫아줘요." 마틸다가 말한다. 둘만 남아 책상을 사이에 두고 마주앉게 되자 그녀가 먼저 입을 연다. "흠, 드디어 만났네요."

메리언은 사무실을 둘러볼 뿐 아무 말도 하지 않는다. 침묵이 두렵지 않은 마틸다는 메리언이 말할 때까지 기다린다. "여객기는 처음 타봤어요."

"그런데요?"

"괜찮았어요. 화물이 된 기분이 이상하긴 했지만. 티켓 고맙습니다." 메리언은 의자에 앉은 채 몸을 움직여 다리를 꼬고, 마틸다는 그 긴 다리에 맞는 바지를 어디서 구할까 궁금해진다. "꼭 보내주실 필요는 없었는데."

마틸다가 손을 내젓자 바짝 경계하고 있던 멍청한 피전이 팔찌 짤랑거리는 소리에 짖어댄다. 마틸다는 개를 달래기 위해 서랍에서 이미 따놓은 훈제 홍합 통조림을 꺼내 포크로 하나 먹인다.

메리언이 편지에서 자세한 설명을 하진 않았지만, 오래 편지를 주고받다보니 마틸다는 제이미와 윌리스의 죽음, 그리고 오래전 애디슨이 잠시 왔다가 다시 사라진 사실을 알게 된다. 더이상 과거에 대해 이야기할 필요를 느끼지 못하지만, 때가 되면 조세피나호에 실려 있던 폭발물에 관한 진실을 털어놓을 결심이다. 초반 편지에서 마틸다는 메리언에게 질문만 했다. 그러다 나중에 자신은 파이퍼 가문이 그레이브스 가문에 큰 빚을 졌다는 믿음을 갖게 되었다고(무슨 빚인지는 분명하게 밝히지 않고 단순히 애디슨의 운명에 대한 안타까움 때문이리라 추측하도록 만들었다) 그 빚을 좀 갚고 싶다고 말했다. 그러면서 금전적인 빚은 아니며 그 빚을 청산하는 건 불가능하지만, 자신이 갖고 있고 메리언에게 제공할 수 있는 건 돈이라고 덧붙였다.

아니라고, 자신은 돈을 원하지 않는다고, 메리언은 답장을 보냈다. 후원을 받는 게 위험한 일이 될 수도 있다는 교훈을 비싼 대가를 치르고 얻었으니까요.

그럼 뭘 원하죠? 마틸다가 물었다. 나의 제안을 받아주는 건 나에게 친절을 베푸는 일이 될 거예요. 그건 나의 죄책감을 덜어주는 일이니, 은인은 내가 아니라 메리언이 되는 거지요.

한 달이 지나서야 메리언의 답장이 왔다. 제가 뭘 원하는지 물으셨는데, 북극과 남극을 지나 북에서 남으로 세계일주 비행을 하고 싶습니다. 그 비행은 아직 아무도 해낸 적이 없다. 매우 어렵고 위험한 일이며 어쩌면 불가능할 수도 있다. 그 일을 하려면 물론 돈이 필요하다. 적합한 비행기를 사서 개조하고, 함께 비행할 항법사를 고용하고, 다른 비용도 들 것이다. 연료도 많이 필요한데 리버티오일에서 제공해줄 수 있을 것 같고, 오지에서도 연료를 채워야 하는데 그것 역시 리버티오일이 도와줄 수 있을 것이다. 필요한 허가와 지원을 받는 데도 도움이 필요할 것이다.

뉴욕으로 와요, 마틸다는 그렇게 답장을 보냈다. 직접 만나고 싶네요. 만나서 얘기해봅시다.

그래서 여기 메리언이 와 있다. 이 경계심에 찬 여자는 신문에 실린 사진 속에서 강보에 싸인 채 애디슨의 품에 안겨 구조선에서 내리던 아기들 중 하나다.

마틸다는 잡담을 나눌 필요를 느끼지 않는다. "메리언의 비행을 돕기로 결정했어요. 하지만 질문이 하나 있어요."

메리언이 경계심을 보인다. "그러세요."

"그렇게 불쾌한 표정 짓지 말아요. 질문에 대답하는 게 작은 양보라도 되는 것 같네요."

"빚을 진 사람은 본인이라고 말씀하셨던 것 같은데요." 적대적이진 않지만 장난스럽지도 않다. 메리언의 몸은 긴장을 푼 상태지만 코트를 벗지 않고 있다는 건 언제라도 일어나서 나갈 수 있다는 뜻이다.

마틸다는 피전을 바닥에 내려놓고 홍합 통조림을 옆으로 치운다. "누가 누구에게 빚을 졌는지 계속 평가하는 건 피곤한 일이 될 것 같네요. 그보단 우리가 서로 협력자가 되었으면 좋겠어요." 메리언이 고개를 옆으로 살짝 기울이고, 마틸다는 그걸 끄덕임으로 받아들이기로 한다. 마틸다가 말한다. "이유를 알고 싶어요."

"무슨 이유요?"

"물론 이 비행의 이유죠." 마틸다가 손가락을 꼽으며 말한다. "본인도 말했다시피, 그건 아주 위험한 일이에요. 게다가 분명 무의미한 일이기도 할 거고요. 북극과 남극엔 이미 사람들이 다녀왔어요. 지도도 다 그려졌고요. 발견할 것도 안 남았죠. 그러니까 그건 아주 터무니없는 일이에요. 설령 기적적으로 생존한다 하더라도 정확히 출발점으로 돌아가는 편도 티켓을 끊은 셈이고요." 그녀는 뒤로 기대앉는다. "그러니까, 왜죠?"

메리언은 화난 표정이다. "그 질문에는 흥미가 동하지 않네요."

"대답을 모른다는 뜻인가요?"

"그건 아니에요."

"대답을 모르는 게 아니라는 건가요, 아니면 그런 뜻으로 한 말이 아니라는 건가요?"

"둘 다요. 두번째 거요."

"사람들은 이유를 알고 싶어할 거예요."

"어떤 사람들 말인가요?"

"그 도전을 해낸 후 책을 쓸지도 모른다고 생각했는데요."

메리언이 웃는다. "난 책 못 써요."

"누구든 책을 쓸 수 있어요. 약간 도움만 받으면."

"책에서 무슨 말을 해야 할지 모르겠어요."

마틸다가 책꽂이에서 하드커버 책 한 무더기를 꺼내 메리언 앞 책상에 놓는다. 앙투안 드 생텍쥐페리. 베릴 마컴. 어밀리아 에어하트. 찰스 린드버그는 나치를 찬양한 걸 용서할 수 없기에 마지

못해 포함시킨다. "이 책들 읽었어요?"

메리언이 옆으로 고개를 돌려 책 제목을 읽는다. "예."

"그럼 책에서 무슨 말을 할지 알겠네요. 자신이 본 것, 자신의 생각, 일어난 일을 쓰면 돼요. 그리 대단히 복잡할 건 없어요. 경험이 중요한 거니까. 자기 자신요. 지구 위 가상의 선이 아니라. 책이 인기를 얻으면 다른 길들이 열릴 거예요. 순회강연 같은. 영화로 만들어질 수도 있고요."

메리언은 재미있어해야 할지 놀라야 할지 모르는 눈치다. "내가 혼자 간직하고 싶을 수도 있잖아요."

마틸다가 피식 소리를 낸다. "대단히 겸손하고 순진한 사람인 것처럼 가장하지 마요. 그런 사람이라면 이런 묘기를 부리고 싶어하지도 않을 테니까."

메리언이 뒤로 기대앉는다. "저도 한 가지 질문이 있어요."

"얼마든지요."

"똑같은 질문이에요. 왜죠?"

"이미 말했잖아요—속죄하고 싶다고."

"뭐에 대해서요? 도대체 무슨 빚을 졌다는 거죠?"

때가 되었다. 의심의 여지가 없다.

마틸다는 로이드가 독일을 증오하게 만든 부친을 싫어했다고 설명한다. 그리고 차분한 목소리로 헨리에게 들은 조세피나호에 실렸던 궤짝들에 대해 전한다. "메리언의 아버지는 그 사실을 몰랐어요." 마틸다가 말한다. "확실하게는요. 나도 그랬지만, 그래도 난 짐작은 했어야 했다고 생각해요. 난 진실을 알고 싶지 않던 거예요. 그것만은 확실해요."

메리언은 심각하게 굳은 얼굴로 생각에 집중한다. 마틸다는 그녀가 폭풍우를 헤치고 날 때 그런 표정을 지으리라 상상한다.

"그걸 어떻게 생각해야 할지 모르겠군요." 메리언이 말한다. "무슨 일이 있었던 건지 알고 나니 안도감이 제일 크네요."

"화 안 나요? 난 무척 화가 났는데."

"다른 때였다면 그랬겠죠. 하지만 너무 오래전 일이에요."

"메리언의 인생이 완전히 달라졌을 수도 있어요."

"그래요. 하지만 어떻게 달라졌을지는 알 수 없죠."

긴 침묵이 흐른 후 마틸다는 당면한 일로 돌아간다. "다음 단계는 뭔가요? 비행 준비 말이에요."

"적합한 비행기를 찾는 거요." 메리언이 열성적으로 변하며 몸을 앞으로 내민다. "군수품으로 쓰다가 방출된 다코타가 제일 나을 것 같아요. 수천 대가 만들어졌죠. 아주 튼튼하고요. 어디든 착륙할 수 있고 스키를 달기도 어렵지 않아요. 전시에는 승무원이 많이 탔지만, 전 항법사 한 명만 있으면 될 것 같아요. 연료 보조탱크를 달면 빠듯하게나마 항속거리는 확보가 되는데, 남극대륙에서 두 번 연료를 보충할 수 있어야 가능한 얘기고, 그게 문제긴 하지만 극복할 수 없는 문제는 아니에요. 로스해 쪽에 저장된 연료가 있긴 한데 나머지는…… 아직 해결이 안 된 상태예요. 오스트레일리아나 뉴질랜드에서 비행기를 구해서 거기서 비행을 시작하는 것도 방법이에요. 그동안 여러 시나리오를 생각해봤어요. 관건은 계절을 잘 맞춰서 가는 거예요. 북극이 남극보다 문제가 더 적을 거예요." 메리언은 활기에 차서 가상의 지도를 가리키다가 갑자기 동작을 멈추며 조심스럽게 흥분을 가라앉힌다. "아직 해결할 문제가 많죠."

다시 침묵이 깔리고, 그들 사이에 조심스러운 줄다리기가 시작된다. 마틸다가 고개를 끄덕인다. "좋아요."

메리언이 그게 무슨 뜻인지 묻듯 마틸다를 본다.

"비행기를 구해보죠." 마틸다가 말한다.

그들은 한 시간쯤 더 이야기를 나누며 계획의 초안을 짜고 산적한 일거리 목록을 뒤적거린다. 메리언이 자리에서 일어서자 마틸다도 함께 일어나며 캔버스천으로 장정된 책을 건넨다.

메리언이 빈 페이지들을 넘겨본다. 노란 종이에 연청색 격자무늬가 그려져 있다. "이게 뭐죠?"

"여기에 쓰라고요."

"뭘요?"

"비행에 대한 것."

메리언이 책을 덮어 도로 내민다. "비행일지는 이미 갖고 있어요."

"이건 메리언이 원하는 대로 불러요. 일지도 좋고 일기도 좋고. 전능하신 메리언의 마법 연대기라고 불러도 난 상관없어요. 이것 때문에 고민할 필요는 없어요. 그냥 일어난 일을 기록하고, 그걸 어떻게 할지는 나중에 결정하면 돼요." 그녀는 메리언의 어깨를 잡고 다정하게 흔들며 스스로도 놀랄 만한 열성을 보인다. "나중에 기억할 수 있도록 최선을 다해야 해요. 단순히 눈에 보이는 것만이 아니라 그것이 지니는 의미까지도요. 자신에게 지니는 의미."

도대체 왜 가는가? 꼭 가야 한다는 확신 외엔 내놓을 대답이 없다.
　　　　　　　　　　　　　　　　─메리언 그레이브스

캘리포니아, 롱비치
북위 33°47′, 서경 118°07′
1949년 6월 30일
0해리 비행

　오후와 저녁 사이의 덧없는 황금빛 시간. 서쪽 하늘에 평화로이 걸린 태양이 넓게 펼쳐진 희끄무레한 해변과 목조 롤러코스터, 야자수가 늘어선 산책로, 내지 쪽의 초록빛 관을 쓴 나무 사이로 늘어선 작은 집들의 깔끔한 행렬, 그리고 세 들어 사는 방갈로 뒤 웃자란 풀밭에 큰대자로 누운 메리언 그레이브스의 몸을 따스하게 비춘다. 메리언은 배 위에 책 한 권을 펼쳐서 엎어놓았다. 일 년 전 마틸다 파이퍼가 준 빈 일기장이다. 모자를 쓴 것처럼 짧게 깎은 그녀의 머리가 산들바람에 헝클어진다. 곱고 부드러운 머리칼은 푸르스름해 보일 정도로 빛깔이 옅어서 아티초크 속 솜털처럼 보인다.
　그녀는 손목을 얼굴 위로 들고 시계를 본다. 여섯시 십칠분. 에디는 플로리다에서 차를 몰고 오겠다고 했다. 여행하고 싶은 기분이라면서. 잘됐네요, 메리언은 지직거리는 장거리전화로 대답했다. 그 비행은 줄잡아 2만 3천 해리에 이를 것이다.

에디는 삼 주 전 보낸 편지에서 바로 오늘 6월 30일 저녁 여섯 시 삼십분에 도착할 거라고 했고, 메리언은 항법사인 그의 말을 곧이듣는다.

그녀는 옆으로 돌아누워 책을 똑바로 펴고 펜을 집어든다. 드물게 글을 쓰는데, 그마저도 늘 조심스럽다. 종작없는 생각들이 종이 위에 부스러기처럼 떨어진다. 그녀는 자신이 글을 쓴다는 것 자체가 놀랍다. 자신이 휘갈긴 글이(정말 휘갈겼다─그녀는 악필이므로) 진짜 책으로 만들어진다는 건 상상도 할 수 없지만, 그래도 정체 모를 변덕스러운 충동이 자꾸만 펜을 들도록 부추긴다.

단독비행이 가능할지 필요 이상으로 많이 생각해보았다. 그건 터무니없는 일임에도 나의 이성이 단호하게 아니라고, 그건 불가능하다고 말할 때까지 그 문제를 물고늘어진다.

에디를 모욕하려는 뜻은 없다. 에디보다 적임자는 이 세상에 없다. 나는 혼자 떠나는 것에 두려움을 느껴 마땅하다. 혼자 가는 건 죽음을 의미할 테니까. 그런데도 그 생각을 할 때면 두려움은 없고 오직 동경어린 갈망만을 느낀다. 그건 죽고 싶다는 뜻일까? 그런 것 같진 않다. 하지만 우리가 세상을 떠날 때의 순수하고 절대적인 고독이 매력으로 다가온다. 나는 단독비행이 가장 순수한 시도가 되리라고 생각하는 듯하다. 하지만 왜? 다시 마틸다의 질문이 떠오른다. 그 이유는 손이 닿지 않는 곳에 있는 조약돌처럼, 움직일 수도 없고 말로 표현할 수도 없으며 중요하지도 않은, 도달할 수 없다는 사실 때문에 흥미를 끌 뿐인 존재로 자리하고 있다.

어쩌면 문제는 내가 에디 외엔 그 어떤 항법사도 원하지 않는데 에디와 대면하고 싶지 않다는 것인지도 모른다.

자동차 경적이 세 번, 짧고 밝게 울린다.

폴리건호텔에서 메리언이 루스에게 마지막으로 한 말은 무엇이었을까? 또렷이 기억나진 않지만—케일럽의 기지에서 위생병이 준 진정제 약효가 강력했다—그 말이 가버렸을 거라는 끔찍한 두려움을 품고 있다. 슬픔이 그녀를 잔인하게 만들었다. 자신이 케일럽을 원한다는 걸 루스에게 똑똑히 알리기 위해, 루스를 쫓아내기 위해 그녀에게 상처를 주어야 했다. 제이미의 죽음이 전쟁의 한 귀퉁이에서 자유를 즐긴 자신의 어리석음과 이기심에 대한 직접적인 형벌처럼 느껴졌고, 루스도 그 죄에서 자유로울 수 없었기 때문이다.

메리언은 루스의 편지에 답장을 보내긴 했지만, 너무 오래 지체하고 말았다. 편지는 반송되었다. 1944년 9월 노스캐롤라이나에서 루스의 비행기가 이륙중 불길에 휩싸여 추락했다. 루스가 죽었어, 햄블에서 지프가 메리언에게 말했다. 안타까워서 어떡해. 너희 둘이 꽤 가까웠는데.

메리언은 지프를 바라보며 슬픔이 덮쳐오기를 기다렸지만 그저 압박감과 무기력함만 느꼈고, 그다음엔 아무 감정도 들지 않았다. 제이미의 죽음으로 갈가리 찢긴 그녀의 마음은 더이상 물샐틈없는 상태를 유지하지 못해 감정이 모두 빠져나가고 텅 비어 있었다. 루스를 잃은 슬픔은 그렇게 지나갔다—그 슬픔을 안고 살기엔 너무 망가진 상태였다. 하지만 죄책감은 남았다. 비행을 시작한 이래 처음으로 하늘을 나는 일에서 위안을 얻을 수 없었다. 그녀는 기계적으로 인수증을 받고 비행기를 수송했다. 자신의 존재 자체에 억눌려 살았다.

케일럽이 상륙군과 함께 떠난 후, 그녀는 이유도 모르는 채 돈을 모으기 시작했다. 오토바이 대신 버스를 타고 다녔다. 폴리건 호텔에서 나와 더 싼 숙소로 옮겼다. 독일군이 후퇴하기 시작하자 유럽으로 가는 수송 임무를 맡기 시작했고, 소규모 밀수작전도 짰다. 벨기에로 비행할 일이 생기면 낙하산 주머니에 낙하산 대신 코코아 깡통을 가득 채웠다. 코코아는 영국에서는 배급제가 아니었지만 해방된 벨기에의 제빵사들에겐 공급이 부족했던 것이다. 그녀는 코코아를 팔아서 그 돈으로 영국에서는 배급만 받을 수 있거나 구할 수 없는 물건들—설탕, 옷, 가죽제품—을 사와 영국 암시장에 내다팔았다.

루스가 죽은 후에야 자신이 돈을 모으는 이유를 깨달았다. 그녀는 과거처럼 살고 싶지 않았으나 새 삶도 상상하지 못했다. 새 삶을 찾을 때까지 그 돈으로 버텨야 했다.

메리언이 문을 열어주자마자 에디가 그녀를 번쩍 들어 마치 거대한 종의 추처럼 흔든다. 그가 땅에 내려놓자 그녀는 눈부신 햇살에 눈을 찡그린 채 그동안 그가 변했는지 살펴본다. 육 년 만의 만남이다.

그가 크고 다정한 손으로 그녀의 짧은 머리칼을 만진다. "이것 보게."

"이 분 일찍 왔네요."

"내 시계가 빠른 모양이에요."

"에디 차예요?" 길가에 세운 뚜껑 열린 파란색 컨버터블 캐딜락 쿠페가 햇빛을 받아 반짝거린다. 그 길쭉한 차체의 울룩불룩한 굴곡은 바람이 빚어낸 듯하다.

"나 자신에게 준 귀향 선물이죠. 옛친구한테 싸게 샀어요. 비행 떠나기 전에 처분할 거예요."

메리언은 그의 얼굴에 슬픔이 어리는 걸 포착한다. "아니, 그러지 마요! 창고에 보관해둬요."

"아뇨, 저애를 외롭게 만들고 싶진 않아요. 자, 이제 내 가방들을 가져올게요."

그들은 집에서 과도할 정도로 밝게 수다를 떠는데, 최근의 일들, 배가 지나간 자국 같은 일렁임이 아직 남아 있을 정도로 가까운 과거에 대해서만 이야기한다. 에디의 네모진 말상 얼굴과 길고 탄탄한 팔뚝이 그을어 있다. 차를 몰고 오는 길에 변덕을 부리기도 하고 우회로를 택하기도 하면서 시간을 끌었다고 한다. 그는 여전히 서글서글한 매력을 잃지 않았지만 어딘가 달라졌다. 그 변화는 모호하면서도 구석구석 배어 있다. 메리언은 그를 보면서 깨진 걸 도로 붙여놓아 형태는 예전과 똑같지만 표면에 거

미줄 모양의 금이 간 조각상 같다고 생각한다.

메리언은 실력이 녹슬지 않도록 화물을 나른 이야기를 들려준다. 그녀는 늘 조종사 명단 맨 끝에 들어가고, 승객들이 여자 조종사가 모는 비행기를 타는 걸 불안해하니 여객기는 맡길 수 없다는 말을 듣는다. 그녀가 수천 시간의 비행 기록이 있고, 스핏파이어와 허리케인과 웰링턴 폭격기를 몰아봤으며, 높은 빙하와 얼어붙은 호수, 좁은 모래톱에 착륙해본 경험이 있다는 사실은 중요하지 않다. 하지만 아직까지 화물은 그녀가 여자라고 불평한 적이 없다. 엔진과 유압장치도 그녀의 손으로 작동되는 걸 꺼려하지 않는다. (그녀는 이제 정비사 자격증까지 갖고 있다.) 메리언은 에디에게 그 소식을 들었는지 묻는다. 헬렌 리치가 지난 1월 자살했다―약을 먹었다. 비행 일을 구할 수 없게 되어 그런 선택을 했다고 한다.

에디는 못 들었다고 대답한다. 그는 루스가 헬렌을 좋아했던 걸 기억한다.

(루스 이야기가 처음 나왔는데 아무렇지도 않게 그 이야기를 꺼냈다.)

메리언은 에디에게 침실을 보여주며 그의 방이라고 말한다. 아무리 사양해도 소용없다고 미리 못박는다. 자신은 소파에서 자겠다고 한다. 그녀는 고집을 꺾지 않는다. "소파는 에디 키의 절반도 안 되니까요." 그녀가 말한다.

"메리언의 방을 빼앗고 싶지 않아요."

메리언은 이미 나가 복도를 내려간다. "와서 작전실 구경해요."

메리언이 이사올 때 그 방은 작은 침실이었는데, 그녀는 집주인에게 그 방 침대를 차고로 옮기는 걸 도와달라고 부탁했다.

"어머니가 다니러 오시면 어쩌려고요?" 집주인이 맞은편에서 매트리스를 들고 뒤로 걸으며 물었다. "아니면 친구나." 그는 좋은 사람처럼 보였다. 눈썹이 짙고 턱살이 늘어졌으며, 홀라춤 추는 여자 무늬가 박힌 하와이언 셔츠를 입고 있었다.

"어머니 안 계세요." 메리언이 그렇게 말했고, 집주인은 더이상 참견하지 않았다.

지도들이 벽을 도배하다시피 하고 집주인이 빌려준 작은 식탁을 온통 뒤덮고 있다. 둘둘 말린 항공도들이 궤짝과 쓰레기통 여러 개에 대나무처럼 빽빽이 들어찼다. 그리고 체크리스트, 청구서, 항공사진, 바람과 날씨에 관한 메모, 물품 목록, 카탈로그, 통지서, 생존 매뉴얼, 해군 관계자들과 주고받은 서신, 노르웨이 탐험가들과 고래잡이들과의 서신, (그녀에게 연료를 수송해줄) 노르웨이-영국-스웨덴 남극 탐험대 대장들과의 서신, 무선통신소와 등대 목록, 리버티오일과의 서신과 계약서, 비행기 부품 주문서, 연락이 필요할 수도 있는 모든 장소에 있는 연락처 주소와 전화번호, 비자 서류, 신문기사 스크랩과 휘갈겨쓴 메모들 등등 등등 등등이 여기저기 수북이 쌓여 있다.

"맙소사." 에디가 말한다.

"보이지 않는 질서가 있답니다."

"혼돈은 그 자체의 질서를 지닌 것으로 간주되지 않아요."

가까운 귀퉁이에 항해용 트렁크가 자리하고 있다. 메리언이 그 위에 쌓인 종이들을 치우고 트렁크를 연다. 안에 동물의 굽은 등 같은 갈색 모피가 들어 있다.

"죽은 곰을 가져가는 거예요?"

메리언이 모자 달린 파카, 그에 어울리는 바지, 털부츠를 꺼낸다. "순록가죽이에요. 추위엔 이만한 게 없죠. 알래스카에서 에디 것도 한 벌 마련할 거예요."

"북극곰과 북극곰이 하늘을 날겠네요. 그건 그렇고, 나도 고위도에 대한 공부를 좀 했죠. 전쟁터에서 사귄 친구 하나가 페어뱅크스 정찰대에 있거든요. 그 친구가 매뉴얼과 항공도를 보내줬어요. 그걸 러시아에 팔아넘기지 않겠다는 약속을 받고서요." 에디가 벽에 붙은 제일 큰 지도를 향해 간다. 메르카토르도법의 세계지도로, 태평양이 중앙에 있고 아메리카대륙은 오른쪽에, 나머지 대륙들은 왼쪽에 무겁게 걸려 있다. 거기 메리언이 연필로 비행 경로를 표시해놓은 게 보인다.

"잉크로 덧그리기 전에 에디와 이야기하고 싶었어요." 그녀가 따라오며 말한다.

에디는 애매한 소리를 내며 지도 가까이로 몸을 기울여 연필로 그려놓은 선을, 그 선으로 연결된 땅들을 들여다본다. 그는 케이프타운 아래 빈 바다를 만진다. "지도에 남극대륙은 넣지도 않았네요."

"평면으로 된 지도에 그걸 어떻게 넣겠어요."

"가끔 가느다란 흰색 조각을 넣기도 하잖아요, 안 그래요? 사람들에게 남극의 존재를 상기시키려고요."

메리언은 식탁 위에 널린 잡동사니에서 남극 지도를 빼낸다.

거의 공백이고 고지대 표시가 몇 군데 흩어져 있으며 산이 몇 조각 보인다. "이거예요." 그녀는 빙그르 돌며 벽을 살펴본다. "더나은 항공도들이 어디 있는데."

"아까 메리언이 보이지 않는 질서가 있다고 말했던 것 같은데."

"가끔 그게 생각보다 깊이 감춰져 있기도 하죠."

에디는 그 흰 형체를 들여다본다. 이윽고 그가 말한다. "뭐 마실 것 좀 있어요?"

그들은 진토닉을 들고 밖으로 나가 풀밭 가장자리에 놓인 쿠션 깔린 긴 의자에서 나뭇잎을 쓸어낸다. 메리언이 담장을 넘어온 이웃집 나무에서 라임 하나를 따 주머니칼로 얇게 썬다.

에디가 잔을 부딪치며 말한다. "다시 만난 친구들을 위하여."

그들은 술을 마신다. 황금빛 햇살은 사라지고 없다. 메리언은 무슨 말을 할지, 어디서부터 시작해야 좋을지 생각이 나지 않는다. 그들은 루스 없이 만난 적이 없었고, 루스의 부재가 그들 사이에 무겁게 드리워져 있다. 그 부재는 하나의 공백일 뿐 아니라 그 공백 위로 가로놓여 있는 것이기도 하다.

"있잖아요." 그가 말한다. "사실 나 많이 긴장돼요. 우리 꼭 신혼부부나 뭐 그런 거 같지 않아요? 중매로 만나서 결혼한?"

"나도 에디를 만나는 게 불안했어요. 확신이 없어서……"

"예전과 같을 거라는 확신 말이죠? 같진 않겠죠. 아무것도. 하지만 이제 메리언은 수개월 동안 나에게서 벗어날 수 없을 거예요. 비행기는 어때요?"

메리언은 봄에 오클랜드로 갔다. 잉여 군수품으로 나온, 표면적으로는 똑같이 생긴 암녹색에 들창코를 가진 다코타 여섯 대가 일렬로 서 있었는데, 그중 한 대가 분명하고 확실하게 눈에 띄었다. 그녀는 그게 자신의 비행기임을 즉시 알아보았다.

"몇 군데 마모되긴 했는데 심각한 손상은 없더라고요. 주로 뉴기니에 있었어요." 그녀가 에디에게 말한다.

"이름은 지었어요?"

"에디 의견을 들어보고 정하고 싶었어요. 페리그린이 어떨까 싶은데."

에디는 만족스럽게 고개를 끄덕인다. "마음에 들어요. 중매로 결혼한 지 한 시간 만에 벌써 부모가 되었네요."

메리언이 그에게 느끼는 애정은 안도감이다. 과거의 모든 것이 사라지거나 돌이킬 수 없을 정도로 망가지진 않았다는 사실의 확인. 그녀는 자신이 그를 얼마나 좋아했는지에 대한 기억을 믿을 수 있는지 확신이 없었다. "에디." 그녀가 말한다. "고맙다는 말을 하고 싶었어요."

"뭐가요?"

"와주겠다고 한 거요."

"난 메리언이 그런 부탁을 해줘서 우쭐했는데요."

"아니, 정말이에요. 고마워요. 내가 믿을 수 있는 사람은 에디뿐이에요."

"그 믿음에 보답할 수 있다면 좋겠네요. 내가 최근에는 미지의 세계로 들어가본 적이 없거든요." 그는 플로리다에서 내셔널항공사 항법사로 일하며 마이애미, 잭슨빌, 탤러해시, 뉴올리언스, 아바나를 돌았다. 뉴욕은 가끔 갔다.

"에디가 나를 믿는다는 걸 믿을 수 있는 것도 중요하죠." 메리언이 말한다. "우리가 함께 비행해본 적은 없지만, 난 에디가 주도권을 쥐려 하거나 나를 희한한 인물로 취급할 그런 종류의 사람은 아니라고 생각하거든요."

"그럼요." 그가 조용히 말한다. "그런 일은 없을 거예요."

해양층이 밀려든다. 메리언은 냉기를 느끼지만 술잔에 든 얼음을 빙빙 돌리며 술을 홀짝거린다. "사실 난 에디가 하겠다고 할 줄 몰랐어요."

"비행 말인가요?"

메리언은 고개를 끄덕인다. "왜 하겠다고 했어요?"

"그보다 더 나은 게 없었거든요."

"농담 마요."

"진짜예요. 처음엔 고향 미시간으로 가려다가 시카고에 갔고, 그다음엔 마이애미로 내려갔죠. 여기다 싶은 데가 없었어요." 그는 메리언의 잔에 진을 더 따르고 자신의 잔에도 따른다. "어쩌면 안정이 안 돼서 그런 건지도 모르죠. 본인은 전쟁에서 돌아와서 바로 적응했다는 말은 하지 마요."

"아뇨. 그런 말 안 해요."

어찌 보면 메리언은 탈영을 한 거나 마찬가지였다. 유럽에서 연합군이 승리를 거두고 두 달이 지난 1945년 여름, 그녀는 프랑스로 비행기를 수송한 다음 택시 비행기에 올라타 영국으로 돌아가는 대신 히치하이킹으로 파리에 들어가 거기서부터 여행을 시작했다. 어차피 ATA는 더이상 그녀를 필요로 하지 않았다. 그녀는 저축과 밀수로 모은 약간의 비상금이 있었고, 돈을 배낭에도 감추고 몸에도 숨겼다. 동쪽으로 떠돌다가 독일로 들어가 걷기도 하고 히치하이킹도 하면서 전쟁이 휩쓸고 간, 허깨비 같은 사람들이 살고 숯덩이가 된 탱크와 트럭이 나뒹구는 마을과 소도시, 그리고 전쟁의 손길이 닿지 않은 듯한 큰 도시를 지났다. 너덜너덜한 군복 차림의 군인들이 길가를 따라 걸어갔고 피난 짐을 수레에 실은 가족들도 보였다. 점령지대가 아직 확실히 정해지지 않은 시기였고, 그녀는 베를린까지 가면서 머릿수건을 쓴 여자들이 잔해를 치우는 광경을 보았다.

독일에서 스위스로 건너갔는데, 전쟁에 휩쓸리지 않은 중립국의 풍경은 목가적이었고 그 시기엔 가을 단풍이 찬란했다. 메리언은 이탈리아에서 겨울을 나고 지중해를 건너가 일 년 동안 아프리카대륙을 종단하며 사막과 정글을 지나고 흙탕물이 흐르는 넓은 강을 따라 걸었다.

베추아날란드에서 남자를 만났다. 그들은 어느 저녁 나미브사막에서 사막 코끼리들이 모래언덕 가장자리를 따라 줄지어 걷는 광경을 지켜보았다. 코끼리들과 그 뒤의 하늘이 먼지로 붉게 물들어 있었다. 메리언은 텐트를 치고, 술을 마시며 불을 쬐고, 남자와 잠자리에 들 생각에 즐거워하는 자신을 발견했다. 달콤한 기분이 온몸에 퍼지는 걸 느끼며 자신이 전쟁에서 헤어났음을 깨달았다. 전쟁으로부터 완전히 자유로워진 건 아니었지만 어차피 그건 영원히 이룰 수 없는 일이었다.

그녀는 케이프타운까지 가서 뉴욕행 배를 탔다. 항해가 시작된 후 갑판에 서서 남극이 있는 남쪽을 바라보며 남극과 자신 사이에 오직 물뿐이라는 사실에 경이를 느꼈다.

"돌아오는 데 긴 시간이 걸렸죠." 메리언이 에디에게 말한다. "하지만 지금은 그 얘기를 하려는 건 아녜요. 마침내 미국으로 돌아와서 친구를 찾아 미줄라로 갔는데, 거기 친구 대신 마틸다의 편지들이 기다리고 있었어요. 우체국에 보관되어 있더라고요." 세라가 시애틀에서 보낸 편지도 있었다. 메리언은 제이미에게 딸이 있다는 글을 읽고 슬픔을 가눌 수 없어 그 편지를 도로 접어서 치워버렸다. 그리고 케일럽의 오두막에 다녀왔다. 당연히 그녀가 찾으러 온 친구는 케일럽이었다. 하지만 그는 몇 달 전 하와이로 떠나 거기 없었다. 그가 돌아올지는 아무도 몰랐다.

"그러니까 몸은 돌아왔는데 마음은 이미 다시 도망치고 있었던 거군요." 에디가 말했다.

"이걸 도망이라고 불러야 하는 건지 모르겠네요."

"그럼 뭔데요? 왜 이 비행을 하는 거죠?"

"다들 그 이유를 알고 싶어하네요. 나도 몰라요."

"그러지 말고 말해봐요."

만일 그들에게 엄청난 행운이 따르고 늘 최선의 결정만 내리게 된다면, 그들은 목적을 달성할 수도 있다. 아니면, 실패할 것이다. 죽든가. 죽음은 실패와는 다르다. 어딘가에 있는 산이나 단단한 모래밭, 금이 가고 뒤틀린 빙하 같은 걸 들이받고 최후를 맞이

하는 것이다. 바다에 추락할 가능성이 가장 크다. 그 무자비함으로 목숨을 끊어놓은 뒤 부드러워지면서 꿀꺽 삼켜 증거를 감추는 바다. 가끔 그녀는 자신이 정교한 자살행위로 이 비행을 고안해낸 것 같은 생각이 든다. 그러다 가끔은 자신이 불멸의 존재로 여겨진다.

그녀가 술을 마신 뒤 말한다. "좋아요. 최대한 설명을 해보죠. 마틸다가 내게 무얼 원하는지 물었을 때 제일 처음 머릿속에 떠오른 게 바로…… 북극과 남극 위를 비행하는 환상이었어요. 그 생각을 할 때마다 전기가 통하는 전선을 만지는 것처럼 찌릿찌릿했거든요. 하지만―에디한테만 털어놓는 건데―마틸다에게 편지로 내가 원하는 걸 말하면서도 그녀가 동의해주리란 예상은 전혀 못했어요. 그리고 이제는 정말로 이 일을 해야 하는 상황이 됐죠."

에디가 조심스럽게 말한다. "그렇진 않아요. 정말로. 마음을 바꿔도 돼요."

"아니, 그럴 수 없어요. 에디는 그래도 돼요―이해할 수 있어요. 진심으로. 하지만 난 그렇게 못해요."

"그래도 돼요. 마틸다는 비행기를 팔면 되니까요."

"마틸다 때문이 아니에요. 전기가 통하는 전선 때문이죠. 그게 아직 있거든요. 전선이라기보다 소볼이 막대에 더 가깝겠네요. 나는 이 비행을 원하지만, 한편으론 두렵기도 해요. 늘 일이 잘못되는 경우를 생각해요. 잘못될 가능성은 너무도 많죠. 그런데도 지금 난 에디 당신까지 끌어들이고 있네요."

"난 자유의지를 가진 사람이에요. 억지로 온 거 아니에요."

"그렇지만―" 메리언은 에디가 자신의 무죄를 주장해주기를 원하는지 아니면 죄가 있다고 확인해주기를 원하는지 마음의 갈피를 잡을 수 없다. "루스가 그렇게 된 마당에……"

에디까지 변고를 당하면 자신은 견딜 수 없을 거라고 말하고 싶지만, 당연히도 그녀와 에디의 운명은 한데 묶일 것이다. 만일 그에게 무슨 일이 일어난다면, 그녀 역시 이 세상에 없을 테니 그 고통을 견딜 필요는 없을 것이다.

그가 술잔을 내려놓는다. "지금 이 자리에서 터놓고 말하는 게 좋겠네요. 그렇게 해서 그 문제를 상호 간에 이해된 확실한 사실로 만듭시다. 우린 계속 그 고민을 안고 살 수는 없고, 지금부터 내가 하는 말은 진실이기도 해요. 메리언, 루스의 죽음은 당신 탓이 아니에요. 친절한 마음에서 하는 말이 아니에요. 나도 생각 많이 했어요. 심지어 가끔 메리언을 원망하기까지 했지만, 그런 마음이 오래가지는 않았어요."

"루스가 영국에 남아 있었더라면―"

"다른 비행기로 추락하거나 자동차 사고로 죽거나 폭명탄에 맞았을 수도 있죠. 작년에 많은 사람이 당한 일이니까. 무슨 일이 일어났을지는 알 수 없어요. 메리언, 루스는 어른이었어요. 그리고 스스로 한 선택이었고요. 다른 사람에게 실망을 줄 때마다 그 사람의 죽음을 초래할 수도 있다고 생각한다면 머리가 마비될 거예요. 전쟁터에서 얼마나 많은 사람이 사고로 친구를 잃었는지 알아요? 무작위적인 우연한 선택으로 얼마나 많은 사람이 죽었는지 알아요?" 메리언은 잔디가 듬성듬성 자란 작은 풀밭을 바라본다. 안개 속에서 모든 것이 부자연스러울 정도로 고요하다. 에디가 말한다. "내가 이번 비행의 항법사를 맡는 조건은, 메리언이 그 문제에 대해 내 방침에 따르는 거예요. 나도 루스를 사랑했어요. 그리고 지금 난 메리언에게 그 일은 그쯤 해두라고 말하고 있고요. 오케이? 오케이라고 대답하면 우리 이 얘기는 더이상 안 하는 거예요."

메리언은 아무도 자신에게 무죄를 선언해줄 수 없음을 알고 있다. 그녀는 오케이라고 말한다.

결국, 시작하는 건 간단한 일이었다.

— 메리언 그레이브스

⌇

뉴질랜드 오클랜드 페누어파이 비행장에서 쿡제도 아이투타
키섬까지

남위 36°48′ 동경 174°38′ ~ 남위 18°49′ 서경 159°45′

1949년 12월 31일

1752해리 비행

동트기 전 연료탱크에 천천히 연료를 붓고, 비행기 주위를 돌
며 점검하고, 체크리스트 체크, 엔진 하나가 기침소리를 내며 작
동하고 또다른 엔진도 작동, 엔진테스트의 굉음, 강력한 가속과
함께 이륙. 삼각형을 이루며 교차된 비행장 활주로들과 유도로들
위를 한 바퀴 돌며 날개를 기울인다. 마틸다 파이퍼가 격납고 주
기장에서 그녀가 불러모은 신문기자들과 사진사들 무리 옆에 서
서 두 팔을 흔든다. 그녀의 모습이 작아지다가 사라진다. 어느 날
메리언과 에디가 시험비행을 마치고 돌아와보니 마틸다가 예고
도 없이 카메라맨을 동반하고 찾아와 비행장에서 기다리고 있었
다. 뉴스영화를 찍을 기회를 얻어내 그들의 착륙을 촬영하러 온

것이다. 메리언과 에디는 비행기 옆에 서서 어색한 미소를 지으며 촬영에 임했고, 그다음에 마틸다가 자신이 묵고 있던 오클랜드의 호텔에서 저녁을 샀다.

비행기가 하늘로 올라가면서 도시가 남쪽으로 뻗어나간다. 만과 후미가 북쪽의 긴 손가락처럼 생긴 북섬을 잠식한다. 오리나무와 유칼립투스나무 띠를 두른 격자무늬 농장들, 나지막한 초록의 산들, 파도가 만든 넓은 주름장식이 아래로 지나간다. 그다음엔 물, 오직 물뿐이다.

그들은 새해 첫날 출발하지만 쿡제도로 가는 길에 날짜변경선을 지나 도로 1949년으로 들어간다. 각자 작은 여행가방 하나씩만 챙겼고 무게를 줄이기 위해 부드러운 재질로 된 가방을 골랐다. 에디는 알래스카에서 겨울옷을 구입할 예정이고, 남극에서 사용할 추가 장비는 배편으로 남아프리카로 보냈다. 메리언의 순록가죽 옷은 동체 공간을 차지한 보조 연료탱크 중 하나의 뒤쪽에 끼워넣었다.

비행기는 이제 은색이다. 암녹색 페인트를 벗겨내 무게 500파운드를 줄였고, 창유리를 플렉시글라스로 교체했으며, 인조고무 부품도 추위에 쉽게 부서지지 않는 천연고무로 바꿨다. 그 외에도 백 군데쯤 고쳤다. ("정말 굉장히 멋져요." 마틸다 파이퍼는 비행기의 반짝이는 은빛 외피를 보고 그렇게 선언했다.)

가벼운 바람. 무해한 구름이 팝콘을 쏟아놓은 듯 드문드문 흩어져 있다. 에디는 자신의 데스크와 조종석, 플렉시글라스 천측창 사이를 오가며 테니스 선수가 공을 치는 듯 느긋하고 자신 있는 태도로 관측을 하고 계산을 한다. 육분의에 해를 가두고, 경로

조정 쪽지를 메리언에게 건네고, 푸른 공백에서 처음엔 노퍽섬을, 그다음엔 피지의 나디섬, 그다음엔 사모아의 아피아섬을 발견한다. 석호들이 청록색 아메바처럼 보인다. 태평양에 흩뿌려진 작은 땅덩어리들은 너무 드문드문 있어서 각 섬의 존재가 놀랍고 당혹스럽다못해 걱정스럽기까지 할 지경이다. 이 섬은 어쩌다 여기 망망대해에 홀로 있게 된 걸까? 이 섬은 앞으로 어떻게 될까?

쿡제도로 시험비행을 다녀온 후라 에디는 이미 이 바다를 안다. 지도에 연필로 그려진 경로보다 더 깊이 흐르는 존재를 느낀다. 그는 이 비행기를, 귀청이 터질 듯한 웅웅거림과 휘발유 냄새를 안다. 조종실 입구를 통해 보이는 메리언의 팔꿈치와 무릎의 모양을 안다. 그는 연필로 깔끔하게 숫자들을 기록하며 지금까지의 비행 거리와 도착 시간을 업데이트한다. 거리는 속도와 시간을 곱한 값과 같다. 시간은 거리를 속도로 나눈 값과 같다. 그는 위도선들이 밑에서 사다리 단처럼 지나가는 걸 느낀다. 편류계*로 흰 파도를 응시하며 비행기가 날고 있는 방향과 그들이 가고자 하는 방향 간의 차이를 측정한다. 그 쐐기 모양을 이룬 차이에 삶이 존재한다.

롤리 한복판에 위치한 자동차 대리점은 찾기 쉬웠다. 빙글빙글 돌아가는 커다란 간판에 핼리데이 캐딜락이라고 되어 있었다.

"저 파란 차를 타보고 싶군요." 그가 리오에게 말했다. "쿠페."

---

* 비행기 기수의 방향과 실제 비행 방향이 이루는 끼인각을 측정하는 장치.

"알겠습니다, 손님." 리오가 말했다. "여기서 기다리시면 열쇠를 가지고 오겠습니다." 브루스 핼리데이는 리오의 장인이었다.

1945년 슈탈라크루프트 I 수용소 포로들은 모두 아사 직전이었고, 간간이 오는 적십자 구호품이 아니었다면 살아남을 수 없었을 터였다. 동쪽에서 으르렁거리는 대포 소리가 서서히 가까워지자 독일군은 미군 포로들에게 참호를 파게 했다. 그게 그들의 무덤이 될 거라는 소문이 돌았다.

그러다가 5월의 어느 날 동트기 전 확성기에서 미국인의 목소리가 울려퍼졌다. 자유를 얻은 기분이 어떻습니까, 여러분? 독일군은 떠났고, 러시아군은 3마일 밖에 있었다. 포로들은 일제히 막사에서 뛰쳐나갔다. 에디는 북새통 속에서 리오를 발견하고 꽉 끌어안으며 사랑한다고 속삭였다. 리오는 못 들은 것 같았다.

러시아 군인들은 술에 취하고 흥분한 상태로 약탈한 리넨류와 도자기, 은제품이 높이 쌓인 마차를 타고 왔다. 그들은 집집마다 뒤져서 원하는 물건을 갈취하고 히틀러의 초상화를 소총 개머리판으로 부쉈다. 미군 포로들에게 댄스쇼를 보여줄 여자들도 데려왔다.

"난 일자리를 잃었군." 임시로 만든 무대에서 짧은 치마를 입고 빙글빙글 돌면서 춤추는 러시아 여자 세 명을 바라보며 박수를 치던 리오가 말했다. 남자 한 명이 콘서티나*를 연주했고, 미군 포로들의 갈망어린 환호성이 실패에 감기는 실처럼 그들 자신을 휘감았다.

---

* 작은 아코디언처럼 생긴 악기.

"나한텐 더 잘됐지." 에디가 말했다.

리오가 형식적인 미소를 보냈다. "사람들이 우리가 계속 이럴 수 있게 내버려둘 거라고 생각하는 건 아니지, 그렇지?"

"사람들 누구?"

리오는 당황한 표정으로 여기저기 무너진 수용소 담장과 철거된 경계탑 너머의 세상 전체를 가리키는 모호한 제스처를 해 보였다.

에디가 말했다. "난 우리가 이제부터 원하는 건 뭐든 할 수 있는 자격을 얻었다고 생각하는데."

"그럼 좋겠네." 리오가 그렇게 대답했고, 에디의 마음에 두려움이 자리잡았다.

그들은 비행기편으로 르아브르 외곽의 임시 수용소로 옮겨졌다. 리오는 에디를 멀리했다. 그러더니 어느 날 말도 없이 사라졌는데, 집으로 돌아가는 배에 오른 듯했다. 에디도 금방 집으로 보내졌다.

자유를 얻은 기분이 어떻습니까, 여러분?

일 년 후 뉴욕에서 살던 에디는 짧은 편지 한 통을 받았다. 편지에서 리오는 고등학교 친구와 결혼해 장인 밑에서 일하게 되었다고 했다. 떠날 때 작별인사도 못해서 미안하다는 말도 있었다.

"여기 왜 온 거야?" 두 사람이 파란 쿠페를 타고 헬리데이 캐딜락 매장에서 벗어났을 때 리오가 물었다.

"그냥 지나다 들른 거야. 플로리다에 있는 항공사에서 일하게 됐거든."

"내 말은, 원하는 게 뭐냐는 거야. 여기서 좌회전해."

"네가 이럴 계획이었다는 걸 진즉 말해줬으면 좋았을 텐데. 가면 쓴 따분한 삶 말이야."

"너도 아내가 있잖아."

"사실, 내 아내는 죽었어. 비행기 추락 사고로. 집에 와서야 알았지. 그리고 그건 경우가 다르다는 걸 너도 알잖아."

리오가 그의 어깨를 만졌으나 짧은 한순간이었다. "유감이야, 에디. 정말 미안해."

"그 얘긴 더 할 필요 없어."

"여기 세워. 이쪽으로는 아무도 안 오니까."

숲 가장자리의 좁은 도로였다. 그 작은 차에 비해 키가 너무 큰 에디는 최대한 몸을 돌려 리오를 보았다. 유행에 뒤떨어진 정장, 넥타이핀, 결혼반지, 군인 같은 짧은 머리. "아내도 알아?"

리오는 창밖의 나무들을 내다보았다. "아내는 훌륭한 군인이야. 어린 딸이 둘 있고." 그는 바지 뒷주머니에서 지갑을 꺼내 스냅사진 한 장을 보여주었다. 원피스와 샌들 차림의 어린 두 딸 사진이었다.

"예쁘네." 에디가 사진을 돌려주며 말했다.

"응."

"그냥 다시 한번 보고 싶었던 것 같아." 에디는 좌석 위로 손을 뻗다가 리오에게 닿기 전에 멈췄다. "네 말이 맞았어. 세상은 변하지 않았지. 적어도 내가 바라던 대로는. 우리 모두가 전쟁이 끝나기 직전까지 서로를 죽여댔다는 걸 지우는 데 급급해서, 말뚝 울타리와 유모차 외엔 아무것도 신경쓸 겨를이 없어. 우리 모두 이를 악물고 행복해지려 애쓰고 있는 거야."

"그렇다고 볼 수 있지."

"넌 놀라지도 않는 것 같네. 부럽다. 나도 희망을 품지 않았더라면 좋았을 텐데."

리오가 에디의 손에 자신의 손을 올렸다. "독일 포로수용소에서 내 인생 최고의 즐거움을 누리게 될 줄 그 누가 상상이나 했겠어?"

"시간 좀 내긴 힘들겠지? 한 이틀이라도."

리오가 망설였다. 대답하려는 순간 차 한 대가 지나갔고, 그는 얼른 손을 치웠다. 그가 말했다. "진짜로 차 사려고 온 거 아니지, 그렇지?"

아이투타키섬의 산호 활주로는 전쟁중 만들어졌고 길이도 넉넉하며 무선표지가 있다. "너무 쉽네요." 착륙하면서 에디가 말한다. "어쩌면 대단한 모험은 아닐 수도 있겠어요."

"다 이렇진 않을 거예요." 메리언이 말한다.

"그렇죠." 에디가 동의한다.

그들은 시험비행 때 묵었던, 석호의 기둥 위에 세워진 작은 초가지붕 여관에 든다. "오늘밤에 나가요?" 여관 주인이 묻는다. "새해 전야인데. 길 아래 술집이 있어요." 여관 주인은 해군 건설대원으로 활주로 건설에 참여했고 전쟁이 끝난 후 이곳으로 돌아왔다. 여긴 파라다이스니까요. 누가 그 이유를 물으면 그런 질문을 하는 것 자체를 납득하지 못하며 그렇게 대답한다.

에디는 술집엔 가지 않겠다고 말한다.

그는 일몰 때 석호에서 수영을 한다. 유리알 같은 수면에 불타는 분홍색과 자주색 하늘, 그리고 이른 별 몇 개가 비친다. 멀리서 암초에 부서지는 흰 파도가 보이고, 안으로 들어오려고 아우성치는 바다의 포효가 약하고 느리게 들려온다. 석호의 모랫바닥엔 죽은 산호들이 깔려 있고 흑해삼이 바글바글해서 걸음을 뗄 때마다 발밑에서 부드러운 물체가 으깨지는 감촉이 느껴진다.

파란 쿠페는 캘리포니아의 멋쟁이 변호사에게 팔았다. 그 변호사는 그 차가 실연의 상징물인지도 모르고 지금쯤 신나게 롱비치를 달리고 있을 것이다.

그는 허리까지 차는 물속에 서서 눈을 감는다. 수영하기 전에 럼주를 좀 마셨다. 지구가 도는 게 느껴진다. 바다의 광대함이 그의 마음을 괴롭힌다. 이 얘기는 메리언에게 할 수 없다. 전쟁 때 그가 가장 두려워한 건, 불에 타 죽는 것보다, 낙하산이 펴지지 않는 것보다 끔찍했던 건, 익사였다.

그는 자신이 향하는 정동향에 가까운 쪽에 있는 다음 땅이 어디인지 생각해본다. 어쩌면 작은 섬일까, 수천 마일 떨어진 남아메리카일 가능성이 더 크지만.

육군항공대 매뉴얼에 이렇게 나와 있었다. 항법사는 비행기를 지표면 위 한 장소에서 다른 장소로 인도하며, 그 기술은 항법술이라고 불린다. 그는 기술이라는 단어가, 그 단어에 밑줄이 그어진 게 좋았다. 자신이 비행기를 인도한다는 것도 마음에 들었다. 조종 훈련에서 탈락해 항법 교실에 침울하게 앉아 있던 그는 마음에 드는 단어들을 더 들을 수 있었다. 천체관측. 추측항법. 드리프트. 벡터. 식별점.

지도에는 수많은 상징이 뿌려져 있었다. 도시. 비행장. 철도와 버려진 철도. 호수와 말라붙은 호수. 경주로를 나타내는 타원형과 유정탑을 나타내는 작은 유정탑. 점멸신호등을 나타내는 붉은 별. 깔끔하고 보기 좋은 단순화. 비행기가 격추되기 전까지는 그도 자신의 기술을, 삼차원의 공간과 인쇄된 지도 사이의 진정한 관계를, 나는 여기 있다라고 정확하게 말할 수 있는 가능성을 믿었다. 하지만 전쟁이 끝난 뒤로는 아무리 멀리 여행해도 늘 꼼짝 못하고 갇혀 있는 기분을, 고립된 기분을 느꼈다. 그가 아직 발견하지 못한 궤도가, 아직 알지 못하는 방정식이 존재하는 게 분명했다. 지도로 표시될 수 있는 세계의 기저에 또다른, 포착하기 어려운 차원이 있는 것만 같았다.

우리는 어쩔 수 없이 거의 모든 걸 놓치고 지나갈 것이다. 예를 들어, 아프리카대륙을 종단할 때 우리는 비행기 날개 너비밖에 되지 않는 하나의 길만 따라갈 것이며 오직 한 종류의 지평선만 볼 것이다. 동쪽으로는 아라비아와 인도, 중국이 보이지 않는 상태로 지나갈 것이고 유럽의 주둥이와 아시아의 꼬리를 가진 소련이라는 거대한 동물 또한 그렇게 보낼 것이다. 우리는 남아메리카도, 오스트레일리아나 그린란드, 버마, 몽골, 멕시코, 인도네시아도 전혀 보지 못할 것이다. 우리는 주로 물을 볼 것이다. 액체 상태이거나 얼어붙은 물. 우리의 경로엔 주로 물이 있을 테니까.

─메리언 그레이브스

⌒

하와이, 오아후
북위 21°19′ 서경 157°55′
1950년 1월 3일
4141해리 비행

케일럽은 머리를 다시 길렀지만 이제 땋는 대신 말총 모양으로 묶었고, 바람이 불어오는 쪽 해안*으로 트럭을 몰고 달리며 콧노

---

* 오아후 동부의 윈드워드코스트.

래를 흥얼거리는 그의 얼굴 주위로 묶이지 않은 머리칼이 휘날린다. 메리언은 노랫소리를 알아들을 수 없다. 그녀 쪽 창밖으로 어지러이 뒤엉킨 검은 화산암이 바다로 뻗어내려가 파도와 부딪혀 흰 파편을 만든다. 창밖으로 손을 내밀자 바람이 손 아래에서 고양이 등처럼 구부러진다. 케일럽 쪽은 세로로 홈이 팬 암벽이다. 섬의 가파른 초록 산의 등뼈.

마우카. 산을 향해. 마카이. 바다를 향해. 케일럽이 그녀에게 가르쳐준 하와이 말이다.

그녀와 에디는 아이투타키에서 하와이까지 곧장 날아갈 수도 있겠다고 생각했지만, 중간쯤에 있는 라인제도의 크리스마스섬에서 쉬었다 가기로 했다. 그 거대하고 평평한 티본스테이크 모양의 환초* 무리는 코코넛야자수와 마을 몇 개, 전쟁 때 만들어진 활주로를 제외하면 거의 벌거숭이였다. 육지 게들이 사방에서 잽싸게 돌아다녔다. 그들은 그곳에서 밤을 보내고 다음날 동이 트기 전에 떠났다. 오아후에 무게와 높이가 있고 무성하게 우거진 초록 가죽이 있다는 걸 메리언은 다행스럽게 여겼다.

케일럽이 그녀에게 자신이 파니올로, 즉 카우보이로 일하는 목장을 보여주러 가고 있다. 이곳에 처음 왔을 때는 토란 농장에서 일했지만, 목장 일이 더 마음에 든다. 메리언은 케일럽의 집에서 분홍 꽃으로 만든 화환을 모자에 두르고 말등에 앉아 있는 그의 사진을 보았다.

케일럽이 가로장 다섯 개를 붙여 만든 문 앞에서 트럭을 세우

* 고리 모양 산호초.

자 메리언이 내려서 문을 연 다음 트럭이 안으로 들어가고 나서 문을 닫는다. 그녀가 다시 트럭에 타자 케일럽이 말한다. "에디는 괜찮은 사람 같아."

에디는 케일럽이 살고 있는, 물가 기둥 위의 작은 파란색 집에 남아 낮잠이나 자겠다고 말했다. 메리언은 에디가 그녀와 케일럽에게 둘만의 시간을 주기 위해 배려한 거라 여기면서, 그녀가 루스 대신 선택한 남자와 함께 있고 싶지 않은 거라고도 생각한다.

메리언이 말한다. "에디가 없었더라면 난 길을 잃었을 거야." 그러고는 스스로 만족하며 미소 짓는다.

"항법사 유머로군. 우리가 거기까지 온 거야?" 말 탄 남자가 그들 앞에서 흙길을 건너며 한 손을 든다. 그의 카우보이 안장은 작고 평평하며 모직 담요를 쿠션처럼 얹었다. "저 사람은 유타 해변*에 있었지." 케일럽이 메리언에게 말해준다. "모자 쓴 게 좀 이상하지? 총에 맞아서 귀가 떨어졌거든." 다른 파니올로들은 모두 하와이 원주민인데 자신은 말을 잘 다루고 반만 백인인데다 전쟁에서 멀쩡히 살아 돌아왔다는 소문이 돌아서 써주는 거라고 케일럽이 말한다.

산 아래 완만한 기복을 이루며 펼쳐진 형광빛 도는 강렬한 초록색 풀밭에 산호 블록으로 짓고 빨강 기와지붕을 얹은 낮고 길쭉한 목장집이 자리하고 있다. 거대한 멍키포드 나뭇가지들이 완벽한 돔을 이루며 목장집을 감싸고 있다.

케일럽은 목장집을 지나 좁은 골짜기로 들어가 미로처럼 이어

---

* 노르망디상륙작전이 이루어진 프랑스의 다섯 해변 중 한 곳.

진 작은 방목장들을 통과한 다음 헛간 앞에 선다.

케일럽은 안장 없는 말들의 등에 밧줄로 된 굴레를 얹는다. 그는 말에 오르기 전에 장화를 벗고 메리언도 그렇게 하라고 시킨다. 메리언이 그 이유를 알게 된 건, 왔던 길로 되돌아가(마카이) 길을 건너 해변으로 가서 그가 곧장 바닷속으로 들어가는 걸 본 후다. 메리언이 탄 고집쟁이 작은 암말의 밤색에 흰색이 섞인 어깨가 메리언의 무릎 앞에서 움직인다. 그녀의 말이 히힝거리며 케일럽의 말을 쫓아 서둘러 달리기 시작하자 메리언의 맨발이 말의 배 밑에서 흔들린다. 메리언은 바클리를 떠난 후로 말을 탄 적이 없다. 균형을 잃으며 튀어올랐다가 똑바로 앉는다. 말은 가슴에 부딪히며 흰 물보라를 일으키는 물의 저항에 맞서 안간힘을 다해 낮은 파도를 헤치고 나아간다. 메리언은 물에 허리까지 잠겼을 때 말이 떠오르는 걸 느낀다. 그녀의 하체도 물 위로 떠오르고, 그녀는 고삐를 놓고 말 등에 길게 엎드려 구릿빛 갈기를 잡는다. 말은 물 위로 머리를 높이 들고 다리를 휘저으며 그 리듬에 맞추어 조용히 콧소리를 낸다.

"말이 헤엄치고 있어." 메리언이 들뜬 목소리로 외친다.

케일럽이 돌아본다. 그의 모자 아래서 예의 그 즐거움이, 자신에 대한 그녀의 사랑을 확신하는 데서 나오는 기쁨이 번득인다. "어떻게 안 거야?"

그녀는 말의 갈비뼈와 근육, 달음박질치는 심장을 느낀다. 어릴 때부터 익숙했던 느낌이다. 그녀는 여전히 그때의 아이로 남아 이제는 죽은 사랑하는 늙은 말 피들러를 타고 산을 오른다. 혼자서, 혹은 제이미와 몸을 딱 붙인 채로. 제이미의 심장도 뛴다. 폐도 움직인다. 또다른 그녀가 차가운 태평양에 완전히 잠겨 있는 가운데 물이 부드럽게, 그러면서도 집요하게 그녀를 잡아당겨 말에서 떨어뜨리려 한다. 몹시도 열심히, 몹시도 부지런히 헤엄치는 동물에게서 그녀를 분리시키려 한다. 이 암말은 어디로 가고 싶은 걸까? 케일럽의 말이 가는 곳으로. 그들은 해안과 평행선을 그리며 헤엄친다. 케일럽은 곧 돌아올 것이다.

그녀의 몸이 교차점이 된다. 바다를 향해. 산을 향해. 하늘을 향해. 말을 향해. 남자를 향해.

위층 뾰족지붕 밑에 있는 케일럽의 침실은 서까래가 드러나 있다. 밖에서는 야자나무가 길게 갈라진 육중한 잎을 흔들고, 산호초에서 파도가 속삭거린다. 검은 세계가 작고 파란 섬집을 휘감는다.

"내가 나약해진 것 같아?" 케일럽이 묻는다.

미늘살 창문으로 산들바람이 불어오는 가운데, 알몸의 메리언은 침대를 가로질러, 베개로 몸을 받치고 모로 누워 있다. 케일럽의 머리가 그녀의 골반 안쪽에 자리하고 있다. "그런 전쟁을 치른 후에는 모든 게 나약해 보이겠지." 메리언이 말한다.

그는 치열한 전쟁터에서 삼 년을 보내면서 상처 하나 없이 살아남았다─북아프리카, 이탈리아, 상륙작전, 프랑스, 독일. 그 행운은 너무도 기적적인 나머지 저주의 무거움과 어두움을 갖게 되었다. 신병들이 그의 영검한 기운을 받고 싶어 그의 몸을 만졌지만, 그들은 처음 전투에 나간 날, 어떤 때는 바로 그의 옆에서 죽음을 맞이했다. 그는 메리언에게 자신의 멀쩡한 몸이 부끄러워지기 시작했다고 말했다. 총이나 폭탄에 맞았다면 죽어서든 살아서든 멈출 수 있었다. 하지만 그는 참호족*조차 걸리지 않은 채로 계속 나아갔다. 모종의 최후를 기다리며. 그는 점점 무모해졌지만 그래도 달라지는 건 없었다. 전쟁은 그를 집어삼키지도, 뱉어내지도 않았다.

메리언이 덧붙인다. "난 나약한 것도 괜찮다고 생각해."

"난 가끔 전쟁이 그립고, 그런 내가 증오스러워."

"많은 사람이 전쟁 때의 추억을 그리워하지."

"너도?"

"가끔."

그는 전쟁이 아니었더라면 평생 몬태나에서 사냥을 하며 살았을 거라고 말한다. 몬태나를 떠날 생각은 하지 않았을 거라고. 하지만 전쟁이 끝나고 그곳으로 돌아가보니, 산속을 돌아다니는 게 더이상 즐겁지 않았다. 추위에 떠는 것도, 한뎃잠을 자는 것도, 총으로 짐승을 쏘는 것도 싫었다. 그런 것들에 신물이 났다. 가끔은 혼란에 빠지기도 했다.

"엘크를 찾아 돌아다니다가 나도 모르게 독일군을 피해 어딘가에 웅크려 숨어 있곤 했지. 과거와 현재가 마구 뒤섞여서."

"마카이, 바다를 향해 갈 때가 된 거군."

---

* 차갑고 비위생적인 환경에 오래 노출된 탓에 발에 생기는 병.

케일럽이 웃으며 말한다. "너 벌써 하와이 사람 다 됐다. 그래, 때가 되었던 것 같아. 내가 왜 여기로 왔는지 말했나?"

"아니."

"몬태나에서 술도 많이 마시긴 했는데 책도 많이 읽었어. 달리 할일이 없었거든. 도서관에서 우연히 책 한 권을 빌려왔는데 거기 섬들의 그림이 있었고, 별안간 꼭 하와이에 가봐야겠다는 생각이 들었지. 꼭 가야만 했어." 그는 손끝으로 그녀의 발목을 쓸어내려간다. "그래서 짐을 싸서 기차를 탔고, 그다음엔 배를 탔지. 그렇게 된 거야."

"부럽다." 메리언이 말한다. "머물 곳을 찾았으니까. 어딘가에 만족할 수 있잖아."

"아니, 아닐걸. 그게 부러웠으면 너도 그런 곳을 찾겠지. 넌 그런 가능성조차 받아들이려 하지 않아."

메리언은 그가 지리에 국한된 이야기를 하는 게 아니라고 생각한다. "어쩌면 언젠가는 그럴지도." 그녀가 대답한다.

순식간에 오로라가 거대한 하늘을 점령한다. 한순간 빛의 호가 수평선에서 수평선까지 걸리고 위에 있는 별들로 번져가다가 다음 순간 사라진다. 미지의 존재가 보내는 메시지를 받는 기분이다. 그 뜻을 해독할 수는 없지만 의심할 바 없는 권위를 지닌 존재의 메시지.
— 메리언 그레이브스

～

알래스카 배로에서 스발바르 롱위에아르뷔엔까지
북위 71°17′ 서경 156°46′~북위 78°12′ 동경 15°34′
1950년 1월 31일~2월 1일
9102해리 비행

그들은 배로에서 나흘을 기다린다. 상서로운 예보가 나오자, 남쪽 하늘이 북극의 푸른 박명으로 빛날 한낮에 스발바르에 도착하기 위해 저녁에 떠난다. 사실 태양은 앞으로 이 주는 더 뜨지 않겠지만, 적어도 칠흑 같은 어둠 속에 착륙하지는 않을 것이다. 하와이에서 애초 예정된 이틀이 아닌 십육 일을 체류하는 바람에 일정이 지연되었는데, 그 덕에 북쪽에서 빛을 더 많이 보게 되었다. 반면, 메리언은 그 결과 남극대륙에 너무 늦은 여름*에 도착하게 될 것이 걱정스럽다. 거기 도착할 수나 있을지 모르겠지만.

노르웨이-영국-스웨덴 남극 탐험대(와 페리그린호의 연료)를 동남극의 퀸모드랜드로 싣고 가는 노르셸호의 운항이 지연되면서 탐험대는 최소한 이 주 이상 늦어지게 되었다. 호놀룰루공항에서 메리언 앞으로 전보가 도착했다. 따라서 서두를 필요가 없게 된 것이다.

　여기서 조금 더 쭈그리고 있어야겠다고 그녀와 에디는 서로에게 말했다. 말은 그렇게 했지만 하와이에 더 머무는 게 그리 싫진 않았다. 에디는 케일럽의 집에 묵지 않고 호놀룰루에 따로 숙소를 마련했다. 늦게 가면 북극의 밤이 짧아질 거라며 하와이에 더 머물러야 할 이유를 댄 사람도 그였다. 그들은 스발바르에는 진짜 비행장이 없고 항공표지도 미흡하니 배로에서 노르웨이 본토까지 날아가야 할지도 모르겠다고 생각했는데, 그 거리는 페리그린의 최대 항속거리에 가까울 터였다. 그래도 기상 조건이 양호하고 박명이 좀 있어주면 성공 가능성은 컸다. 그녀는 케일럽의 침대에서 시간을 끌며 그 생각에 매달렸고 여기 더 머물 수밖에 없다고 스스로에게 말했다.

　페리그린호가 연료를 가득 실은 무거운 몸으로 마지못해 배로에서 떠오를 때, 얼어붙은 땅 가장자리와 얼어붙은 바다의 시작점은 서로 구분되지 않는다. 북쪽으로 별들이 박힌 어둠이 펼쳐져 있다. 초록 오로라가 움직이는 물속의 빛줄기처럼 일렁인다.

---

* 남반구인 뉴질랜드의 여름은 12월에서 2월까지다.

혹독한 추위에는 대개 하늘이 흐리지 않은 걸 감안하더라도 그들은 운이 좋다. 비행 시간 동안 대부분 하늘은 구름 한 점 없을 뿐 아니라 공기조차 없는 것처럼 투명하다. 극지에서는, 별들이 검은 우주를 배경으로 맴돈다. 아래에서는, 얼어붙은 바다가 별빛과 가장 가늘게 깎인 달의 빛을 받고 있다. 바다의 백금빛 표면이 위로 밀려올라와 울퉁불퉁한 모래언덕 형태를 이루고, 그 사이의 참호에서 그림자가 일렁인다. 조수가 얼음을 갈라놓은 곳에서는 좁은 물길이 얼어붙으며 안개를 뱉어낸다. 메리언은 그토록 정적으로 가득하고 그토록 단색이며 생명 없는 풍경을 본 적이 없다.

롱비치에서 지도에 경로를 표시하던 여자는 아득히 멀고 너무도 어리석어 도무지 자신 같지 않고, 다른 여자가 이 투명한 어둠 속을 날고 있다. 지도가 이곳과 무슨 상관이란 말인가?

비행기가 추락하면 어차피 생존은 불가능하겠지만 다른 위험도 존재한다. 북쪽으로 너무 멀리 와서 나침반이 헤맨다. 경도선들이 새장 꼭대기 창살처럼 촘촘하다. 그곳을 파악하려면 진북眞北이라는 개념을 없애야만 한다. 이전에 지구에 적응한 방식들을 잊어야만 한다. 새장은 치워버리고, 인위적으로 경도선들을 평행하게 만들어놓은 평평한 기준선망 아래 특수항공도에 따라 비행해야만 한다.

그들은 코디액에서 비행기에 스키를 달았다. 페어뱅크스에서는 에디의 순록가죽 파카를 받았다. 메리언은 뒤를 돌아 항법사 데스크에 웅크리고 앉은 텁수룩한 갈색 형상을 흘끗 보며 자신의 하나뿐인 동료가 북극 밤의 꿈속에서 마법처럼 짐승으로 변신한 듯한 기분을 느낀다. 하와이를 떠날 때 에디의 눈에 남아 있던 멍자국이 지금은 감쪽같이 사라졌다. 그들이 적도에서 가졌던 공백기가 이제는 환상처럼, 꿈처럼 느껴진다. 메리언은 그가 왜 눈에 멍이 들었는지 알지 못한다. 거의 날마다 극지방을 비행하는 페어뱅크스 정찰대원들이 막판에 에디에게 몇 가지 귀띔을 해줬지만, 그는 별 관심 없이 건성으로 들었다. 그는 북극의 장난질과 속임수에 무심한 듯하다. 마치 성찬식을 준비하는 사제처럼 차분한 자신감을 갖고 항공도와 표, 천측컴퍼스를 다룬다.

스발바르 군도에 가까워지자 들쭉날쭉 길게 뻗은 검은 개빙구역의 끄트머리가 얼음을 쪼개 날카로운 은빛 퍼즐조각 모양의 부빙들을 만들고 있다. 날씨는 여전히 좋다. 정오가 다 되었고, 남쪽 수평선에 구정물 색깔의 약한 빛을 발하는 가느다란 띠가 걸려 있다. 섬들의 모습이 그림자 위에 겹쳐진 그림자로 나타난다.

하와이에서 어느 오후, 케일럽의 설득에 못 이겨 비행기에 그를 태우고 빅아일랜드로 날아갔다. 케일럽의 친구이자 그보다 나이가 어리고 태평양전쟁에 참전했으며 파니올로인 호니가 작은 코나공항으로 그들을 마중나와 바다로 데려가서 자신의 낡고 녹슨 배에 태웠다. 저녁때 앞바다를 떠돌며 맥주를 마시다가, 호니가 해군에서 몰래 빼낸 잠수용 마스크와 호흡기를 그들에게 내줬다.

"이 지점을 좋아해요." 호니가 새까만 바다를 가리키며 말했다. 메리언은 누가 그 지점을 좋아하는지 물어야 한다는 걸 알면서도, 그 미끼를 거부하고 물에 뛰어들었다.

물속은 비어 있었고 코발트색은 검게 변해갔다. 케일럽이 그녀의 허리를 잡아 자신에게 매어놓았다. 밝은 빛줄기가 비스듬히 내려왔다. 호니가 커다란 손전등을 물속으로 비추어 바다에 떠다니는 플랑크톤을 유인하고 있었다. 깊은 곳에서 은빛 물고기가 마치 우물 속 동전처럼 반짝였다. 쥐가오리 한 마리가 거의 알아보기 힘든 아득히 먼 아래쪽에서 어둠 속의 넘실거림처럼 나타났다. 그 쥐가오리는 주둥이를 벌리고 아가미를 움직이며 곡선을 그리면서 상승했고 몸 아래쪽은 하얗게 빛났다. 쥐가오리가 그녀 아래서 그녀와 배를 마주하고 호를 그리며 헤엄치자 그들 사이의 물이 바람처럼 움직였다. 쥐가오리는 아래로 내려가면서 날개 달린 그림자가 되었고 잠시 사라졌다가 공중제비를 하며 올라왔다. 녀석은 비스듬한 빛줄기를 타고 연신 공중제비를 하며 플랑크톤을 먹었고, 메리언은 시간의 갈라진 틈으로 떨어지며 미줄라 상공에서 스티어맨 복엽기를 타고 연속 공중회전을 하던 때의 아찔한 무중력상태를 느꼈다.

에디가 쪽지를 앞으로 내민다. 이스피오르 라디오와 교신이 가능할지도 몰라요. 시도해볼게요. 메리언이 배로에서 그들의 비행 계획을 무전으로 알렸을 때 스발바르에선 가능한 지원은 모두 하겠다고 약속했다. 지금 교신에 성공한 에디는 하늘이 맑고 그들을 위해 바렌츠부르그와 롱위에아르뷔엔의 모든 사람이 불을 밝혀놓았다는 말을 듣는다.

나치는 스발바르를 두 차례나 점령했는데, 그곳을 기상기지로 사용하기 위해서였다. 자유노르웨이군이 도깨비불처럼 오가는 무선신호를 쫓아 스키를 타고 빙하 위를 달렸다. 어떤 때는 신호를 보낸 곳에서 독일군을 찾아내 죽였고 어떤 때는 그러지 못했다. 잠수함으로 더 많은 독일군이 와서 북쪽 섬들에 내렸다. 전쟁에서 제일 마지막으로 항복한 독일군은 스발바르에 있었다. 연합군 승리 사 개월 후였다. 더 빨리 항복할 수도 있었으나 아무도 그들을 잡으러 오지 않았던 것이다.

메리언은 바다 위를 낮게 날아 서쪽에서 접근해서 꼭대기가 평평한 흰 산들을 양옆에 거느린 이스피오르의 얼어붙은 입구를 지난다. 이어서 바렌츠부르그의 소련 광산촌 불빛을 지난다. 피오르의 얼어붙은 표면에 쌓인 눈이 바람에 거의 날려간 부분은 얼룩덜룩하게 빛난다. 메리언은 독일 공군 루프트바페가 활주로를 만들어놓은 롱위에아르뷔엔 근처 아드벤트달렌 골짜기에서 착륙을 시도할 것이다.

케일럽이 메리언에게 쥐가오리들을 보여준 건 그녀를 사랑한다는 말을 하기 위해서였다. 그는 어떻게 말해야 그녀가 들을 것인지 알았다. 그녀와 에디는 1월 20일, 지연된 노르셸호가 마침내 남극권을 가로질러 대륙에 가까워지고 있다는 소식을 들은 날 그곳을 떠났다. 그녀가 공항으로 갈 때 케일럽은 목장에서 일하고 있었다. 물론, 작별인사는 없었다. 그들의 사랑은 세상 전부를 의미했기에 달라진 건 아무것도 없었다. 그들은 작별에 연연하지 않고 자신의 길을 계속 갈 터였다.

메리언은 이스피오르 근처의 작은 후미로 접어들어 롱위에아르뷔엔의 밀집한 노란 불빛과 흔들거리는 목조 건조물들과 광차를 지탱하는 케이블들을 지난다. 이미 북극을 가로지르는 여정은 별과 오로라와 얼음으로 이루어져 꿈속처럼 와해된 신비로움을 지닌다.

좁은 골짜기엔 연무가 끼어 있다. 광산 하나에서 독일 전함의 포격으로 시작된 석탄불이 아직까지 타오르고 있다. 불이 활활 타오르는 단지들로 표시된 평평한 눈밭에 비행기가 착륙한다. 환영 인파가 모여 있다.

우리는 진짜 두려울 때 자신의 몸에서 분리되고 싶은 갈급한 욕망을 느낀다. 고통과 공포를 체험하게 될 물체로부터 벗어나기를 원한다. 그러나 우리가 그 물체다. 우리는 가라앉는 배에 타고 있으며 우리가 배 자체다. 하지만 비행에서는 두려움이 허용될 수 없다. 자기 안에 완전하게 존재하는 것이 유일한 희망이며, 그다음엔 비행기를 자신의 일부로 만들어야 한다.

— 메리언 그레이브스

스웨덴, 말뫼
북위 55°32′ 동경 13°22′
1950년 2월 2일
10471해리 비행

에디는 어두운 호텔방에서 푹신한 흰 거위털 이불을 덮고 침대에 누워 있다. 요행히 그는 안전하고 따뜻하게 살아 있다. 창밖 도시 광장에 눈이 내려 소복소복 쌓이고 가로등 불빛에 버터 색깔로 물든다. 건물들은 좁고 지붕이 가파르고 창문이 줄 맞추어 달려 있으며 창틀에 눈이 쌓여 있다.

원래는 오슬로에 착륙할 계획이었으나 눈보라 때문에 불가능해졌다. "그럼 어디로 가죠?" 메리언이 비행기의 요란한 소음 너머로 외쳤다. 그는 항공도들을 뒤져 스웨덴 남단에 위치한 말뫼를 손으로 짚었다. 최소한 그들은 물 위를 날고 있진 않았다. 에디는 만일 비행기가 추락한다면 단단한 땅에 떨어졌으면 좋겠다고 생각했다. 잡음이 심한 무전을 통해 취합한 정보로는 말뫼도 기상 조건이 나빴지만 살인적이진 않았다. 그는 용케 비행장을 찾아냈다. 그리고 메리언이 용케 착륙에 성공했다. 불토프타공항. 에디는 전쟁 때 손상된 전투기들이 영국까지 날아서 돌아가는 대신 그곳에 불시착했다는 이야기를 들은 기억이 난다.

부드럽게 떨어지는 눈송이들, 가로등 불빛 속에서 체에 거른 듯 떨어지는 얼어붙은 작은 레이스 조각들은 몹시도 섬세하고 순수해 보이지만 도시의 질서정연한 지붕과 경건한 첨탑과 세심한 시계탑 위에 아직까지도 감도는 검고 맹목적인 분노의 사절이다. 그는 비행기를 향해 떼 지어 악의적으로 돌진하는 눈발을 보면서 비행했지만, 이제 눈은 평온하게 나부끼며 광장으로 떨어져 하늘에서 턴 무해한 먼지처럼 쌓여간다.

그는 자신의 몸에 눈보라의 상흔이, 가시지 않는 한기 말고도 다른 흔적이 남아 있으리라 생각한다. 데일 듯 뜨거운 목욕물에 한 시간이나 들어앉아 있었지만 그것은 사라지지 않았다. 어떻게 그곳과 이곳이 이토록 가까이에, 위아래로 존재할 수 있을까? 그를 둘러싼 모든 것—침구와 따뜻한 물, 전등 스위치와 라디에이터—은 공들여 꾸며진, 기분좋은 확신을 주는, 그러나 부질없는 환상의 일부다. 안전에 대한 환상. 의미에 대한 환상.

그는 호놀룰루에서 차이나타운 언저리에 있는 싸구려 호텔에 들었다. 문신가게들 창문에 빛바랜 닻과 훌라춤을 추는 여자 그림이 붙어 있었다. 식료품점과 양념가게에는 울퉁불퉁한 뿌리와 미지의 가루가 담긴 병이 진열되어 있었고, 간판은 외국어로 쓰여 있었다. 적도의 습한 공기에서 악취가 풍겼다. 과일 썩는 냄새, 강에서 올라오는 하수 냄새.

어느 술집 바텐더가 전쟁 때 여기 와봤어야 했다고 말했다. 술집에는 해병들이 북적거리고, 매춘굴마다 장사진을 치고, 다들 백주대낮부터 흥청거리고. "그럴 수밖에 없었죠. 등화관제 때문에." 바텐더가 말했다. "하지만 매춘굴은 다 문 닫았어요. 이제 뚜쟁이들이 나와 있죠. 내가 보기엔 더 나을 것 하나 없지만. 그래도 손님이 원하시면 예쁜 여자 소개해줄 수 있는데."

"아니, 사양하겠어요." 에디가 말했다. 그는 바텐더 눈을 똑바로 보면서 덧붙였다. "내 취향이 아니라."

바텐더가 몸을 가까이 기울이고 목소리를 낮춰서 말했다. "조금 색다른 걸 원하시면 코코넛팜으로 가보시죠."

에디는 넛—사람들은 그곳을 그렇게 불렀다—에 두번째로 갔을 때 남자 한 명을 호텔로 데려왔다. 그 남자 이름은 앤디였는데, 상륙작전 때 왼손을 잃었고 정부 돈으로 하와이대학에 다닌다고 했다. 그가 에디에게 호놀룰루 구경을 시켜주겠다고 했다. 그들은 가루처럼 고운 백사장에 눕기도 하고, 붉은 흙으로 이루어진 언덕을 올라 전쟁 때 만들어진 토치카 구경도 하고, 패션프루트소스를 뿌린 두툼한 마카다미아 팬케이크도 먹었다.

"왜 또 세계일주를 하는 거야?" 둘이 토치카 위에 올라가서 일광욕을 하고 있을 때 앤디가 물었다. 벗은 등에 닿는 콘크리트의 열기가 뜨거웠다. 앤디는 두 팔을 머리 위로 올리고 있었는데, 에디는 아직도 그 대머리 같은 잘린 팔을 볼 때면 가끔 흠칫 놀랐다.

"그 사람에게 항법사가 필요했거든. 나도 사는 게 따분했고."

"따분하다. 그렇지. 근데 따분하면 영화관에 가면 되잖아. 정말로 원해서 하는 거야?"

언덕 아래 바다가 수평선까지 펼쳐져 있었다. 에디는 남아 있는 긴 바다 위 비행이 두려웠다. 코디액으로, 노르웨이로, 남극으로, 뉴질랜드로.

바닷새들은 길도 없는 바다를 수천 마일씩 날아서 건널 수 있도록 인도해주는 육감을 가졌지만, 인간에겐 그것이 결여되어 있다. 육군 항공대 매뉴얼 첫 문장이었다. 하지만 에디는 이따금 자신이 그 잃어버린 본능을 갖고 있을지도 모른다는 의심을 남몰래 품었다. 그는 공중에서 자신이 어디에 있는지 확신이 있었다. 그걸 증명할 수 없거나 어떻게 아는지 설명할 수 없는 경우에도 말이다.

"난 진짜로 어려운 일을 하고 싶었어." 그가 앤디에게 말했다. "인간적이고 감정적인 방식이 아닌 실제적이고 기술적인 방식으로. 항상 어딘가에 있고, 그곳이 어디인지 알아내야 하는 것 말이야. 가고 싶은 곳이 존재하는 것. 그곳을 찾아내야만 하고."

어느 밤 그들이 넷에서 나왔을 때 선원들 패거리가 따라왔다. 에디는 앤디에게 돌아보지 말라고 했다. 앤디는 돌아보지 않았지만 선원 한 명이 던진 병에 뒤통수를 맞았고, 그때 돌아본 건 에디였다. 앤디는 그대로 도망쳤고, 에디는 그런 그를 원망하지 않았다.

에디는 그들에게 주먹을 몇 방 제대로 먹였지만—적어도 나중에 자신의 손을 보고 판단하기엔 그랬다—선원 한 명이 무거운 걸로 그의 머리를 내리쳤다. 시간이 얼마나 흘렀을까, 그는 지저분한 뒷골목의 중국 서점과 생선가게 사이에 쓰러진 채 의식을 되찾았다. 잔뜩 부은 눈꺼풀을 들자 초록색 형체가 흐릿하게 보였다. 그게 생선 비린내 진동하는 물웅덩이에 비친 네온 앵무새라는 걸 서서히 깨달았지만, 그때는 앵무새라는 단어가 생각나지도 않았고 그게 왜 땅 위에서 반짝이는지 이해되지도 않았다.

스발바르에서 올 때도 눈보라 속에서 두려움에 젖었으나, 그 차이나타운 뒷골목에 버려진 채로 의식을 되찾으면서 느꼈던 공포는 다시는 맛볼 수 없으리라는 생각이 든다. 눈보라 속에서는 지구를 감싼 경도와 위도의 연결망을 파악하고 있었지만, 그 뒷골목에서는 마치 자루에 담겨 쇠사슬에 묶인 채 검은 물속으로 던져진 것처럼 완전히 방향감각을 상실한 상태였다. 눈보라는 설령 그를 죽인다 해도 그 뒷골목처럼 그를 완벽하게 지배진 못할 터였다.

그는 스르르 잠에 빠져들다가 꿈에 오로라일 수도, 네온 앵무새일 수도 있는 초록색 빛이 나오자 흠칫 놀라 깬다.

아침이 되면 그는 목욕, 커피, 그리고 토스트에 바를 스웨덴 잼의 종류에 신경쓸 것이다. 얼음이 원치 않는 갑옷처럼, 악의적인 크리스털 구속복처럼 페리그린호를 뒤덮으면서 비행기가 그 무게에 짓눌려 굼떠지고 엔진이 고투를 벌이던 일을 무심하게, 희미하게 기억할 것이다. 그들은 눈 한 송이만 더 떨어져도 비행기가 그 무게를 이기지 못하고 파멸을 향해 기울 수 있던 위기를 넘기고 불토프타공항에 착륙했다. 그다음엔 따스한 호텔, 흰 침대, 순결한 눈.

그는 호놀룰루의 지저분한 호텔방에서 치유의 한 주를 보낸 뒤 메리언을 만났는데, 그때쯤엔 거의 회복되어 한쪽 눈에 멍이 조금 남고 뇌에 예측 불가능한 파문을 일으키는 두통에 시달리는 정도였다. 메리언은 그에게 괜찮은지 묻는 듯 걱정스러운 시선을 보냈지만 아무것도 묻지 않았다. 에디는 그녀가 케일럽에게 몰두해 있으리라 여겼다. 그는 두 번 다시 넛에 가지 않았고, 두 번 다시 앤디와 만나지 않았다.

그들은 말뫼에서 로마로 간 다음, 로마에서 트리폴리로, 그다음엔 적도의 습한 열기를 향해, 점점 길어지는 낮을 향해 남쪽으로 날아갈 것이다.

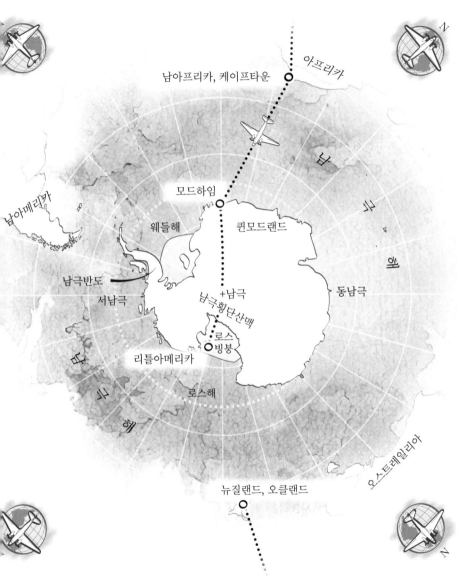

남극대륙

나는 앞을 바라본다. 수평선이 있다. 뒤를 본다. 수평선. 지나간 것
은 잃어버린 것이다. 지금의 나는 미래에 이미 잃어버린 것이다.
— 메리언 그레이브스

⌒

남아프리카 케이프타운에서 남극 퀸모드랜드 모드하임까지
남위 33°54′ 동경 18°31′~남위 71°03′ 서경 10°56′
1950년 2월 13일
18331해리 비행

그 전화는 새벽 두시 반에 걸려온다. 윙필드 비행장 근처 작은
호텔에 묵고 있는 메리언의 방은 2층이지만 1층에서 울리는 먼
전화벨소리도 그녀의 잠을 깨우기에 충분하다. 그녀는 자면서도
기다리고 있었던 것이다. 야간근무 직원이 방문을 두드렸을 때
그녀는 옷을 갈아입은 상태다. 창밖은 맑은 여름밤이다.

"비행장에서 전화가 왔는데요." 직원이 그녀에게 말한다. "그
사람 말이—" 그는 손에 든 쪽지를 본다. "그 사람 말이, 모르셸
이 날씨가 괜찮아졌다는 무전을 보냈답니다." 그가 시선을 든다.
"무슨 말인지 알아들으셨기를 바랍니다. 전 들은 대로 전해드리
는 거라서요."

"노르셸이에요. 다른 내용은요?"

"모르셸 말로는 날씨가 계속 괜찮을 것으로 예상된다는데, 저와 통화한 사람은 그건 날씨가 좋지 않다는 뜻이라는 걸 손님께 꼭 전하라고 했습니다. 그래도 가시고 싶다면 최대한 빨리 출발하기를 권한다고요. 하지만 개인적 의견으로는, 손님께서 가시는 걸 권하지 않는다고 말했습니다."

"그 사람에게 전화해서 우리가 지금 가겠다고 전해줘요. 그리고 남쪽으로 가는 아무 배나 연락해서 그곳 기상 조건을 알아봐달라고 부탁해줘요."

직원은 혀로 입 귀퉁이를 찌르며 메모를 한 다음 계단을 내려간다. 에디는 옆방에 묵고 있다. 메리언은 벽에 귀를 대고 기척이 있나 들어본다. 그도 분명 잠이 깼을 텐데 정적만 흐른다. 제발, 제발 거기 있어줘요. 그녀는 거의 기도하는 심정으로 생각한다.

그들은 2월 9일 케이프타운에 도착했고, 노르웨이-영국-스웨덴 남극 탐험대는 연거푸 유빙에 밀려나다가 마침내 그다음 날 육지에 내렸다. 그전에 에디는 로마와 트리폴리, 리브르빌, 빈트후크에서 사라지곤 했다. 그녀는 스발바르에서 만난 눈보라가 그를 흔들어놓았다고 생각했지만 호놀룰루에서 눈에 멍이 든 사건과 관련있을 수도 있었다. 알래스카에서는 괜찮아 보였고 북극을 지날 때도 컨디션이 최상이었는데, 말뫼에서부터 숙소를 몰래 빠져나가기 시작하더니 어떤 때는 밤새 들어오지 않았다. 메리언은 그가 돌아올 거라 확신할 수가 없었다.

그녀는 남극 비행을 위한 마지막 계획을 짜면서 그를 참여시키려 했고 그녀가 늘 신경을 곤두세우고 주물럭거리는 하중과 연료

계산(스키 무게와 항력까지 계산에 넣어야 해서 더 애를 먹었다) 에 대해 그의 의견을 구했으나, 쓸데없는 시시한 걱정으로 괴롭힌다는 듯 그의 대답은 늘 형식적이고 무관심했으며 심지어 퉁명스럽기까지 했다. 그는 그녀와 항공도, 그리고 연필로 휘갈겨쓴 글씨에 신경쓰고 싶지 않은 듯했다. 케이프타운에서 그녀는 그에게 이제 방황을 그쳐야 한다고 말했다. 여름이 저물어가고 있었다. 언제라도 떠날 준비가 되어 있어야 했다.

메리언은 그의 방을 노크한다. "들어와요." 에디가 즉시 말한다. 옷을 다 입은 채 침대에 앉아 있다. 침대엔 잔 흔적이 없다.

"잠은 잤어요?" 메리언이 문가에서 묻는다.

"모르겠어요. 아뇨. 안 잤어요, 별로. 오늘밤엔 예감이 들어서요. 때가 됐나요?"

"날씨가 괜찮아졌대요."

그는 바닥을 내려다보며 커다란 두 손을 깍지 끼고 비튼다. "지금은 괜찮겠죠. 앞으로 세 시간은 있어야 출발할 텐데요. 어쩌면 하늘에 열세 시간 이상 있을 수도 있고요. 우리가 거기 도착할 때는 화이트아웃*이 될지도 몰라요. 어떤 상태든 될 수 있죠."

메리언은 조바심과 싸운다. 에디는 그녀가 그걸 모를 거라고 생각하는 걸까? "모험을 걸어야 할 때가 있는 법이죠."

그는 비참한 얼굴로 애원하듯 그녀를 바라본다. "내가 할 수 있을지 모르겠어요."

---

* 주로 극지에서 빛이 눈이나 모래에 반사되어 사방이 온통 하얗게 보이면서 시야가 심하게 제한되는 기상 상태.

"가고 싶지 않다는 뜻인가요?" 메리언이 놀라서 묻는다.

에디는 고개를 젓는다. "내가 길을 찾을 수 있을지 모르겠다는 뜻이에요."

그녀는 방으로 들어가서 그의 옆에 앉는다. "누군가 할 수 있다면, 에디도 할 수 있어요."

"대단한 보장은 못 되네요."

"원래 보장 같은 건 없었죠. 우리는 서로가 실패할 수도 있다는 걸 받아들여야 했어요."

"마음이 흔들렸어요."

"눈보라 때문에요?"

"그것도 그랬지만 문제가 누적되었나봐요. 바다 위 긴 비행에 익숙해질 줄 알았는데 뜻대로 안 되더라고요." 그는 손끝으로 조심스럽게 옆머리를 누른다. 얼굴에 고통이 스쳐간다.

"괜찮아요?"

"그냥 두통이에요. 지나갈 거예요." 그는 주머니에서 아스피린 병을 꺼내 두 알을 씹어 먹는다.

"스발바르까지는 아주 잘했어요." 그녀는 어떤 음식을 먹지 않겠다고 떼쓰는 아이에게 어제까지만 해도 그 음식을 좋아했다는 사실을 상기시키듯 말한다.

"그건 달라요."

메리언도 부정할 수 없다. 북극에 가까워지면서 항법의 규칙이 바뀌었으나 그래도 그땐 쓸 만한 항공도들과 많은 조언, 배로와 툴레에서 보내는 무선신호, 롱위에아르뷔엔에서 기다리는 사람들이 있었다. 맑은 하늘이라는 행운도 따랐고, 별빛이 밝아서 에디가 별을 보고 방향을 잡을 수 있었다. 남극에서는 항공도들도 형편없고 무선표지도 없고 해 말고는 별도 없으며, 그 해마저 삽시간에 변하는 심술궂은 날씨 때문에 빈번히 가려질 것이다.

에디가 말한다. "잘못될 수 있는 모든 가능성에 대해 많이 생각해봤어요. 아무 문제도 생기지 않으면 어떻게 될까 하는 생각도 해봤고요. 메리언은 비행이 끝난 후의 일을 생각해봤어요?"

"난 눈앞의 일만 생각하며 살아가려 해요. 다음 구간. 다음 착륙." 그녀는 에디가 무너질 위험이 있다는 것을 감지하지만 문제가 얼마나 심각한지는 가늠할 수 없다. 비행기의 구조적 결함도 어떤 압력이 가해지느냐에 따라 재난을 가져올 수도, 그렇지 않을 수도 있다. 에디가 무릎에 두 팔꿈치를 올리더니 커다란 두 손으로 커다란 머리를 감싸고 앞으로 몸을 기울인다. 그녀가 말한다. "내가 억지로 끌어들인 건가요?"

"아뇨." 그는 다시 고개를 젓는다. "아니에요. 내가 선택했어요. 내겐 무언가가…… 무언가가 필요했고, 이게 그것일 수도 있다고 생각했어요."

"우린 너무 멀리 왔어요." 그녀가 조용히 애원한다. "그냥 더 비행하면 돼요. 육지, 바다, 얼음—다 똑같아요. 진짜로."

물론, 그건 거짓말이다. 그들은 극한의 위험 속으로 날아들어 갈 것이다. 에디도 그걸 메리언만큼 잘 안다—하지만 그녀는 신경쓰지 않는다. 신경 자체를 거의 안 쓴다. 그녀의 마음은 돌처럼 단단해졌다. 중요한 건 비행뿐이다.

자신이 거짓말을 하고 있음을 그가 안다는 걸 그녀도 안다. 하지만 그는 이렇게 말한다. "맞아요."

그녀는 어서 비행장으로 가고 싶어 안달이 난다. "준비됐어요?"

그가 고개를 든다. 진이 다 빠진 얼굴이다. "만반의 준비가 됐죠."

그들은 동틀녘 이륙해서 남쪽으로 호를 그리며 난다. 떠오르는 해의 비스듬한 장밋빛 햇살을 받고 있는 테이블산을 마지막으로 얼핏 본다. 흰 파도들의 대대적인 이주 행렬이 바다를 가로질러 움직인다. 페리그린호가 바람에 요동친다. 약간의 고도를 얻을 때까지 메리언의 모직 옷은 너무 덥다. 부조종사석에 수북하게 쌓인 순록가죽 파카와 피네스코 부츠,* 두꺼운 양말이 필요해질 거라는 게 상상이 되지 않는다. 하지만 이제 곧 그것들이 필요하지 않다고는 상상도 할 수 없게 될 것이다.

두 시간 후, 아래쪽에서 얇은 베일 같은 안개가 끼더니 곳곳으로 퍼진다. 앞에서 견고한 회색 구름 벽이 솟아오른다. 타넘기엔 너무 높다. 비행기가 희끄무레한 불명료함 속으로 들어간다.

에디가 이따금 경로 변경 쪽지를 전달한다. 그의 무표정한 얼굴에서는 아무 정보도 얻을 수 없다. 메리언은 그에게 길을 찾을 수 있을 거라는 믿음의 메시지를 전달하려 애쓴다. 어쩌면 그들이 원을 완성할 때 그의 마음도 치유될 수 있으리라.

여섯 시간째, 구름이 밝아지면서 위에서부터 걷히기 시작하더니 흰 구름이 밀치락달치락하다가 맑은 하늘로 멋지게 변신한다. 비행기의 배가 흰 구름 위를 스치듯 날아간다. 에디가 쪽지를 건

---

* 순록가죽으로 만든 부츠.

넨다. PNR -30. 삼십 분 내 귀환불능지점.

돌아가자고 제안하는 게 아니라 표준관례에 따라 귀환 기회가 곧 사라질 것임을 그녀에게 알리는 것이다. 하지만 그녀는 귀환 불능지점을 지난 지 오래다. 그들의 시작과 끝은 앞에 놓여 있다.

구름이 걷힌다. PNR이 그들 뒤에서 증발한다. 아래에는 파도로 골이 진 짙푸른 바다가 펼쳐져 있다. 기내 온도가 뚝 떨어진다. 메리언은 익숙한 비행의 무아지경 상태에서 편안한 무료함을 느끼며 계기반과 엔진을 지켜보고 에디의 권고에 따라 연료탱크를 다음 것으로 바꾼다. 그것이 그녀가 할 수 있는 전부다.

첫 빙산이 등장한다. 도시의 한 블록만한, 위가 평평한 하나의 섬. 옆구리에는 파도가 만든 푸른 동굴들이 보인다. 흰 새들이 선회한다. 물속에서 얼음의 반짝이는 청록색 입술이 모습을 드러낸다. 물론 물속에 빙산의 나머지 부분이 있다. 훨씬 더 큰 부분, 얼어붙은 거대한 뿌리.

남극에 가까워지면서 혼란을 일으킨 나침반이 헤매기 시작한다. 추위가 페리그린호의 난방장치를 이긴다. 그들은 무거운 스웨터를 입는다. 열한 시간째쯤, 수평선 위로 밝은 흰색 조각이 나타난다. 빙영, 그들이 아직 볼 수 없는 얼음이 흐린 하늘에 비친 것이다. 이제 물은 흑요석처럼 검게 반짝이고 이내 갖가지 부빙이 얼어붙은 유빙의 띠가 나타난다. 곳곳에 해파리떼 같은 원반 모양의 불투명한 얼음들이 물에 얼룩무늬를 만든다. 부빙 위에 물개 무리가 누워 꿈틀거리거나 들썩이다가 소음을 듣고 위를 올려다본다. 또다른 부빙에는 펭귄들이 양귀비 씨앗처럼 모여 있다.

상승한도가 낮아지면서 비행기를 400피트 고도로 내리누른다.

에디는 조용히 웅크리고 앉아 계산하고 또 계산한다. 구름에 날려 온 얼음 쪼가리들이 비행기 날개에 종이를 씹어 뭉친 것처럼 모인다. 메리언이 날개 끝에 부착된 제빙부츠*를 부풀려 얼음을 깬다. 열두 시간 삼십 분.

검은 바다와 흰 구름 사이로 이상한 게 나타난다. 접착제로 붙인 이음매를 잡아 늘인 듯한 세로 줄무늬를 지닌 가느다란 은빛 물체가 메리언이 양쪽에서 볼 수 있을 정도로 넓게 뻗어 있다. 그녀는 에디를 부르고, 그가 다가오자 그의 어깨를 툭 친다. 빙붕이다. 그녀는 에디가 그런 표정으로, 성스러운 기적을 목도하는 사람처럼 빙붕을 바라보리라곤 예상치 못했다. 그의 눈은 우물이 된다. 그녀는 그가 이 비행의 현실에 단단히 마음을 다잡고 있다가 불시에 경외감에 사로잡힌 모양이라고 생각한다.

그들은 빙붕 가장자리를 따라 낮게 난다. 이십 분 후, 에디가 연거푸 교신을 시도한 끝에 모드하임 탐험기지와 연락이 닿는다. 탐험대가 깃발로 활주로를 표시해놓았다. 사십 분 후, 배 한 척이 얼음땅에 정박해 있고, 화물더미와 사슬에 묶인 개들의 행렬이 배에서 내려 눈밭을 천천히 걸어, 오두막들이 세워지고 작은 형상들이 팔을 흔드는 기지로 향하고 있다. 깃발과 바람자루가 평평한 눈길을 표시한다. 메리언은 선회하며 스키를 내린다.

---

* 고무로 된 얇은 막 형태의 제빙장치. 비행기의 표면, 특히 주날개나 가동날개의 전면에 부착한다.

나는 바람소리를 정적으로 여기게 되었다. 진정한 정적이 무덤의
압력처럼 무겁게 내 귓가에 자리잡았다.
— 메리언 그레이브스

퀸모드랜드 모드하임에서 로스빙붕 리틀아메리카 III 기지까지
남위 71°03′ 서경 10°56′에서 남위 78°28′ 서경 163°51′까지
1950년 2월 13일∼3월 4일
20123해리 비행

그들은 노르셀호에서 묵으라는 제안을 받았지만, 배에 고래 고
기와 개들과 사람의 악취가 진동해서 그곳에서 저녁만 먹고 비
행기 근처에 텐트를 친다. 비행기는 케이블로 고정시키고 추가로
스키 위에 눈덩어리를 잔뜩 쌓아놓았다. 1929년 이루어진 리처
드 버드의 첫 탐사에서 밧줄로 고정시킨 포커 전투기 한 대가 바
람에 밧줄이 끊어지면서 뒤로 날려가 부서지고 말았다. 모드하임
을 떠난 후 페리그린호에 그런 일이 생긴다면 눈 속에 누워서 기
다리는 게 상책일 거라고 메리언은 생각한다. 구조는 계획에 넣
지 않는다. 불가능할 테니까. 그들은 무게를 줄이기 위해 장기간
에 걸친 악천후를 한두 번 견딜 만큼의 식량밖에 싣고 다니지 않

는다.

그녀의 뼈들이 엔진에 대한 기억으로 아직도 진동한다. 그녀는 잠에 빠져들기 전에 다시 밖을 내다본다. 물론, 늦은 시각인데도 낮이다. 구름은 걷혔고, 얼음 결정의 독기가 비행기 주위에서 아른거린다. 남극은 늘 환상의 땅처럼 여겨졌는데, 이제는 유일하게 있을 수 있는 장소처럼 여겨지고 나머지 세상은 기이할 정도로 현란한 꿈처럼 희미해져간다.

밤에 소총소리 같은 굉음이 그들을 깨운다. 눈이 휘둥그레진 순간이 지난 후 에디가 말한다. "얼음 움직이는 소리예요." 저녁식사 자리에서 활기를 되찾은 그는 메리언이 런던에서 알았던, 그녀를 당황하게 만들고 심지어 두려움까지 느끼게 한 매력적인 젊은이로 돌아와 있었다. 남극을 비행해본 조종사들은 그녀에게 신기루를 조심하라고 경고했다. 수평선 위의 유령산이나 빙산, 풍경 속의 작은 형체가 두 개로 보이거나 확대되어 보이는 현상. 메리언은 돌변한 에디도 일종의 신기루가 아닐까 생각한다.

아침이 되자 해는 사라지고 구름이 너무 낮게 끼어 있다. 기상전문가들은 기다리라고 말한다.

그들은 최선을 다해 모드하임 건설을 돕는다. 탐험대원들이 배에서 권양기로 궤짝과 장비, 리버티오일 연료통을 들어올려 탱크바퀴 같은 무한궤도를 단 설상차에 싣고, 설상차들은 오두막들이 있는 기지를 향해 1.5마일의 얼음길을 삐걱거리며 달린다. 사람들이 얼음 토대를 만들고 그 위에 목재를 올려 오두막을 짓는다. 창고와 작업장으로 쓸 동굴을 파고, 궤짝과 방수포를 이용해 길을 만들고, 기름통을 쌓아 방풍장치를 만든다. 그 모든 것이 조만간 휘몰아치는 눈에 파묻힐 것이다. 사방에 묶여 있는 썰매개 수십 마리가 쉼없이 짖고 울부짖으며 합창을 이어간다.

탐험대장이 메리언에게 저 개들만큼 배에서 내리는 걸 좋아하는 개들은 처음 본다고 말했다. 개들은 항해 내내 갑판 위 개장에 갇혀 물보라와 산더미처럼 쌓인 고래 고기에서 흘러나오는 피, 자신들의 똥을 견디다가 이윽고 얼음에 내리자 눈밭에 굴러 목욕을 하고 컹컹 짖어대고 마음껏 뛰놀며 새로 거듭난 것이다. 어쩌면 에디도 신기루가 아니라 그곳의 순수함에 생기를 되찾은 것인지도 모른다.

하루 낮과 밤이 지난 후 구름이 걷힌다. 연료통들이 실려오고, 페리그린호의 연료탱크가 채워진다. 엔진이 캔버스 덮개 속에서 언 몸을 녹이고 따뜻한 기름으로 아침식사를 한다.

비행기가 무거워지고 추위에 스로틀이 뻑뻑하지만, 스키가 단단하게 다져진 눈에서 깔끔하게 벗어난다. 메리언은 손을 흔드는 사람들과 짖어대는 개들에게서, 바다에서 방향을 돌려 무無를 향해 나아간다.

한 시간 내로 그들은 지도에 없는 산들을 지난다. 아마 그 산들을 본 사람은 아무도 없었을 것이다. 얼음에서 솟아오른 험준한 검은 바위 능선들과 외로운 누나탁*들.

그다음엔 경이로운 흰색 무한대.

---

* 빙하로 완전히 둘러싸인 암봉.

얼음 표면은 바다처럼 변화무쌍하다. (메리언은 그것이 수천 피트 깊이의 독립된 바다라고 생각한다.) 사스트루기*가 얼어붙은 파도 같은 물결을 이루고, 균열은 해류처럼 뻗어 있다. 햇빛을 막아주는 고글을 끼고 있는데도 강한 빛이 두개골까지 파고든다. 네 시간 후 얇은 연무가 생기더니 점점 짙어진다. 햇빛에서는 해방되었지만 다른 문제가 생긴다. 날개에 얼음 반점들이 생긴 것이다. 메리언은 1만 2천 피트 높이로 올라가 맑은 하늘로 들어간다. 남극을 향해 꾸준히 높아지는 고원 위로 3천 피트 정도 높이밖에 안 된다. 태양이 아래쪽의 옅은 구름에 비행기 그림자를 던진다. 완벽한 미니어처에 무지개 띠까지 둘렀다―그걸 영광이라고 부른다. 규칙에 따르자면 산소마스크를 써야 하지만, 그녀는 산소를 아끼기로 한다. 안개가 얼마나 오래 지속될지, 비행기가 얼마나 높이 올라가야 할지 모르니까.

이제 남극, 잠시 후 에디가 쪽지를 전한다. PNR -30. 그는 열의를 발산하며 미소 짓고 있다. 들뜬 듯하다. 안개 사이로 세상의 밑바닥이 어렴풋이 보인다. 미답의 백색 지대. 다른 미답의 백색 지대와 구분이 안 된다. 메리언은 아무 감정 없이 남극을 바라본다. 그녀가 가고 싶은 곳은 오직 앞쪽, 먼 곳뿐이다. 그녀는 지금 이곳, 생명 없는 광활한 땅이 죽음 그 자체일 수도 있다는 사실을 안다.

유압계가 바닥을 가리키지만 엔진은 여전히 웅웅거리며 돌아가는 것으로 보아 추위 때문에 유압계가 고장난 듯하다. 난방장

---

* 바람이 강한 극지에서 눈 위에 생기는 물결무늬.

치도 멈춰서 기내 금속이 차갑게 얼어붙어, 맨살이 닿으면 살점이 뜯길 정도다.

메리언은 PNR을 생각하며 주저한다. 하지만 왜 주저하는가? 아무 문제도 없는데.

그녀는 에디에게 외친다. "어떻게 생각해요?"

그가 멍한 표정으로 되묻는다. "뭘요?"

"계속 가야 할까요?"

그가 순록가죽 파카 모자 아래서 그녀를 내다본다. "왜 안 되는데요?"

"그냥 확인하는 거예요."

그는 씨익 웃으며 엄지손가락을 올려 보인다. "다 좋아요."

케이프타운 호텔에서 교수대에 끌려온 사람처럼 그녀를 바라보던 그 겁먹은 남자에 대한 기억은 꿈이었을까? 그 남자와 이 대담하고 패기만만한 남자가 어떻게 같은 사람일 수 있을까? 하지만 그 역시 합리적인 결정을 내린 것이다. 앞으로 나아가는 대신 뒤로 돌아갈 타당한 이유가 없다. 시계視界가 완벽하진 않지만, 그보다 나쁠 수도 있었다. 비행기에도 아무 문제가 없다. 만일 돌아간다면, 설령 모드하임에 무사히 도착할 수 있다 해도 다시 시도할 연료가 없으니 여름이 끝나고 배에 탈 수 있을 때까지 탐험대의 보급품과 친절에 의존해야 할 것이다.

또 한번 모험을 감행해야 한다. 본능을 거스르라고 숑어는 말했다. 저항하고 싶을 때 굴복하라고, 그녀는 런던에서 에디에게 말했다. 굴복하고 싶을 때 저항하라. 그녀는 전진한다.

하늘과 얼음이 이음매 없는 하나의 껍질로 합쳐져 비틀어 떼어낼 수가 없다. 우유 그릇 속을 나는 것 같다고 조종사들은 말한다. 수평선이 사라진다. 그녀 주위로는 사방이 빈 공간이지만, 그 크기를 잴 방법이 없다. 고도계에 따르면 그들은 1만 1천 피트 상공에 있지만, 그건 해발 높이다. 그녀는 얼음이 얼마나 두꺼운지 알 수 없다. 그들은 얼음 위 겨우 1천 피트 상공에 있을 수도 있다. 그녀 눈엔 바람에 날린 눈의 희미한 소용돌이밖에 보이지 않는다. 에디가 뒤에서 그녀 옆으로 몸을 기울여 밖을 내다본다.

메리언은 알래스카에서 도시 사람을 구리광산까지 태워다준 적이 있다. 샌프란시스코에서 온 중역으로 시찰을 나온 것이다. 그들은 구름에 갇혀 위나 아래로 빠져나가지 못하고 그대로 통과해야 했다. 얼마 후 메리언은 그 남자가 두 손가락으로 연신 귓불을 꼬집고 있는 걸 보았다. 메리언이 그에게 귀가 아프냐고 묻자, 그는 기분이 너무 이상하다고 건조한 속삭임으로 고백했다. 비행기가 추락해 이미 죽었을 수도 있고 이 무형의 웅웅거리는 백색 지대는 연옥인지도 모른다는 생각을 떨쳐버릴 수가 없다고 했다. 그래도 귀를 꼬집으면 살아 있다는 확신을 가질 수 있다고.

이제 메리언은 그 말을 이해한다. 삶과 망각 사이의 경계는 어디일까? 왜 우리가 그 경계를 안다고 간주해야 하는가?

그녀는 더 나은 시계를 확보할 수 있을까 싶어 얕은 선회를 해서 뒤로 간다. 아래에서 얼음이 희미하게 얼핏 보이는가 싶더니 사라져버린다. 더이상 연료를 낭비하지 말고 곧 착륙해야 한다. 그녀는 거의 맹목적으로 실속 속도에 가깝게 속도를 떨어뜨리며 고도를 낮춘다. 바람이 비행기를 때린다. 엔진이 울부짖는다. 돌풍, 그녀는 얼음을 보고, 멈춘다. 무시무시한 마찰음과 요동, 비행기가 옆으로 휙 돈다.

그들의 텐트가 무無의 지대에서 펄럭거린다. 쉬지 않고 비명을 질러대는 바람이 금세라도 덜거덕거리는 캔버스천을 갈가리 찢어놓을 기세다. 메리언은 그걸 무자비하다고 부르고 싶지만, 자비는 이곳에 어울리지 않는 생경한 개념이다.

밖에서는 바람에 날리는 눈이 눈을 멀게 하고 숨통을 막는다. 모든 게 희다. 그녀는 공중에 매달려 있는 듯하다. 그녀가 밟고 선 눈과 주위의 공기를 구분할 방법이 없다. 눈에 묻어둔 비행기는 볼 수가 없기에 그저 바람에 날려가지 않았기를 바랄 뿐이다. 지금은 비행기가 있는 곳으로 갈 수가 없다. 바깥의 백색 지대로 몇 걸음만 걸어나가도 텐트로 돌아오는 길을 찾을 수 없기 때문이다.

겨우 프로펠러 날 하나가 구부러지고 스키 하나가 손상을 입은 상태로 무사히 착륙에 성공한 건 기적이다. 알래스카에서 이미 무수히 많은 프로펠러를 구부러뜨린 그녀는 큰 해머로 두들겨 펴는 법을 안다. 파손된 스키를 테이프로 붙이고 끈으로 감고 부목을 대는 법도 안다. 그들이 착륙할 때 눈보라가 절정에 이르지 않았던 것도 기적이다. 그 덕에 그들은 (고투 끝에) 비행기를 파묻고, 텐트를 치고, 스토브를 켜서 언 손과 발이 녹는 극심한 고통을 조용히 견딜 수 있었다.

그들은 순록가죽 침낭에서 자고 깨고, 자고 깼다. 깨어 있을 때도 거의 침묵 속에 누워 있다. 이틀이 지난 후 마침내 바람이 약해지자, 메리언은 오직 비행기 생각밖에 안 난다. 그녀는 에디가 깨지 않게 조용히 텐트에서 기어나간다. 비행기가 있던 자리엔 눈의 둔덕만 희미하게 보인다. 그녀는 무거운 장화를 쿵쿵거리며 달리기 시작하지만, 여남은 발짝도 못 가서 오른발 아래 눈의 움직임이 심상치 않은 걸 느낀다.

무슨 일이 일어났는지 깨닫기도 전에 본능적으로 왼쪽으로 무게중심을 옮기고 무릎을 꿇는다.

마치 메리언이 이 흰 세상에 발 크기의 구멍을 내기라도 한 것처럼 지나온 길에 검은 공간이 생겨났다. 크레바스 속은 몇 피트 아래까지는 얼음이 푸르게 빛나지만 그 아래로는 익숙한 어둠이 도사리고 있다. 그 어둠은 첫 캐나다 비행 이후로 그녀를 따라다니고 있다. 아니, 어쩌면 조세피나호 침몰 이후인지도 모른다. 그녀는 흰 공간과 검은 공간 사이의 얇은 막 위에 앉아 있다. 지구의 반쪽들, 그것들은 부재로 만들어졌다. 색깔의 부재, 빛의 부재.

메리언은 엉금엉금 기어서 텐트로 돌아온다. 그녀가 안으로 들어가자 에디가 뒤척이며 바람이 약해지고 있다고 웅얼거린다. 그녀는 간신히 목구멍 울리는 소리를 내며 그가 동의의 뜻으로 받아들이기를 바란다. 밖에 갈라진 땅이 물에 잠긴 악어처럼 기다리고 있다. 비행기가 아직 그 자리에 있다 해도 거기는 벼랑 끝일지 모른다. 텐트 또한 언제 무너질지 모르는 눈의 다리 위에 서 있는지도 모른다. 그녀는 눈 속의 작은 검은 구멍을 생각하며 공포뿐만 아니라 자신의 몸―그 불운하고 어설픈 취약성, 미미함,

멍청한 무게—에 대한 연민까지 느낀다. 지금 그녀는 아무것도 할 수 없다. 바람이 다시 강해진다. 그녀는 잠 속으로 후퇴한다.

바람에 날려온 눈이 텐트를 덮어 그들을 고립시킨다. 그들은 영원히 눈에 파묻히지 않기 위해 몇 시간마다 입구의 눈을 퍼낸다. 메리언이 크레바스를 발견했다는 이야기를 했을 때 에디는 여전히 남극에서의 듬직한 모습을 보여준다. 그는 지금으로선 조심하는 수밖에 없고 눈보라가 약해지면 방법을 찾아보자고 말한다. 비행기가 사라졌다면 어쩔 수 없는 일이다. 하지만 그는 비행기가 거기, 그들이 묻어둔 곳에 있을 거라고 생각한다.

날씨는 풀릴 것이다. 이 혹독한 땅에도 해와 하늘은 돌아올 것이다. 메리언은 스스로에게 그렇게 말하면서도 완전히 믿지는 않는다. 자신이 죽지 않았음을 확인하려 했던 알래스카의 그 승객이 다시 떠오른다. 그녀와 에디는 이미 죽은 걸까? 무엇이든 가능해 보이지만, 백색과 추위 외엔 무엇 하나 가능할 것 같지 않기도 하다. 아니, 망각은 순수해야 하는데 그들의 존재가 이곳의 순수성을 파괴하고 있다. 그들은 생명을 입증하는 불완전함의 얼룩이다.

아직 식량과 등유는 남아 있지만 한 주가 지나자 죽음이 가까워지는 듯하다. 단숨에 뛰어오는 게 아니라 게걸음으로 천천히 다가온다. 추위는 늘 메리언의 손과 발을 물어뜯고, 호시탐탐 침입을 꾀하며 빈틈을 노린다. 마비는 느낌의 부재가 아니라 부재의 느낌이다. 밖에 너무 오래 머물면 동상이 그들의 얼굴을 데스마스크처럼 하얗게 만든다. 그들은 뺨과 코, 혀를 문지르며 생명을 되찾는 고통을 견딘다.

숨쉴 때 생긴 물방울이 침낭과 텐트 벽을 서리처럼 뒤덮어서 하루에 두 번은 털어내야 한다. 에디가 축축해진 양말을 텐트 바닥에 놓아두었는데 다시 집어드니 초콜릿처럼 부서진다.

메리언의 몸 핵심부까지 점령한 한기는 몰아내기가 거의 불가능하다. 그녀는 코와 뺨에 얼어붙은 노란 얼룩들을 없앨 수가 없다. 마음에 낀 안개도 마찬가지다. 죽음이 그녀 안에 웅크리고서 기다리고 있다. 그녀의 경계선을 따라 모여 있다. 그녀는 수의로 덮인 무에 대한 작지만 생기에 찬 저항처럼 느껴지는 총천연색의 강렬한 꿈을 꾼다.

가끔 비행이 끝나면 제이미를 찾아가겠다는 생각을 하는 자신을 발견한다. 그러다 진실을 상기하면 슬픔의 작은 폭발이 일어난다.

메리언이 침낭 안에서 에디에게 말한다. "말이 안 되긴 하지만, 가끔 제이미의 죽음이 내게 용기를 줘요. 제이미가 죽을 수 있었다면, 제이미가 죽음을 견딜 수 있었다면 나도 할 수 있다고 생각하는 거죠. 비록 난 선택의 여지가 없고, 죽음은 견디는 게 아니지만. 사실 그 반대죠."

"어디서든 용기를 얻을 수 있다면 얻어야죠." 에디가 대답한다. "손해볼 건 없잖아요."

메리언은 에디가 더할 수 없이 고마우면서도 이따금 그가 없었으면 좋겠다고 생각한다. 남극의 본질을 발견하려면 홀로 대면해야 한다는 본능적 직감 때문이다. 어쩌면 이곳의 본질은 너무도 크고 비어 있어서 아무리 완벽한 대면이 이루어진다 한들 인간이 파악할 수는 없을지도 모른다. 어쩌면 그것이 남극의 매력이자 열망 아닐까. 무한한 공간은 그림에 담을 수 없다는 걸 알면서도 그걸 그렸던 제이미가 생각난다.

바람이 잠잠할 때 그들은 밖으로 나간다. 에디는 그녀를 등지고 서서 흰 원반 모양의 얼음 저편을 응시한다. 그녀가 무슨 말을 해도 들리지 않는 듯하다.

에디는 텐트에서, 남극은 전쟁의 손길이 닿지 않아서 좋다고 말한다. 재건할 게 없어서 좋다는 것이다. "내겐 재건이 거의 파괴만큼 우울한 일이에요." 그가 말한다. "파괴의 잔해는 그래도 진실하잖아요."

메리언은 분홍빛과 잿빛 먼지, 무너진 돌더미로 변해버린 도시들을 떠올린다. 그녀는 에디의 말이, 평화를 향한 아무리 진지한 약속이 이루어진다 해도, 잔해들을 다 긁어모아 도로 붙여놓는다 해도, 죽은 이들은 돌아올 수 없다는 뜻이리라 생각한다. 예전의 세상으로 돌아가는 건 불가능하고, 유일한 선택은 새 세상을 만드는 것이다. 하지만 새 세상을 만든다는 것은 음울하고 소모적인 일 같다.

하늘은 맑고 그들은 눈무더기에서 팻기 없는 은빛 기체를 파낸다. 날개 하나와 꼬리 대부분이 드러났다. 기내에도 눈이 가득하다. 장갑 낀 손이 벌써 얼얼하지만 작업을 멈출 수 없다. 에디가 텐트 기둥으로 찔러가며 크레바스가 있는지 신중한 조사를 마치고 안전한 길을 표시해놓았다. 그는 비행기 앞의 빙판은 단단하다고 생각한다. 그들은 날씨가 바뀌지 않기를 바라며 열띠게 눈을 파헤친다.

구름이 모였다가 흩어지고 다시 모인다. 그들은 하루종일 판다. 작업을 중단하면 땀에 젖은 옷이 딱딱하게 얼어붙을 것이다. 일단 비행기 동체를 파내고 나서, 기내의 눈을 퍼내고 구부러진 프로펠러 날을 두드려 편 다음 부러진 스키도 제법 잘 붙인다.

마침내 남은 건 엔진덮개에 든 눈을 부수고 엔진이 후드 아래서 온기를 얻는 동안 두려운 마음으로 기다리는 것뿐이다. 그들은 그 무엇보다도 잠이 간절하지만 또다시 눈보라가 휘몰아쳐 그들의 노력을 수포로 만들지 않는다는 보장이 없다.

프로펠러가 약하게 돌다가 멎는다. 메리언이 부스터를 손본다. 연료관이 쿨럭거리고, 엔진이 으르렁거리며 살아나고, 프로펠러가 돈다. 계속 돌아간다. 때가 되자 그녀는 비행기에 달린 스키가 빙판에서 떨어지도록 스로틀을 힘껏 밀어올리고, 지친 팔은 그 동작만으로도 아파온다. 조종실 창문 밖 눈이 점점 더 빠르게 지나간다. 비행기가 요동치며 달리고, 그녀는 큰 사스트루기나 크레바스에 충돌하지 않기를 빈다. 비행기가 맴돌며 이륙한다. 그들을 지탱했던 빙판과 그 아래 숨은 크레바스는 이내 나머지 백색 지대와 구분할 수 없게 되면서 사라진다.

에디가 지도를 살펴보더니 그들이 있던 지점을 메리언에게 보여준다. 다른 모든 곳처럼 하나의 빈 점이다. 메리언은 비행으로 마음이 진정되자 아드레날린이 떨어진다. 졸음이 몰려온다. 그녀는 고개를 떨어뜨렸다가, 번쩍 든다.

남극횡단산맥이 대륙의 흰 가죽을 뚫고 솟아 있다. 피라미드 모양 봉우리와 시커먼 톱니 모양 능선과 부서진 얼음이 이룬 푸른 벌판들. 메리언은 1만 3천 피트 상공에서 수차례 급강하 비행을 하면서 난다. 졸음을 쫓기 위해 산소마스크를 사용하려 하지만 밸브가 얼어서 막혀버렸다. 그녀는 찰스 린드버그가 대서양을 횡단할 때 오십 시간 이상 깨어 있었다는 사실을 상기한다. 하지만 그는 눈 속에서 비행기를 파내진 않았지, 하고 자기연민이 반박한다.

연료가 너무 빨리 줄어든다. 주위를 둘러보니 날개 뒤로 부채꼴의 유광색 물보라가 보인다. 졸려서 기름이 새기 시작한 걸 발견하지 못한 것이다. 지금으로선 더 심하게 새지 않기를 비는 도리밖에 없다. 착륙해서 고치는 건 말도 안 되는 일이다. 경착륙 과정에서 관이 빠졌거나 추위에 밀봉장치가 금간 모양이다.

그들은 액슬하이버그 빙하에 이른다. 위아래로 구름층이 수평선까지 뻗어 있다. 메리언은 놀라서 정신이 번쩍 든다. 에디가 경로 조정 쪽지를 건네고, 그들은 엄숙한 시선을 교환한다. 무슨 말을 할 수 있을까? 구름 아래 빙하는 산에서부터 스페인보다 큰 유빙 로스빙붕까지 9천 피트 이상을 내려간다. 그들에겐 낮게 드리운 잿빛 모포만 보인다.

빙붕 가장자리에 오버슈트*하는 게 최선이다. 연료가 바닥을

---

* 정해진 착륙지점을 지난 곳에 착륙하는 것.

보이는 가운데 개방구역으로 짐작되는 곳에 이를 때까지 날고 또 난다. 메리언은 에디의 신호에 따라 구름 속으로 하강한다. 앞이 보이지 않는 흰 공간에 갇혀 하강에 하강을 거듭한다. 그러다 마침내 아래쪽이 급속히 어두워지며 솟아오르고, 그들은 맑은 공기 속에서 바다안개 자욱한 검은 물 위를 낮게 난다. 멀지 않은 곳에서 거대한 테이블 모양 빙산이 거의 구름에 닿아 있다. 기수를 돌리자 빙붕 가장자리가, 하나의 장벽이, 바다에서 솟은 짙푸른 벽이 보인다. 에디가 정확하게 목표지점으로 안내한 것이다.

여기가 로알 아문센이 스키를 신고 남극으로 떠나기 전에 프람하임 기지를 지은 곳이다. 여기 리처드 E. 버드의 캠프들, 리틀아메리카 I에서 IV 기지가 전부 눈 속에 파묻혀 있다. 연료와 보급품 은닉처가 있는 주거공간과 연구소, 작업장 들로 이루어진 지하의 미로. 메리언은 탐험에 참가했던 사람들에게 편지를 보냈고, 에디는 기지들의 상대 위치가 표시된 지도를 만들어놓았다. 그들은 어떤 것이 아직 눈 밖으로 돌출되어 있고 어떤 것을 찾아보아야 할지 미리 추측하고 있었다.

하지만 빙붕은 계속 움직인다. 대륙 안쪽에서 지속적으로 얼음이 흘러와 쌓이면서 바깥쪽으로 밀려 바다로 미끄러져내려간 끄트머리가 끊임없이 부서져 떠내려가고 있다. 그녀는 빙붕 가장자리 근처에 있는 리틀아메리카 IV 기지의 남은 부분을 본다. 1947년 사천칠백 명의 군인과 열세 척의 배, 열일곱 대의 비행기가 동원된 해군작전을 위해 세웠던 반원통형 막사들의 지붕이 예상보다 끄트머리에 가깝다. 지나치게 가깝다. 그녀는 북동쪽으로 몇 마일 거리에 있는, 환풍기와 안테나 기둥이 모인 리틀아메리카 III

기지로 목표를 바꾼다.

따뜻한 게 이상하다. 그들은 발전기가 작동하자 너무 놀라서 겁에 질려 뒤로 물러섰다가 얼음 터널 바닥에 주저앉아 눈물을 글썽이며 기진맥진한 웃음을 터뜨렸다. 에디가 시험삼아, 거의 장난으로 크랭크를 돌려보았는데, 버드 제독의 부하들이 그 튼튼한 기계에 연료를 남겨놓았는지 발전기가 덜컥거리다가 굉음을 내더니 털털거리며 돌아간 것이다. 발전기는 주 구조물의 이중바닥 사이로 따뜻한 바람을 보내도록 설계되어 있어서 금세 냉기가 누그러진다. 남극 고원에서 야영하면서 메리언은 추위가 조금만 약해져도 그걸 따뜻함으로 받아들이게 되었지만, 끝도 없이 잔 후 침상에 누워 느끼는 따뜻함은 진짜다. 고군분투의 느낌이 없다.

메리언은 비행기를 단단히 고정시키고 엔진에 덮개를 씌우고 어디를 파야 할지 궁리하는 동안 바다에 낀 안개 같은 기분을 느끼곤 했다. 다시는 눈을 파낼 필요가 없기를 바란다. 얼었다 녹은 손이 피투성이 소고기처럼 보인다. 버드 탐험대 소속 퇴역군인이 기지 설계도 스케치를 보내주었고, 그들은 그걸 보면서 눈을 파고 긁어내어 지하의 오두막과 얼음 터널로 들어가 발전기를 발견하고, 눈을 녹여 물을 만들고, 침상을 찾아내고, 침낭에 쓰러져 누웠다.

그녀는 완전한 암흑 속에서 잠이 깬다. 다른 감각을 모두 상실한 상태에서 서서히 처음엔 팔과 등의 격통과 손의 따끔거림을, 그다음엔 갈증과 방광이 가득찬 느낌을, 그다음엔 거의 감지할 수 없을 정도로 희미한 흔들림을 인지한다. 빙붕이 바다 위를 떠돌며 흔들리고 있다. 그녀는 등유 랜턴을 켠다. "오후네요." 에디가 근처 어딘가에서 말한다.

"오후예요? 우리가 잠든 게 언제죠?"

"어제저녁이었을 거예요." 에디가 대답한다.

그들은 침상, 어수선한 보급품과 장비, 서른세 사람이 아무렇게나 벗어던져놓은 모직 옷과 헤진 장화 같은 것들이 가득한 방에 있다. 책 여러 권이 십 년 전 그들이 버려둔 그대로 펼쳐진 채 엎어져 있다. 벽과 들보에는 이름과 암호로 된 메시지들이 새겨져 있다. 핀업 걸들이 발끝을 세우고서 웃고 있다. 이곳에선 재앙이 일어나지 않았는데도 으스스한 느낌이 든다. 추위 때문이다. 추위는 모든 걸 유예시키고 부패를 막으니까. 부식을 일으킬 습기도 없고, 갉아먹고 좀먹을 해충도 없으며, 썩지도 않는다. 시간의 흐름을 나타내는 게 아무것도 없다. 얼음 터널 하나가 함몰되고 지붕이 좀 내려앉긴 했지만, 그 외엔 마치 어제 버려진 것처럼 보인다.

메리언은 밖으로 올라가서 낮게 깔린 구름을 본다. 구름이 반갑기는 처음이다. 아직은 녹초 상태라 다시 떠날 준비를 할 수 있을 것 같지 않다.

지하의 얼음 터널들이 여기저기 외딴 오두막과 이글루로 연결된다. 그들은 기계실, 스키창고, 무선실을 발견한다. 고래 지방을 자르는 방에서는 내장이 제거된 물개 사체가 무더기로 쌓인 채 토막 나기를 기다리고 있다. 식료품궤짝과 등유 깡통이 터널에 즐비하다. 개 터널에서 메리언은 랜턴 불빛에 비친 얼어붙은 개

똥을 얼핏 보고 반짝이는 갈색의 거대한 두꺼비로 착각한다.

그들은 완전히 얼어서 완벽하게 보존된 식재료로 햄과 통옥수수(1938년 재배되었다고 포장지에 적혀 있다) 요리를 만든다. 에디는 계속 터널로 모험을 떠나서 뜻밖의 보물들을 가지고 돌아온다. 그는 시가, 그리고 베니 굿맨과 빙 크로즈비 음반이 있는 빅트롤라 축음기를 발견한다. 음악이 들보에, 맨 벽에 울리고 얼음 속으로 메아리쳐 얼음 아래서 헤엄치는 물개들의 귀에 닿는다.

하늘은 계속 닫혀 있다. 메리언이 날씨를 확인하러 올라갈 때마다 늘 구름이 껴 있고, 가끔 바람에 눈이 날린다. 그녀가 실망만을 느낀다고 말한다면 그건 거짓말일 것이다. 밑에서는 이런 삶이 지속될 수 없고 다시 모험을 걸어야 한다는 걸 잊기가 쉽다. 얼음 갈라지는 소리가 그녀에게 현실을 일깨운다.

그들은 휘발유통을 발견하고 비행기에 연료를 넣었다. 그리고 날마다 비행기를 덮은 눈을 치웠다. 기름이 샐 가능성을 완전히 차단하기 위해 모든 호스와 밸브, 개스킷을 철저히 점검했다. 하지만 메리언은 도무지 안심이 되지 않는다. 게다가 에디가 다시 이상한 행동을 보이기 시작한다. 그는 그녀보다 위에서 더 많은 시간을 보내며 생각에 잠겨 배회하다가도, 아래로 내려오면 강한 목적의식에 차서 부산하게 움직이며 오두막을 정리하고 보급품을 점검한다.

남극대륙은 사기꾼의 정신을 지녔다. 빛의 장난에 따라 1마일 거리에 있는 것처럼 보이던 산이 50피트 밖의 어깨 높이 눈더미로 판명나기도 한다. 안개 속에서 그들을 향해 행진해오는 수십 명의 키 큰 검은 형상은, 알고 보면 키가 무릎 높이밖에 안 되는 다섯 마리의 아델리펭귄이다. 대기가 일으킨 환각 탓에 크기도 확대되고 수도 늘어나서는 보이지 않는 수평선을 따라 군대처럼 늘어선 것이다.

에디가 메리언과 함께 가지 않겠다고 말한 건 페리그린호 안에서다. 날이 개자 그들은 또다시 틈새를 비집고 기내로 날아들어온 눈을 치웠다. 그녀는 귀담아듣지 않고 해야 할 일들과 점검할 것들을 생각하고 있다.

그가 아무렇지도 않게 말한다. "사실, 설령 내가 가더라도 우린 해내지 못할 거고, 난 익사하고 싶지 않아요. 전쟁중 내가 감사히 여겼던 게 하나 있다면, 익사하지 않은 거예요."

정신이 딴 데 팔린 메리언은 그가 이상한 농담을 하고 있다고 생각한다. "뭐라고요?"

"여기 남을 거라고요." 그가 다시 말한다.

그녀는 그 말을 믿지 못해 어리둥절한 채로 그에게 아니라고, 당연히 그는 여기 남지 않을 거라고 말한다. 그녀에겐 그가 필요하다고. 그들은 해낼 거라고. 해내지 못할 이유가 없다고. 기름 새는 데도 다 고쳤다고. 이미 멀리 왔다고.

"아뇨." 그가 침착하게 말한다. "난 우리가 해낼 거라고 생각하지 않아요. 내겐 모험을 걸 가치가 없는 일이에요."

"지금 그런 예감이 든다는 건가요?"

"그렇게 부를 수도 있죠."

메리언은 아직도 장난으로, 농담으로 받아넘기려 하며 그에게 가지도 않을 거면서 비행기 안의 눈은 왜 치웠느냐고 묻는다. 그러자 그는 여전히 차분하게 대답한다. 그래도 그녀는 혼자서라도 가고 싶어할 거라 생각했다고.

"하지만 에디는 내가 해내지 못할 거라고 생각하잖아요. 내가 익사할 거라고 생각하는 거죠."

"메리언도 여기 남아도 돼요."

"그럴 수 없어요. 지금 무슨 말을 하는 거예요? 여기 남아서 우리를 구조해줄 배를 기다리라고요? 계절이 다 지나갔어요. 우리는 일 년을 기다려야 할 거고, 그래야 할 이유도 없다고요."

"아니, 그런 말이 아니에요. 메리언이 갈 거라는 건 알아요. 하지만 난 가고 싶지 않아요. 여기 남으면 어떻게 될지도 알고요."

그녀는 기가 막혀 화가 치밀고, 공황 상태에 빠진다. "얼어죽거나 굶어죽겠죠. 아니면 크레바스에 빠져서 얼어죽거나 굶어죽든지."

"어쩌면요." 그가 말한다. "아니면, 겨울까지 기다렸다가 밤에, 맑은 밤에 밖으로 나가 오로라 아래 누울 수도 있고요."

메리언은 에디에게 비합리적이고 미쳤다고, 약속을 깨고 있다고, 자신에게 사형선고를 내리고 있다고 소리치고, 그는 그녀의 비난을 모두 들어준 후 자신은 거지같은 세상이 싫다고, 다시 세상의 일부가 되고 싶지 않다고 설명한다.

"지금 복수하는 건가요?" 그녀가 묻는다. "루스 대신 복수하는 거예요?"

"제발 나를 모욕하지 마요." 그가 조용히 말한다.

메리언은 흥분을 가라앉히고 조심스럽게 말한다. "비행을 마치고 나면 당신 삶이 기다리고 있을 거예요. 당신은 그걸 찾을 거고요. 남극이 당신을 덜 외롭게 만들어주진 않을 거예요."

"하지만 난 여기서 외롭지 않아요. 그게 중요해요. 그리고 세상에는 내 삶이 없어요." 에디는 물을, 지구의 북쪽 부분을 가리킨다. "내가 원하는 삶은 없어요. 나도 노력했어요. 정말로, 노력했다고요. 난 더이상 길을 찾을 수가 없어요."

"찾을 수 있어요. 항법사잖아요."

"그건 직업일 뿐이고요." 그가 말한다. "임무."

그녀는 조종과 항법을 동시에 할 수는 없다고 말한다. 이런 비행에서는. 에디 없이는 해낼 수 없을 거라고 말한다. "그게 당신이 원하는 건가요?" 그녀가 묻는다.

"내가 뭘 원하는지는 중요하지 않아요."

"그게 무슨 소리예요?"

"우린 해낼 수 없을 거예요. 결과는 똑같지만, 난 물에 빠지고 싶지 않아요."

"우린 해낼 거예요. 시도는 해봐야죠. 우선 비행을 마치고 나중에 다시 생각할 순 없어요? 어딘가에 땅을 마련해서 거기서 조용히 살 수도 있잖아요. 에디가 원하는 게 고립이라면요."

그가 연민어린 눈빛으로 그녀를 본다. "나중은 없을 거예요. 미안해요, 메리언. 당신에게 가혹한 짓이란 건 알지만, 난 내 길을 선택한 거예요. 메리언도 선택할 수 있고요. 난 여기 홀로 있는 게 어떨지 알고 싶어요. 그걸 동경해요."

메리언도 그 말은 이해한다. 사실 그는 그녀가 원한다고 생각했던 것, 홀로 비행할 기회를 주고 있는 것이다. 하지만 그녀는 이렇게 말한다. "그렇게 이기적인 말은 처음 들어보네요."

어쩌면요, 하고 그가 말한다. 하지만 남극에서 에디는 자기 자신을 소유한 기분을 느낀다. 자신 외엔 아무것도 없으니까. 아니, 메리언이 떠나면 아무것도 없을 테니까. 그는 그녀를 위해 경로를 그려놓았고 그녀는 홀로 그 경로를 따라갈 수 있을 것이다. 하지만 이미 말했다시피, 그는 그들이 한계에 이르렀다고 믿는다. 그녀는 남극대륙에서 죽을 수도, 남극해에서 죽을 수도 있다. "그건 메리언이 결정할 일이지만, 난 이미 마음을 정했어요."

메리언은 이렇게 자신을 버릴 거라면, 방해할 거라면 애초에 왜 함께 오겠다고 했느냐며 따진다.

그건 지금까지 우리가 해낼 거라고 믿었기 때문이었다고, 그래도 두려웠다고 그가 말한다. 이제 그는 해낼 수 없다는 걸 알고, 두려움은 사라졌다. 모든 것이 이것으로 귀결되었다. 그는 더이상 두렵지 않게 되었을 때 그 사실을 알 수 있도록 두려워해야만 했던 것이다.

메리언은 에디가 그런 미신적인 고집으로 스스로를 죽게 만들 거라고, 본인이 죽기를 바라는 건 상관없지만 자신까지 엮이고 싶진 않다고 말한다. 루스도 그가 이러는 걸 원치 않을 거라고. 그러면서 갈라진 목소리로 말한다. 이렇게 나를 버릴 순 없다고.

"아뇨." 그가 말한다. "나를 버리려는 건 메리언 당신이죠."

메리언은 비행일지에 마지막 글을 숨가쁘게 휘갈긴다. 나는 스스로에게 약속했다. 나의 마지막 하강은 무력한 추락이 아닌 가넷새의 날카로운 돌진이 될 것이다. 만일 에디를 얼음 위에 남겨두고 홀로 뉴질랜드까지 간다면 그녀는 그 비행에 대해, 원의 완성에 대해 아무 말도 할 수 없을 것이다. 그토록 수치스러운 짓을 저지른 인간의 글을 누군가 읽는 걸 견딜 수 없을 것이다.

그녀는 그가 자신에게 선택의 여지를 주지 않았다고 스스로에게 말하지만, 자신이 사람들을 잘 다루지 못해서 그를 설득할 방법을 찾지 못한 건 아닌가 하는 의혹을 떨칠 수가 없다. 그녀는 비행일지에 쓴다. 나는 아무런 후회도 없지만 후회라는 감정을 허용한다면 후회하게 될 것이다. 내게는 오직 비행기, 바람, 그리고 너무도 멀리 있는 해안, 땅이 다시 시작되는 그곳에 대한 생각뿐이다.

그래도 그녀는 자신이 죽는다면 그 이야기가 단편적이고 불완전한 형태로나마 남기를 원한다. 누군가 그걸 발견할 가능성이 거의 없다고 해도 말이다. 우리는 새는 곳을 최선을 다해 고쳤다. 그녀는 망설이다가 우리가 아닌 나라고 쓴다. 나는 곧 갈 것이다.

아마도 리틀아메리카는 그녀의 비행일지를 품고 얼음에서 갈라져나가 바다를 떠돌 것이다.

어리석은 일이지만, 그렇게 할 수밖에 없었다.

아마도 비행일지는 눈 속에 깊이 묻혀 영원히 발견되지 않을 것이다.

아무도 이걸 읽어선 안 된다. 내 삶은 내 유일한 소유물이다.

아마도.

그렇지만, 그렇지만, 그렇지만.

메리언은 비행일지를 덮고 에디의 구명조끼로 싸서 리틀아메리카 III 기지 벙크룸에 남겨둔다.

그녀는 죽을 때까지, 만일 자신이 에디를 설득해 같이 갈 수 있었으면 어땠을지 생각할 것이다. 그녀는 죽을 때까지, 얼음 위 에디의 작고 검은 형상을 기억할 것이다. 그녀가 선회하며 올라가는 동안 두 손을 흔들던 그 모습. 그녀는 어쩌면 자신이 너무 멀리 떠나서 알아볼 수 없을 때 그 작별의 몸짓이 돌아오라는 애원으로 바뀌진 않았을까 하는 두려움을 떨쳐내지 못할 것이다.

물속에 앉은 회색곰

20

나는 파란 집 문을 두드렸다. 조이 카마카가 문을 열더니 웃음을 터뜨렸다. 너무 심하게 웃느라 몸을 굽히면서 두 손으로 허벅지를 짚었다. "정말이네요." 이윽고 웃음에서 헤어난 그가 말했다. "누가 장난치는 거라고 생각했는데."

그는 강단 있는 체구에 맨발이었고, 예순 살쯤 되어 보였으며, 서핑용 반바지에 티셔츠 차림이었고, 흰머리를 짧은 말총 모양으로 묶고 있었다. 역시 말총머리를 한 여덟 살쯤 되어 보이는 작은 여자아이가 뒤에서 두 팔로 그의 허리를 껴안은 채 만화에 나오는 버니래빗의 왕방울만한 눈으로 나를 훔쳐보고 있었다.

"얘는 내 손녀 칼라니예요." 그가 말했다. "〈대천사〉는 1편만 봤죠. 다른 편들은 너무 무서워져서. 그래도 케이티 맥기 DVD는 다 봤어요. 케이티 맥기에 푹 빠졌거든요."

그가 내게 안으로 들어오라고 손짓했고, 나는 플립플롭을 벗어서 문가에 수북이 쌓인 신발더미 위에 놓았다. 그 집은 작지만 밝았고, 벽과 천장은 흰 칠을 한 널빤지로, 바닥은 닳아빠진 어두운 널빤지로 되어 있었다. 메리언 그레이브스가 진짜로 있던 방에 들어가보기는 처음이었다. 다른 곳들은 다 영화 세트였으니까. 장난감이 어질러진 거실에는 굵은 실을 꼬아 만든 러그와 대형 평면 스크린 TV를 마주한 푹 꺼진 소파가 있었고, 열린 문틈으로 화장실이 보였으며, 또다른 문틈으로 분홍색과 자주색 난장판이 보였는데 칼라니의 방 같았다. 열린 해치에 계단이 연결되어 있었고, 벽에 풍경화 한 점이 비뚜름하게 걸려 있었다. 나무와 그림자가 빽빽하고 날카롭게 각진 산 그림이었다. 나는 자세히 보려고 가까이 다가갔다.

"이건……?" 내가 물었다.

"제이미 그레이브스 그림이에요." 조이가 말했다. "케일럽이 본토에서 가져왔죠. 값이 꽤 나간다고 알고 있어요. 누구한테 팔거나 최소한 도난경보기라도 달아야 되는데, 거기 늘 걸려 있던 거라서. 아직도 내 것이 아니라 케일럽의 것 같은 기분이 드네요."

지난밤, 장소섭외 담당자가 찾아낸, 이 집보다 크고 좋은 집에서 촬영이 있었다. 메리언과 에디가 케일럽의 집에 묵고, 폭풍우 치는 밤 메리언이 에디를 배신하고서 케일럽에게 가고, 에디가 아래층에서 자는 척하는 가운데 위층에서 메리언과 케일럽이 사랑을 나누는 장면이었다. 케일럽 역의 배우와 나는 사타구니에 살색 테이프를 붙이고서 뜨겁고 뜨거운 열정을 불태우는 연기를 했고, 붐마이크와 반사판을 든 사람들이 우리를 에워쌌으며, 인티머시 코디네이터*가 해들리, 상대방이 손을 당신 엉덩이 대신 허

424

리에 두는 게 편하겠어요? 같은 말을 했다. 바르트가 가슴 노출 장면을 넣으면 더 실감나지 않을까 하는 뜻을 비치기 시작했고, 난 늘 그래왔던 것처럼 좋다고 대답할 거라는 나 자신의 예상을 깨고 이렇게 말했다. "사람들이 메리언의 젖을 볼 필요는 없어요, 바르트." 그것으로 끝이었다.

촬영이 거의 끝나갈 때까지 내가 애들레이드 스콧의 상자에 든 편지들을 읽지 않아 천만다행이었던 게, 이제 나는 두 가지 상태에서―(1) 우리가 촬영한 모든 장면과 일치하는 메리언으로 (2) 내가 알게 된 사실, 즉 에디가 게이였고 메리언이 그의 아내와 사랑하는 사이였던 사실을 모르는 것처럼 가장하면서―연기해야 했던 것이다.

나는 애들레이드의 거실에서 편지들을 거대한 퍼즐처럼 바닥에 펼쳐놓고 밤늦게까지 읽다가 소파에서 잠이 들었다. 메리언에게 온 편지들과 그녀가 쓴 편지들이었다.

그건 끔찍한 덫 같아. 아기를 갖는 건 상상하기 힘든 일이고 조만간은 절대 안 된다고 계속 말하고는 있는데, 난 그도 이해했다고 생각했는데, 아니―이해는 했어. 신경 안 써서 그렇지. 그는 내가 덫에 걸리기를 원해.

제발 계속 소식 전해줘. 내가 이런 무기력한 답장만 보낸

---

* 강도 높은 노출 장면을 촬영할 때 배우와 제작진의 의견을 조율하고 배우의 심리 상태를 확인하는 전문가.

다고 해도 말이야. 난 지금 내 정신이 아니거든.

의사가 나한테 잘하고 있다고 하고, 한 달 동안 술은 입에
도 안 됐지. 대단한 일은 아니라는 걸 나도 알지만, 내 작은
성공이 무의미하지는 않았으면 해.

너와 케일럽에게 과거 이야기가 있다는 건 나도 알아. 하
지만 결국 넌 남자를 그리워한 것 같네.

메리언의 아버지가 억울한 고초를 겪은 걸 작고한 남편
로이드 파이퍼가 방조했다는 사실을 알게 되어 이 편지를 씁
니다.

조이는 합판으로 된 수납장들과 낡은 베이지색 냉장고가 있는
작은 부엌으로 나를 데려갔다. "칼라니의 점심을 만들고 있었는
데 다 끝나가요." 그가 말했다. "이것부터 끝내고 이야기합시다.
마실 것 좀 줄까요?" 그가 허리를 굽히고 냉장고 안을 들여다보
았다. "물? 과일펀치? 우유? 맥주?"
"전 낮에 마시는 맥주를 좋아해요." 내가 말했다. 농담이 아니
었는데 그는 웃으면서 내게 맥주 캔을 건네고 자신의 것도 땄다.
그의 웃음은 늘 표면 바로 아래에서 부글거리는 듯했다. 세모로
자른 샌드위치와 미니당근, 그리고 뭔지 모를 자주색 덩어리로
이루어진 칼라니의 점심이 플라스틱 칸막이 접시에 담겼다. 조이
가 칼라니에게 점심을 주고 나를 밖으로 안내했다.

베란다에는 커다란 초록 잎사귀 무늬가 찍힌 색 바랜 쿠션이 깔린 등나무 소파가 놓여 있었다. 머리 위에서 실링팬이 나른하게 돌아갔다. 관목이 우거진 작은 뜰에는 굵은 철사를 다이아몬드 모양으로 엮은 울타리가 쳐져 있었고, 덩굴식물이 그 울타리를 휘감았다. 색 바랜 분홍 플라스틱 장난감 집 옆에 흰 바퀴 달린 분홍 자전거가 옆으로 쓰러져 있었다. 그리고 한쪽 구석의 히비스커스 덤불에 잠수복이 널려 있었다. 그 너머로는 검은 바위 해변과 거품 문 파도, 광대한 바다가 펼쳐졌다.

"아내는 누가 장난치는 거라고 굳게 믿고 코스트코에 갔어요. 내가 망신당하는 꼴을 보고 싶지 않다면서요." 조이가 분출 직전의 우르릉거리는 경고의 떨림 같은 웃음소리를 낸 후 이인용 소파에 털썩 앉았다. "아내가 일찍 와서 해들리를 만나면 좋겠네요. 그래야 내 말을 믿을 테니까."

칼라니가 점심 접시를 두 손에 들고 문가에 서서 갈망과 두려움이 뒤섞인 시선을 보내고 있었는데, 그 모습이 마치 저주받은 물건일 수도 있는 전설의 유물을 바라보는 인디애나 존스 같았다. 조이가 자기 옆자리를 툭 쳤다. "칼라니, 이리 와서 할아버지 옆에 앉으렴. 해들리는 안 물어." 그런 다음 내게 말했다. "우리 집에 찾아오는 영화배우가 많지 않아서요."

내가 칼라니를 향해 손가락을 흔들어 보이자 아이는 집안으로 후다닥 달아났고 아이 뒤로 미니당근 비가 내렸다. 조이는 배꼽을 쥐고 웃었다. "아이쿠." 그가 웃음을 그치고 말했다. "영웅을 만나면 저런 반응이 나오는 법이죠. 줄행랑."

"손녀와 함께 사시나요?"

"당분간은요." 그의 표정이 어두워졌다. "저 아이 부모한테 문제가 좀 생겼거든요."

"유감이네요."

"사는 게 그렇죠. 그건 그렇고, 메리언 그레이브스 영화에 출연한다고요?"

"아니, 케일럽은 결혼한 적 없어요." 조이가 말했다. "그런 타입이 아니었죠. 그래도 멋진 애인들은 있었어요. 우리 어머니 친구였던 히피족 셰릴과도 한동안 만났죠. 그래서 내가 고등학교 2학년 때 어머니가 다른 남자와 애리조나로 도망치고 나서 탈선하기 시작하자―그때가 1970년이었나 1971년이었나―케일럽과 셰릴이 나를 데려다가 바른길로 가게 해줬어요. 두 사람은 이 년 후 헤어지고 셰릴은 떠났지만, 난 남았죠. 난 아버지와 산 적이 없어서 케일럽과도 어려움을 겪었지만, 그래도 우린 늘 한 팀이었어요. 무슨 말인지 알죠? 난 결혼할 때까지 케일럽과 함께 살았어요. 결혼 후 따로 살다가 케일럽이 병들면서 보살펴주려고 아내와 아이들을 데리고 다시 들어왔고요. 은혜는 다 못 갚았지만." 그는 바다를 가리켰다. "케일럽의 유골을 바로 저기 뿌렸어요."

"그리우시겠네요." 내가 말했다.

"그래요. 가끔. 벌써 이십일 년이나 지났지만. 그건 겪어보기 전에는 모르죠―사람이 늘 그리운 것 말예요."

미치 삼촌 생각이 났다. "알아요."

그가 호기심어린 눈길로 바라보았다. "그러니까 애들레이드 스콧이 그 이야기를 했군요. 음, 제이미 그레이브스와의 관계."

나는 고개를 끄덕였다. "애들레이드가 여기 한 번 왔다고 하던 데요."

"그래요, 오래전에. 뿌리를 찾으려는 열정에 사로잡혀서. 몇 가지 확실하게 알고 싶은 게 있었던 것 같아요."

"어떤 거요?"

"해들리가 예상하는 거겠죠. 나는 누구인가? 어떻게 살아가야 할까? 그때 난 너무 어렸고 사람들에게 뭘 캐묻고 그러는 걸 잘 못해서 애들레이드에게 자세히 묻진 않았어요. 애들레이드가 진짜 화끈하고 무서워서 홀딱 반하기도 했고. 그때 애들레이드는 완전히 어른 같았다니까요. 지금 생각하면 이십대밖에 안 되었는데. 애들레이드는 굉장히 성공했죠, 맞죠? 유명 예술가가 됐죠? 애들레이드와 계속 연락한 사람은 내가 아니라 케일럽이었어요. 우리 사이에 무슨 공통점이 있었겠어요?"

나는 무슨 질문을 해야 할지 생각이 나지 않았다. 그래서 어색함을 감추려고 맥주를 홀짝거렸다. 애들레이드의 집에서 그 편지들을 읽는 건 기분좋은 일이었다―흥분되는 일이었고, 새로운 걸 알게 되는 기쁨이 있었으며, 갈망 비슷한 것도 있었다. 나는 그게 갈망이었다고 생각한다. 더 많은 걸 알고 싶었다. 하지만 지금 메리언에 관한 진실은 너무 방대하고 모호해 모으기 어려워 보였다. 그녀는 사고의 잔해처럼 퍼져나갔다. 연결이 불가능한 떠도는 파편들이 되었다.

조이는 내가 완전히 할말을 잃은 걸 눈치채지 못한 듯했다. 그가 말했다. "케일럽은 최고였어요. 엄격할 때도 있었고, 기분이 안 좋을 때도 괜찮은 척하는 사람은 아니었지만, 존경받을 만했죠. 신뢰할 수 있었고. 가끔 좀 지나치게 즐기는 면은 있었지만, 내 생각엔, 전쟁에서도 살아남았는데 뭐 어때 하는 식이었던 것 같아요. 케일럽은 나이가 아주 많이 들 때까지 목장에서 일했고, 그다음엔 길 아래 작은 도서관에서 일했어요. 책 읽는 걸 좋아했죠. 전쟁 얘긴 많이 안 했지만, 전쟁 덕에 책을 좋아하게 됐다고 하더라고요. 그러다 병이 들자 여기 종일 앉아서 책을 읽었어요. 병이 깊어져서 책을 읽을 수 없게 된 후로는 그냥 무릎에 책을 올려놓고 바다를 바라봤고요. 케일럽은 나를 데려다 키울 때도 청춘은 아니었어요. 지금 내 나이랑 비슷했을 거예요." 그는 칼라니가 들어간 집안을 들여다보았다. "인생에는 놀라움이 가득하죠."

"케일럽이 메리언 그레이브스 얘기는 많이 했나요?"

"사실 케일럽이 수다쟁이는 아니었어요. 속을 터놓지 않았죠. 그래도 가끔 메리언 얘기가 나왔어요, 그래요. 케일럽은 메리언이 진짜 용감하고 진짜 훌륭한 조종사라고 말하곤 했죠. 나도 메리언에 대한 TV 프로그램을 본 적이 있고, 그녀가 쓴 책도 읽어보려고 했는데 잘 안 읽히더라고요. 책을 안 좋아해서. 케일럽은 늘 나한테 책을 읽히려고 애썼지만. 메리언은 자기 물건을 애들레이드 스콧에게 남겼는데, 돈은—많진 않았지만—케일럽에게 남겼어요. 남극인가 어딘가에서 메리언의 책이 발견된 후 그 책 인세도 케일럽이 받았고요. 그 돈이 더해졌죠. 난 케일럽이 죽을 때까지 돈이 얼마나 되는지도 몰랐어요. 유서에 돈 얘기가 있었는데, 이 돈은 어디서 나온 거지, 같은 생각을 했으니까. 변호사들이 그 책에서 나온 거라고 말해줬고, 난 그 책이 옛날에는 잘나갔구나 했죠. 그 돈은 요긴하게 잘 썼어요. 아들이 본토에 있는 대학에 가고 싶어했거든요. 그 덕에 칼라니를 얻었고."

"케일럽이 혹시 메리언과…… 연인관계였다는 말은 안 했나요?"

그는 뺨을 부풀리고 생각에 잠기더니 실링팬을 올려다보았다. "그런 말은 안 했지만, 뭐, 놀랄 일은 아니죠. 왜요? 둘이 그런 관계였어요?"

나는 애들레이드의 편지에 대해 설명했다. 케일럽이 보낸 편지는 많지 않았고 연애편지도 아니었지만, 나는 케일럽이 알래스카로 메리언을 만나러 간 걸 알고 있었고, 루스의 편지에도 둘 사이에 남자가 끼어들었다는 암시가 있었다. 캐럴 파이퍼는 메리언과 케일럽에게 로맨스를 부여했고 데이 형제도 그걸 받아들였지만, 그건 그저 추측으로만 보였다. 내가 말하는 동안 칼라니가 살금살금 나와서 나에게는 눈길도 주지 않고 조이 옆에 앉았다. 그리고 플라스틱 인어 인형을 만지작거렸다.

"장난 아니네." 내 이야기가 끝나자 조이가 말했다. 그의 배에서 킬킬거림이 시동을 걸었다. "그 노인네. 생각해보니…… 케일럽은 배우자를 찾는 것 같진 않았어요. 일이 년 가는 관계만 맺었는데, 좀 가벼운 것 같기도 하고 그러면서도 열렬하기도 한 연애를 하다가 결국 헤어졌죠. 그다음엔 한동안 혼자 지내다가 마음이 내키면 새 여자를 만났고요. 케일럽은 거의 죽기 전까지 여자가 있었어요. 집에 와서 놀다가 저녁을 만들어주는 여자. 그러니까 어쩌면 메리언과도 마찬가지였을 수도 있어요. 각자 인생길을 가다가 만나면 좋은 거고. 헤어졌다가 다시 시작하고." 그는 칼라니를 무릎에 안아올리며 말했다. "아니면 메리언이 가장 소중한 존재였을 수도 있고요. 어쩌면 메리언을 잊고 싶지 않아서 다른 여자에게 정착하지 않은 걸 수도 있겠네요."

"수십 년 전 죽은 사람에게 사랑을 불태운다는 게 너무 이상한 데요."

"내 말은, 어쩌면 케일럽이 메리언에 대한 그리움을 계속 간직했을 수도 있다는 뜻이에요. 난 정말로 케일럽이 한 여자에게 정착하지 않는 이유가 늘 궁금했거든요."

"직접 물어본 적은 없고요?"

"없어요. 물었어도 농담으로 받았을걸요. 케일럽에 대해 더 많은 걸 말해줄 수 있으면 좋을 텐데. 케일럽의 물건을 좀 간직하고 있는데 원한다면 보여줄게요. 해들리의 이메일을 받고 미리 꺼내놨어요." 그는 칼라니를 바닥에 내려놓고 일어나서 집안으로 들어갔고 아이도 따라 들어갔다. 그가 뚜껑이 열린 판지상자를 들고 나왔다.

조이가 들고 나온 상자 맨 위에는 사진 한 무더기가 특별한 순서 없이 놓여 있었다. 나는 그 사진들을 한 장씩 꺼내 쌓았다. 옆에 앉은 조이가 군복 차림으로 돌담 위에 앉아 있는 검은 머리에 약간 동양인처럼 생긴 남자의 흑백사진을 가리키며 말했다. "케일럽이에요."

나는 사진을 뒤집어보았다. 뒷면에 연필로 시실리라고 적혀 있었다.

"칼라니, 가서 놀아라." 조이가 손녀를 마당 쪽으로 떠밀었고, 아이는 굴에 들어가는 땅다람쥐처럼 플라스틱 장난감 집으로 사라졌다.

컬러사진도 있었는데 일부는 색이 바랜 상태였다. 말에 탄 케일럽이 푸크시아꽃을 두른 모자를 쓰고 있는 사진. 해변에서 여자와 함께 있는 사진. 결혼식 피로연 같은 데서 다른 여자와 찍은 사진. 또다른 여자와 언덕 비탈에 있는 시멘트 구조물 위에 다리를 대롱거리며 앉아 있는 사진. "이게 내가 말한 셰릴이에요." 조이가 그 사진을 가리키며 말했다. 그녀의 머리는 고불거리는 긴 금발이었다. "전쟁 때 만든 토치카 전망대예요. 아직도 있어요." 케일럽이 바닷물에 가슴까지 잠긴 말을 탄 사진. 변색된 은빛 액자에 든, 검은 머리를 틀어올린 창백한 소녀의 옛날 흑백 사진관 사진. 그녀는 레이스 칼라가 달린 드레스를 입고 있었는데, 너무 오래된 사진이라 흐릿하고 빛바래 있었다. "케일럽의 어머니일 거예요." 조이가 말했다. "케일럽이 어머니에 대해 해준 말은 술을 많이 마셨고 불운했다는 것뿐이었어요." 세 아이가 담장 위에 웃음기 없는 얼굴로 앉아 있었는데, 모두 오버올 작업복 차림이었다. 케일럽과 메리언과 제이미 그레이브스. 뒷면에는 아무것도 적혀 있지 않았다. 십대의 조이가 줄무늬 티셔츠를 입고 연기 나는 바비큐에 무언가를 구우며 웃고 있고 케일럽이 맥주를 들고 구경하는 사진. 그리고 케일럽이 군복을 입고 있는 또 한 장의 흑백사진. 한 손에 담배를 들고 칸막이 있는 가죽 좌석에 기대앉아 있었다. 칵테일잔들이 플래시 불빛에 반짝였다. 푸른색 ATA 제복 차림의 메리언 그레이브스가 카메라를 외면하고 그의 옆에 앉아 있었다. 뒷면에 런던 1944라고 적혀 있었다.

사진 밑에는 신발끈으로 깔끔하게 묶어놓은 편지 다발이 있었다. 조이가 민망해하며 편지 다발을 향해 손을 뻗었다. "내가 보낸 편지들이에요. 하나코와 본토로 자동차 여행을 갔을 때. 겨우 한 달 여행했는데 케일럽에게 매일 편지를 썼죠."

편지 밑에는 세월과 함께 부드러워진 서류철이 있었다. 그 안에 메리언의 비행 관련 신문기사 스크랩들이 아무렇게나 접혀 있었는데, 실종 전의 것도 후의 것도 있었다. "케일럽이 이걸 모아놨더라고요." 조이가 말했다. "이걸 발견하고 놀랐어요. 케일럽은 뭘 모으는 성격이 아니라서."

나는 쉽게 바스러질 것처럼 변한 신문을 펼치기 시작했다. "사람들은 이렇게 신문기사를 잔뜩 모으면 결국 전체 그림이 분명하게 보일 거라는 희망을 품는 것 같아요."

"해들리도 지금 그러고 있는 건가요?"

"지금 내가 뭘 하고 있는지 잘 모르겠어요." 내가 대답했다.

여러 신문에 똑같은 사진이 실려 있었다. 메리언과 에디가 오클랜드를 떠나기 전 페리그린호 옆에서 찍은 사진이었는데, 둘 다 가슴에 팔짱을 끼고 수줍은 미소를 짓고 있었다. 나중에 기자들은 메리언의 과거를 파내서 애디슨 그레이브스가 쌍둥이를 안고 SS 마나우스호 트랩을 내려오는 해묵은 사진도 실었다. ATA 제복 차림의 메리언이 스핏파이어에 타는 사진도 있었다. 그리고 그녀의 '다채로운' 삶에 대한 질 낮은 기사 옆에 실린 그녀의 결혼사진도 보였다.

나는 서류철을 덮었다. 그 밑의 상자에 케일럽이 일했던 도서관에서 준 감사장과 그의 추도식 진행표가 들어 있었다. 그다음엔 잡지 한 권이 보였는데, 케일럽이 바다에서 말을 타고 있는 사진이 든 목장에 대한 기사가 실린 페이지에 종이 쪼가리가 끼워져 있었다.

그 상자 맨 아래에 케일럽의 주소가 적힌 흰 편지봉투가 있었는데 외국 우표 몇 장이 붙어 있었다. 발신인 주소는 뉴질랜드의 한 사서함이었다. "이것도 좀 봐도……"

"그럼요." 조이가 말했다. "이건 도무지 뭔지 모르겠더군요. 왜인지는 모르겠는데 케일럽이 출생증명서 같은 소중한 물건들을 간직해두던 자물쇠 달린 상자에 들어 있었어요. 내가 이걸 왜 간직했는지도 모르겠고."

그 편지봉투 안에 든 것도 누렇게 변색된 신문기사 스크랩으로 조그맣게 접혀 있었다. 나는 접힌 면들을 겹겹이 벗겨내듯 펼쳐서 판판하게 눌렀다. 가장자리 부분이 부서졌다. 〈퀸스타운 쿠리어〉라는 신문에 실린 사진이었다. 1954년 4월 28일자. 모자 쓴 남자 넷이 각자 병맥주를 든 채 풀 덮인 언덕에 널브러져 앉거나 누워 있었다. 그 뒤에서는 양들이 풀을 뜯고 있었다. '고지대 양치기들이 양떼를 모은 후 꿀맛 같은 휴식을 즐기고 있다'라는 사진 설명이 달려 있었다. 누군가 검은 펜으로 넷 중 한 남자를 가리키는 화살표를 그리고 여백에 뭐라고 써놓은 게 보였다. 글씨는 거의 알아볼 수 없었지만, 그 판독 불가능한 필체가 너무도 익숙해서 폭죽이라도 삼킨 것처럼 뱃속이 쉬익거리는 느낌이었다.

나는 눈을 가늘게 뜨고 글자들을 자세히 살펴보았다. 물속에 앉은 회색곰. 내가 신문기사 스크랩을 내려놓자 종이가 살아 있기라도 하듯 접힌 선을 따라 천천히 말려올라갔다. 나는 종이를 다시 잘 펼쳤다.

"물속에 앉은 회색곰." 내가 조이에게 말했다. "무슨 뜻인 것 같아요?"

"전혀 모르겠어요." 그가 대답했다. "그러잖아도 인터넷으로 찾아봤는데, 남자로 살았던 인디언 여자에 대한 이야기밖에 없더라고요. 이제 자세한 내용은 기억도 안 나요."

화살표 밑 남자는 한 팔꿈치를 짚고서 길고 가느다란 다리를 쭉 뻗고 비스듬히 누워 있었고, 카메라를 외면한 얼굴은 모자 그늘에 가려져 있었다. 조이에게 말해줘도 되는지 알 수 없었지만 충동을 억누를 수 없었다. 나는 휴대전화를 꺼내 메리언이 루스에게 보낸 편지가 담긴 사진을 확대했다. 그리고 메리언의 뾰족뾰족하고 읽기 힘든 편지글을 그 휘갈긴 메모 옆에 갖다댔다. "이것 좀 보세요." 내가 말했다.

조이가 일어나 내 뒤로 와서 몸을 숙여 휴대전화를 들여다봤다. "이게 뭐예요?"

"메리언 그레이브스가 쓴 편지예요."

"말도 안 돼." 상황을 이해한 그가 말했다. "말도 안 돼."

"같은 필체죠, 맞죠?" 내가 말했다. "저만 그렇게 상상하는 거 아니죠?"

"정말 비슷하네요."

"뉴질랜드에서 온 편지들이 더 있나요? 혹시 아세요?"

"세상에, 케일럽이 거기 갔어요! 그것도 여러 번! 그냥 뉴질랜드가 좋아서 간 줄 알고 해들리에게 얘기 안 한 거예요. 뉴질랜드에 반하는 사람이 많으니까." 조이가 두 손으로 정수리를 감싸 쥐며 소파로 돌아가 털썩 앉았다. "말도 안 돼." 그가 다시 말했다.

내 뱃속의 폭죽 불꽃이 밖으로 퍼져나갔다. 뼈들이 살 밖으로 훤히 비치는 듯했다. "언제 거기 갔는데요?"

"자세한 날짜는 기억 안 나지만, 대개 여자와 헤어진 후에 갔나? 늘 그랬던 건 아니고, 오 년에 한 번꼴로 갔던 것 같은데? 내가 이 집으로 들어오기 전에도 두어 번 다녀왔던 것으로 알아요. 거기 갈 땐 절대로 아무도 안 데려갔어요. 혼자 하고 싶은 일이라고 했죠. 그리고, 맞아요, 편지들이 더 왔는데, 케일럽이 그건 간직하지 않았어요. 아마 불태웠을 거예요. 케일럽이 재떨이로 쓰던 커피 깡통에 타다 만 종이 쪼가리들이 남아 있는 걸 보고 드라마틱하다는 생각을 했던 기억이 나네요. 편지들을 다 태운 것 같진 않았으니까요."

"뉴질랜드에서 편지를 보내오는 사람이 누구고 거기 왜 자꾸 가는지 케일럽에게 물어보진 않으셨어요?"

"그냥 전쟁 때 만난 친구가 거기 산다고 했어요."

"다른 건 기억 안 나세요? 케일럽이 거기 가서 사진을 가져왔나요?"

"아니, 사진은 없었어요. 그래도, 좀 생각해볼게요." 조이는 눈을 감았다. 나는 기다렸다. 바다 위에 흰 해가 떠 있었다. 칼라니가 장난감 집 창문으로 나를 훔쳐보다가 내가 마주보자 얼른 물러났다. 이윽고 조이가 눈을 뜨더니 고개를 저었다. "없어요. 미안해요. 더이상 떠오르는 게 없네요. 케일럽이 죽었을 때 그의 물건을 다 살펴보았고, 내가 간직한 건 해들리에게 거의 다 보여줬어요. 이십 년 이상 지난 일이다보니. 정말로 케일럽이 그녀를 만나러 거기 갔을 수도 있다고 생각해요?"

내가 가진 건? 육십 년 전 찍은 얼굴 없는 양치기의 사진 한 장과—어쩌면—실존하지 않았을지도 모르는 원주민에 대한 휘갈겨쓴 메모가 다였다. 그리고 메리언은 비행일지 끝부분에 이렇게 썼다. 나는 곧 갈 것이다. 나. 그녀가 우리가 아닌 나라고 쓴 것에 생각이 미치지 못했다. 에디는 어떻게 되었을까? 비행기는 어떻게 되었을까? 메리언은 어떻게 아무도 모르게 뉴질랜드에 도착할 수 있었을까? 남자 행세를 하며 산다는 게 가능한 일이긴 할까? 애들레이드 스콧은? 만일 메리언이 살아남았다면, 그녀는 영영 조카를 만나지 않겠다는 결정을 내렸다는 얘기다.

"어떻게 생각해야 할지 모르겠어요." 내가 말했다.

야자수를 스치는 산들바람과 파도 소리가 정적에 벨벳처럼 매끄럽게 넘실대는 질감을 주었다.

"앞으로 어떻게 할 거예요?" 조이가 물었다.

"제가 어떻게 해야 한다고 생각하세요?"

"모르겠네요. 해들리가 세상 사람들에게 메리언이 살아남았다는 터무니없는 의견을 갖고 있다는 말을 하고 다닌다면 어떻게 될까요? 만일 해들리의 말이 맞다면, 메리언이 살아남았다면, 그녀는 아무도 그걸 알게 하고 싶지 않았던 게 분명해요. 해들리 말이 틀렸다면, 세상 사람들에게 괴짜로 보이거나 괜히 관심 받고 싶어서 그러는 거라고들 하겠죠. 내 직감은 긁어 부스럼 만들지 말라고 하네요."

칼라니가 장난감 집에서 뛰쳐나와 햇빛을 가리는 큰 모자를 쓰고 한 팔에는 플라스틱으로 된 거대한 프레첼 통을, 다른 팔에는 냉동 와플 상자를 끼고 걸어오는 자그마한 체구의 백발 여자에게 달려갔다. "조이." 그 여자가 외쳤다. "짐 내리는 것 좀 도와줄래?"

"알았어." 조이가 마주 외쳤다. "그런데 우선 이리 와서 손님부터 만나야겠어."

고개를 든 그녀가 나를 발견하고 놀라서 입이 딱 벌어졌다. 내가 진짜로 찾아올 줄은 꿈에도 몰랐던 게 분명했다. 하지만 내가 와 있었다. 조이가 웃다가 쓰러졌다.

비행

~

우리의 비행은 태양에, 태양의 일주에 대항한다. 서쪽으로 오라고
태양은 말한다. 우리를 잡아끌기도 하고, 따라오라고 유인하는 아
이처럼 달아나기도 한다. 하지만 우리는 빛을 뒤로하고 북쪽으로
가야 한다.

— 메리언 그레이브스

로스빙붕 리틀아메리카 III 기지에서 캠벨섬까지
남위 78°28′ 서경 163°51′에서 남위 52°34′ 동경 169°14′까지
1950년 3월 4일
21785해리 비행

처음 몇 시간 동안 메리언을 가장 고통스럽게 하는 건 뉴질랜
드에 도달하게 될 거라는 생각이다. 하늘은 파랗고 대부분 맑다.
에디가 육분의 방위와 각도를 표시해놓은 항공도들을 주었다. 에
디는 그녀가 죽음을 맞이하게 될 곳으로(적어도 그의 주장으로
는) 보내면서 그녀를 꽉 끌어안고 뺨에 뜨겁게 입을 맞춘 후 악수

했다. 그는 그녀에게 만에 하나 육지에 닿을 경우 절대 구조대를 보내지 않겠다는 약속을 해달라고 했다. 구조대를 보내봐야 소용 없을 테니 사람들에게 그가 크레바스에 떨어졌다고 말하라고 했다. 그녀는 그가 맑은 밤 눈 위에 누워 죽기를 기다리는 모습을 생각한다. 바클리가 그녀와 처음 만난 날 하마터면 눈 속에서 죽을 뻔했던 일, 케일럽이 어렸을 때 눈보라 속에서 길을 잃었던 일을 생각한다. 그들 둘 다 추위에 굴복하기 직전까지 갔다가 결국 마음을 돌렸다. 그녀는 에디가 마음을 돌리지 않기를, 별들과 오로라가 그에게 손짓하기를 바라는 자신을 발견한다. 어쩌면 그녀는 에디와 함께 진실을 버리기 위해 비행일지를 두고 떠난 건지도 모른다.

PNR을 지날 때 연료가 너무 빨리 줄기 시작한다. 왼쪽 날개 밑에서 수증기가 올라온다. 처음엔 오직 안도감만 든다. 에디는 그가 가장 두려워한 운명을 피한 것이다.

가넷새의 돌진. 자신이 쓴 말이 떠오른다. 연료가 줄어드는 걸 바라보며 그 말대로 실천하리라 결심한다. 그렇게 결심하지만, 계속 날아간다. 살고 싶다는 걸 깨달은 걸까? 이 기억은 이상하게 빈 채로 남아 진실을 끌어내려는 그녀의 노력에 저항할 것이다. 나중에 그녀는 자신이 상반되는 바람들을 지녔다는 결론에 이를 것이다. 살고 싶은 동시에 죽고 싶고, 세상으로 돌아가 새 삶을 살면서 모든 걸 바꾸고 싶은 동시에 과거의 삶으로 돌아가 아무것도 바꾸고 싶지 않기도 한 바람.

그녀는 마음을 단단히 다지기 전에 얼마나 많은 시간이 지났는지 알지 못한다. 그저 아무 생각 없이 조종간을 밀어 하강한다.

엔진이 비명을 내지른다. 물이 마중나온다.

메리언이 스핏파이어를 몰고 바다로 뛰어들려고 했을 때, 이미 죽은 제이미가 그녀에게 그러지 말라고 했었다. 그녀는 그 말에 따랐다. 그 결과 전쟁의 끝을 보았다. 폭격의 잔해와 강들과 붉은 모래언덕의 코끼리들을 보았다. 쥐가오리와 극지의 만년설을 보았다. 오아후에서 케일럽과 함께 누워 무역풍소리를 들었다. 지금은 사람 목소리는 들리지 않고 엔진의 울부짖음과 세찬 바람소리뿐이지만 그녀는 조종간을 당긴다. 비행기가 파도와 멀지 않은 고도에서 수평을 되찾는다. 활공하는 큰 새들, 거대한 날개를 가진 앨버트로스들이 공기를 가른다. 그녀는 그들에게 속해 있지 않다. 위로 올라가 하늘로 도로 들어간다. 손이 떨린다. 항공도를 꺼내 무릎 위에 놓는다.

연료계는 그녀가 마음을 돌린 것에 개의치 않는다. 바늘이 계속 내려간다. 날개 뒤에서는 여전히 수증기가 솟는다. 그녀는 격자무늬가 그려진 파란 종이에 에디가 연필로 표시해놓은 기호들을 보며 삶으로 돌아갈 비밀 통로를 찾는다. 처음엔 거의 완벽하게 남북으로 20마일가량 뻗어 있는 매쿼리섬을 본다. 거기엔 연중 내내 인력이 배치된 기상관측소가 있다. 하지만 그 섬은 바람을 거스르는 방향, 너무 서쪽에 위치하고 있다. 연료가 부족하다. 그 섬보다 더 북쪽이긴 하지만 더 동쪽에 다른 점이 있다. 캠벨섬.

남쪽이 아직도 나침반을 끌어당긴다. 망망대해가 그녀를 에워싸고 있다. 그녀의 항법술이 아직 그리 녹슬지 않았다 해도 그 섬을 발견하기는 어려울 것이다. 어쩌면 실패할지도 모른다. 그래도 노력은 해볼 것이다.

그다음 몇 시간 동안 육분의로 태양을 포착하고, 계산한 숫자들을 휘갈겨쓰고, 내적 갈등에 휘말린 일이 기억에 남을 것이다. 집중력을 발휘하면서 행동에 나서다보니 두려움은 거의 사라졌다. 그녀는 비행기가 실종되어야 한다는, 희생되어야 한다는, 가능한 한 자신의 생존을 비밀에 부쳐야 한다는, 자신이 계속해서 삶과 싸우는 유일한 길은 새 삶을 시작하는 거라는 결론에 어떻게 도달했는지 기억하지 못할 것이다. 그녀에게 이런 결심은 과거의 단순한 사실, 목적지를 바꾸면서 방향을 돌린 지점이 될 것이다. 그녀가 느끼는 양가감정, 스스로에게 제기하는 반론은 이미 행해진 것의 불변성에 지워지고 사라질 것이다.

　높이 걸린 구름 아래에서 섬의 실루엣이 수평선을 가르자, 그녀는 순록가죽 파카를 벗은 다음 구명조끼를 입고 낙하산을 멘다. 섬이 서서히 가까워진다. 그녀는 조종간을 최대한 고정시킨다. 비행기는 그녀에게 필요한 몇 분 동안만 똑바로 날면 된다. 아래에 육지가 보이자 그녀는 기체 뒤쪽으로 가서 문을 밀어올려 열고 뛰어내린다.

　그녀는 낙하산 다이빙을 해본 적이 없다. 다른 조종사들이 낙하산으로 뛰어내릴 때 자신은 착륙을 했노라고 자랑스럽게 말하던 그녀였지만, 지금은 허공으로 곤두박질치며 연습을 좀 했더라면 도움이 되었으리라고 생각한다. 낙하산 줄을 잡아당긴다. 격렬한 요동과 함께 낙하산이 펼쳐진다.

　페리그린호는 독립을 얻은 것도, 물속에서의 종말이 임박한 것도 알지 못한 채 계속 날아간다. 격렬한 고통. 그녀는 비행기를 외면한다. 두 발 사이로 풀숲에 덮인 산이 흔들린다.

진실은 이렇다. 그녀는 숨기를 원한다. 자신이 에디에게 한 짓을 직시하느니 차라리 메리언 그레이브스로 사는 걸 완전히 포기하고 싶다. 원이 완성되지 못한 것에 대해선 더이상 신경쓰지 않는다. 그에 대해선 아무런 부끄러움이 없다. 하지만 그녀는 자신이 주위 사람들에게 죽음을 불러온다고 믿는다. 비행을 떠나기 전 제이미의 딸을 만나러 시애틀에 갔었다. 그땐 비행이 끝나면 가끔 그 아이를 찾아가서 커가는 모습을 봐야겠다고 생각했지만, 이젠 자신이 불행만 불러올 거라고 확신한다. 애들레이드는 완전히 다른 존재가 되어야 한다. 그레이브스가 되어선 안 된다.

메리언은 바람에 날려 길쭉한 후미의 검은 물 위로 간다. 앨버트로스 한 마리가 획 지나가며 고개를 돌리고 그녀를 살펴본다. 그녀는 조금 전 하강하면서 앨버트로스들이 수풀 우거진 산에 둥지를 튼 걸 보았다. 눈부시게 흰 거대한 새들이 바람에 날리는 풀 사이에 눈덩어리처럼 앉아 있었다. 두 발 사이로 여전히 반짝이는 검은 물이 보인다. 낙하산 손잡이를 당겨 조종을 해보지만 바람이 결연히 그녀를 후미 입구로, 바다로 안내한다. 그녀는 해안에서 더 멀리 날려가고 싶지 않아서 바위 해변 근처에서 낙하산 벨트를 풀고 떨어진다.

물의 차가움. 힘. 결국 가넷새의 돌진을 했지만 발부터 떨어졌다. 그녀는 흐릿한 어둠과 은빛 천장을 본다. 몽둥이로 맞은 물고기처럼 정신이 아득해져서 수면이 멀어져가는 걸 조용히 지켜보고만 있다가, 구명조끼를 부풀리려면 줄을 당겨야 한다는 사실을 기억해낸다.

그녀는 공기와 파도, 장화와 옷의 무게, 감각을 마비시키는 추위, 깜짝 놀랄 만큼 가까이에서 물 위로 떠오르는 작은 펭귄을 기억할 것이다. 파도가 부서진다. 소방호스만큼 길고 두꺼운 밧줄 모양의 검은 해초가 밀려오는 파도 속에서 몸부림치고, 그녀는 바위에 내동댕이쳐진다. 그녀는 그 사건의 울퉁불퉁한 단편만을 간직한다─폭포수처럼 쏟아지는 물거품, 충돌의 강한 충격. 구명조끼가 찢어지고, 얼굴이 심하게 긁히고, 코뼈가 부러졌다. 마지막으로 한번 더 휘돌며 굴러떨어진 후 마침내 손에 거친 모래가 닿는다.

그녀는 물속에서 몸을 끌어올린 다음 옷이 흠뻑 젖은 채 그대로 눕는다. 이가 딱딱 맞부딪치며 어서 일어나서 걸어야 한다고 경고한다. 쉽게 부러지는 빽빽한 덤불이 발목을 잡고, 장화에 진흙이 달라붙는다. (다행히 썰물 때다. 그녀는 한동안 이 섬에 머물게 되는데, 나중에 그 길을 되밟아 가보니 거기에 해변은 아예 없고 절벽만 있다.) 도중에 앉아서 쉬기를 여러 번, 그러다 마침내 무선안테나 기둥과 빙글빙글 돌아가는 풍속계, 연기가 피어오르는 굴뚝이 있는 오두막에 저체온 상태로 비틀거리며 도착한다. 그녀는 마지막 힘을 끌어모아 문을 두드린다.

의도적인 다이빙

21

L.A.로 돌아온 나는 추락 장면을 촬영하기 전 다시 비행 교습을 받았다. 이번엔 교관이 여자였는데, 랭글러 청바지 차림에 오렌지색 머리를 칼단발로 자르고 조종사용 선글라스를 낀 똑 부러지는 스타일이었다. "한 번 교습을 받은 적이 있어요." 비행기 주위를 돌며 부품에 대해 설명해주는 그녀에게 내가 말했다. "내가 조종할 차례가 되자 식겁했지만요."

"식겁했다는 게 무슨 뜻이죠?" 그녀가 물었다.

"그냥 조종을 하고 싶지 않았어요. 손을 놓아버린 거죠. 이렇게요." 나는 누가 총을 겨누기라도 한 것처럼 두 손을 번쩍 들었다.

"지금은 하고 싶어요?"

"아닐 수도 있지만 시도는 해보고 싶어요."

"좋아요." 그녀가 말했다.

이번엔 오후였는데, 해양층은 보이지 않고 스모그로 우중충한 하늘이 펼쳐져 있었다. 카탈리나섬이 앞바다에 떠 있고, 수평선은 부드럽고 흐릿했다. 도시는 바다를 제외한 모든 방향으로 멋대로 뻗어나가고 또 뻗어나가 있었다. L.A. 국제공항에서 기수를 쳐들고 이륙하는 제트기들을 보자 우리의 작고 대담한 세스나 경비행기가 좀 안쓰러워졌다. "좋아요." 비행기가 말리부를 향해 애쓰며 나아갈 때 조종사가 말했다. "이제 조종간을 잡아봐요. 그냥 똑바로 날아가기만 하면 돼요."

하와이에서 나는 조이 카마카의 집에서 나와 호텔방으로 돌아간 다음 침대에 엎어져 울기 시작했다. 메리언 그레이브스가 익사하지 않고 한 사람에게는 실종되지 않았다는 사실 때문에 울었다. 조이의 친절 때문에, 칼라니가 행복한 유년기를 보내는 것이 부러워서 울었다—나는 부모의 보살핌을 받지 못하는 어린아이를 질투할 수 있는 멍청이니까. 미치 삼촌과 부모님 생각이 나서 울었다. 나는 이미 시작했고, 가끔은 눈물의 강도 건너야 하기에 울었다.

호텔방 발코니 너머로, 와이키키 해변 너머로, 태평양 한가운데에서 해가 지고 있었다. 서핑보드에 앉은 서퍼들이 바다에 점점이 떠 있었다. 아이들은 얕은 물에서 놀고 있었다. 영화에서라면 나는 이런 순간 밖으로 달려나가 카타르시스를 느끼며 바다로 뛰어들 터였다. 완전히 새사람으로 거듭나서, 바다에 누워 둥둥 떠다니며 하늘을 향해 아름다운 미소를 지을 터였다.

달리 더 좋은 생각이 떠오르지 않아서 수영복을 입었다. 거울

달린 엘리베이터를 타고 폴리네시아풍 로비로 내려가 밖으로 달려나가 가루처럼 고운 완벽한 모래 위를 플립플롭을 신고 힘들게 걸었다. 호텔 가운을 벗어던지고 바다로 걸어들어가 물속으로 다이빙했다.

나는 수면 아래서 눈을 감고 파도에 흔들리며 모래바닥이 어둠 속으로, 물에 깊이 잠긴 사막과 골짜기, 산등성이로 경사져 내려갔다가 다시 모든 대륙의 가장자리로 올라가는 모습을 상상했다. 그리고 배와 비행기, 유골 들이 녹슬고 야금야금 갉아먹혀 사라져가고, 그 위로 산호와 해면이 자라고 게들이 기어다니는 광경을 생각했다. 페리그린호를 생각하며 아무도 그걸 발견하지 못하리라 생각했다. 어디를 찾아봐야 할지 아무도 모를 테니까. 수면 위로 떠오르자 파도가 나를 들어올려 해변으로 떠밀었다. 나는 다시 바다로 수영해 들어갔다. 붉은 태양이 일렁이며 바다 뒤로 흘러내리듯 미끄러져떨어지는 광경을 지켜보면서 그동안 나는 태양이 불이라는 걸, 녹아 있다는 걸 잊고 있었음을 깨달았다.

물이 어슴푸레하게 변하고 구름에 홍조가 돌았다. 영화가 끝난 후 내가 뭘 할지는 몰랐다. 뉴질랜드나 남극으로 가서 계속 탐정놀이를 할 수도 있다는 생각이 들었지만, 아니, 그 이야기의 전말을 알 필요는 없었다. 완전한 이야기는 없다. 나는 인터넷에서 물속에 앉은 회색곰에 대해 찾아보면서, 어떤 사람이 그의 심장 한 조각을 베어낸 후 그는 죽었지만 그의 시신은 썩지 않았다는 내용을 읽었다. 온전한 심장 없이는 더이상 변신할 수 없는 것처럼, 흙으로도 돌아갈 수 없는 것처럼. 나는 메리언에겐 심장이 온전히 남아 있었기를 바랐다.

나는 조종간을 잡았다. 햇빛을 받은 플라스틱의 감촉이 따뜻했고, 엔진의 진동이 느껴졌다. 조종사가 어떤 계기를 지켜봐야 하는지, 어떤 게 수평선을, 어떤 게 비행기 날개를 나타내는지, 그것들을 어떻게 맞춰야 하는지 알려주었다. "괜찮아요?" 그녀가 물었다.

　"그런 것 같아요." 내가 대답했다.

　"조종간을 조금 당기면, 기수가 위로 올라갈 거예요."

　나는 조종간을 당겼다. 앞유리에 하늘이 가득 차올랐다.

로스앤젤레스, 2015년

⌒

22

비행기가 물에 떨어지자 모든 소리가 소거되고 희미한 울림만 남는다. 그전에는 바람소리와 엔진소리, 나의 증폭된 숨소리가 있었지만, 충돌 순간 그 모든 것이 사라진다. 멀리서 본, 망망대해에서의 육중하고 조용한 추락. 비행기가 파도에 흔들린다. 기수가 물속으로 들어가고, 나머지도 미끄러져들어간다. 바다가 봉인된다. 거대한 흰 새들이 파도를 따라 활공하고, 그 고음의 지속적인 울림, 반쯤은 상상 같기도 한 그 소리가 들려온다. 우리는 물속에 있고, 조종석의 나와 에디를 본다. 내 코에서 기포가 올라오고, 메리언 스타일의 짧은 머리칼이 두피에서 둥실 떠오른다. 에디는 이마가 피투성이가 된 채 의식을 잃었다. 나는 앞으로 몸을 기울여 멀어져가는 수면을 올려다본다. 아련하면서도 결연한 시선. 눈을 감는다. 내가 익사하는 동안 프라이버시라도 보호해주듯 위쪽에서 페리그린호를 잡은 카메라가 물에 잠겨 어둠 속으로 가라앉는 비행기를 보여준다.

나는 암전을 예상했는데 빛이 어둠 속으로 스며들어 곰팡이처럼 번지며 스크린을 가득 채운다. "저건 바르트의 아이디어였어요." 레드우드가 말한다. 시사회실엔 우리 둘뿐인데도 목소리를 낮춰 속삭인다. "하얗게 끝나는 거." 음악이 잦아든다. 엔딩 크레디트가 올라간다.

반사된 불빛에 레드우드의 얼굴이 환하게 빛난다. 그가 손가락을 들어 가리킨다. "저기!" 그의 이름이 스크린에 떴다가 사라진다.

나는 내 이름을 보지 않는다. "됐어요?" 내가 말한다. 우리는 일어나서 옆문을 밀어 열고 눈부신 오후의 빛 속으로 들어간다.

뭐 대단한 승리랄 건 없었지만 나는 세스나기를 몰면서 겁에 질리지 않았다. 비행기를 위아래로, 양옆으로 움직이며 날 수 있었다. 주로 느낀 건 안도감이었다. 조금 경이롭기도 했다. 그러다 어느새 다시 메리언 그레이브스가 되었는지, 잠시 자유를 맛보았다.

끝

 ~

이제 그녀는 바닷속에 있다. 그것이 그녀의 운명이었다. 그녀
는 대부분 흩어진 채 차가운 남쪽 바다 밑바닥에 멈춰 있지만, 떠
도는 먼지처럼 작고 가벼운 입자들이 여전히 물살에 실려 이동하
고 있다. 물고기들이 그녀를 조금씩 먹었고, 그 물고기를 잡아먹
은 펭귄이 도로 토해내어 새끼에게 먹였으며, 그녀의 미세한 가
루가 남극으로 돌아와 자갈밭에 구아노처럼 머물다가 폭풍에 휩
쓸려 바다로 돌아갔다.

그녀는 두 번 죽고, 두번째 죽음은 사십육 년 후에 온다. 첫 죽
음은 남극해에서, 두번째 죽음은 뉴질랜드 피오르랜드 지역의 양
농장에서 맞이한다.

캠벨섬 오두막에서 문을 열어준 해럴드라는 남자는 본인 말마

따나 절제를 실천하는 사람으로, 물에 흠뻑 젖은 채 반쯤 의식을 잃고 쓰러져 있는 여자를 발견하고 조금 놀란다. 그녀가 알아들을 수 없는 말을 웅얼거린다. 그가 간신히 알아듣기론, 자기가 거기 있다는 걸 아무에게도 말하지 말아달라는 애원이다. 당신이 누군데요? 그가 그녀를 일으켜세워 안으로 데리고 들어가면서 묻는다. 하지만 그녀는 이미 대답할 수 없는 상태다.

그 섬에는 존이라는 또 한 명의 남자와 스위프트라는 이름을 가진 보더콜리견이 있다. 그 오두막과 작은 별채들은 전쟁 때 적선을 발견하면 본토에 알리는 임무를 맡아 배치된 해안정찰병들을 위해 지어졌다. 그들은 적선을 발견하지 못했지만 그들의 기상관측은 매우 유용하다는 평가를 받아 전쟁이 끝난 뒤에도 초소가 그대로 운영되었다. 특정 부류의 사람들이 일 년씩 배치되었다. 사교를 즐기지 않고, 매일 똑같은 임무―날마다 똑같은 측정을 하고. 똑같은 데이터를 기록하고, 그 데이터를 모스부호로 바꾸어 평생 만난 적도 없고 만나고 싶지도 않은 사람들이 활용하도록 보이지 않는 수신인에게 보내는―를 수행하는 데 만족하는 신중하고 꼼꼼한 타입.

그런 사람들인 해럴드와 존이 있는 그 오두막은 메리언의 인생에서 가장 중요한 중간 기착지 가운데 하나다.

그녀는 열에 들뜬 섬망 상태에서 며칠을 보낸다. 그러다 정신이 들기 시작하자 주위에 보이는 턱수염 기른 조용한 남자들에게 두려움을 느낀다. 쓸쓸한 섬에 몇 달씩 고립된 남자들이 여자에게 무얼 원할지 짐작이 되기 때문이다. 하지만 해럴드와 존은 조심스러운 우려의 손길로 그녀의 이마를 짚어보거나 바위에 찢긴 얼굴에 붙인 반창고를 갈아주거나 그녀가 수프를 조금씩 마실 때 목을 받쳐줄 뿐 절대 추파를 보내거나 얼쩡거리지 않으며, 그녀가 침대 옆에 놓인 양동이에 소변을 보는 걸 도울 때도 마찬가지다. 그들은 크라이스트처치에 아내와 아이들이 있지만, 메리언은 시일이 지나면서 그들이 크라이스트처치보다 그 섬을 더 좋아하고 그곳의 기압계와 풍차, 기상관측기구에 만족하는 건 아닐까 생각하게 된다. 그녀는 기력을 좀 되찾자 그들에게 자신의 이야기를 조금 들려주고, 나중에는 전부 털어놓는다. 전체적인 그림을 보게 되면 그들이 그녀에게 비밀을 간직할 자격이 있다고 스스로 판단하고 비밀을 지켜줄 수도 있겠다고 생각해서다. 하지만 에디를 두고 왔다는 이야기는 차마 하지 못한다. 그녀는 항법사가 크레바스에 빠졌다고 말하면서 열보다는 수치심으로 얼굴이 달아오른다.

그들은 말없이 진지하게 다 들은 후 둘이 이야기하러 밖으로 나간다. 다시 들어오더니 메리언이 도착하기 일주일 전 C-47 다코타 한 대가 실종된 것으로 보인다며 발견 즉시 보고해달라는 긴급 무전을 받았다고 말한다. 그들은 그녀를 기다릴 사람이 있는지 묻는다. 그녀는 아무도 없다고 대답한다. 케일럽은 그녀의 거짓말을 용서해줄 것이다. 그녀는 남편도 자식도 부모도 형제도 없다고 말한다. 그들은 그녀의 뜻을 존중하여 그녀에 대해 보고하지 않겠다고, 그리고 그들을 이곳에 데려온 배는 1월에나 돌아올 테니 아직 십 개월 가까이 시간이 남아 있다고 말한다. 그 안에 그녀의 마음이 바뀔 수도 있다. 그들은 일단 메리언이 섬에 머무는 걸 반대하지 않는다는 뜻을 밝힌다.

다시 수치심이 밀려든다. 그녀는 그들 둘만의 영토에 멋대로 침입해 혼란을 야기하고 그들의 평화로운 일 년을 망쳤다. 그녀는 그들에게 도움이 되겠노라 약속하고, 그들은 무심하게 고개를 끄덕인다. 그녀가 식량에 대해 묻자 그들은 충분할 거라고, 게다가 필요하다면 바닷새와 알도 있고, 양배추도 키우고 있고, 정부에서 농부들에게 섬을 임대하는 실험이 실패로 끝나면서 남겨진 양도 있다고 대답한다. 그녀 때문에 생기는 고충도 없을 거라고 말한다.

메리언은 자신이 과거를 지우려 하는 게 잘못이라고 생각하는지 그들에게 묻는다. 그들은 알 수 없는 시선을 교환한다. 이윽고 해럴드가 말한다. "그건 당신이 결정할 일이라고 생각해요." 하지만—그녀가 묻는다—배가 오면 그땐 어떻게 해야 하는가? 그들은 그녀의 존재에 대해 설명해야 할 테고, 그러면 그녀의 정체가 밝혀질 것이고, 이 모든 게 헛수고가 될 것이다. 그들은 그건 나중에 생각해볼 문제라고 말한다. 서두를 필요 없다고.

캠벨섬은 여러 후미와 만, 두 개의 길쭉한 항구—메리언이 낙하산에서 뛰어내린 퍼서비어런스와 노스이스트 항구—때문에 해안선이 들쭉날쭉해서 벌레 먹은 떡갈나무 잎처럼 생겼다. 그곳의 비탈들은 완만해 보이지만 터석풀*과 진흙, 메리언과 함께 살게 된 두 사람 중 식물에 관심이 더 많은 존이 드라코필룸 롱기

---

* 뿌리에서 많은 줄기가 무리지어 자라는 뉴질랜드 잔디.

폴리움*이라는 이름을 가르쳐준 빽빽한 덤불 때문에 걷기가 힘들다. 그 섬에는 턱수염들(메리언은 해럴드와 존을 속으로 그렇게 부른다)과 개 스위프트, 그녀 자신 외에도 양, 쥐, 살쾡이, 바다사자, 물개, 바다코끼리, 드물게 보이는 표범물개, 여러 종의 앨버트로스, 기타 바닷새들과 육지 새, 두 종류의 작은 펭귄(바위 위에 무리지어 사는 바위뛰기펭귄과 덤불 속에 살면서 서둘러 몰래 해변을 지나가는 모습을 얼핏 볼 수 있는 은밀한 노란눈펭귄)이 산다.

그녀는 혹시 에디가 마음을 돌렸을지 궁금하다. 만일 그랬다면 리틀아메리카 기지에 보급품도 있고 물개와 펭귄을 사냥할 수도 있으니 상당 기간 버틸 것이다. 그녀가 성공하지 못할 거라고 굳게 믿지 않았더라면 에디는 구조대를 보내주기를 바라지 않았을까? 그는 이미 죽었을까?

그녀는 마틸다와 케일럽, 그리고 어쩌면 제이미의 세라에게 슬픔을 안겨주게 된 것이 애석하지만, 어차피 자신은 떠났으니 그들이 슬퍼하는 편이 낫다고 생각한다.

수컷 바다사자들은 이동 철에 떠났다고 해럴드가 말해준다. 하지만 암컷들은 새끼를 낳으러 육지로 올라왔고, 메리언도 암컷 바다사자들과 종종 마주친다. 암컷 바다사자들은 새끼를 숨겨놓은 덤불에서 울부짖거나, 진흙 언덕에서 배를 깔고 엎드려 마치 썰매를 타듯 미끄러져내려와 바다로 간다. 해럴드는 서던로열앨버트로스에 대한 연구를 하고 있고, 메리언은 그와 함께 둥지와

---

* 뉴질랜드 고유종인 철쭉과의 관목.

새끼 수를 세거나 그가 분홍 살가죽으로 덮인 새 발목에 고리 모양 인식표를 다는 동안 그 육중한 새를 품에 안고 한 손으로 부리를 단단히 감싸쥔다.

그들은 살을 에는 겨울바람 속에서도 섬을 헤집고 다니며 총 구백삼십팔 마리의 새를 해럴드의 장부에 기록한다. 그 새들은 땅에서는 볼썽사납고 잡기 쉽다. 다 자란 새들은 눈부시게 희고, 명랑한 검은 단추 모양 눈과 두툼한 분홍빛 부리를 갖고 있으며, 남자 두 명의 키를 합친 정도의 긴 날개를 자랑한다.

그녀가 처음 왔을 때는 새들이 아직 새끼를 품고 있었지만 어린 새끼들이 점점 자라 배고픈 흰 솜털뭉치가 되면서 부모는 둥지에 새끼들을 두고 바다로 먹이를 구하러 나간다. 새끼들은 깃털이 나오자 일어나서 산들바람 속에서 날개를 펼친다. 그러다 마침내 메리언이 떠날 때쯤, 시험삼아 불안정하게 바람 속으로 뛰어든다. 해럴드 말이, 그 새들은 일단 보금자리에서 독립하면 몇 년간 땅을 밟지 않는다고 한다. 그들은 어느 날 번식을 위해 남극대륙을 돌아 반대 방향에서 캠벨섬으로 돌아올 것이다.

메리언은 양에게 특별한 관심을 갖게 된다. 전쟁 전 그 섬에서 양을 키우던 사람들이 수지타산이 맞지 않아 포기하고 떠나면서 버려진 양들이 야생 상태로 떠돌아다니게 되었다. 야생에서 살아남고 번식한 양들은 억세고 교활하지만, 메리언은 그 양들에게 마음이 끌린다. 마침 양들에게 관심이 많은 개 스위프트와 둘이서―그저 자신이 그 일을 할 수 있는지 확인하고 싶어서―양몰이를 시도하고, 무수한 실패를 통해 양들을 한 장소에서 다른 장소로 모는 요령을 서서히 익혀간다.

그녀는 버려진 농장에서 낡은 양털 가위들을 발견한다. 무너져
가는 울타리를 고친 후, 스위프트와 함께 며칠 동안 공을 들여 결
국 양 한 마리를 울타리 안으로 몰아넣는다. 젊을 때 양 돌보는
일을 했던 존이 지나가는 말로 몇 가지 조언을 해주지만, 대개는
그녀에게 모든 걸 맡긴다. 양털 깎기는 어려운 일이라, 양 여러
마리를 엉망으로 만들어놓은 후에야 요령을 터득한다. 도저히 길
들일 수 없는 캠벨 양들의 털을 깎는 건 의미 없는 일이지만, 새
삶을 살기 위해선 비행기 조종 말고 다른 기술이 필요하리란 생
각이 들었던 것이다.

그녀가 섬에 체류한 지 육 개월이 지났을 때, 턱수염들이 그녀
를 앉혀놓고 그녀가 사람들에게 들키지 않고 본토로 들어갈 수
있는 방법이 있을 것 같다고 말한다. "더 일찍 알려줬어야 했는
데." 존이 말한다. "미안하지만, 처음엔 메리언이 어떤 사람인지
확신이 없었거든요." 해럴드의 형제가 요트를 매우 즐기는데, 매
년 1월 배가 새로운 턱수염들을 실어오고 기존 턱수염들을 싣고
나가기 전인 초여름에 캠벨섬까지 요트를 몰고 놀러오겠다고 했
다는 것이다. 해럴드의 형제가 흔쾌히 응한다면, 메리언은 그 요
트를 타고 본토로 나갈 수 있다. 프라이버시 보장이 안 되는 무전
으로는 그의 의사를 물을 수 없고, 그가 진짜로 오면 그때 확인하
는 수밖에 없다. 그 친구나 메리언이 흔쾌히 응하지 않으면, 뭐,
그때 가서 다른 방법을 찾아보면 된다. "그런데, 아직도 과거의
삶으로 돌아가고 싶지 않다고 확신해요?" 해럴드가 묻는다.

메리언은 그렇다고 확신하고, 해럴드의 형제(심지어 해럴드보
다도 과묵한)도 흔쾌히 응한다. 그리하여 메리언은 턱수염들과 말

없이 작별의 굳은 악수를 나눈 후 캠벨섬을 떠나 마침내 1951년 1월, 비행기가 아닌 배를 타고 인버카길에 도착한다.

메리언은 열 달 동안 턱수염들이 빌려준 옷을 입고 지낸 터라 계속 남자 옷을 입는 게 어색하지 않다. 미줄라에서 오버올 작업복에 모자를 푹 눌러쓰고 사람들 눈을 피해 돌아다니던 십대 시절 같은 기분이다. 하지만 이제 코뼈도 부러지고 피부와 손도 거칠어진데다 양털 깎기로 어깨도 떡 벌어져서 남장이 더 그럴듯해졌다.

그녀는 북쪽 쿡산 주변 시골로 들어가 고지대 양치기 일을 구한다. 사람들과는 어울리지 않는데, 산허리에 있는 오두막에 살면서 시끄럽고 고집 센 메리노 양떼를 돌보다보니 그건 쉬운 일이다. 메리노 양들은 캠벨 양들처럼 겁이 많거나 억세진 않지만 절대 온순하지 않다. 그녀는 양치기 개들을 다루는 요령도 늘고 양털도 더 잘 깎게 되지만 특별히 손이 빠르다곤 할 수 없다. 말수가 적고 불평이라곤 없으며 술도 자제할 줄 알다보니 사람들은 그녀를 함부로 대하지 않는다. 턱수염들에게 배운 키위* 영어가 제2의 모국어로 점차 자리를 잡아가고, 억양이 좀 다른 건 어머니가 미국인이기 때문이라고 둘러대는데 뭐, 거짓말은 아니다. 나중에 몇몇 사람이 그녀의 성별이 의심스럽다고 여기지만 대놓고 그렇게 주장하진 않는다. 몸이 너무 마른 것 때문에 놀림을 좀

---

* 뉴질랜드인을 칭하는 말.

받지만—양털 깎는 작업장에서는 '막대기'라고 불린다—부러진 코와 조종사 특유의 눈을 가늘게 뜨고 보는 습관, 동상과 캠벨섬 바위 해변이 남긴 얼굴 흉터 때문에 험상궂은 인상을 갖게 되었다. 가슴은 원래 크지 않아서 강력한 고무 밴드와 셔츠 두 장으로도 충분히 가려진다. 그녀는 자신을 마틴 윌리스라고 소개한다.

메리언은 자신은 아무도 모르는 곳에서 고립된 삶을 살아 마땅하다고, 고독이 자신에게 적합한 벌이라고 믿는다. 하지만 세월이 가면서 결의가 흔들린다. 자기비난이 점점 약해진다. 그녀가 양치기로 일한 지 삼 년쯤 되었을 때 그녀의 사진(모자 그늘에 얼굴이 가려진)이 퀸스타운의 한 신문에 실리자, 충동적으로 그걸 오려서 케일럽에게 보낸다. 거기에 물속에 앉은 회색곰이라고 쓰면서 케일럽이 그녀에게 딱 한 번 해준 그 이야기를 아직 기억하고 있을지 궁금해한다. 차마 노골적으로 진실을 전할 수는 없고 그저 운에 맡기고 싶다. 그녀는 어떤 면에서는 진실에 대한 엄격한 기준을 잃어가기 시작했다. 실제 일어난 일도 아닌데(나중에 그렇게 되었을 수도 있지만), 에디가 크레바스에 떨어지는 모습을 기억하는 자신을 발견한다. 그녀가 진짜로 기억하는 건 자신의 발이 눈밭을 지나다 백색의 무無와 검은색의 무 사이에서 균형을 잡고 있는 모습이다.

케일럽이 1954년 크리스마스에 그녀를 만나러 오고, 그녀의 두 삶 사이에 균열이 생긴다. 그녀는 배를 타고 오는 그를 만나러 오클랜드로 간다. 에디와 함께 아이투타키로 떠난 후 처음으로 그 도시에 발을 들이게 되었으니, 마침내 출발 오 년 후 팡파르도 없이 원이 완성된 것이다. 그녀는 케일럽과 이 주 동안 함께 지내며 자신의 몸으로 돌아간다. 늘 그랬듯 그가 그녀 곁에 머물 가능성은 전혀 없지만, 그만큼 그가 다시 올 거라는 확신도 크다.

메리언은 하와이에서 케일럽이 안정을 찾을 수 있는 장소를 발견한 것이 부럽다고 말했었다. 그때 그녀는 자신이 그런 곳을 찾을 수는 없으리라 생각했지만, 뉴질랜드에서 찾게 되었다. 그녀가 얻은 평화는 뉴질랜드라는 땅에 내재하는 것일 수도 있고 단순히 그녀가 녹초가 된 탓일 수도 있다. 다시 비행기를 조종하고 싶지만 지평선 너머를 보고 싶은 마음은 없다. 게다가 에디를 남겨두고 떠나 혼자만 살아남은 것에 대한 속죄로 희생을 치러야 한다고 생각한다. 그녀는 날지 않을 것이다. 제이미의 딸을 만나지 않을 것이다.

그녀의 책꽂이에 자신의 책이 꽂혀 있는 건 블랙코미디다. 그녀는 그 책을 쓸 의도가 전혀 없었는데, 겨자색 커버를 씌운 책이 거기 있다. 설령 비행이 성공했다 하더라도, 모든 게 계획대로 이루어지고 그들이 의기양양하게 오클랜드에 입성했다 해도, 책이 그렇게 출간되게 하지는 않았을 것이다. 그녀가 비행일지를 남극에 두고 온 건 저항의 몸짓이자, 마치 돌무덤 같은 존재의 표시였다. 하지만 그때 그녀는 성공하지도, 죽지도 않았다.

비행일지가 발견되기 전까지 그 생각은 거의 하지 않았다. 그랬는데 그 비행일지가 1958년 리틀아메리카 III 기지에서 조사중이던 빙하학자의 장갑 낀 손에 들린 채 신문기사 사진에 실린 것이다. 그녀는 언론이 요란한 관심을 보이고 자신의 사진이 여기저기 실리고 한때 메리언 그레이브스가 존재했다는 사실을 세상 사람들이 상기하게 되리라는 생각에 충격을 받고 공포에 질렸다. 수년간 혹시 누가 자신을 알아볼까봐 걱정했지만, 결과적으로 그녀를 알아보는 사람은 아무도 없었다. 모습이 완전히 바뀐데다 그녀가 정착한 곳에서는 실종된 미국 여성 조종사 같은 것에 별 관심이 없었던 것이다.

그녀는 비행일지가 발견되었을 때 혹시 에디도 발견될까 하는 생각이 들었다. 팔 년의 세월이 지난 후 그가 아직 살아 있을 가능성이 있을지 궁금했다. 설령 그가 용케 굶지 않고 온기를 유지할 수 있었다고 해도 그 고독에, 그 극단성에 무너지고 말았을 공산이 컸지만. 아니, 그건 무의미한 의문이었다―그는 살아남고 싶어하지 않았으니까.

그의 마지막날들은 어땠을까? 그는 얼마나 많은 날을 살았을까? 겨울까지 살았을까? 결국 크레바스에 빠졌을까? 그의 시신은 리틀아메리카에 없었다. 있었다면 과학자들이 발견했을 테니까. 만일 그녀였다면 그가 하겠다고 말한 대로 했을 것이다. 겨울밤 캠프에서 먼 곳까지 걸어가 눈 속에 누워서 별들과 오로라를 바라보았을 것이다. 어쩌면 안 그랬을 수도 있고―두 번이나 죽음을 선택하지 못한 게 그녀에게 무의미하진 않았다. 그녀는 비행일지에 자신의 삶은 자신의 유일한 소유물이라고 썼다. 그녀는 삶을 지켰다. 삶을 원했다.

1963년, 해군 쇄빙선 선원들이 로스빙붕에서 300마일 떨어진 지점을 떠도는 판상 빙산 가운데에 샌드위치처럼 끼어 뭉개진 건물들을 보았다. 리틀아메리카 III 기지와 침상들, 빅트롤라 축음기,

얼어붙은 개똥, 옥수수, 그 모든 것이 바다로 떠내려간 것이다.

에디 역시, 어디에 있었든, 결국 빙산에 갇혀 남극해로 갈라져 들어가 거대한 장례용 배, 불타진 않고 녹는 화장용 장작더미를 타고 북쪽으로 떠갔을 터였다. 그리하여 결국 바다에서 종말을 맞이했겠지만, 그는 그 사실을 이미 알고 있었으리라.

케일럽이 두번째로 뉴질랜드에 온다. 그들은 돈 때문에 언쟁을 벌인다. 케일럽은 메리언이 책에서 나오는 인세를 모두 갖기를 원한다. 그러다 결국 그녀의 설득에 넘어가 40퍼센트를 받게 된다. 거금은 아니지만 새로 생긴 돈으로 그녀는 다시 신분을 바꿀 수 있게 된다. 그녀는 거의 일 년 가까이 북섬에서 여자로 지내면서 자신을 앨리스 루트라고 소개한다. 필요한 서류는 오클랜드에서 위조할 수 있다. 그리고 준비가 되자 남섬으로 돌아가 농장을 사들여 잘 운영한다. 그녀는 말들과 양치기 개들을 훈련시킨다. 그리고 믿을 만한 일꾼들을 고용한다. 그녀는 선구적으로 양몰이에 헬리콥터를 동원해─땅이 험하다보니 걸어서 양떼를 몰려면 종일 걸린다─헬리콥터 조종을 배우는 즐거움에 탐닉한다.

초기에는 양치기 시절 알던 사람들과 간간이 마주치는데, 그들은 대개 그녀를 알아보지 못하고 알아본다 해도 그녀에게 물어볼 정도로 확신하진 못한다. 하지만 그녀에게 마틴 월리스라는 남자를 닮았다고 말하는 사람들에겐 아무렇지도 않게, 나였다고, 일자리도 필요하고 양 농장 일을 배우고 싶기도 해서 한때 남자 행세를 했다고 시인한다. 그러면 어떤 이들은 화를 내고, 어떤 이들은 잠깐 놀란 후 그녀의 용기를 칭찬한다. 그 소문은 업계에 서서히 퍼져나가 결국 모두가 알게 된다. 일부 점잔 빼는 인간들은 그녀와 거래하기를 거부하며 그녀에 대한 나쁜 소문을 퍼뜨리느라 혈안이 되지만, 그녀는 이미 독자적으로 탄탄한 입지를 굳힌 후라 큰 타격은 받지 않는다. 여자가 군인이나 선원, 심지어 해적이 되기 위해 남자로 변장한 역사는 길다. 그러니 외로운 양치기를 누가 그리 신경쓰겠는가?

새끼 양들이 태어나고, 양들을 도살장으로 보내고, 양털을 깎고, 내다판다. 1960년대 후반 캠벨섬 탐사크루즈 상품이 나오고, 그녀는 1974년 케일럽과 함께 간다. 배가 퍼서비어런스 항구로 들어가자 그녀는 자신이 바위에 내동댕이쳐졌던 곳, 턱수염들을 발견하기 전에 걸어갔던 비탈길을 가리킨다. 케일럽은 물개들과 펭귄들을 본다. 당시엔 섬에 아직 양이 있다. 1980년대가 되면 유전학 연구를 위해 본토로 보내지는 소수를 제외하곤 모두 도태되겠지만 말이다. 그 양들은 무척이나 억세고 거칠다. 그녀와 케일럽은 파카 차림의 다른 관광객들과 함께 터석풀 위에 앉아, 어린 로열앨버트로스 한 무리가 멋을 부리며 과시하고 날개를 펴고 분홍 부리를 하늘로 향하고서 울어대는 광경을 지켜본다. 그녀는 케일럽에게 그걸 갬gam이라고 부른다고 말해준다. 포경선들이 바다에서 대화를 나누기 위해 모여드는 걸 뜻하는 말이다.

메리언은 예순 살이 되었다.

그녀는 케일럽에게 페리그린호가 날아가는 모습을 마지막으로 본 방향을 가리킨다. 그 비행기는 수평선 너머 보이지 않는 어딘가에서 바다로 추락했다. 그러니 그녀는 또하나의 출발점으로 돌아와 또하나의 원을 완성한 셈이다.

나이가 들자 걱정할 자손이 없다는 게 다행스럽다. 그녀의 피붙이가 없어도 세상은 굴러갈 것이다. 인터넷에서 사람을 찾아볼 수 있다는 걸 알게 되자 애들레이드 스콧을 찾아보고 그녀가 예술가가 된 걸 알게 된다. 제이미가 알았더라면 기뻐했으리라 생각한다.

메리언이 일흔다섯 살 때 케일럽이 마지막으로 찾아온다. 그리고 몇 년 후 그는 편지로 아프다고 전한다. 작별인사는 하지 않겠노라 말한다.

가끔 심장이 두근거린다. 뼈도 쉽게 부러진다. 중력이 전보다 탐욕스러워진 듯 자꾸 그녀를 땅에 넘어뜨리려 한다. 최후의 추락. 그녀는 유서에 농장에서 그 누구보다 오래 일한 여자 농장관리인에게 재산을 상속한다는 내용을 포함시킨다. 농장관리인은 남극에 가보는 게 꿈인데, 메리언은 그녀가 로스해를 여행할 수 있는 돈을 물려주며 배를 타고 가다가 캠벨섬 남쪽 바다에 자신의 재를 뿌려달라고 부탁하게 될 것이다.

메리언은 자신의 재가 한줄기 연기처럼 서풍을 타고 남극해 위를 날아가고, 치아와 뼈 조각들이 즉시 가라앉고, 결이 거친 잿빛 막이 수면을 덮었다가 잔물결에 녹아드는 광경을 상상할 수 있다. 하지만 육신이 아닌 부분은 어떻게 될지 모르겠다. 늘 죽음과 스치면서도 죽음 뒤엔 어떻게 될지 진지하게 생각한 적이 없다. 이제 그 생각을 해본다. 아무것도 없으리라. 그녀는 사람이 죽으면 세상도 함께 소멸된다고 생각한다. 눈을 감으면 그동안 존재해온 모든 것, 앞으로 존재할 모든 것이 소멸되는 것이다.

하지만 메리언에게 선택권이 있다면, 위로 올라가기를 염원할 것이다. 송어와 함께 처음 하늘에 올랐을 때처럼, 순수한 가능성의 힘으로 공중에 떠 있는 것처럼, 이제 모든 걸 보게 될 것처럼, 그렇게 육신에서 빠져나가 승천하기를 원할 것이다.

이 작품은 내가 크노프 출판사의 담당 편집자 조던 패블런과 함께 작업한 세번째 소설이다. 새 책을 낼 때마다 그녀의 급진적인 개방성과 예리한 엄격성의 독보적인 조합에 대한 나의 감사와 찬탄은 커져만 갔다. 천 페이지에 이르는 주체하기 어려울 정도로 방대한 원고를 이렇듯 날씬하게 다듬는 작업은 녹록지 않았지만, 그 과정에서 조던 패블런은 내게 더할 수 없이 훌륭한 동지이자 안내자 역할을 해주었다.

깊음과 넓음을 겸비한 나의 에이전트 리베카 그레이딩어에게 고마움을 보낸다. 지금까지 오랜 세월 그녀의 우정과 지지, 인내심, 협력은 내 일과 삶에서 결코 없어서는 안 될 것들이었다. 역시 플레처앤코에 몸담고 있으며 똑 부러지는 인물로 정평이 난 저 유명한 그레인 폭스, 멀리사 친칠로, 크리스티 플레처, 베로니카 골드스타인, 리즈 레스닉, 브레나 래프에게도 감사한다. CAA

의 미셸 와이너에게도 큰 사랑과 많은 감사를 보낸다.

이 책의 첫 독자이자 가장 헌신적인 독자이기도 한 나의 어머니께도 감사드린다. 어머니의 믿음은 고난의 시기마다 내게 든든한 부목이 되어주었다. 나의 형제 매슈에게도 고마움을 표한다. 이제 비행은 하지 않지만 영원한 조종사인 매슈는 칠 년 전 나와 함께 지도를 들여다봤고, 1950년에 가능했던 북극과 남극을 지나는 세계일주 비행의 경로들에 얼굴을 찌푸렸으며, C-47기를 권유했다. 확고한 자부심과 오자 목록을 보여준 아버지, 영혼을 따뜻하게 해주는 열성적인 독자로서 메리언을 전폭적으로 수용해준 스티브 삼촌께도 감사한다.

작고하신 전설적 인물 소니 메타의 시대에 크노프 출판사와 인연을 맺게 된 것에 대해 감사한다. 또한 그의 자격 있는 후계자 레이건 아서의 시대가 시작되는 것을 지켜볼 수 있게 된 것에 대해서도 감사히 여긴다. 폴 보가즈, 에밀리 리어던, 세라 이글, 루스 리브만, 캐머런 애크로이드, 니컬러스 톰슨, 커샌드라 파파스, 크리스틴 패슬러, 엘런 펠드먼에게도 감사한다. 켈리 블레어는 모두가 즉시 사랑에 빠진 아름다운 책표지를 믿기 어려울 만큼 뛰어난 솜씨로 디자인했다. 편집자 칼라 에프와 교정자 애닛 슬라흐타맥긴, 그리고 수전 밴오메런에게 겸연쩍은 사과와 열렬한 감사를 보낸다.

영국 더블데이 출판사의 제인 로슨의 따스함과 에너지와 통찰력에, 트랜스월드 출판사 빌 스콧커의 신뢰에 감사하며 태비타 펠리, 엘라 혼, 로라 리체티에게도 고마움을 표한다. 장대한 서사시 느낌의 표지 디자인을 해준 조 톰슨에게도 감사한다.

나는 뛰어난 실력을 갖춘 여러 잡지 편집자와 함께 일하는 행운을 누리면서 글쓰기에 대해 많이 배웠을뿐더러, 먼 여행이 수반되는 기사들을 맡은 덕에 세상 경험도 하며 이 소설의 창작에 꼭 필요한 정보까지 얻을 수 있었다. 제시 애시록, 릴라 배티스, 제프리스 블래커비, 에린 플로리오, 디어드리 폴리멘델스존, 재키 기퍼드, 필라 구즈먼, 앨릭스 호이트, 크리스 키스, 세설리 라포스, 미셸 레그로, 피터 존 린드버그, 네이션 럼프, 앨릭스 포스트먼, 줄리언 생턴, 멀린다 스티븐스, 플로라 스터브스, 존 워건, 하냐 야나기하라에게 감사한다.

『그레이트 서클』의 초고를 쓰고 편집하는 동안 국립예술기금, 브러시 크리크, 브레드 로프, 북극권, 테네시대학으로부터 펠로십, 레지던시, 객원작가의 형태로 아주 중요한 지원을 받았다. 그리고 어느 오후 미줄라공항 산악비행박물관 근처에서 어정거리다 마침 1929년식 트래블에어 6000기로 나선강하를 시도할 준비를 하던 두 남자를 만나 그들의 비행에 초대받는 행운도 따랐다. 유감스럽게도 그들의 이름은 잊었지만 뜻밖의 우연으로 찾아와 커다란 도움을 준 그 비행에 감사한다.

미국인 ATA 조종사 앤 우드켈리, 로버타 샌도즈, 제인 스펜서 등 2차대전 기간에 활약한 많은 여자 조종사에 대한 서류들을 안전하게 보관해준 스탠퍼드의 후버 연구소에도 감사를 표하고 싶다. 그들의 편지들을 읽을 수 있었던 건 내게 더할 수 없이 소중한 일이었다. 나는 자료 조사 과정에서 몬태나 메모리 프로젝트 Montana Memory Project의 도움을 받았으며, PBS에서 방영된 브라이언 랭커의 다큐멘터리 〈그들이 적의 사격을 유인했다They Drew

Fire〉를 통해 윌리엄 F. 드레이퍼가 전시에 알류샨열도에서 그린 그림들을 처음 접하게 되었다. 그 밖에도 일일이 다 열거할 수 없을 정도로 많은 책과 자료를 참조했지만 그중에서 가장 핵심적인 텍스트들을 소개하자면 다음과 같다. 윌리엄 랭게비셰의 『하늘 높이: 비행 체험에 관한 생각들*Aloft: Thoughts on the Experience of Flight*』, 자일스 화이텔의 『2차대전의 스핏파이어 여자 조종사들*Spitfire Women of World War II*』, 진 포터의 『북극 비행*The Flying North*』, 리처드 E. 버드의 『리틀아메리카*Little America*』와 『홀로*Alone*』, 샐리 반 와게넨 케일의 『비행기를 모는 멋진 여성들*Those Wonderful Women in Their Flying Machines*』, 다이애너 바네이토 워커의 『나의 날개를 펼치며*Spreading My Wings*』, 재클린 코크런의 『밤의 별들*The Stars at Night*』, A. 스콧 버그의 『린드버그*Lindbergh*』, 스티브 스미스의 『가장 큰 비행기를 몰고 돌아오다*Fly the Biggest Piece Back*』, 데이빗 데이의 『남극대륙*Antarctica*』. 오류가 있다면 전적으로 내 책임이다.

생명을 지니지 않은 대상에 감사를 표하는 건 이상해 보일 수도 있겠으나, 글쓰기 어플 스크리브너가 없었더라면 이 소설을 체계적으로 정리하는 난제를 극복할 수 없었을 것이다.

용케 그럭저럭 살아내고 있는 요 몇 년 동안 다른 작가들의 우정이 없다는 건 상상조차 할 수 없는 일이다. 나에게 마누엘 곤잘레스, 마거릿 래저러스 딘, 테드 톰프슨과의 일상적인 문자 수다는 너무도 소중하며, 그들의 위트와 통찰력이 없다면 나는 길을 잃고 말 것이다. 로스앤젤레스에서 내 삶의 핵심이 되어준 에이자 게이블, 에마 래스본, 조 웩터, 에리카 리페즈, 영원한 친구 커스틴 발데즈 퀘이드와 제니퍼 두보이스에게도 고맙다는 말을 하고 싶다.

그리고 마지막으로, 나에게 남극대륙을 선사해준 로드니 러스에게 늘 깊은 감사를 보낸다.

가장 크고 위대한 원을 그리다

매기 십스테드의 『그레이트 서클』은 2021년 부커상 최종후보 shortlist에 오른 여섯 편의 소설 가운데 가장 긴long, 그야말로 대작이다. 구 위에서 그을 수 있는 가장 큰 원, 지구를 기준으로는 북극과 남극을 지나는 경도선과 적도를 의미하는 'Great Circle'이라는 제목부터 야심작의 기운이 느껴지며, 작가의 말에 따르면 (원서 기준으로) 천 페이지에 가까운 방대한 분량의 원고를 육백 페이지 정도로 다듬었다고 한다. 1914년 태어나 비행에 대한 열정을 불태운 여자 조종사 메리언 그레이브스와 2014년 할리우드의 스타 배우 해들리 백스터를 중심으로 한 세기를 아우르는 이중 타임라인의 장대한 서사를 펼쳐나가는 이 소설은 웅장한 스케일과 정교한 구조, 깊고 강렬한 인상을 남기는 생생한 디테일로 출간 즉시 "아메리칸 클래식"이라는 찬사를 받으며 〈뉴욕 타임스〉 베스트셀러에 올랐다. 비행에 대한 이야기라고 할 수 있는 이 작품은 거침없이 날아올라 세상이라는 구를 가장 크게 도는 도전을 멋지게 이뤄냈으며, 그 여정은 경이 그 자체다.

이야기의 시발점은 공항이었다. 소설가이자 여행작가이기도 한 매기 십스테드는 2012년 오클랜드공항에서 진 배튼의 동상을 마주했다. 진 배튼은 1936년 세계 최초로 영국에서 뉴질랜드까지 단독비행에 성공해 뉴질랜드의 영웅이 된 여자 조종사로, 동상 받침대에는 "나는 떠돌이가 될 운명을 타고났다"는 그녀의 말이 새겨져 있었다. 매기 십스테드는 그 자리에서 여성 비행사에 대한 책을 쓰기로 결심했다. "나는 떠돌이가 될 운명을 타고났다"는 『그레이트 서클』의 가장 핵심적인 주제어로서 이 작품의 서두를 장식하게 되고, 메리언 그레이브스가 세계일주 비행의 출발지이자 도착지로 삼은 곳 역시 뉴질랜드 오클랜드다.

매기 십스테드는 작가 인터뷰에서 『그레이트 서클』을 세 문장으로 이렇게 요약한다. "1950년, 한 여자 비행사가 북극과 남극을 지나는 세계일주 비행에 도전했다가 실종된다. 2014년, 〈트와일라잇〉류의 로맨스판타지 시리즈 영화로 성공한 젊은 여자 배우가 스캔들에 휘말려 위기에 빠지면서, 단 한 번뿐인 인생에서 무엇을 하고 싶은지 진지한 질문을 던지게 된다. 이야기들이 얽히고설키며 역사와 모험이 펼쳐진다!" 여기에 조금 더 살을 붙여 소개하자면, 2014년 할리우드 배우로 살고 있는 해들리 백스터가 일인칭 화자로 이야기를 시작한다. 두 살 때 부모가 경비행기 추락 사고로 세상을 떠나면서 할리우드 영화감독 미치 삼촌 손에

서 자란 해들리는 일찌감치 아역배우로 데뷔했다가 열여덟 살에
〈대천사〉라는 베스트셀러 판타지 소설을 원작으로 한 시리즈 영
화 여자 주인공으로 캐스팅되면서 스타덤에 오른다. 해들리는 남
자 주인공 역의 올리버와 사귀면서 눈부신 스포트라이트를 받지
만, 내면의 공허함과 불안감을 이기지 못해 방황하다가 유명 기
타리스트 존스와 공개적으로 애정행각을 벌인 후 벼랑 끝으로 내
몰린다. 마침 이웃에 사는 배우 겸 영화제작자 휴고 경이 그녀에
게 새로운 영화를 제안하는데, 세계일주 비행중 실종된 메리언
그레이브스의 생애를 담은 작품이다. 해들리는 열 살 때 도서관
에서 메리언의 책 『바다, 하늘, 그 사이의 새들: 메리언 그레이브
스의 잃어버린 비행일지』를 탐독했던 기억을 떠올린다. 자신처
럼 메리언도 일찍 부모를 여의고 삼촌 밑에서 컸다는 사실에서
운명적 동질감을 느끼며 메리언의 삶에서 자신의 앞길을 찾기 위
해 마치 점성술사가 별자리표를 들여다보듯 그 책에 매달렸던 것
이다. 성공의 정점에서 곤두박질쳐 떨어질 위기에 처한 해들리는
다시금 메리언의 생애에서 자기구원의 길을 찾을 수도 있으리란
희망으로 메리언 역을 맡게 되고, 거기서부터 메리언의 이야기가
시작된다.

메리언은 1914년 뉴욕에서 쌍둥이로 태어나고, 바로 그해 아
버지가 선장으로 일하던 여객선에 탔다가 대서양에서 배가 침몰
해 어머니는 실종되고 아버지는 감옥에 가면서 고아 신세가 되어
몬태나주 미줄라의 삼촌 집에서 자란다. 화가인 삼촌 월리스는
쌍둥이 조카들을 자연 속에 방목하다시피 자유롭게 키우고, 메리
언은 열정적이고 고집스러우며 도전과 모험을 즐기는 소녀로, 제

이미는 동물에 대한 사랑이 지극해 육식을 거부하는 온화한 소년으로 성장한다. 메리언은 자동차에 관심이 많아서 삼촌의 고물차 정비를 도맡고, 제이미는 그림에 재능을 보인다. 메리언은 열두 살이 되던 해에 처음 비행기를 타보면서 비행에 매료되어 조종사가 되기로 결심한다. 조종 교습비를 마련하기 위해 밀주 배달 일을 하던 그녀는 매춘업소에서 거물 밀주업자 바클리 매퀸과 우연히 만난다. 메리언에게 한눈에 반한 바클리는 그녀가 조종을 배울 수 있도록 후원해주는 한편 도박에 빠진 윌리스 삼촌을 미끼 삼아 그녀를 소유하려 한다. 바클리에게 육체적으로 끌리기도 한데다 삼촌을 빚의 수렁에서 건져내야 했던 메리언은 열일곱 살이라는 어린 나이에 그와 결혼한다. 그러나 전통적인 결혼생활이 속박으로만 느껴지고 남편의 독단과 강압을 견딜 수 없었던 그녀는 알래스카로 도망쳐 그곳에서 오지비행을 하며 마음껏 하늘을 난다. 그러다 2차대전이 터지자 영국 항공운송지원군에 들어가 전투기 수송 임무를 수행하면서 동료 조종사 루스와 우정을 넘어선 사랑을 나눈다. 전쟁으로 소중한 사람들을 잃고 실의에 빠져 살던 그녀에게 대망의 세계일주 비행 기회가 찾아오고, 평생 불가능의 벽에 자신을 내던지며 살아온 메리언은 마지막 도전에 나선다.

해들리와 메리언의 이야기가 이 소설의 거대한 두 갈래 강줄기로 도도히 흐른다면, 그들을 둘러싼 인물들은 그 강줄기를 이루는 수많은 지류로 서사에 풍성함과 다채로움을 더해준다. 해들리의 삼촌 미치와 영화계 사람들, 〈페리그린〉의 제작자 레드우드,

설치미술가 애들레이드, 하와이의 조이 그리고 메리언의 부모 애디슨과 애너벨, 파이퍼가 사람들, 윌리스 삼촌, 메리언의 쌍둥이 형제이자 영혼의 단짝 제이미, 평생의 친구이자 연인 케일럽, 남편 바클리와 그 가족들, 제이미의 첫사랑 세라, 전쟁터에서 만난 루스와 에디 부부. 또한 찰스 린드버그, 어밀리아 에어하트, 재키 코크런 같은 실존 조종사들 이야기가 역사적 사실감을 부여하고, 특히 재키 코크런은 메리언을 항공운송지원군에 발탁하는 인물로 등장해 메리언과 직접 대면하기도 한다. 여자의 몸으로 태어났지만 스스로 남자의 삶을 선택한 18세기 말의 전설적 원주민 '물속에 앉은 회색곰'은 성의 경계를 초월해서 자신이 원하는 삶을 구현하고 싶어하는 메리언의 도전정신을 상징한다.

때로는 인간이 만들어낸 삶의 배경으로, 때로는 범접할 수 없는 신비한 자연의 풍광으로 등장하는 장소들 역시 이 작품의 빼놓을 수 없는 매력이다. 로스앤젤레스, 라스베이거스, 몬태나 미줄라, 시애틀, 뉴욕, 밴쿠버, 스코틀랜드, 알래스카, 런던, 태평양, 대서양, 오클랜드, 하와이, 북극, 그리고 남극. 장소들에 대해 묘사할 때 작가는 더없이 서정적인 목소리를 내고, 시를 방불케 하는 문구들이 독자를 매혹시킨다.

이 소설을 읽는 건 메리언 그레이브스처럼 대담하고 조종술이 뛰어나서 때때로 위험한 곡예비행을 시도하며 하늘을 누비는 젊고 패기만만한 작가 매기 십스테드와 함께 세상을 한 바퀴 도는 긴 여행을 떠나는 것이라고 할 수 있다. 그리고 그 여행은 스릴과 재미, 의미와 아름다움을 두루 갖춘 경이로운 여행이 될 것이다.

민승남

옮긴이 **민승남**

서울대학교 영어영문학과를 졸업하고 현재 전문 번역가로 활동중이다. 2021년 『켈리 갱의 진짜 이야기』로 제15회 유영번역상을 수상했다. 옮긴 책으로 『마지막 이야기들』 『북과 남』 『지복의 성자』 『시핑 뉴스』 『나 같은 기계들』 『넛셸』 『솔라』 『데어 데어』 『바퀴벌레』 『스위트 투스』 『사실들』 『빌리 린의 전쟁 같은 휴가』 『상승』 『사이더 하우스』 『그 부류의 마지막 존재』 『별의 시간』 『서쪽 바람』 『죽음이 물었다』 『한낮의 우울』 『천 개의 아침』 『밤으로의 긴 여로』 등이 있다.

문학동네 세계문학

그레이트 서클 2

초판 인쇄 2024년 8월 23일 | 초판 발행 2024년 9월 6일

지은이 매기 십스테드 | 옮긴이 민승남
기획 이현자 | 책임편집 윤정민 | 편집 박신양 황문정
디자인 백주영 이원경 | 저작권 박지영 형소진 최은진 오서영
마케팅 정민호 서지화 한민아 이민경 안남영 왕지경 정경주 김수인 김혜원 김하연 김예진
브랜딩 함유지 함근아 박민재 김희숙 이송이 박다솔 조다현 정승민 배진성
제작 강신은 김동욱 이순호 | 제작처 (주)상지사P&B

펴낸곳 (주)문학동네 | 펴낸이 김소영
출판등록 1993년 10월 22일 제2003-000045호
주소 10881 경기도 파주시 회동길 210
전자우편 editor@munhak.com | 대표전화 031) 955-8888 | 팩스 031) 955-8855
문의전화 031) 955-1927(마케팅) 031) 955-2634(편집)
문학동네카페 http://cafe.naver.com/mhdn
인스타그램 @munhakdongne | 트위터 @munhakdongne
북클럽문학동네 http://bookclubmunhak.com

ISBN 979-11-416-0720-3 04840
       979-11-416-0718-0 (세트)

잘못된 책은 구입하신 서점에서 교환해드립니다.
기타 교환 문의 031) 955-2661, 3580

www.munhak.com